KB099036

고미숙의
로드클래식,
길 위에서 길 찾기

고미숙의 로드클래식, 길 위에서 길 찾기

발행일 초판8쇄 2021년 11월 25일(辛丑年 己亥月 丁丑日) ┃ **지은이** 고미숙 ┃
펴낸곳 북드라망 ┃ **펴낸이** 김현경 ┃ **일러스트** 조에스더 ┃**디자인** booksoup ┃
주소 서울시 종로구 사직로8길 24 1221호(내수동, 경희궁의아침 2단지) ┃
전화 02-739-9918 ┃ **팩스** 070-4850-8883 ┃ **이메일** bookdramang@gmail.com

ISBN 978-89-97969-70-8 03800 ┃ 이 도서의 국립중앙도서관 출판시도서목록(CIP)은 서지
정보유통지원시스템 홈페이지(http://seoji.nl.go.kr)와 국가자료공동목록시스템(http://
www.nl.go.kr/kolisnet)에서 이용하실 수 있습니다.(CIP제어번호: CIP2015014396)

책으로 여는 지혜의 인드라망, 북드라망 www.bookdramang.com

Road

열하일기　서유기　돈키호테　허클베리 핀의 모험　그리스인 조르바　걸리버 여행기

고미숙의
로드클래식,
길 위에서 길 찾기

고미숙 지음

classic

BookDramang
티 북드라망

책머리에

머리말은 모든 책의 마지막 작업이다. 제일 앞에 있는데 가장 뒤에 쓴다는 이 아이러니! 하여, 머리말을 쓸 때면 감정이 좀 복잡해진다. 뭉클하기도 하고, 후련하기도 하고. 설레기도 하고, 불안하기도 하고. 하지만 쓸 때마다 깨닫는 사실이 하나 있다. 책이란 정말이지 '우연의 산물'이라고 하는.

이 책 역시 그렇다. 종로 3가역에서 전철을 기다리다 한 월간지로부터 연락을 받았던 때가 떠오른다. 연재를 해 달라는 말에 '여행기 고전'을 리라이팅해도 되겠냐고 물었다. 아주 오래 전 심어 두었던 생각의 씨앗이 나도 모르게 툭! 튀어나온 것이다. 마치 오랫동안 어떤 메신저를 기다리고나 있었다는 듯이 말이다. 그럴 때면, 허공에 흩어져 있던 인연의 입자들이 활발하게 분자운동을 하는 느낌이다.

물론 전화를 끊고 돌아서는 순간부터 걱정이 '쓰나미'처럼 밀려왔다. '미쳤어, 미쳤어, 그걸 어떻게 하려구?' 정말로 아무런 준비도 없었기 때문이다. 하지만 때는 이미 늦었다. 그 후회막급한 중에도 생각의 씨앗들이 하나씩 발아하기 시작했다. ——『열하일기』(중국), 『서유기』(인도), 『돈키호테』(스페인), 『허클베리 핀의 모험』(미국), 『그리스인 조르바』(그리스), 『걸리버 여행기』(이상한 나라들). 순식간에 텍스트와 순서까지 결정되었다. 주욱 배열해 놓고 보니 전 세계 '여행기 고전'의 최고봉들이었다. 이 작품 속의 길들을 다 이으면 지구를 한바퀴 돌고도 남을 거다. '멋지다!' 하고 감탄하는 순간, '로드클래식'이라는 그럴싸한 명칭도 툭! 튀어나왔다.

　　그 다음의 과정도 크게 다르지 않다. 글을 쓸 때가 되면 늘 사건들이 '제멋대로' 다가와 일상을 뒤흔든다. 그러면 도저히 완성할 수 없을 것 같은데, 정신없이 허둥대다 보면 또 어떻게든 굴러간다. 가끔은 내가 '글을 쓰는' 것인지 글이 나의 신체를 통해 '써지는' 것인지 모를 지경이다. 그리고 어느 날 문득 이렇게 머리말을 쓰고 있다. 참으로 기묘하지 않은가. 시작도 중간도 또 이 마지막도.

　　*
　　문득 돌아보니 사람들이 끊임없이 길 위로 나서고 있었다. 경제가 아무리 어려워도, 도처에 테러의 위험이 산재해도, 거대한 쓰나미가 덮쳐도, 사람들은 쉬지 않고 국경을 넘는다. 요우커들은 서울로, 한국인들은 베이징으로, 뉴욕으로, 또 듣도 보도 못한 오지로. 바야흐로 '전 지구적 대이동'이 시작된 것이다. 여행에는 노하우가 필요하다. 관광지의 정보나 각종 매뉴얼은 인터넷에 다

있다. 허나, 진짜 여행의 노하우는 스스로 찾아야 한다. 여행이 길이
되고, 길이 곧 인생으로 변주되는! 그래서 로드클래식이 내게로,
아니 세상으로 나오게 되었나 보다. 이 대이동의 시대에 여행의
꿀맛, 여행의 고생살, 여행의 진수를 두루 알려주고 싶어서. 그럼
이런 시대에 로드클래식을 만난 건 시대적 필연인가? '우연인 듯
우연 아닌'!^^

　『열하일기』를 맨 앞에 배치한 데는 두 가지 이유가 있다.
하나는 『열하일기』야말로 세계 최고의 여행기이기 때문이다.
단언컨대, 여행과 길, 여행과 비전에 대한 탐구로 『열하일기』를
능가하는 작품은 없다! 다른 하나는 『열하일기』야말로 다른
작품들의 세계로 인도해 준 전령사이기 때문이다. 2003년
『열하일기』를 '리라이팅'(『열하일기, 웃음과 역설의 유쾌한 시공간』)할
때 다른 여행기는 어떻게 쓰여졌는지 궁금해서 세계의 '난다 긴다'
하는 작품들을 섭렵하게 되었다. 몹시 실망스러운 작품들도 있었고,
뜻밖에 흥미진진한 작품들도 있었다. 그중에서 강렬한 임팩트를 준
작품들이 이번 로드클래식의 인연으로 엮이게 된 것이다.

　물론 여기 속한 작품들 말고도 여행기는 아주 많다. 언젠가 그
여행기들과도 마주치는 날이 올 것이다. 인연의 입자들이 활발하게
운동을 해준다면^^ 말이다.

　　　*
　　*

　이 책의 원고를 작성하던 2014년(갑오甲午년)은 살아 있는
동안은 결코 잊을 수 없는 해가 될 것이다. 모두에게 깊은 상흔을
남긴 '세월호 참사'는 말할 것도 없고, 개인적으로도 참 다이내믹한

해였다. 대체 인생은 얼마나 많은 사건들을 길섶마다 숨겨둔
것일까. 그래서 인생이 곧 길이라고 하는 것이리라. 길을 떠나지
않았다면, 이 시간을 통과하지 않았더라면 결코 마주치지 않았을
생의 국면들. 그 고비마다 늘 로드클래식이 함께했다. 로드클래식은
하나같이 웃긴다. 심오한 통찰과 혜안에도 불구하고 '배꼽 빠지게'
웃긴다. 아무리 격한 사건을 겪어도 이 텍스트들을 읽으려면
일단 웃어야 했다. 웃다가 울다가, 울다가 다시 웃다가. '울다가
웃으면 똥구멍에 털 난다'는 동요를 무시로 읊조렸다. 그러다
보면 시간이 흐르고, 삶 또한 그렇게 흘러갔다. 아, 읽고 쓴다는
것의 위대함이여! 로드클래식이 선사한 나의 이 '고요한 떨림'이
독자들에게도 꼭 전해지기를 바란다.

　아울러, 이 모든 것을 가능케 해준 로드클래식의 저자들에게,
그 저자들이 걸어간 산천과 대지와 바다에, 그 길 위의 정령들에게
깊은 경이를 표하는 바이다.

　글의 산파 역할을 해준 『월간 중앙』의 한기홍 기자와 그
길고도 두꺼운 책들을 함께 읽어 준 로드클래식 세미나 회원들,
그리고 지금, 이 시절을 함께 살아주는 공동체(감이당&남산강학원)
식구들과 북드라망의 친구들에게도 고마움을 전한다.

2015년 을미乙未년 햇볕 따사로운 날에
깨봉빌딩 2층 장자방에서
고미숙

차례

3부. 돈키호테
Don Quijote de La Mancha

4부. 허클베리 핀의 모험
Adventures of Huckleberry Finn

5부. 그리스인 조르바
Zorba the Greek

6부. 걸리버 여행기
Gulliver's Travels

일러두기

1 이 책에서 주요하게 참고한 각 '로드클래식'의 국역본은 다음과 같다. 해당 국역본에 대해서는 각
부에서 그 책을 처음 인용할 때도 다시 한 번 자세하게 서지사항을 밝혀 놓았다.

1부 열하일기 박지원, 『열하일기』(전 3권), 김혈조 옮김, 돌베개, 2009. ; 박지원, 『세계 최고의 여행
기 열하일기』(전 2권), 고미숙·길진숙·김풍기 편역, 북드라망, 2013.

2부 서유기 오승은, 『서유기』(전 10권), 서울대학교 서유기 번역연구회 옮김, 솔, 2004.

3부 돈키호테 미겔 데 세르반테스, 『돈키호테』(전 2권), 민용태 옮김, 창비, 2005.

4부 허클베리 핀의 모험 마크 트웨인, 『주석 달린 허클베리 핀』, 마이클 패트릭 히언 주석, 박중서
옮김, 현대문학, 2010.

5부 그리스인 조르바 니코스 카잔차키스, 『그리스인 조르바』, 이윤기 옮김, 열린책들, 2013.

6부 걸리버 여행기 조너선 스위프트, 『걸리버 여행기』, 박용수 옮김, 문예출판사, 2008.

2 로드클래식은 여행기 고전이다. 실제의 여행이건 상상속의 여행이건 어떤 여행에 대한 탐사다. 그
경로를 따라가다 보면 '그걸 쓴 저자들은 평생 어떤 여행을 했을까?'가 몹시 궁금해진다. 그래서
그 행로를 이미지로 재구성해 보았다. 로드클래식의 저자들답게 하나같이 여행의 달인(아니 화
신)들이다. 그래서 로드클래식을 읽으면 두 번 놀라게 된다. 한 번은 로드클래식의 여행경로가 엄
청나다는 사실에, 또 한 번은 그 저자들 대부분이 평생을 길 위에서 보냈다는 사실에. 그래서 로드
클래식을 제대로 즐기려면 저자들의 여행경로도 함께 음미해야 한다고 생각하여, 『열하일기』를
제외한 다섯 편의 로드클래식에는 해당 작품의 여행경로와 함께 작가의 여행경로도 실어 놓았다.

Road Classic Prologue

프롤로그

디지털과 노마드— 길 위에서 '길' 찾기

2008년 가을, 그리고 그 이후

모든 기억은 원천적으로 날조다. 스스로에게 거는 주술이요,
판타지다. 사건은 끊임없이 흘러가는데 나의 시선은 한곳에
머무르려고 하기 때문이다. 뒤늦게 사건들이 흘러가 버렸음을
깨닫고 소위 '진실'을 뒤쫓지만 늘 뒷북이요, 변죽이다. 아, 그렇다고
절망할 것까진 없다. 이런 식의 날조와 뒷북이야말로 삶의 대가이자
인간의 숙명이므로. 어쩌면 인간이란 사건과 기억, 주술과 진실
사이의 '밀당'을 즐기는 존재인지도 모르겠다. 그리고 그 밀당
속에서 문득 예기치 않은 '길'들이 출현하기도 한다. 이 책을 통해
내가 하고자 하는 작업도 그렇게 출현한 '길'들 중 하나다.

나의 기억으론 2008년부터였다. 우리에게 아주 낯선 세상이
펼쳐지기 시작한 것은. 더 디테일하게 말하면, '아, 우리가 정녕
21세기에 살고 있구나!'라고 느끼게 된 것은. 그즈음 미국발 금융
위기가 터졌다. 그와 동시에 IMF 이후 우리 사회를 추동했던
동력들이 모래성처럼 무너지기 시작했다. 부동산, 주식, 벤처 등으로
대박을 꿈꾸던 시절이 끝난 것이다. 그때 비로소 실감하게 되었다.
그동안 우리가 누려 온 풍요가 대부분 채무경제였다는 것을.
말하자면 우리를 비롯하여 전 세계가 빚더미 위에서 축제를 벌이고
있었던 것이다. 오, '일장춘몽'一場春夢이 바로 이런 것인가?

그해 가을 더 충격적인 사건이 터졌다. 최진실의 죽음이
그것이다. 금융 위기보다 더 충격적이었다고? 적어도 내게는
그랬다. 그닥 열성팬도 아니었지만 한 3일 정도는 멘붕을 겪어야
했으니까. 사건의 임팩트란 스케일이 아니라 마주침의 조건이
결정하는 법. 동시대를 살아도 전혀 다른 역사를 체험하는 것 역시

그 때문이다. 최진실, 그것은 한 배우의 이름이 아니라 1990년대
성공신화의 상징이자 대중문화의 아이콘이었다. 10년 이상을
우리는 그녀와 함께 웃고 울었다. 최고의 톱스타이자 전 세대의
사랑을 한몸에 받은 국민배우. 요정 같은 신비로움과 똑순이의
친근함을 동시에 지닌 '천의 얼굴'의 소유자. 앞으로 어떤 배우도
최진실 같은 위상을 확보하지는 못하리라.

하지만 그녀는 스스로 목숨을 끊었다. 대체 왜? 표면적인
이유는 악플과 우울증이라지만 그 어떤 것도 납득되지 않았다.
사랑하는 엄마와 동생이 있었고 무엇보다 아이들이 있었는데…….
그토록 많은 것을 누렸는데 그녀는 왜 우울했을까? 고약한
안티팬들이 있었기로 그녀가 받은 사랑에 비하면 '쩝'도 안 될
텐데…….

하긴 이런 식의 추론 자체가 허망하기 이를 데 없다. 삶이란
그런 식의 양적 원리로 작동하지 않는다. 아무튼 그 이후 유명
연예인들의 자살은 연례행사처럼 되어 버렸다(그녀의 남동생이었던
배우 최진영과 전남편이자 야구선수였던 조성민도 같은 방식으로
생을 마쳤다). 그러면서 대중들은 점차 익숙해져 갔다. 인기와
부를 누렸던 존재들의 허망한 소멸에 대하여. 더 놀라운 건 더
이상 궁금해하지 않는다는 사실이다. 그저 '또 한 점의 꽃잎이
스러졌구나' 하고 말 뿐.

나는 생각한다. 단언컨대, 최진실의 죽음은 성공(행복)신화의
몰락을 의미한다고. 그리고 그것은 개인적 차원을 넘어 문명 전체에
대해 던지는 강력한 메시지라고. 물질적 풍요와 정신적 충만감
사이엔 지독한 장벽이 놓여 있다. 하지만 우리는 그동안 너무
쉽게 전자를 통해 후자로 약진하는 것이 가능하다고 간주해 왔다.

성공을 곧바로 행복으로 등치시켰던 것이다. 하지만 세상은 그렇게 호락호락하지 않았다. 성공의 정점에서 우리를 기다리는 건 우울증 아니면 자살충동이라는, 참으로 지독한 역설이었다.

버블경제의 붕괴와 성공(행복)신화의 몰락. 그때부터인가. 한국사회에 인문학 열풍이 불기 시작했다. 도서관과 지역공부방을 중심으로 명맥을 이어 오던 인문학이 전 사회로 확산되기 시작한 것이다. 참으로 뜬금없는 현상이었다. IMF 이후 스펙문화가 확산되면서 인문학은 멸시천대를 받아 왔다. 심지어 인문학의 산실인 대학에서도 인문학을 추방하는 데 열을 올리지 않았던가? 그런데 갑자기 왜?

솔직히 아무도 모른다. 기술과 인문학의 융합을 외친 스티브 잡스 때문이라는 '썰'도 있고, 외부로 향했던 시선이 내면으로 향하게 되었다는 '썰'도 있고, 그저 힐링의 대체물이라는 '썰'도 있고……. 물론 그 무엇도 답은 아니다. 분명한 건 사람들이 이전과는 아주 다른 시선, 다른 방식으로 삶을 바라보기 시작했다는 것. 영화 〈설국열차〉식으로 말하면, 문은 앞에만 있는 것이 아니라 옆에도 있다는 것을 발견한 셈이라고나 할까. 한마디로 프레임이 바뀐 것이다. 프레임이 바뀌면 세상이 달라진다. 과연 그렇게 되었다!

스마트폰, 천국과 지옥 '사이'

지금으로부터 100년 전 서양(근대)의 도래와 함께 조선인들의 일상엔 대격변이 일어났다. 일본에 의해 '번역된 근대'이긴 했지만 느닷없이 서양식 주택에 살면서 서양식 옷을 입고 서양식 사고로 세상을 보게 되었다. 하루아침에 천지가 뒤집힌 것이다. 그로부터 다시 100년 뒤 또다시 놀라운 광경이 펼쳐졌다. 100년 전의 격변이 철도와 공장 같은 거대한 기계문명과 함께 도래했다면, 지금 이 혁신의 주역은 스마트폰과 인터넷이다. 전자가 터프하고 압도적이라면, 후자는 귀엽고 섹시하기까지 하다.

전자가 손과 도구의 경계를 모호하게 했다면, 후자는 영혼과 사이버 공간의 경계를 무너뜨렸다. 어디까지가 내 마음(혹은 욕망)이고 어디서부터 사이버 공간의 것인지를 알 수 없게 되었다. 주체와 대상 사이의 인식론적 경계가 모호해진 것. 그와 동시에 정보와 이미지가 생산력의 원천이 되었다. 덕분에 인간은 육체적 노동에서 해방되었다. '터치'(!)만으로 모든 정보를 모으고 이미지를 구성할 수 있게 된 것이다. 터치는 인류역사상 가장 비-물질(육체)적 노동이다. 노동이라고 명명하기도 민망한 수준이다. 세 살짜리 꼬마도, 임종 직전의 노인도 가능한 수준이다. 육체노동으로부터의 자유가 비로소 실현된 셈이다. 그럼 이제 인류는 구원된 셈인가? 노동에 필요한 시간과 근육량이 대폭 줄었으니 이제 삶의 여유를 맘껏 누리면서 저마다의 개성을 뽐내고 나아가 인생과 자연에 대한 심오한 탐구를 해나갈 수 있을 테니 말이다.

하지만 보다시피 그런 것 같지는 않다. 사람들은 더더욱 바빠졌고 일상은 한없이 분주해졌다. 거리의 모든 이들이 스마트폰의 화면에 코를 박고 지나간다. 기차와 항공기, 지하철과 카페, 어디서나 사람들의 시선은 화면에 고정되어 있다. 가족들은 물론이고 친구들을 만나서도 서로를 바라보지 않는다. 심지어 연인끼리 부둥켜안고 있으면서 각자 '카톡'을 하는 장면을 목격한

017

적도 있다. 명절날 전을 부치면서도, TV 화면을 보고 있으면서도, 고스톱을 치면서도 손에서 스마트폰을 놓지 못한다. 보고 또 보고……. 정보의 홍수에 빠져 익사하기 직전이다. 이 정도면 누가 주인이고 누가 도구인지를 식별하기도 난감하다. 즉, 내가 스마트폰을 활용하는 것인지 아니면 스마트폰이 나를 이용해서 자신의 영향력을 넓혀 가는 것인지. 결국 여기서도 문명의 역설은 예외가 없다. 인간은 삶을 위해 문명을 발전시키지만 문명은 늘 삶을 압도해 버린다는 그 불변의 법칙! 요컨대, 스마트폰은 신체와 근육을 해방시킨 만큼 영혼과 삶을 잠식해 버렸다. 이것은 과연 천국일까? 지옥일까?

좌우지간 천국과 지옥 '사이'를 오가면서 우리는 신체적 변형을 급속하게 체험하는 중이다. 무엇보다 빛의 폭주로 인해 시각은 도무지 안식처가 없다. 거리 곳곳에선 휘황찬란한 전광판이 번쩍거리고 지하철이나 버스에서도 압도적인 스케일을 자랑하는 대형 화면들로 넘쳐난다. 시력의 손상도 손상이지만 더 무서운 건 스펙터클이 아닌, 곧 일상의 평범한 장면들은 눈에 들어오지도 않는다는 점이다. 화려하고 특별하지 않은 것들에 대한 무관심 혹은 맹목.

시각 다음으로 위험한 것이 바로 청각이다. 거의 모든 이들이 이어폰을 끼고 살아간다. 이어폰은 이제 신체의 연장이 되었다. 이어폰에서 나오는 음악이나 소리들은 대체로 주파수가 높다. 거기에 접속하려면 청각의 손실을 감내해야만 한다. 청각이 약해지면 경청의 능력도 사라진다. 경청하지 않는데 어떻게 소통이 가능하단 말인가. 아울러 『동의보감』에 따르면 청력은 신장의 '정'精을 고갈시킨다. '정'은 정력 혹은 생식력의 원천이다. 즉, 청력이 떨어진다는 건 내공의 결핍으로 이어질 것이다. 요컨대, 스마트폰은 세상 모두를 연결했지만 사람들은 더한층 깊은 소외와 단절을 경험하게 된 것. 결국 이 우주에 공짜 점심은 없다. 천국의 문이 열리는 그만큼 지옥의 묵시록도 동시에 울려퍼진다. 자, 이 천국과 지옥 '사이'를 제대로 통과하려면 어떻게 해야 할까?

몸—생명과 우주의 교차지대

물론 오리무중이다. 소위 사회 각 분야의 전문가들조차 이 낯선 매트릭스 앞에서 예측 불가능성만을 강조하고 있고, 심지어 첨단과학의 대세도 '불확정성의 원리'다. 그렇다면 어디서 시작할 것인가? 여기서 아주 오래된 진리 하나를 환기할 필요가 있다. "별을 보고 길을 가던 시대는 복되도다!"는 루카치의 계시가 그것이다. 루카치에 따르면 근대 이전 인간은 땅 위의 지도를 찾기 위해 별의 운행을 관찰했다. 그 지도를 바탕으로 삶의 길을 열어 간 것이다. 인류학자 나카자와 신이치中沢新一는 이것을 '대칭성'이라 명명했다. 하지만 산업혁명 이후 인간과 자연의 이 대칭적 연결고리는 깨지고 말았다. 인간은 자연을 오직 극복과 착취의 대상으로만 간주했기 때문이다. 문명의 비약적 진보에도 불구하고 숱한 질병과 번뇌를 겪어야 했던 이유도 거기에 있다. 그러므로 근대적 이분법이 해체되는 지금, 우리에게 절실하게 요구되는 지혜는 다름 아닌 자연과의 소통이다. 인간이란 결국 자연에서 왔다 자연으로 돌아가는 존재 아니던가. 물론 우리는 하늘의 별을 볼 수 있는 혜안과 땅의 지도를 읽어 내는 투시력을 잃은 지 오래다. 하지만

대신 그 별이 투사되는 삶의 현장만은 분명히 알 수 있다. 우리의
몸이 바로 그것이다. 몸이 곧 별이고 대지다. 별과 대지와 몸, 그
삼중주를 다루는 학문이 동양 의역학醫易學이다.

의역학의 핵심 코드는 음양오행陰陽五行이고, 그 운동의 원리는
상생과 상극이다. 즉, 음양오행론은 해와 달, 그리고 목화토금수
5개 별의 운행, 그 생극의 이치를 탐구한다. 그것은 저 멀리 우주를
떠도는 천체의 신비로서가 아니라 내 몸 안에서 고스란히 작용한다.

손진인이, "천지에서 존재하는 것 가운데 사람이 가장
귀중하다. 둥근 머리는 하늘을 닮았고 네모난 발은 땅을
닮았다. 하늘에 사시四時가 있듯이 사람에게는 사지四肢가 있고,
하늘에 오행五行이 있듯이 사람에게는 오장五臟이 있다. 하늘에
육극六極이 있듯이 사람에게는 육부六腑가 있고, 하늘에 팔풍八風이
있듯이 사람에게는 팔절八節이 있다. 하늘에 구성九星이 있듯이
사람에게는 구규九竅가 있고, 하늘에 십이시十二時가 있듯이
사람에게는 십이경맥이 있다. 하늘에 이십사기二十四氣가 있듯이
사람에게는 24개의 수혈이 있고, 하늘에 365도가 있듯이
사람에게는 365개의 골절骨節이 있다. 하늘에 해와 날이 있듯이
사람에게는 두 눈이 있고, 하늘에 밤과 낮이 있듯이 사람은
잠이 들고 깨어난다. 하늘에 우레와 번개가 있듯이 사람에게는
희로喜怒가 있고, 하늘에 비와 이슬이 있듯이 사람에게는 눈물과
콧물이 있다. 하늘에 음양이 있듯이 사람에게는 한열寒熱이
있고, 땅에 샘물이 있듯이 사람에게는 혈맥이 있다. 땅에서
풀과 나무가 자라나듯 사람에게는 모발이 생겨나고, 땅 속에
금석이 묻혀 있듯이 사람에게는 치아가 있다. 이 모든 것은

사대四大와 오상五常을 바탕으로 잠시 형形을 빚어 놓은 것이다"라
하였다.{허준, 「내경편」, 『대역 동의보감』, 윤석희·김형준 외 옮김, 동의보감출판사,
2005, 10쪽.}

요컨대, 생리와 심리, 그리고 물리는 서로 상응한다. 이걸 지도
삼아 삶의 윤리를 찾아가는 것, 이것이 양생술이자 '도道'다. 이런
오래된 지혜가 우리 시대 인문학과 만나면 새로운 에콜로지가 된다.
인간과 자연의 이항대립을 넘어서는, 소통과 융합의 기예로서의
에콜로지! 하여 21세기의 화두는 단언컨대, 몸이다. 몸은 수많은
이분법적 대쌍들의 교차지대다. 거시와 미시, 정신과 물질, 개인과
사회, 보편과 개별, 남성과 여성 등등. 한마디로 생명과 우주의 모든
양상들이 '크로스'되는 실존의 현장이다. 고로, 몸을 보면 세계의
흐름을 알 수 있고, 우주의 이치를 알면 내 존재의 심연을 탐사할 수
있다. 몸과 우주, 그 대칭성의 눈부신 향연! 우리의 새로운 출발점은
바로 여기다.

021

통즉불통─소유에서 자유로, 증식에서 순환으로!

요즘 TV의 대세는 예능이다. 연말에 예능 시상식이 따로 있을
정도로 온갖 유형의 예능들이 '판치고' 있다. 주요 콘셉트는 잡담과
수다, 그리고 일상의 희로애락이다. 이 화려한 스펙터클의 시대와는
영 어울리지 않아 보이지만 뒤집어 보면 그만큼 일상을 나눌 이웃이
없다는 뜻이기도 하다. 수다떨 대상이 없으니 남들이 수다떠는 걸
구경이라도 하고 싶은 것이다. 산다는 건 결국 누군가와 이야기를

나누고 희로애락을 체험하는 것임을 새삼 확인하게 된다. 또 다른 콘셉트는 실전훈련. 정글탐험을 비롯하여 강도 높은 스포츠, 심지어 군입대까지 '생고생'을 자처하는 프로그램들이 인기를 끌고 있다. 광고에선 스마트폰이 다 해결해 줄 테니 그냥 즐기기만 하라고 유혹하는 시대에 왜 이렇게 '날것의 고행'을 보고 즐기는 것일까? 아주 모순적으로 보이지만 그게 곧 몸의 원리다. 몸의 존재 이유는 운동성에 있다. 간접적으로나마 우리는 그걸 느끼고 싶은 것일 게다.

　기계 문명이 발달할수록 몸은 편안해진다. 하지만 그럴수록 몸의 소외는 심화된다. 하루 종일 열심히 일했지만 몸의 기운은 오히려 적체되었고, 카톡으로 열나게 떠들었지만 목소리는 안에서 맴돌고 있다. 자가용으로 여기저기 돌아다녔지만 직접 목격한 건 내비게이션과 신호등뿐이다. 말하자면, 정신없이 분주했건만 몸의 정기는 하나도 순환되지 않았다. 이런 상태로 잠이 들 리가 없다. 결국 '주색잡기'로 불을 질러야 간신히 누울 수 있다. 낮의 활동에선 웅덩이처럼 고이고, 밤의 유흥에선 불나방처럼 타오른다. 정체와 과열, 불통의 대표적 양상이다. 이런 상태로 자존감을 유지하기란 불가능하다. 자존감이란 발산과 수렴의 매끄러운 리듬 속에서만 가능하기 때문이다.

　거듭 말하지만, 문명이 아무리 발달해도 몸은 움직여야 한다. 『동의보감』이 제시하는 양생의 원리는 간단하다. 통즉불통!通則不痛/痛則不通: 통하면 아프지 않다 / 아프면 통하지 않는다 여기서 '통한다'는 건 단순히 생리적 소통만을 뜻하지 않는다. 안과 바깥이, 나와 타자가, 생각과 말이, 말과 행동이 서로 '통해야' 한다. 앞서 밝혔듯이 몸과 우주는 대칭적 관계다. 그 대칭성의 기저를 이루는 키워드가 음양오행이다. 음양오행이 오장육부로, 오장육부가 다시 '칠정'七情: 희로애락애오욕喜怒哀樂愛惡慾 으로 이어지면서 물리와 생리, 그리고 심리의 '삼중주'가 일어난다. 이 삼중주의 리듬이 깨지는 것이 질병과 번뇌이고, 그 균열을 회복하여 삶의 능동적 주체가 되는 것이 치유이자 해방이다. 하여, 건강과 윤리, 양생과 지혜는 분리될 수 없다.

하지만 현대문명의 벡터는 정확히 반대다. 20세기 내내 숱한 개혁과 혁명을 겪었지만 정치경제학의 대전제는 소유와 증식이다. 다다익선! 한마디로 존재 자체가 담음이요 비만인 것. 그 결과가 우리가 앓는 수많은 질병들이다. 예컨대, 암은 소유욕의 극치를 보여 주는 질병이다. 암세포는 외부에서 침투한 세균이 아니라 느닷없이 불멸을 선언하면서 이웃세포들을 먹어치우는 돌연변이다. 항암제가 투여되면 몰래 정상세포에 숨어서 다른 장기로 이동하기도 한다. 한마디로 존재 자체가 '먹튀'인 것. 자본의 흐름과 참으로 닮아 있지 않은가.

하지만 이젠 암도 평범한 질환의 하나가 되어 버렸다. 암 완치율이 높아져서가 아니라 암보다 더 무서운 병들이 도래했기 때문이다. 우울증과 강박증, 분열증과 자살충동 등등. 하나같이 단절과 소외를 특징으로 한다. 가장 치명적인 것이 바로 치매다. 노인성 치매야 장수병이라 치더라도 진정 두려운 건 젊은 세대가 치매에 노출되었다는 사실이다. 의학적으로는 원인도 치법도 알지 못한다. 분명한 건 이 병에 걸리면 언어와 기억을 잃고 완벽하게 자기 안에 갇혀 버린다는 것이다. 소유와 증식의 배치가 낳은 문명적 대가인 셈.

하여, 이젠 정말 생명 차원의 소통이 이루어져야 한다. 그것은

한편으론 자신 안에 잠재한 야생성을 일깨우는 일이면서 동시에
노동과 화폐가 부여한 배치로부터의 탈주를 시도하는 일이다. 즉,
야생적 신체성을 동력 삼아 삶 전체가 우주적 순환에 참여할 수
있어야 한다. 그러기 위해선 무엇보다 핵가족의 문턱을 넘어야
한다. 우리 시대를 지배하는 성공신화의 핵심기제는 핵가족(혹은
스위트 홈)이다. 경쟁에서 살아남아야 하는 이유도, 남보다 더 많이
소유해야 하는 이유도 다 거기에 있다. 그러면 모든 것을 이룬
다음에는 어떻게 되는가? 핵가족의 굴레에서 벗어나 우주적 존재가
될 수 있는가? 당연히 그렇지 않다! 그 다음엔 더 가열차게 달려야
한다. 요컨대, 가족이 소유와 증식의 온상이 되어 버린 것이다. 가족
사이가 가장 위태로운 관계가 된 것도 그 때문이다.

그런 점에서 '스위트 홈'은 더 이상 삶의 윤리적 척도가 될 수
없다. 따라서 이젠 혈연과 가족을 넘어선 생명과 우정의 다양한
네트워크가 활성화되어야 한다. 소유를 향한 진격을 멈추고 생명의
대순환에 참여할 수 있는 길도 그때 비로소 가능할 것이다. 그리고
그것이야말로 인간의 '원초적' 욕망이다. 이 '스마트한' 시대에
자꾸만 야생을 찾아 떠나는 이유도 거기에 있는 게 아닐까?

유동하는 신체, 노마드

그렇다! 바야흐로 집의 시대가 '거去하고' 길의 시대가 '래來하고'
있다. 정주에서 유목으로! 집을 중심으로 살아가는 정주민에겐
모든 것이 고정되어 버린다. 그래서 소유와 증식, 서열 및 위계가
공고해지는 것이다. 하지만 길 위에선 반대다. 모든 것이 유동한다.

국경, 세대, 성 정체성, 노동과 화폐 등등 그 어떤 것도 절대적
우위를 점할 수 없다. 가치의 고정성은 물론 척도의 절대성도
사라진다. 상이한 방향의 힘들이 각축하고 서로 다른 윤리들이
좌충우돌하는 것, 무엇이든 실험할 수 있고 늘 새로운 존재로
거듭날 수 있는 것. 그것이 곧 유목이다.

　　유목은 유랑이나 편력이 아니다. 관광이나 레저는 더더욱
아니다. 어디에 있건 그 시공간을 전혀 다르게 바꿀 수 있는
능력이다. 유목민에겐 돌아갈 고향도, 도달해야 할 종착지도 없다.
오직 자신이 서 있는 그 시공간이 삶의 전부다. 하여 온전히 누리고
즐기되 시절이 바뀌면 훌훌 털고 떠나간다. 비움과 채움, 머묾과
떠남의 이중주! 따라서 유목을 위해 반드시 초원이나 야생으로
돌아갈 필요는 없다. 오히려 우리 시대의 유목은 도심 한가운데가
더 적당하다. 앞서도 밝혔듯이 21세기는 인간과 자연의 대칭성을
회복하는 것이 급선무다. 그 대칭적 네트워크는 문명의 한가운데서
이루어져야 한다. 그래야만 진정 문명적 대안이 될 수 있으므로.
문명 안에서 '문명의 외부'를 사유할 수 있는 길, 그것이 곧
유목이다. 따지고 보면 디지털 문명은 그 자체로 유동하는 신체다.
인터넷 안에선 모든 경계가 흔들리지 않는가. 또 SNS에선 중심도
방향도 없다. 접속과 변용만이 있을 뿐! 그렇다면 디지털이야말로
유목적 신체 아닌가. 문명의 첨단인 디지털과 야생적 신체인
노마드(유목민)가 운명적으로 마주치는 지점이 바로 여기다.

　　예전에는 길을 떠난다는 건 문명의 변방으로 밀려나는 것을
의미했다. 문명과 자연의 이분법적 배치하에서 움직였다는 뜻이다.
하지만 지금은 그렇지 않다. 아니, 그럴 필요가 없다. 디지털은
가볍고 경쾌하다. 결코 짐이 되지 않는다. 사실 스마트폰은 밀실에서

폐쇄적으로 쓰는 도구가 아니다. 밀실에서 쓰면 중독에 빠질
수밖에 없다. 하지만 길 위에선 전혀 다른 것이 된다. 무엇보다 낯선
시공간에 접속할 수 있는 수많은 경로를 알려 준다. 또 길 위에서
마주친 모든 경험들을 곧바로 작품으로 바꾸어 준다. 메모하고 찍고
편집하고…… 이전에는 장인의 손을 거쳐야 가능했던 모든 일들이
단숨에 이루어진다. 전혀 다른 삶의 회로가 창조된 것이다.

　실제로 나는 이것을 직접 확인할 기회가 있었다.

　2013년(계사년)은 내게 역마살의 해였다. 10년 전(2003) 미국에
다녀온 이후 나는 해외여행에 전혀 흥미가 없었다. 한데 그로부터
10년 뒤인 2013년이 되면서 먼 이국땅으로부터 초대장들이
날아왔다. 2003년에 그랬던 것처럼 이번에도 정말 예기치
못한, 아니 상상조차 하기 어려운 마주침이었다. 덕분에 미국,
일본, 중국을 수시로 드나들 기회가 생겼다. 그때마다 나는
공동체(감이당&남산강학원) 후배들과 함께 떠났다. 언어도
서툴뿐더러 낯가림이 심해서 혼자 떠나기엔 도무지 용기가 나지
않아서다. 역시 '길 위에선 벗이 필요하다'(길벗!)는 만고의 진리를
새삼 깨닫게 되었다.

　그 길 위에서 나는 소위 '디지털 세대'들의 신체가 전혀 다르게
움직이는 것을 목격했다. 그들은 게으르지도, 무기력하지도
않았다. 낯선 공간에서도 전혀 겁먹지 않고 기민하게 움직였다.
장애에 부딪히면 스마트폰을 적극 활용했다. 물론 스마트폰이 늘
'스마트한' 건 아니다. 틀리기도 하고 엉뚱하기도 했다. 하지만 그
좌충우돌 속에서 우발적인 사건들이 벌어졌고, 그때마다 여행의
경로는 수시로 변경되었다. 동시에 그들의 신체 또한 끊임없이
유동했다. 집에선 잠시도 걸으려 하지 않던 그들이 쉬지 않고 걷고

또 걸었다. 그리고 닥치는 대로 먹고 와자하게 떠들어 댔다. 전혀 새로운 일상과 관계들이 펼쳐진 것이다.

그때 깨달았다. 디지털 세대에겐 국경이 없다는 것. 그들에게 집을 떠난다는 건 국경을 넘는, 곧 '월경'越境에서부터 시작된다는 것. 그때부터 신체는 전혀 다른 리듬과 강밀도를 지니게 된다는 것. 이를테면, 디지털과 신체, 문명과 야생, 주체와 타자 등 아주 낯선 기호들이 융합되는 시대가 도래한 것이다. 길 위에서 '길' 찾기를 해야겠다고 작심한 건 바로 이런 맥락에서다(그래서 시작된 비전이 MVQ다. MVQ는 Moving Vision Quest의 약자로 고전과 여행을 다양한 방식으로 접목하는 프로젝트다).

길 위에서 '길' 찾기 ― '로드클래식'의 세계 속으로

"본래 땅 위에는 길이 없다. 누군가 걸어가면 그것이 곧 길이 된다." 중국 근대문학의 대문호 루쉰의 「고향」에 나오는 구절이다. 좀 다르게 표현하면, '길이 있어서 가는 것이 아니라 내가 가는 것이 곧 길'이라는 의미다. 생각해 보면 인간은 늘 길 위에서 살아간다. 여기에서 저기로, 청년에서 중년으로, 탄생에서 죽음으로……. 천지만물이 생성소멸을 멈추지 않는 한, 사계절이 끊임없이 돌아오는 한, 인간은 늘 길 위에 있을 수밖에 없다. 선택은 둘 중 하나다. 이미 정해진 길을 갈 것인가 아니면 내가 길을 열어 갈 것인가. 다시 말해, 길 위에서 '정주'할 것인가 아니면 길 위에서 새로운 '길'을 찾을 것인가.

길을 떠나려면 지도를 그려야 한다. 지도를 그리기 위해선 하늘의 별을 보라고 했다. 우리 시대의 별은 바로 '고전'이다.
『열하일기』,『서유기』,『돈키호테』,『허클베리 핀의 모험』,『그리스인
조르바』,『걸리버 여행기』 등등. 인생과 우주의 지혜를 담은 책들을
고전이라고 한다면, 고전 자체가 '길'에 대한 탐구인 셈이다.
하지만 그중에서도 진짜 여행을 다룬 책들이 있다. 길 위에서
'길'을 찾는, '길' 자체가 주인공이자 주제인 그런 책들. 이름하여
'로드클래식'(여행기 고전)! 위의 작품들이 바로 거기에 속한다.
그리고 우연의 일치겠지만 이 작품들은 각 문명권에서 최고로
평가받는, 그야말로 '별 중의 별'이다.

　　『열하일기』는 한문으로 쓰여진 문장 가운데 최고의 경지를
자랑하는 작품이다. 무엇보다 내 인생을 바꿔 준 책이다. 2003년
『열하일기』를 리라이팅하면서 나는 고전평론가로 거듭났다.
『임꺽정』과 『동의보감』 같은 원대한 고전을 만난 것도, 이
'로드클래식'의 세계와 접속하게 된 것도 다『열하일기』덕분이다.
이보다 더 기막힌 인생역전이 또 있을까?『서유기』는 구법과
모험, 영성과 세속이 질펀하게 융합된 판타지다. 애니메이션과
영화로 수없이 변주될 정도로 대중들의 사랑을 한몸에 받고 있다.
『서유기』에 접속하면 누구든 깨닫게 된다. 구도가 얼마나 유쾌한
전투이자 놀이인지를.

　　『돈키호테』는 셰익스피어를 능가하는 유럽문학의 진수이자
푸코와 보르헤스 같은 20세기 사상가들로부터 격찬을 받은
작품이다. 그 명성에 걸맞게, 광기와 에로스, 이상과 현실의 각축이
심오하기 이를 데 없다. 한데, 가는 길마다 포복절도의 연속이다.
심오한데 웃기다니, 어찌 이런 작품을 사랑하지 않을 수 있으랴.
한편, 『허클베리 핀의 모험』은 다소 낯설지도 모르겠다. 하지만

『톰 소여의 모험』의 자매편이라고 생각하면 눈이 확~ 떠질 것이다. 미국문학을 대표하는 마크 트웨인의 작품이다. 대학 1학년 시절, 이 작품을 처음 읽었을 때의 감동이 아직도 생생하다. '로드클래식'을 기획하는 순간 바로 이 작품이 떠올랐을 정도니, 이거야말로 '내 안에 너 있다'의 진수 아닌가. 어디 나쁘랴. 이 작품을 읽게 되면 누구든 깊이 잠들었던 야생과 탈주의 본능이 되살아날 것이다. 『걸리버 여행기』의 여정은 한마디로 기상천외다. 무엇을 상상하든 그 이상이다! 한데, 어디를 가든 걸리버는 인간의 역사와 본성을 향해 지독한 '똥침'을 날린다.

만약 이 '로드클래식'의 주인공들과 여행을 한다면? 아마 오대양 육대주를 다 넘나들어야 할 것이다. 연암 박지원, 돈키호테, 삼장법사와 그 제자들, 허클베리 핀과 조르바, 그리고 걸리버, 이들은 대체 길 위에서 어떤 삶, 어떤 운명과 마주친 것일까? 그 지도를 탐사하는 것이 이 책의 기본 콘셉트이다.

사족 하나. 길 위에서 '길 찾기'를 하려면? 먼저 묵은 것들을 흘려보내야 한다. 버블경제와 성공신화, 스위트 홈의 망상 등은 말끔히 잊으시라. 비우는 만큼 길이 열릴 것이니. 이 '로드클래식'과 더불어 그 길을 탐사할 수 있기를 바란다. 소유에서 자유로, 증식에서 순환으로 이어지는 '천 개의 길', '천 개의 삶'을!

걸리버 여행기
Gulliver's Travels

열하일기
熱河日記

그리스인 조르바
Zorba the Greek

서유기
西遊記

돈키호테
Don Quijote de La Mancha

Road classic

허클베리 핀의 모험

Adventures of Huckleberry Finn

熱河日記

燕 巖

朴趾源

旱

저자 : 연암 박지원 (燕巖 朴趾源, 1737~1805)

熱河日記

열하일기

熱河日記

열하일기

1.

유목, '길 없는 대지'!

십여 년 연암협에 은거하던 사람이 十載巖棲客
새벽녘 행장 꾸려 먼 길 간다고 고하네 晨裝告遠遊
반평생을 책 속에서만 살더니 半生方冊裏
오늘은 황제의 나라 중국으로 떠나네 今日帝王州

[박지원, 『열하일기』 3, 김혈조 옮김, 돌베개, 2009, 131쪽.]

연암의 처남이자 지기知己인 이재성李在誠이 연암에게 건넨 전별시다.
연암의 여행에 이재성의 가슴이 더 두근거렸나 보다. 하긴, 왜
안 그렇겠는가. 이때 연암의 나이 마흔넷, 당시로선 반백의
초로에 접어든 때였다. '절친'인 홍대용洪大容은 15년 전에 중국을
다녀왔고, 이덕무·박제가 등 '백탑파' 후배들도 이미 연행을 마친
터였다. 서책과 풍문으로만 듣던 그 땅을 드디어 밟게 된 것이다.
건륭乾隆황제 만수절(70세 생일) 축하사절단에 정사 박명원朴明源의
자제군관으로 뽑힌 덕분이다.

035

　　때는 1780년 음력 6월 24일. 연암은 드디어 압록강을 건넌다.
강을 건너 요동으로, 요동에서 심양瀋陽으로, 심양에서 다시
산해관山海關. 이 관을 통과하면 황제의 궁전인 자금성이 있는
연경燕京: 베이징(北京)의 옛이름이다. 하지만 황제는 연경에 있지 않았다!
동북방 피서지 열하熱河에 있었던 것. 하여, 예정에도 없던 열하라는
여정이 추가되었다. 그리고 열하에서 다시 연경으로! 시간으로
따지면 5개월, 거리로는 총 삼천여 리에 달하는 이 '대장정'의
기록이 바로 『열하일기』다. 『열하일기』는 세계 최고의 여행기이자
천고에 드문 '절대기문'이다. 대체 그 길 위에선 무슨 일이 있었던
것일까?

정주(머묾)와 질주(떠남)의 이중주

강을 건너자 일행은 구련성이란 곳에서 노숙을 한다. 그 광경이
아주 볼 만하다. "30여 군데에 화톳불을 만들었다. 아름드리 큰
나무를 톱으로 잘라다 먼동이 틀 때까지 환히 밝힌다. 밤새도록
군뢰가 나팔을 불면 300여 명이 일제히 고함을 치는데, 이는
호랑이를 경계하기 위함이다. …… 한밤중이 채 못 되어 소낙비가
마구 퍼붓는다. 위로는 천막이 새고 밑에선 풀 사이로 습기가
치민다. 피할 곳이 없다. 잠시 후 날이 개더니 하늘엔 온통 별이
총총하다. 손을 뻗치면 그냥 닿을 것만 같다."박지원,『세계 최고의 여행기
열하일기』(상), 고미숙·길진숙·김풍기 편역, 북드라망, 2013, 54~55쪽.」 고달픔과
낭만의 교차! 노숙은 그 다음날까지 이어졌고 3일째 비로소

길을 나섰다. 하지만 7월 1일 통원보라는 곳에서 또 발이 묶였다.
새벽녘에 큰비가 내린 탓이다. 그 다음날도 또 그 다음날도…….
무려 닷새를 꼼짝없이 머물러야 했다. 7월 6일 불어났던
시냇물이 조금 줄어서 길을 떠나기로 했다. 대신 찌는 듯한
폭염이 시작되었다. 그렇다고 미적거릴 처지가 아니다. 제 날짜에
연경에 도착하려면 정신없이 달려야 한다. 그 폭풍질주의 기록이
'일신수필'「馹汛隨筆: 달리는 말 위에서 획획 지나가는 단상을 적는다」이다.
    머무를 땐 한없이 지리하고, 떠날 때는 '엑스피드'로 내달려야
하는 것, 이것이 이 여행의 리듬이자 특이성이다. 코스 자체야
수많은 사람들이, 수없이 지나간 곳이다. 하지만 같은 길도 어떻게
가느냐에 따라 전혀 다른 길이 된다.
    이렇게 느림과 빠름이 엇갈리다 보니 연경에 들어가는
데만도 목숨을 걸어야 했다. '물을 건널 때면 모두들 눈앞이

캄캄하여 얼굴은 새파랗게 질렸다. 간신히 건너편에 도달하고 나면
설상가상으로 더 험한 물이 기다리고 있다. 하루에 일고여덟 번이나
물을 건너고 쉴 참을 건너뛰며 정신없이 달리다 보니 말들은 더위에
쓰러지고 사람들 역시 토하고 싸고'……. 그렇게 해서 간신히 8월
초하루에 연경에 닿았다. 휴~ '고생 끝 유람 시작'인 줄 알았건만,
웬걸! 전혀 엉뚱한 여정이 기다리고 있었다.

연경에 도착하고 사흘여를 보냈을 즈음 황제의 명령이
떨어졌다. 조선사신단을 당장 열하로 불러들이라는! 여전히 강물은
높고 산세는 험준한데 일정은 촉박했다. 덕분에 '무박나흘'(!)의
질주를 감행해야 했으니, 가히 '정글의 법칙' 뺨치는 모험기라
할 만하다. 열하에 도착하여 엿새간의 꿀맛 같은 유람과 친교를
나누던 차, 또다시 황급히 짐을 챙겨 쫓겨나듯 연경으로 돌아온다.
티베트법왕의 알현 건으로 황제의 심사를 거스른 탓이다. 갈 때는
느닷없이, 올 때는 득달같이!

이렇듯, 이 여행은 시종일관 정주와 질주가 격렬하게 교차하는
이중주였다. 하지만 연암은 이 리듬에 휘둘리지 않았다. 거꾸로
그걸 능동적으로 활용했다. 발목이 묶일 때는 인정물태와 청문명의
저변을 훑고, 질주해야 할 때는 사유를 통해 '심연과 산정'을
넘나들었다. 고담준론과 깨알 같은 에피소드, 화려한 레토릭rhetoric:
수사과 황당한 해프닝, 풍속과 역사 등 아주 이질적인 담론들이
매끄럽게 공존할 수 있었던 이유도 거기에 있다.

공간은 시간의 펼침이고, 시간은 공간의 주름이다. 시공의
펼침과 주름, 그것이 곧 리듬이다. 이 리듬에 고유한 강밀도를
부여할 수 있다면 그 여행은 곧 유목이 된다. 연암의 여행이 바로
그러했다.

'통곡'과 함께 길이 열리고

머리카락 희게 세었다고 말하지 마라莫云頭已白
천지의 무궁함도 별것 아닌 양 본다네天地忽無窮
필마로 요동의 들판을 가르니匹馬遼東野
채찍을 내려치자 만리에 바람이 일도다─鞭萬里風

(박지원, 『열하일기』 3, 130쪽.)

연암의 친척뻘인 박남수의 전별시다. 연암의 호방한 기운과 이
여행이 몰고 올 파장을 멋들어지게 표현하고 있다. 이 예견이
고스란히 적중된 장면이 있다.

　7월 8일, 강을 건넌 지 보름쯤 되던 날, 연암은 마침내
요동벌판에 들어선다. 열흘을 가도 산이 보이지 않는 드넓은 평원을
보자 연암은 문득 이렇게 외친다. "훌륭한 울음터로구나, 크게 한번
통곡할 만하도다!" 이름 하여, '호곡장'好哭場! 천고에 보기 드문
광경을 만나서 웬 울음? 그의 도도한 논변을 들어보시라.

　"기쁨[喜]이 사무쳐도 울게 되고, 노여움[怒]이 사무쳐도 울게 되고,
즐거움[樂]이 사무쳐도 울게 되고, 사랑함[愛]이 사무쳐도 울게
되고, 욕심[欲]이 사무쳐도 울게 되는 것이야. 근심으로 답답한 걸
풀어 버리는 데에는 소리보다 더 효과가 빠른 게 없지.
울음이란 천지간에 있어서 우레와도 같은 것일세. 지극한 정情이
발현되어 나오는 것이 저절로 이치에 딱 맞는다면 울음이나
웃음이나 무에 다르겠는가. 사람의 감정이 이러한 극치를 겪지
못하다 보니 교묘하게 칠정을 늘어놓고는 슬픔에다 울음을

짝지은 것일 뿐이야. 이 때문에 상(喪)을 당했을 때 처음엔 억지로
'아이고' 따위의 소리를 울부짖지. 그러면서 참된 칠정에서
우러나오는 지극한 소리는 억눌러 버리니, 그것이 저 천지 간에
서리고 엉기어 꽉 뭉쳐 있게 되는 것일세."[박지원,『세계 최고의 여행기
열하일기』(상), 139쪽.]

요컨대, 희로애락애오욕의 칠정七情이 모두 지극한 경지에
이르면 소리가 터져 나온다. 그때의 소리가 바로 통곡이라는 것. 이
소리를 참고 누르다 보니 천지 사이에 엉겨 버렸다는 것. 그런데
지금 하늘과 땅이 서로 맞붙은 요동벌판을 보니 그 누르고 엉긴
소리를 한바탕 풀어 볼 수 있겠다는 뜻이다.

그럼 소리를 누르고 엉기게 하는 건 대체 무엇인가? 통념과
도그마, 허례허식, 미봉책 등 생의 능동적 에너지를 훼손시키는
온갖 규범들일 터. 연암은 이로 인한 억압이 얼마나 지독한지
청년기에 이미 체험한 바 있다.

연암의 청년기는 꿀꿀했다. 열일고여덟 살 즈음, 한창
과거공부에 매진하던 그때 연암은 우울증을 앓았다. 먹지도 자지도
못할 정도로 중증이었다. 칠정이 누르고 엉기어서 삶의 의욕을
잃어버린 상태가 된 것이다.

그때 그는 무엇을 했던가? 저잣거리로 나가 사람들을 만났다.
분뇨장수, 건달, 이야기꾼, 역관 등등 한마디로 자신과는 전혀 다른
"타자들"과 접속한 것이다. 타자란 자기와 '다르게' 사는 존재들을
뜻한다. 그들을 통해 전혀 다른 인생, 전혀 다른 길이 있음을
발견하면서 꽉 막힌 기혈이 뚫리기 시작했다. 이 과정을 거친 이후
그는 미련 없이 생의 노선을 바꾼다. 입신양명의 레이스에서 벗어나

거리의 백수로 살아가기로 결심한 것이다. 그런 점에서 연암의
우울증은 청년기의 통과의례에 해당한다.

'호곡장' 역시 이 기나긴 여행의 서곡이자 문턱이다. 저 가슴
깊은 곳에서 우러나와 천지를 뒤흔드는 소리를 통해 그는 전혀
다른 신체성을 획득하게 된다. 이제 당당하게 중원의 대지 혹은
청문명이라는 타자와 마주할 수 있으리라. 박남수의 예견대로 이제
가는 곳마다 '큰 바람'이 불어닥칠 것이다. 낡은 통념과 억압적
도그마를 한 방에 날려 버릴 '일진광풍'이.

은밀하게 유쾌하게

요동벌판을 지나고 이틀 후 연암은 심양에 들어선다. 심양은 본시
청나라가 일어난 터전이다. 만주족 오랑캐의 발원지를 둘러보는
연암의 심정은 착잡하다. 하지만 그 심사를 나눌 지식인들은 그곳에
없다. 대신 그곳에서 장사꾼들과 접속한다. 예속재(골동품 가게)와
가상루(비단파는 가게)가 그들의 거점이다. 이들과 '접선'하는 과정은
한 편의 첩보 시트콤이다.

저녁 달빛이 더욱 밝다. 변계함에게 함께 가상루에 가자고 했더니,
눈치도 없이 수역首譯: 통역관의 우두머리에게 가도 좋으냐고 묻는다.
이에 수역의 눈이 휘둥그레지면서, "성경은 연경이나 다름없는데
함부로 밤에 나다니겠다는 말씀이십니까?" 하는 바람에
변군의 기가 한풀 꺾였다. …… 만일 수역이 알게 되면 나까지
붙잡힐까 두려워 일부러 알리지 않고 슬그머니 혼자 빠져나갔다.

장복이더러는 혹시라도 나를 찾거든 뒷간에 갔다고 하라고
일러두었다.[박지원,『세계 최고의 여행기 열하일기』(상), 172~173쪽.]

속이고 눙치고 튀고. 연암만이 연출할 수 있는 장면이다.
과거를 폐한 이후 오랫동안 '마이너 리그'에서 놀아본 이력
탓이리라. 이들 장사꾼들은 장장 오천여 리나 떨어진 오吳·촉蜀
땅에서 왔다. 그에 비하면 조선은 아주 가까운 나라다. 또 그들은
대부분 문맹이다. 글자를 안다 해도 지식이 몹시 일천하다. 하지만
사람살이에 대해서만은 녹록지 않은 연륜을 자랑한다. 연암은
이들과 격의 없이 교감을 나눈다. 「후출사표」後出師表를 크게
낭독하기도 하고 붓을 휘둘러 그림도 그리고 글씨도 써 댄다.

여러 사람들이 더욱 환호하며 서로 다투어 종이와 붓을 내놓고
빙 둘러서서 써 달라고 조른다. 검은 용 한 마리를 그린 뒤, 붓을
퉁겨서 짙은 그림과 소낙비를 그렸다. 지느러미는 꼿꼿이 서고
등비늘은 제멋대로 붙었고 발톱은 얼굴보다 더 크고 코는 뿔보다
더 길게 그렸더니, 모두들 크게 웃으며 기이하다 한다.[박지원,『세계
최고의 여행기 열하일기』(상), 197쪽.]

이 용은 화룡으로 조선에선 강철이라고 한다. 가뭄을
몰고 오는 아주 지독한 놈이다. 하지만 중국인들은 이 '강철'을
발음하기가 꽤나 어렵다. 그래서 '강-처!', '강천!'이라 했다가, 다시
큰 소리로 '강청!' 한다. 사람들이 배꼽을 잡고 크게 웃는다. 이 웃음
속에서 드러나는 그들의 속내.

가게를 내고 물건을 사고팔아서 생계를 잇는 것을 두고 남들은
비록 하류로 치지만……하늘이 나를 위해 극락세상을 열고, 땅이
쾌활림快活林: 송나라 서울 근처에 있던 유원지을 점지해 준 것이라고 볼
수도 있는 거죠. …… 아무리 넓은 대도시라도 마음 가는 곳이
곧 집이요, ……방편을 따라 자유롭게 살 수 있습니다. …… 또
우리들은 모두 벗을 사귀는 일에 지극한 정성을 다한답니다.
…… 천하의 지극한 즐거움 가운데 이보다 더 나은 것이
있겠습니까.[박지원, 『세계 최고의 여행기 열하일기』(상), 201~202쪽.]

그렇다! 그들이 장사꾼으로 떠도는 건 스스로 선택한 삶이다.
어디에도 걸림이 없이 천하를 떠돌 수 있는 유일한 직업이 바로
장사였기 때문이다. 우리 시대 자본의 흐름과는 정반대다. 전자는
정착으로부터 벗어나기 위해, 후자는 오로지 자신의 영토를
확장하기 위해. 소유와 정착으로부터 벗어나는 운동을 유목이라
한다면 이때 수반되는 윤리가 곧 우정이다. 우정 없는 유목이란
'앙꼬 없는 찐빵', '오아시스 없는 사막'에 다름 아니다. 이들이 왜
연암을 그토록 환대했는지 충분히 이해할 만하다.
　이것이 연암이 티지들과 접속하는 기술이다. 밀주는 은밀하게.
아무도 눈치채지 못하게 슬그머니 궤도를 벗어난다. 하지만
현장은 더할 나위 없이 유쾌하다. 이 매끄러운 리듬 속에서 술과
웃음, 예능과 서사, 풍속과 윤리가 자유롭게 교차한다. 은밀하게
유쾌하게!

인생도처유 '반전'!

8월 초하루, 마침내 연경에 도착했다. 이삼일 여독을 풀자마자
연암은 곧장 유리창으로 향한다. 유리창은 27만 칸에 달하는
문물의 집결지이자 연행의 목적지에 해당한다. 이국의 선비들과
지적 향연을 즐길 수 있는 최고의 장소인 까닭이다. 하지만
그곳에서 연암은 혼자였다. 유리창의 한 누각 위에 올라 난간에
기댄 채 이렇게 탄식한다.

> "이 세상에 진실로 한 사람의 지기知己만 만나도 아쉬움이
> 없으리라." …… 이제 나는 이 유리창 중에 홀로 서 있다. 내가
> 입고 있는 옷과 갓은 세상이 알지 못하는 것이고, 그 수염과
> 눈썹은 천하가 처음 보는 바이며, 반남의 박씨는 중국 천하가
> 들어보지 못한 성씨이다. …… 장차 어느 지기와 이 지극한
> 즐거움을 논할 수 있으리오.(박지원, 『세계 최고의 여행기 열하일기』(하),
> 고미숙·길진숙·김풍기 편역, 북드라망, 2013, 106~107쪽.)

043

이런! 우정과 친교의 달인이 이 흥성스러운 곳에서 외톨이가
되다니. 물론 연암은 이 '군중 속의 고독'을 충분히 음미한다.
'남이 나를 알아주지 않아도 성내지 않는다면 또한 군자가
아니겠느냐'(공자)와 '나를 알아주는 이가 드물다면 나는 참으로
고귀한 존재로다'(노자)는 성인의 말씀을 되뇌이며 자신을
추켜세운다. 이처럼 연암은 우정의 달인이면서 동시에 '고독한
솔로'였다. 여행길 내내 늘 누군가와 함께했지만, 놀랍게도 결정적인
순간에는 언제나 혼자였다. 고북구 장성을 넘을 때, 하룻밤에

아홉 번 강을 건널 때, 열하에서의 첫날 밤 벅찬 감회로 잠 못
이룰 때 등등. 아이러니 혹은 반전! 하지만 우리는 알고 있다. 홀로
갈 수 있는 자만이 함께 갈 수 있다는 것, 고독이야말로 친교의
원동력이라는 것을.

게다가 유리창에서의 고독, 이것은 결코 우연이 아니었다.
또 다른 시공간으로 도약하기 위한 관문이었다. 만약 연암이
유리창에서 벗을 만나고 지성의 향연을 펼쳤다면 그는 결코 열하로
가지 않았을 것이므로.

꿈결에 별안간 요란스런 소리가 들려왔다. 뭇사람들의 벽돌 밟는
발자국 소리가 마치 담이 무너지는 듯 집이 쓰러지는 듯 어지럽기
짝이 없다. 깜짝 놀라 벌떡 일어나 앉으니, 머리가 어지럽고
가슴이 두근두근한다. …… 황급히 옷을 주워 입고 있는데,
시대가 엎어지듯 고꾸라지듯 달려 왔다. "곧 열하로 떠나게
되었답니다!"(박지원,『세계 최고의 여행기 열하일기』(하), 148~149쪽.)

열하는 동북방에 있는 장성 밖의 요충지다. 건륭제의
할아버지인 강희제 때부터 여름이면 늘 황제가 이곳에서 피서를
즐기곤 했다. "겉으로는 태평하게 휴가를 즐긴 듯 보이지만 그
속내는 험준한 요새인 이곳에서 몽고의 목구멍을 틀어막고자
함이다." 연경에서 열하까지의 거리는 공식적으로는 400여
리지만, 실제로는 700여 리다. 강희제가 신하들을 길들이기 위해
인위적으로 역참을 줄인 탓이란다.(헐~)

열하행이 결정되자 연암은 머뭇거린다. "먼 길을 겨우 쫓아
와서 안장을 끄른 지 얼마 되지 않아 피곤이 채 가시지도 않았는데,

또다시 먼 길을 떠나자니 생각만 해도 끔찍한 노릇이요, 또 만일 열하에서 바로 본국으로 돌아가기라도 하면 연경 유람 계획은 수포로 돌아가고 만다." 그러자 정사 박명원이 이렇게 충고한다. "열하는 누구도 가보지 않은 길인데, 이 천재일우의 기회를 그냥 놓칠 셈인가." 결국 연암은 떠나기로 마음먹는다. 이 순간이 여행의 전 과정 중에서 가장 극적인 반전 포인트다. 이 여행기가 단순한 '연행록'에서 『열하일기』라는 절대기문으로 바뀌는 시점이기 때문이다.

열하는 낯설다. 낯설다는 건 모든 것이 예측불허라는 뜻이다. 과연 그랬다. 일단 만수절 행사에 맞추기 위해 '무박나흘'의 강행군을 해야 했다. 그 와중에 견마잡이 창대는 말굽에 발이 밟혀 뒤에 처졌고, 연암은 야삼경夜三更: 밤 11시에서 새벽 1시 깊은 밤에 고북구 장성을 홀로 넘는다. 설상가상으로 장성을 넘자마자 하룻밤에 아홉 번 강을 건너는 대모험을 겪어야 했다. 주야불고, 생사불고, 오매불고…… 그의 말에 따르면 "마치 소경이 꿈결에 지나친 듯"한 기막힌 여정이었다.

연암은 당대 집권세력인 노론 명문가의 유망주였다. 하지만 일찌감치 권력의 장을 벗어난 탓으로 연암의 생애는 겉보기엔 대체로 밋밋하다. 그 흔해 빠진 정쟁과 음모, 유배와 국문 같은 사건들을 전혀 겪지 않은 탓이다. 그래서 그의 캐릭터를 다소 나이브한 '비정치적' 문장가 정도로 간주하기도 한다. 하지만 거기에는 정치를 권력 쟁탈로 간주하거나 혹은 거대담론으로 환원하는 통념이 자리하고 있다. 과연 그런가? 연암은 바로 그런 식의 배치로부터 탈주한 것이다. 따라서 이 탈주는 투쟁과 불화가 아니라 창조와 생성의 벡터를 지닌다. 삶과 사유의 새로운 형식을 창안하는 것, 연암의 화두는 오직 거기에 있었다.

그 저력이 유감없이 발휘된 장면이 바로 열하로 가는
과정이다. 굶주림과 잠 고문 속에서도, 생사를 오락가락하면서도
그의 신체와 사유는 더할 나위 없이 명징하였다. 이것이 바로
니체가 말한 '위대한 건강'이리라. 어떤 악조건 속에서도 존재의
무게중심을 잃지 않는 강철 같은 체력! 또 빛나는 명랑성!
예측불허의 상황 속에서 늘 반전을 야기할 수 있는 동력도 거기에
있다. 고독한가 하면 왁자지껄하고, 위기인가 싶으면 순식간에
출구가 열리고, 백척간두가 곧 '깨달음'의 현장이 되는 식으로.
그렇다. 유목민에게 있어 길은 늘 반전의 연속이다. 여행이든
삶이든. 인생도처유'반전'!

판타지아 혹은 카오스―길 없는 대지

요술쟁이는 커다란 유리 거울을 탁자 위에 놓고 …… 사람들을
불러서 문을 열고 거울 속을 구경하게 한다. …… 여러 층 누각과
몇 겹 전각에 단청을 곱게 했는데, …… 어여쁜 계집들이 서너
명 짝을 지어 보검을 지니거나 금병을 들고, 혹은 생황을 불거나
비단 공을 차는데 구름 같은 머리와 아름다운 귀고리가 묘하고
곱다. …… 사람들은 구경하는 데 푹 빠져서 그것이 거울인
줄도 잊어버리고 부러움을 이기지 못해 거울을 뚫고 들어가려
한다. 이때 요술쟁이는 구경꾼들을 꾸짖어 물리치고 거울 문을
닫아 한동안 보지 못하게 한다. …… 사방에 대고 무슨 노래를
부르고는 다시 거울 문을 열어 사람들에게 보여 준다. 전각은

적막하고 누사樓樹는 황량한데 일월이 얼마나 지났는지 아름다운
여인들은 어디론가 가고 없고 한 사람이 침상 위에서 옆으로
누워 자는데 옆에는 아무런 기물도 없다. …… 잠자던 사람은
기지개를 켜면서 깨어나려다가 또 잠이 드는데 갑자기 두 다리가
수레바퀴로 바뀐다.(박지원,『세계 최고의 여행기 열하일기』(하), 338~340쪽.)

열하의 저잣거리에서 감상한 요술의 한 장면이다. 영화
〈아바타〉뺨치는 판타지아다. 이 현란한 요술은 물론 눈속임이다.
더 황당한 건 요술쟁이가 사람들을 속이는 것이 아니라 보는
이들이 자신의 눈에 속는다는 것. 그래서 눈을 크게 뜨면 뜰수록
더더욱 속는다. 그럴 땐 차라리 눈을 감아야 한다! 이처럼 열하는
역설의 도가니였다.

연암이 중원으로 간 까닭은? 당연히 청문명의 진수를 직접
목격하기 위해서다. 왜? 청나라는 만주족 오랑캐가 세운 나라다.
게다가 그들은 병자호란 때 조선을 무릎 꿇린 원수의 나라가
아니던가. 이후 조선은 스스로를 '소중화'小中華라 자임하면서
병자호란의 치욕을 씻기 위해 '북벌'을 공식이념으로 내세웠다.
이 소중화주의와 북벌론의 기치를 높이 내건 당파가 노론이고
송시열 학맥이다. 연암은 바로 그 라인에 속한 인물이다. 대의
자체야 틀렸다고 할 수는 없다. 한데, 문제는 늘 현실이다. 청나라는
역대 어떤 왕조보다도 더 역동적인 문명을 이루었다. 그에 반해
조선의 '소중화주의'와 '북벌론'은 그저 허울뿐이었다. 청나라를
'되놈'이라고 부정하면서 내부의 동력을 억누르는 기제로 작동하고
있었던 것.

연암은 이 사상적 배치를 전복한다. 북벌에서 북학으로! 비록

047

원수라 해도 배울 것이 있다면 배워야 한다! 오랑캐의 나라는
저토록 활발한데 중화를 표방하는 조선은 왜 이토록 무력한가?
학맥이나 당파로는 주류적 라인에 속했음에도 연암은 이 불편한
진실을 결코 회피하지 않았다. "청문명의 장관은 기왓조각과
똥부스러기에 있다!" "이용利用이 있은 연후에야 후생厚生이 될
것이요, 후생이 된 뒤에야 정덕正德을 이룰 수 있을 것"이라는 파격적
테제들, 수레·온돌·벽돌 등에 대한 생생한 관찰 등은 다 거기에서
비롯한다.

　　하지만 그의 질문은 이런 식의 문명지知에서 그치지 않는다.

　　아, 이곳은 오래전 명나라와 청나라 군사들이 피비린내나게
　　싸우던 전쟁터가 아니던가. …… "이 싸움에서 청군은 명나라
　　병사 5만 3천 7백 명을 죽이고, 말 7천 4백 필, 낙타 60필, 갑옷과
　　투구 9천 3백 벌을 노획했다. …… 청나라 군사는 실수로 다친
　　자가 겨우 여덟에 불과할 뿐, 나머지는 코피도 흘리지 않았다."
　　아아, 슬프다. 이것이 이른바 송행송산과 행산 전투다. …… 당시
　　명나라는 13만이나 되는 대군이면서도 수천 명에 불과한 청의
　　군사에게 포위되어 마치 마른 나무가 꺾이고, 썩은 가지가
　　부러지듯 무너지고 말았다. …… 일이 이 지경에 이르고 보면 실로
　　운수로 돌리지 않을 수 없겠다.[박지원, 『세계 최고의 여행기 열하일기』(상),
　　276~281쪽.]

　　어디 그뿐인가? 청의 황제들은 모두 문무를 겸전하여 150년이
넘도록 태평천하를 이루고 있으니 이는 한漢·당唐시대에도 없던
일이었다. 아, 이 또한 하늘의 뜻이란 말인가?

무릇 천하의 일이라는 것은 비유하자면 양쪽에서 줄을 당기는
것과 같습니다. 줄을 당기다가 줄이 끊어지면, 끊어지는 곳 가까이
처했던 쪽이 먼저 넘어지게 되어 있습니다. 처음에는 서로의 힘이
대등하게 겨룰 만하기 때문에 천하에는 거스르는 것과 순종하는
차이, 즉 밀고 당기는 차이는 있어도 어느 쪽이 옳다든지 어느
쪽이 틀렸다든지 하는 것은 없습니다.[박지원, 『열하일기』 2, 김혈조 옮김,
돌베개, 2009, 419~420쪽.]

결국 인연과 배치에 달려 있을 뿐, 시비선악이 본디 정해져
있는 것은 아니다. 그러므로 역사와 진리 혹은 도道는 늘 무상하게
움직인다. 하여, 매 순간 새롭게 구성되어야 한다. 거기에는 정해진
방향이나 목적 같은 건 없다! 그런 점에서 연암이 열하에서
티베트불교와 조우한 것도 결코 우연이 아니다.

18세기 조선의 지성사는 두 개의 흐름으로 양분되었다.
연암그룹과 다산학파. 이 둘은 당파적으로 노론과 남인이라는
차이가 있지만 그보다는 사상적 차이가 더 극심했다. 전자는 명·청
교체기의 양명좌파와, 후자는 서양기술 및 천주교와 연결되었다.
물론 연암그룹도 천주교와 서양문명에 대해 깊은 관심을 가지고
있었다. 하지만 그건 어디까지나 기술적 차원이었을 뿐 교리적
차원이 아니었다. 그래서인가. 인연이 계속 어긋난다. 연경에
도착하자마자 천주당을 찾아가지만 아무도 만나지 못한다.
열하에서도 두루 탐문을 해보지만 영 선이 닿질 않는다. 대신
엉뚱하게 티베트불교와 마주친다.

건륭황제는 판첸라마(티베트법왕)을 만수절 행사에
초대했을 뿐더러 그를 위하여 황금궁전을 지어 주었다. 거기다

조선사신단에게 직접 법왕을 알현하게 해주는 은혜를 베푼다. 하지만 그건 은혜가 아니라 재앙이었다. 조선 성리학의 입장에서 보자면 티베트불교는 이단 중의 이단이기 때문이다. 법왕에게 머리를 숙일 수 없다며 뻗대는 조선사신단과 황제의 명령을 받들어야 하는 중국관리들 사이의 실랑이가 벌어지고, 이로 인해 황제의 심기가 몹시 불편해졌다. 황급히 짐을 챙겨 쫓기듯 연경으로 돌아와야 했던 건 그 때문이다.

하지만 이 와중에도 연암은 티베트불교에 대해 온갖 정보를 수집한다. 「황교문답」黃敎問答, 「반선시말」班禪始末, 「찰십륜포」札什倫布 등 무려 세 장을 거기에 할애할 정도로 방대하다. 법왕의 환생제도와 각종 이적 및 기이한 내력을 마치 '갈고리로 후벼 파'냈다고 할 만큼 샅샅이 찾아냈다. 처남 이재성은 그에 대해 이렇게 논평한다. "신령스럽고 환상적이며, 거대하고 화려하며, 밝고도 섬세하여 아주 특이하고 이색적인 글이 되었다."

천주교가 코스모스라면 티베트불교는 카오스다. 전자가 근대를 향한 빛의 유토피아라면 후자는 근대 '너머'의 헤테로토피아다. 이 카오스는 기존의 표상에 포획되지 않기에 혼란스럽다. 하지만 동시에 지극히 황홀하다. 지 요술의 세계가 그러하듯이. 이처럼 연암과 열하의 마주침은 18세기 당대는 물론 지금 우리의 시선으로 보아도 낯설고 이질적이다. 카오스이자 판타지아인 세계, 이 매트릭스 위에서 어떻게 길을 찾을 것인가?

여행의 입구였던 저 요동벌판에서 외친 "인생이란 본시 어디에도 의탁할 곳 없이 다만 하늘을 이고 땅을 밟은 채 떠도는 존재일 뿐"이라는 탄식이 열하라는 시공간을 만나 한층 더 강렬하게 변주된 셈이다. 결국 연암의 시선에서 보자면, 인생이란

'길 없는 대지'(크리슈나무르티) 위를 걸어가는 여행이다. 길이 있어 가는 것이 아니라 가는 곳마다 길이 되는 그런 여행!

　　이 '길 없는 대지' 위에선 잠들었던 말들이 웅성거리고 천지의 비의가 그 자태를 드러낸다. 그때 길은 글쓰기의 향연장이자 전장戰場이 된다.

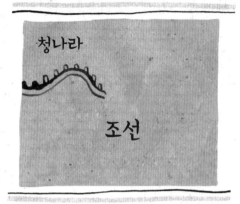

열하일기 여정도

청나라

조선

청나라

봉추산

🏯 열하

저잣거리에서
요술, 코끼리 등 구경.
곡정 왕민호와의 필담.
티베트법왕을 보다!

고교

고북구

만 리 장 성

영원주
중우소
동관
중후소
냉수점

밀운

영평

심하보

중전소

통주   삼하   옥전   풍윤   사하일
연경   하점   소주   양수점   청룡교   요점 무령   산해관

8월 초하루 도착.
사흘 후 열하로 오라는
황제의 명령이 떨어지다!

산해관 통과 후
관내 저잣거리 점포에서
「호질」을 베끼다!

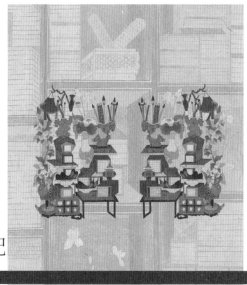

熱河日記

열하일기

2.

'말과 사물'의 향연

18세기는 연암과 다산이라는 두 거성의 시대였다. 다산 정약용이 양적으로 가장 방대한 업적을 남겼다면, 연암 박지원은 질적으로 최고 수준에 이르렀다. 연암으로 인해 한문은 '갈 데까지 갔다'고들 한다. 대체 어떤 경지이기에? 잘은 모르겠지만 일단 그의 글에는 수많은 문체들이 범람한다. 그것은 고문古文도 아니고 금문今文도 아니다. 정학正學도 아니고 소품체도 아니다. 고문과 금문, 정학과 소품문 '사이', 이를테면 세상 그 어디에도 없는 글쓰기, 곧 '연암체'다. 타고난 자질에다 일찌감치 과거를 포기하고 젊은 날을 유람과 독서로 보내면서 갈고닦은 실력일 터, 그 내공이 유감없이 발휘된 작품이 『열하일기』다. 그러므로 『열하일기』는 단순한 여행기가 아니라, 글쓰기의 '로드맵'이다.

여행이 시작되자 연암은 말 위에서 수많은 '썰'들을 풀어낸다. "수십만 마디의 말이, 문자로 쓰지 못한 글자를 가슴속에 쓰고, 소리가 없는 문장을 허공에 썼으니, 그것이 매일 여러 권이나 되었다."[박지원, 『열하일기』 2, 471쪽.] 하여, 그가 가는 곳마다 '말과 사물'이 잠에서 깨어나 웅성거리기 시작했다. 때론 화려한 수사와 우아한 논리로, 때론 열정의 패러독스와 깨알 같은 유머로.

그림자와 메아리

천하의 문장 가운데 『주역』周易이나 『춘추』春秋보다 더 훌륭한 저술은 없다. "『주역』은 은밀하게 감추려 했고 『춘추』는 들춰내어 밝히려 했다." 은밀하게 감추는 기법을 우언寓言이라 한다. 『주역』 64괘의 형상은 하나같이 비현실적이다. 하지만 산가지를 뽑아서

괘를 놓고 보면, 길흉화린吉凶禍吝이 '북채로 북을 치듯 신속하게 응답'한다. 왜? 은밀히 숨기는 방법으로 이치를 드러냈기 때문이다. 반면, 드러내고 까발리는 기법은 외전外傳이 된다. 『춘추』에 나오는 사건들은 실제로 있었던 사실이다. 그런데도 왜 지금껏 그 해석을 둘러싸고 온갖 '썰'이 난무하는 것일까? 들춰진 사실을 가지고 은밀한 뜻을 부여하려 했기 때문이다.

이 두 가지를 동시에 구사한 저자는 다름 아닌 장자莊子다. "『장자』라는 책을 외전이라고 여긴다면 실제와 가짜가 서로 섞여 있으며, 우언이라고 생각한다면 은밀하게 숨기는 방법과 들추어 까발리는 방법이 번갈아 바뀌니, 사람들이 그 실마리를 도저히 예측할 수 없어 궤변이라 부르기도 하였다." 그럼에도 그 이야기를 끝내 폐할 수 없었던 까닭은 무엇인가? 이치를 말하고 있기 때문이다. 여기까지가 「『열하일기』서序」의 전반부다. 이 글을 쓴 사람은 연암그룹의 일원인 유득공이다. 그가 보기에 『열하일기』는 천고에 드문 문장이다. 그걸 밝히자니 서론이 이렇게 길어진 것이다. 『주역』과 『춘추』에 빗대고, 『장자』를 끌어대던 그의 논변은 이렇게 이어진다.

지금 저 연암씨의 『열하일기』는 …… 요동벌판을 건너서 산해관으로 들어가고, 황금대의 옛터에서 서성거리며, 밀운성을 경유하여 고북구 장성을 빠져나가, 난하의 북쪽과 열하가 있는 백단현의 북쪽에서 마음대로 구경했다 하니, 진실로 그런 땅이 있었을 것이다. 또 청나라의 큰 학자들이나 운치 있는 선비들과 교유했다고 하니, 실제로 그런 사람이 있었을 것이다. 생김새가 사뭇 다르고 옷차림이 다른 사방의 외국인들, 칼과 불을 입으로 삼키는 요술쟁이들, 라마 불교인 황교와 그 승려인 반선, 난쟁이들 등 『열하일기』에 나오는 인물들은 비록 괴상망측하게 생긴 사람들이긴 하지만, 『장자』에서 말하는 도깨비나 물귀신과 같은 그런 부류는 아니다.(박지원, 「『열하일기』 서」, 『열하일기』 1, 김혈조 옮김, 돌베개, 2009, 22쪽.)

그런데도 "나는 그게 무슨 책인지 모르겠"단다. 분명 사실만을 적었는데도 뜻이 아리송하고 해석이 분분하다는 뜻이리라. 그래서 그가 내린 결론은 이렇다. 『열하일기』는 '사실과 우언을 두루 갖추었으되 결국에는 이치로 귀결'되는 책이라는 것. 호오, 이 정도면 문장에 관한 한 최고의 찬사가 아닐까. 하지만 사실과 우언의 행간에서 이치를 찾아내는 건 전적으로 독자의 몫이다. 그리고 그 과정은 결코 만만치 않다.

057

연암의 글은 지극히 투명하지만 어떤 전제나 통념도 와해시켜 버린다. 전제가 사라지고, 통념이 와해될 때 의미는 사방으로 분사된다. 이것에서 저것으로, 이것과 저것 '사이', 혹은 그 '너머'로. 이른바 '지묵紙墨의 바깥에서 그림자와 메아리를 얻는' 수법이 이런 것일 터, 『열하일기』가 늘 새롭게 변주되는 것도 이런 배치의 소산이다.

'미시사'의 현장

"그대 길을 아는가?" "도로 눈을 감고 가시오." ── 이 두 아포리즘은 『열하일기』의 시작과 끝을 장식하는 '화두'다. 전자는 강을 건너면서 던진 물음이고, 후자는 여행을 마칠 즈음 찾아낸 답이다. 보다시피 '답'이 더 어렵다. 해서, 이 답은 결론이 아니라 수많은 물음으로 이어지는 또 다른 입구다. '길이 끝나자 여행이 시작되었다'는 바로 그 형국인 셈.

그런데 여기서 주목할 사항이 하나 있다. 두 개의 아포리즘이 모두 대화체로 되어 있다는 것. 그렇다. 연암은 여행 내내 누군가에게 말을 건넨다. 덕분에 고매한 문명담론이건 자잘한 에피소드건 늘 타자의 목소리가 웅성거린다. 그 타자들 속에는 물론 자신도 포함된다. 자기야말로 진정한 타자가 아닌가. 중국 변방의 문물을 보고 '온몸이 부글부글 끓어오를 듯한' 폭풍 질투에 빠지거나, 심양의 번화함을 자랑하기 위해 '꿈속에서 훨훨 날아' 형님한테로 갔다가 가위에 눌려 버둥거리거나, 변방의 중국인들에게 붓글씨 솜씨를 자랑하다 망신살이 뻗치거나, 등등. 이런 글쓰기가 가능하려면 사대부라는 권위, 지식인이라는 자의식으로부터 벗어나야 한다. 과연 그랬다. 그리고 그렇게 '나를 비워 남을 들이는' 순간, 여행은 사건과 서사의 무대가 된다. 역사의 언저리를 맴돌던 '야사'들이 불쑥불쑥 튀어나오는 것도 그런 순간이다.

강을 건너고 책문을 통과할 때 아주 흥미로운 캐릭터가 하나 등장한다. 상판사의 마두 득룡이. 열네 살부터 북경에 드나들어 이번이 서른 번째나 된다. 중국어에 능통한 데다 사신단의 모든 일정이 득룡이 아니면 감당할 사람이 없다.

6월 26일 새벽 무렵 안개를 무릅쓰고 길을 나섰다. 득룡은 안개 속으로 어슴푸레 보이는 금석산을 가리키며 '강세작康世爵 이야기'를 들려준다. 금석산은 강세작이 숨었던 곳이다. 때는

바야흐로 명·청 교체기. 당시 강세작의 나이는 열여덟 살로
아버지를 따라 요양에 와 있었다. 청나라가 무순撫順을 함락시킬
당시 강세작 부자는 명의 군대를 따라 이동 중이었는데 청의
복병에 걸려 산산이 흩어지고 말았다. 강세작의 아버지도 이때
전사했다. 강세작은 아버지의 시신을 수습한 뒤 조선에서 파견한
강홍립 진영에 투신했다. 하지만 이튿날 청나라 군대가 조선의
왼쪽 진영을 박살내고 말았다. 그러자 강홍립은 싸우지도 않고
곧바로 항복했다. 청나라 군대는 강홍립의 군사를 에워싼 뒤,
도망쳐 온 명나라 군사를 샅샅이 색출하여 목을 베어 죽였다. 그
순간 강세작도 큰 바위 아래 결박되어 있었다. 근데, 이게 웬일!
그의 처형을 맡은 자가 깜빡하고 그냥 가 버린 것이다. 강세작은
조선 군사에게 좀 풀어 달라고 눈짓을 보냈다. 하지만 조선
병사들은 서로 흘깃거리기만 할 뿐 감히 나서지를 못했다. 할
수 없이 강세작은 돌모서리에 등을 비벼서 밧줄을 끊은 뒤, 죽은
조선 군사의 옷으로 바꿔 입었다. 그러고는 조선 군대로 들어가
죽음을 면했다. 다시 명나라 군대에 복귀하여 봉황성에 이르렀지만
거기도 역시 청에 의해 함락되고, 그 전투에서 강세작도 십여 군데
부상을 입었다. 이제 중국으로 돌아가기는 영 틀렸고, 그럴 바에야
차라리 동쪽 변방 조선으로 가는 게 낫겠다고 판단했다. 마침내
그는 싸움터를 벗어나 금석산 속에 숨어들었다. 양가죽 옷을 구워
나뭇잎에 싸서 먹으며, 두어 달을 버텼다. 그러다가 회령으로 굴러
들어가선 조선 여자에게 장가들어 아들 둘을 낳고 살다가 팔십이
넘어 죽었다. 그 자손이 번성하여 백여 명이나 되지만 아직도 한
집에서 산다고 한다.

그야말로 '반전에 반전'이 거듭되는, 사극 스페셜 하나는

거뜬히 차지하고도 남을 이야깃거리다. 그럼 득룡이와는 대체 어떤 관계? 강세작이 처음 조선으로 왔을 때 득룡의 집에 묵었다. 그때 득룡의 조부와 친구가 되어 서로 중국말과 조선말을 배웠다 한다. 오호라, 득룡이 '중국통'이 된 것도 이런 집안 내력 탓이었던 게다.

그럼 이런 이야기는 정사일까? 야사일까? 간단히 말하면, 정사와 야사, 그 사이를 가로지르는 '미시사'라 할 수 있다. 소위 주류적 역사는 명과 청, 중화와 오랑캐, 중국과 조선 같은 거대한 선분으로 절단되지만 미시사는 그 선분들을 종횡으로 넘나들면서 아주 엉뚱한 '인간극장'들을 연출한다. 여기서 중요한 건 국경이나 민족 혹은 이념 따위가 아니라 살아남는 것, 살아남아서 씨를 뿌리는 것, 곧 생명과 번식에 있을 뿐이다. 이런 존재들은 한편으론 역사의 장강에 휩쓸려 간 희생양처럼 보이지만, 다른 한편으론 그 도도한 흐름에서 일탈하여 '옆으로 샌' 진정한 승자라고도 할 수 있다. 어떤 제국의 전쟁도 이 치열한 '생의 의지'를 박탈하진 못할 터이므로.

'인정물태'의 파노라마

미시사의 또 다른 축은 풍속이다. 풍속이란 욕망의 선분들이 다채롭게 교차되는 현장이기 때문이다. 열하에서 만난 한족 선비들 가운데 연암과 가장 깊이 우정을 나눈 이는 곡정鵠汀 왕민호王民皡다. 그와 주고받은 필담의 양은 실로 엄청나다. 그 속에는 '천하의 형세'에서 '월세계', '야소교' 같은 문명담론이 대세지만 사이 사이에 조선과 중국의 풍속이 깨알같이 박혀 있다.

주류적 역사의 주인공이 남성이라면 풍속사의 주역은
단연 여성이다. 중국 여성들의 신체에서 가장 눈에 띄는 건 역시
전족이다. 연암은 의아하기만 하다. 저 볼썽사납고 뒤뚱거리는
꼴이라니. 그에 대한 곡정의 해명. "명나라 시절엔 부모에게 그 죄를
물었고, 본조에 와서도 엄격하게 금지하고 있지만, 끝내 이를 막을
수가 없었지요." 대체 왜? "한족임을 알리고 싶은 게지요." 헐~ 이걸
'민족혼'이라고 해야 하나. 여성의 '미친 존재감'이라고 해야 하나.
하긴 요즘 같은 '대명천지'에도 여성들은 킬힐을 고수할뿐더러
목숨이 위태로운 성형수술을 기꺼이 감내하지 않는가? 오로지 성적
매력을 뽐내기 위해서. 전족도 마찬가지다. 말로야 한족의 자긍심을
위한 것이라지만 그 유래를 따져 보면 역시 성적 유혹이라는
키워드가 있다. 남당 시절 장소랑이라는 궁인이 송나라에 잡혀
왔다. 발이 어찌나 작았던지 연꽃 위에서 춤을 추었을 정도란다.
송나라 궁녀들이 그걸 보고 완전 '꽂히고' 말았다. 그때부터
헝겊으로 발을 꽁꽁 싸맨 것이 전족의 시작이다. 그러다가 어느새
전통이 되어 여성들의 신체를 옭아매기에 이른 것이다. 그리고
습속이 되는 순간 그것은 통치의 기제가 된다. 권력은 언제나
일상과 신체를 통해 작동하는 법이기 때문이다.

물론 그것이 여성들에게만 한정된 사항은 아니다. 변발이
대표적인 경우다. 청은 중원을 장악한 뒤 모든 남성에게 변발을
강요했다. 조선인들이 품었던 청나라에 대한 적개심과 경멸도
주로 이 '헤어스타일'에 대한 것이 지배적이다. 그럼 변발 이전에는
어떠했는가? 그때는 또 두건으로 인해 괴로움을 겪어야 했다.
그것 역시 강요된 패션이었다. 명나라 태조가 은밀히 한 도관에
거동했을 때 한 도사가 망건을 매어 머리칼을 싸매고 있는 것이

무척 편해 보였다. 그러자 이를 빌려 거울 앞에서 써 보고 크게
기뻐하여 마침내 그 제도를 천하에 시행하게 되었다. 황제의
취향이 곧 모든 남성의 머리를 '죄다 그물 속에 가둔' 셈이다.
전족이 족액足厄이라면, 두건은 두액頭厄이다. 여기에 더해 또 하나의
액이 추가된다. 다름 아닌 담배. 곡정에 따르면 담배는 '가슴이
막히고 취해 쓰러지게 하는 천하의 독초'다. 하지만 어느 날 문득
아메리카로부터 도래하여 부녀자와 어린아이에 이르기까지 차나
밥보다 더 즐기게 되었다. "쇠붙이와 불을 입에 댕겨 대니 이보다
더 큰 변괴가 어디 있겠"는가? 그러니 이것은 구액口厄이다. 족액과
두액과 구액, 이것을 일러 '삼액'三厄이라 한다. 발을 묶고, 머리를
죄고, 입을 태우고……. 그럼에도 사람들은 왜 이런 괴로움을
기꺼이 감내하는가? 솔직히 아무도 모른다. 따지고 보면 이런

유의 습속이 얼마나 많은가? 원인도 목적도 모른 채 맹목적으로
묵수墨守되는 것들이. 그래서 풍속이야말로 권력과 욕망, 지배와
복종, 안과 바깥의 관계를 탐구할 수 있는 계보학적 승부처다.

　드물긴 하지만, 성스캔들에 대한 것도 있다. 「피서록」避署錄의
한 대목에 점필재 김종직이 사방지를 풍자하여 지은 시가 나온다.
사방지는 종놈 출신으로 어려서부터 여장을 하고 얼굴에 지분을
바르고 다니며 바느질을 배웠다. 그 덕분에 조정 벼슬아치들의
집안을 출입했는데, 사헌부에서 풍문을 듣고 그를 체포했다. 평소에
간통을 했던 한 비구니를 심문하니, "그의 양물陽物: 성기이 대단히
장대합니다."

　중국에도 이 비슷한 일이 있었다. 장안에 한 과부가 있었는데
방직이나 자수를 잘하고, 젊고 예쁘며, 신발과 버선이 네 치약 12cm가
안 될 정도로 발이 작았다. 한 남자가 그 과부를 사모하여 자신의

아내와 짜고 덮쳤다. 과부의 목을 누르고 억지로 범하려고 한즉, 곧 남자였다. 관에 끌고 가 국문을 하니, 이름은 상충桑蟲, 나이는 스물넷, 어려서부터 발에 전족을 했다고 한다. 황제가 요망한 인간이라고 하여 극형에 처하였다.

사방지나 상충은 요즘으로 치면 '트랜스젠더'에 해당한다. 물론 연암은 이에 대해 어떤 논평도 하지 않는다. 그저 보여 주기만 할 뿐. 그런데 연암은 어쩌다 이런 이야기까지 주워 담게 되었을까. 그게 바로 연암식 글쓰기다. 단지 여행의 체험만을 기록하는 것이 아니라 그 체험이 환기하는 각종 고사들을 두루 망라하는 방식이다. 그렇게 다양한 선분들이 교차하다 보면 결국 인정물태가 범람할 수밖에 없다. 세상에서 제일 재밌는 게 맛집에서 남 뒷담화하는 거라고 하지 않던가. 역사의 이면을 장식하는 뒷담화, 그게 곧 세태 풍속이자 '미시사'의 진경이다.

사물들과 함께 춤을!

『열하일기』는 '이용후생'利用厚生을 설파한 텍스트로 잘 알려져 있다. 소중화사상과 북벌론의 장벽을 뚫고 청문명의 역동성을 통해 개혁의 비전을 제시하는 것이 '이용후생'론이다. 그런데 이렇게 내용 중심으로 텍스트를 읽다 보면 『열하일기』의 고유성은 사라져 버린다. 연암과 다산을 '한통속'으로 보았던 것도 그런 식의 독법으로 인해서다.

그럼 『열하일기』의 특이성은 어디에서 찾아야 할까? 바로 문체에서 찾아야 한다. 문체는 그저 내용물을 장식해 주는 기교와 장식이 아니다. 문장에 리듬과 비트를 부여하는, 그리하여 서로 떨어져 있는 '말과 사물'을 긴밀하게 이어 주는 능동적 실천이다.

　7월 5일 강물이 불어나는 바람에 또 머물러야 했다. 이런 때가 곧 이국의 문명을 관찰하고 익힐 수 있는 찬스다. 숙소의 주인이 방고래를 열고 기다란 가래로 재를 긁는다. 그 틈에 연암은 구들의 구조를 스케치한다. 초상화에 나오듯 코끼리처럼 가늘고 예리한 눈으로. 구들 위에 놓여진 벽돌의 크기와 모양에서부터 굴뚝을 내는 방법, 그리고 불길이 굴뚝 속에서 퍼져 나가는 원리에 이르기까지 생생하기 이를 데 없다. 마치 그 순간 구들장의 모든 사물들이 살아 움직이는 것 같은 착각이 들 정도다. 근대문명의 기술지와 구별되는 지점이 바로 여기다. 근대문명은 모든 사물을 '대상화'한다. 즉, 쓰고 버려지는 소비재로 간주하는 것이다. 그때 무미건조한 매뉴얼이 탄생한다. 매뉴얼에는 리듬도 활기도 없다. 왜? 대상을 착취하고 이용할 뿐 교감할 생각은 전혀 없기 때문이다. 그런 점에서 문체란 대상에 대한 인식론적 태도이자 윤리이기도 하다. 연암의 문명론을 글쓰기의 차원에서 음미해야 하는 것도 이런 맥락이다.

　"우리나라 온돌에는 여섯 가지 문제점이 있는데 …… 내 한번 얘기해 볼 테니 떠들지 말고 조용히 들어 보게나. 진흙을 이겨서 귓돌을 쌓고 그 위에 돌을 얹어서 구들을 만들지. 그 돌의 크기나 두께가 애초에 가지런하지 않으니 조약돌로 네 귀퉁이를 괴어서 뒤뚱거리지 않게 할 수밖에 없지. 그렇지만 불에 달궈지면 돌이 깨지고 발랐던 흙이 마르면 늘상 부스러지네. 그게 첫번째 문제점이야. 구들돌 표면이 울퉁불퉁해서 움푹한 데는 흙으로 메워서 평평하게 하니, 불을 때도 골고루 따뜻하지 못한 게 두번째 문제점이야. …… 그에 반해, 중국 온돌의 구조를 보게나.
자네와 함께 벽돌 수십 개만 깔아 놓으면, 웃고 떠드는 사이에
벌써 몇 칸 온돌이 만들어져서 그 위에 누워 잘 수도 있을 걸세.
어떤가?"(박지원,『세계 최고의 여행기 열하일기』(상), 129~130쪽.)

여기서도 역시 대화체로 진행된다. 그래서 이 '온돌론'도
한편의 이야기가 된다. 이 서사의 주인공은 다름 아닌 진흙과 돌,
구들과 불, 땔감 등이다. 이 사물들은 서로 어울리고 부딪치면서
온돌이라는 새로운 배치를 만들어 낸다. 이때 온돌은 그저 무형의
시설이 아니라 사람들과 더불어 일상을 이끌어 가는 또 하나의
주인공이다.

동물들에 대한 묘사는 더 말할 나위도 없다. 낙타나
코끼리처럼 난생처음 보는 기이한 동물은 물론이고 여행 내내
연암과 함께했던 말에 대한 성찰은 곳곳에서 빛을 발한다. 야삼경
깊은 밤에 고북구 장성을 나와 물가에 이르렀을 때다. 강이
어찌나 험난한지 무려 아홉 번이나 건너고 나서야 겨우 물을
나설 수 있었다. 그 위기를 벗어나면서 연암은 '말을 다루는 도'를
터득하기에 이른다.

우리나라의 말 다루는 방법은 한마디로 위태롭기 짝이 없다.
옷소매는 넓고 한삼 역시 긴 탓에 두 손이 휘감겨 고삐를
잡거나 채찍을 휘두를라치면 몹시 거추장스러운 것이 첫번째
위태로움이다. 형편이 그렇다 보니 어쩔 수 없이 다른 사람이
견마를 잡게 하니, 온 나라의 말이 졸지에 병신이 되어 버린다.
이 때문에 고삐를 잡은 자가 항상 말의 한쪽 눈을 가려서 말이

자유롭게 달릴 수 없음이 두번째 위태로움이다. 말이 길에 나서면 사람보다도 더 신중하고 조심함에도 불구하고 사람과 말이 서로 마음이 통하지 않는 까닭에 마부는 편한 땅을 디디고 말은 늘 구석진 곳으로 몰아넣는다. …… 그러므로 말이 거칠게 치받는 것은 평소 사람에 대한 노여움을 품고 있는 탓이다. 이것이 세번째 위태로움이다.(박지원, 『세계 최고의 여행기 열하일기』(하), 177쪽.)

이런 식으로 무려 여덟 가지의 위태로움이 나열된다. 여기서 포인트는 말의 효용성이 아니다. 말과 사람이 함께 어울릴 수 있는 '공존의 지혜'다. 그러기 위해선 무엇보다 말의 속도와 감응을 터득해야 한다. 이름 하여 '말-되기'! 그의 어조가 타령을 읊듯 리듬과 비트를 타는 것도 그 때문이다.

그럼 이런 글쓰기는 기술지知의 영역인가? 아니면 철학적 잠언인가? 왜 이런 우문을 던지느냐면 흔히 기술지는 글쓰기의 영역이 아니라 여기기 때문이다. 과학자나 의사들이 글쓰기와 담을 쌓는 것도 그런 맥락이리라. 하지만 다시 말하지만 중요한 건 대상 자체가 아니라 대상과 맺는 관계에 있다. "독서란 묘석과의 열광적인 춤이다"(모리스 블랑쇼)는 말도 있듯이, 글쓰기의 역능 또한 사물들과 함께 춤출 수 있느냐에 달려 있다. 솔직히 기술지만큼 글쓰기와 잘 어울리는 것도 없다(좋은 예로, 『동의보감』은 의학적 임상을 다양한 방식의 이야기와 노래로 표현한다). 자연의 물리적 법칙이 생활의 현장과 마주칠 때 그것을 일러 소위 기술이라 하고 문명이라 하지 않는가. 기술에도 윤리와 철학이 필요하듯, 사물들도 '일상의 향연'에 참여할 권리가 있다.

줍고 훔치고 가로채고—글쓰기와 병법

"글자는 군사요, 글자의 뜻은 장수다. 제목은 적국이요 고사의
인용은 진지를 구축하는 것이다."(「소단적치인」騷壇赤幟引) 이것이
연암의 글쓰기 전략이다. 글쓰기가 병법이라면 목표는 간단하다.
적을 제압하는 것. 그걸 위해서는 수단, 방법을 가리지 말아야 한다.
지형지물을 적극 활용하는 것은 말할 것도 없다. 연암은 실제로
그렇게 했다. 가장 흔하게 쓴 전략은 '줍는' 것. 연암은 길 위에서
틈나는 대로 '말들'을 줍는다. 전설과 민담, 야담과 실화 등등,
연암은 닥치는 대로 주워서 한 편의 글로 버무려 낸다. 많은 글이
그렇게 탄생했다.

　　또 하나는 '훔치는' 것. 가장 압권은 역시 「호질」虎叱이다.
산해관을 통과한 뒤 관 안에서 저잣거리를 배회하다 한 점포에서
발견한 절대기문, 그것이 「호질」이다. 연암은 한눈에 반한다. 그래서
정진사와 함께 전문을 나누어 옮겨 적는다. 정진사는 '어리바리'
캐릭터의 대명사다. 당연히 대충 베꼈다. 덕분에 연암이 다시 문맥에
맞게 수정, 윤색을 가했다. 이 멘트로 인해 얼마나 많은 학자들이 이
작품이 연암의 창작인가 아닌가를 놓고 왈가왈부했던가.

　　하지만 여기서 중요한 건 창작 여부보다 글쓰기의 탄생
현장이다. 똥부스러기와 기왓조각을 가지고도 최고의 명제를
만들어 내는 그에게 「호질」 같은 기문은 그야말로 대박이다. 하지만
그건 「호질」이라는 텍스트의 입장에서도 마찬가지다. 아무리
절대기문이라 한들 연암을 만나지 않았더라면 세상에 나올 수
없었으리라. 변방의 한 장터에서 점포 주인의 손에 옮겨진 뒤 벽을
장식하고 있을 때 이 문장들은 기다리고 또 기다렸으리라. 자신의

진가를 알아줄 존재를. 자신들을 세상에 흘러갈 수 있게 해줄
'전령사'를. 그런 점에서 연암과 「호질」의 마주침은 운명이다.

근대적 글쓰기에 대한 관념은 주체가 일방적으로 글을
생산한다고 여기는 것이다. 하지만 그렇지 않다. 일찍이 이옥李鈺이
설파했듯이, "내가 짓는 것이 아니라 천지만물이 나로 하여금 짓게
하는 것이다." 글은 천지만물에 깃든 기운이요 정보의 흐름이다.
그것이 특정한 신체적 흐름과 접속할 때 언어적 기호가 되어 세상에
흘러나온다. 저자와 작품이 있는 것이 아니라 이런 식의 마주침이
곧 글이다. 그런 점에서 연암이 최고의 문장가가 된 건 무엇보다 그
신체적 유연성에 있다.

그의 글쓰기가 예측불허의 방향성을 지니는 것도 그
때문이다. 이런 마주침을 어떻게 미리 측정할 수 있을 것인가? 그저
시절인연에 맡기는 수밖에. 「허생전」이 탄생하는 과정은 더더욱
기묘하다. 그 원전에 해당하는 「옥갑야화」玉匣夜話는 비장들과
더불어 밤새 노닐면서 이야기를 나눈 것이다. 문제의 「허생전」은
여러 이야기들 중의 하나다. 솔직히 앞에 나오는 이야기들이 더
재미있다. 그러면 이 글들은 연암의 작품인가, 아닌가? 어찌됐든
『열하일기』에 실렸으니 연암이 '가로채기'를 한 셈이다. 게다가
「허생전」 자체도 연암의 창작이 아니라 아주 오래전 윤영이라는
노인에게서 들은 것이다. 그 이야기는 원전 그대로일까? 아닐까?
오랫동안 기억 속에 저장되어 있다가 문득 중국의 한 객관에서
연암의 입을 통해 '토해진' 것이니 말이다. 한마디로 주체와 객체,
사건과 기억, 구술과 기록 사이의 경계를 자유자재로 오간다.

뭐 이따위 글쓰기가 다 있느냐고 따진다면 연암은 이렇게
답하리라. "병법을 잘 아는 이에게는 버릴 병졸이 없고, 문장을

잘 짓는 이에게는 가려 쓸 글자가 없다." "변통하는 방편은 '때'에
달렸지 '법'에 달린 것은 아니다."

글쓰기, 그 '우주적 통쾌함'에 대하여

"하늘 아래 책을 읽고 이치를 탐구하는 것처럼 아름답고 고귀한
일이 또 있겠는가?" 정조대왕의 말이다. 과연 호학 군주답다.
구체적으로 그 과정을 소개하면, 첫째, '고전을 통해 진리를 배운다.'
둘째, '탐구를 통해 문제를 밝힌다.' 셋째, '호방한 솜씨로 지혜롭고
빼어난 글을 써 낸다'. "이것이야말로 우주 사이의 세 가지 통쾌한
일"(안대회, 『정조치세어록』, 푸르메, 2011, 21~22쪽.)이라는 것. 글쓰기의
통쾌함이라! 그것도 '우주적 통쾌함'이라니, 그건 곧 '도道'라는
뜻이 아닌가. 그렇다. 우리 시대야 글쓰기가 한낱 테크닉으로
전락했지만, 조선시대에는 그렇지 않았다. 그때 글쓰기란 인간의
보편적 활동이었다. 성리학이 통치의 근간이 된 이유도 거기에 있다.
하여, 글쓰기의 비전은 언제나 우주적 이치 혹은 생사의 문제와
연동되어 있었다.

　「야출고북구기」夜出古北口記: 밤에 고북구를 나서며와 「일야구도하기」
一夜九渡河記: 하룻밤에 아홉 번 강을 건너다는 『열하일기』가 낳은 최고의
명문장이다. 전자는 고북구 장성에 흐르는 '원혼들의 비가'요,
후자는 생사의 경계에서 터득한 '명심冥心의 도'다.

　이토록 위험한데도 사람들은 모두 하나같이 이렇게 말한다.
"요동벌판은 평평하고 넓기 때문에 강물이 절대 성난 소리로 울지

069

않아." 하지만 이것은 강을 몰라서 하는 말이다. 요하遼河는 울지
않은 적이 없었다. 단지 사람들이 밤에 건너지 않았을 뿐이다.
낮에는 강물을 볼 수 있으니까 위험을 직접 보며 벌벌 떠느라 그
눈이 근심을 불러온다. 그러니 어찌 귀에 들리는 게 있겠는가.
지금 나는 한밤중에 강을 건너느라 눈으로는 위험한 것을 볼 수
없다. 그러니 위험은 오로지 듣는 것에만 쏠리고, 그 바람에 귀는
두려워 떨며 근심을 이기지 못한다.

나는 이제야 도를 알았다. 명심冥心이 깊고 지극한 마음이 있는
사람은 귀와 눈이 마음의 누累가 되지 않고, 귀와 눈만을 믿는
자는 보고 듣는 것이 더욱 섬세해져서 갈수록 병이 된다.

[박지원,「일야구도하기」, 『세계 최고의 여행기 열하일기』(하), 185쪽.]

생사의 경계에서 터득한 명심의 도! 따지고 보면 연암처럼
죽음을 많이 겪은 인물도 드물다. 젊어서 부모님을 잃고 형수님을
잃고 아내를 잃고, 정철조鄭喆祚·홍대용·이덕무 등 분신과도 같은
벗들을 줄줄이 잃어야 했다. 하지만 그에게 있어 죽음이란 삶에
대한 통념을 전복하는 사유의 장이기도 했다. 그가 남긴 주옥같은
묘비명이 그 증좌다. 『열하일기』가 이국의 풍물 속에서 언제나
심연에 대한 통찰을 오버랩시킬 수 있는 것도 같은 이치다.

코끼리가 범을 만나면 코로 때려 죽이니, 그 코야말로
천하무적이다. 그러나 쥐를 만나면 코를 둘 데가 없어서 하늘을
우러러 멍하니 서 있을 뿐이다. 그렇다고 쥐가 범보다 무서운
존재라 말한다면 조금 전에 말한 바 이치가 아니다. [박지원,「상기」,
『세계 최고의 여행기 열하일기』(하), 332쪽.]

요술의 술법은 비록 천변만화를 하더라도 두려울 게 없습니다. 그러나 천하에 두려워할 만한 요술이 있으니, 그것은 크게 간사한 자가 충성스러운 체하는 것과 …… 웃음 속에 칼을 품는 것이 입 속으로 칼을 삼키는 것보다 더 혹독한 일이 아닐까요.(박지원, 「환희기」, 『세계 최고의 여행기 열하일기』(하), 343쪽.)

앞의 글은 코끼리를 통해 본 차이의 철학이고, 뒤의 것은 요술의 기예를 통해 본 정치적 윤리다. 만물의 법칙과 정치적 윤리는 서로 맞물려 있다. 물리와 윤리의 매끄러운 일치! 이 천지의 유동적 흐름을 포착할 수 있다면, 그것이 곧 '우주적 통쾌함'일 터, 『열하일기』가 시공을 넘어 글쓰기의 지도가 되는 까닭이 바로 여기에 있다.

西遊記

三藏法師

孫悟空

猪八戒

沙悟淨

2 부

저자 : 오승은(吳承恩, 1500?~1582?)

서유기

西 遊 記

서유기

1.

'돌원숭이'가 서쪽으로 간 까닭은?

여기 하나의 여행이 있다. 거리는 십만 팔천 리, 시간은 도합 14년, 그 사이에 겪은 재난은 81난. 하늘과 땅, 바다가 수시로 열렸다 닫히고, 길목마다 등장한 요괴의 유형도 동물, 식물, 곤충, 신선 등등, 그야말로 '무한도전'의 끝장판이다. 이 무모한 여행의 주인공은 달랑 네 명이다. 한 명의 승려와 세 명의 제자들. 제자들도 다 요괴 출신이다. 요괴를 데리고 요괴들과 싸우는 희한한 콘셉트인 것. 할리우드 블록버스터도 재현 불가능한, 인류 역사상 전무후무한 모험기, 『서유기』가 바로 그것이다.

물론 이 여행기는 허구다. 하지만 실화이기도 하다. 실존 인물인 현장스님의 서역 기행 노선도를 검색해 보라. 중국 장안長安에서 시작하여 이름도 참 '럭셔리한' 나라들을 거쳐 인도천축(天竺)에 도달하고, 그 다음엔 또 인도 전역을 종횡한다. 노선도만 봐도 황홀할 지경이다. 당시 이 여행이 불러온 상상력의 진동은 엄청났으리라. 이럴 때 여행은 지진이요 쓰나미다. 마음의 지축을 뒤흔들어 온갖 이야기들을 다 튀어나오게 하는! 그래서 『서유기』는 오승은吳承恩이라는 작가의 산물이자 집합적 상상력의 보고寶庫다.

아, 여기서 잠깐. 이 여행의 목적지는? 서역(천축)이다. 거기는 석가여래가 계신 곳, 거기에 가야 경전을 구할 수 있다. 경전은 왜? 깨달음을 통해 중생을 구제하기 위해서란다. 헉, 잠시 잊을 뻔 했다. 요괴들과의 전투가 하도 매혹적이라, 거기에 빠지다 보면 말이다. 하지만 명심하시라! 이 모든 모험은 바로 구법求法과 구원을 위해서라는 걸.

『서유기』, 하면 아마 만화영화 〈날아라 슈퍼보드〉가 떠오를 것이다. '치키치키차카차카초코초코초~'라는 주제가가 아직도 귀에

쟁쟁할 정도다. 그때 '뜬' 인물이 사오정이었다. 그 요상한 목소리며 어눌한 말투, 특히 '저질 청력'까지. 물론 원작에 나오는 캐릭터와는 영 딴판이다. 하지만 무슨 상관인가. 이 여행에선 어떤 상상력도 다 허용된다. 십만 팔천 리를 직접 갈 수는 없지만 마음은 그 거리를 주파하고도 남는다. 아무나 할 수 없지만 누구나 그 자리에서 할 수 있는 여행, 그것이『서유기』다.

기본텍스트는 솔출판사에서 나온『서유기』전집 10권[서울 대학교 서유기 번역연구회 옮김, 2004. 이하 이 장에서 이 책을 인용할 때에는 권수와 쪽수로 표시한다]. 이 책의 번역은 참 맛깔지다. 일단 구어체를 최대한 살리느라 종결어미를 '해요체'로 택했다. '더 이상 말하지 않겠어요', '하는 짓 좀 보세요' 등등. 그리고 손오공은 '멋진 원숭이왕', 저팔계는 '멍텅구리' 등의 별칭으로 부르고, 여자 요괴들이 삼장법사를 꾈 땐 '스님 오빠' '자기' 등의 오글거리는 대사도 마다하지 않는다. 덕분에 〈날아라 슈퍼보드〉 못지않게 캐릭터들이 살아 있다.

'돌원숭이', 그 출생의 비밀

아득한 옛날, 세상은 모든 것이 뒤엉킨 카오스였다. 반고씨盤古氏가 이 혼돈을 깨뜨리자 — 소위 '빅뱅'이 일어나자 — 하늘과 땅이 나뉘었다. "하늘의 기운은 아래로 내려오고 / 땅의 기운은 위로 올라간다. / 하늘과 땅의 기운이 합쳐지면 / 온갖 사물이 생겨난다." 그리하여 천지인 삼재三才가 생겨나 삼황오제三皇五帝가 등장하고 세상은 네 개의 대륙으로 나누어졌는데, 그중 동승신주東勝身洲가 이 소설의 배경이다.

　동승신주의 오래국傲來國 화과산花果山 꼭대기에 신령한 돌이 하나 있었으니 하늘의 참된 기운과 땅의 빼어난 기운, 그리고 해와 달의 정화를 받았다. 그러다 신령하게 '통하는' 마음이 생겨나 어느 날 문득 돌 하나를 낳았다. 그 돌알이 풍화되어 마침내 원숭이로 변했으니 이것이 손오공의 출생비화다. 그러니까 손오공은 그냥 평범한 원숭이가 아니었던 것. 일단 그는 '에미 애비'가 없다. 굳이 부모를 들자면 돌이고 바람이고 천지의 기운이다. 이건 두 가지 의미를 지닌다. 하나는 근본이 없다는 뜻이고, 다른 하나는 천지의 모든 것과 교감할 수 있는 존재라는 뜻이다.

　그래서 정체성이 모호하다. 이 놈은 원숭이인가? 사람인가? 모양은 원숭이에 가까운데 하는 짓이랑 능력은 사람을 훨씬 뛰어넘는다. 말하자면 '기'氣와 '형'形이 잘 안 맞는 존재인 것. 그래서인가. 그의 행보는 늘 예측 불가능하다. 아니, 무엇을 상상하든 그 이상이다. 원숭이 왕 노릇을 하다 느닷없이 구도의 길을 가질 않나, 사방에서 분탕질을 해대질 않나. 천지의 입장에서 보면 '웬수'도 이런 '웬수'가 없다. 자식 이기는 부모 없다더니 이 경우가 딱, 그 짝이다! 마침내 하늘나라까지 '들었다 놨다' 하는데도 옥황상제조차 감당을 못해 결국 석가여래에 의해 오행산에 갇히게 되는 건 널리 알려진 바와 같다. 한마디로 천지가 낳은 '꼴통 자식'인 것. 천지의 감응으로 낳았다는데 어째 이 지경인가. 이게 『서유기』가 던지는 첫번째 화두다.

　전체 10권 가운데 1권은 거의 대부분 손오공의 이력이다. 삼장법사 이야기는 뒤에 부록으로 덧붙여져 있다. 전문가에 따르면, 『서유기』의 대표적인 버전에는 현장의 출신 내력이 없었다고 한다.

그래서 후에 부록 형식으로 끼워 넣었다는 것.{첸원중, 『현장 서유기』,
임홍빈 옮김, 에버리치홀딩스, 2010, 21쪽.} 그러니까 『서유기』의 주인공은
삼장법사도, 석가여래도 아닌 손오공이었던 셈이다. 대체 이
돌원숭이가 뭐길래?

'마음'에 대한 인류학적 탐색

보고, 듣고, 맛보고, 냄새와 촉감을 느끼는 오관이 다 갖춰지고,
두 팔과 두 다리가 모두 완전해지자, 이 녀석은 기고 달리는 법을
배웠고, 사방을 향해 절을 했지요.{1권, 36쪽.}

감각과 행동, 그리고 관계가 시작된 것이다. 쉽게 말하면 이것은
호모 사피엔스, 더 구체적으로 말하면 마음의 탄생이다. 천지의
조화가 생물을 낳았고, 그 생물의 정화가 문득 마음을 탄생시킨
것이다. 돌이 마음을 가진 생명체를 낳는다고? 그게 말이
되나? 하지만 현대과학도 이런 식으로 설명한다. 물질과 생명
사이에는 뚜렷한 경계가 없다. 무생물도 끊임없이 운동을 한다.
그 기계적 운동이 돌연 자발적 동력을 지니게 되면 생명체가
된다(미래과학자들은 앞으로 기계도 자발적 동력을 갖게 되는
날이 올 거라고 예측한다). 이 자발적 동력의 진화가 곧 인류의
마음이다. —— "원숭이가 도를 체득하여 사람의 마음과 짝을
맺으니 / 마음은 바로 원숭이란 말에 깊은 뜻이 있도다."{1권, 210쪽.}
　　아무튼 이렇게 탄생한 돌원숭이는 거침이 없다. "녀석의
눈에서는 두 줄기 금빛이 발산되어 하늘나라의 관청에까지 뚫고

올라가" 옥황상제까지 깜짝 놀라게 한다. 이것은 앞으로 일어날 마음의 행로를 예견한다. 먼저, 마음은 자신을 낳아 준 천지의 정체를 알아내고자 할 것이고, 그 다음엔 그 앎을 토대로 천지를 지배하고자 할 것이다.

물론 처음엔 순진무구 그 자체였다. "그 놈은 이리와 벌레들을 벗 삼고, 호랑이나 표범들과 무리를 이루고, 노루나 사슴들과 친구가 되고, 각종 원숭이들과 가까운 사이가 되어서, 밤에는 바위 절벽 아래에서 잠자고, 아침이면 산봉우리나 동굴에서 놀았어요."(1권, 37쪽.) 그야말로 계급도 분별도 없는 무위자연의 상태다. 그러던 어느 날 원숭이무리들이 폭포 하나를 발견한다. 그러자 누군가 제안한다. '누구든 이 물속을 뚫고 들어가 근원을 찾아내는 이가 있으면 왕으로 모시자'고. 그때 무리 가운데서 돌원숭이가 나선다. "오늘에야 비로소 이름 드러냈으니 / 운수대통할 때가 왔구나." 그래서 발견하게 된 수렴동 보금자리. 야생에서 정착으로! 정착이 시작되면 소유와 축적이 이루어지고, 그와 동시에 권력과 복종의 배치가 탄생한다. 돌원숭이에서 '멋진 원숭이왕'[美猴王]으로!

수렴동의 부귀를 누린 지 사오백 년. 원숭이왕은 갑자기 근심스런 표정으로 눈물을 흘린다. 죽음에 대한 두려움이 엄습한 것이다. 부귀의 절정에서 삶의 무상감과 마주친 것. 부하들의 조언대로 원숭이왕은 길을 떠난다. '윤회의 그물에서 뛰쳐나와 하늘과 위세와 수명을 나란히 하기 위하여' 출가를 감행한 것이다. 천하를 두루 헤맨 끝에 마침내 수보리조사를 만나 제자로 입문한다. 조사는 그에게 이름을 부여한다. 원숭이의 형상에서 손孫, 문파의 계보에서 오悟, 공을 터득하라는 의미에서 공空. 이제 진짜 이름을 갖게 되었다. 멋진 원숭이왕에서 손오공으로! '공'의 의미를 터득해야 하는 운명을 부여받은 것이다.

그의 문하에서 공부하길 육칠 년, 도와 선을 깨닫고 껑충껑충 뛰는 경지에 이른다. 수보리조사의 수제자가 되어 도를 전수받고 삼재의 재앙을 피하기 위해 72가지 변신술을 터득한다. 더불어 근두운筋斗雲까지 자유자재로 부릴 수 있게 되었다. 신체적 한계와 공간적 제약을 동시에 뛰어넘은 것이다. 그간 인류가 이룩한 문명지도 이런 맥락에서 이해될 수 있다. 자연의 원리를 터득하여 그것을 물질화한 것이 곧 문명지다. 그것은 인류에게 신체를 연장할 수 있는 다양한 테크닉과 지리적 한계를 주파할 수 있는 속도를 부여해 주었다.

손오공은 이제 시공의 제한을 뛰어넘는 능력자가 되었다. 그러면 대자유를 터득한 셈인가? 아니다. 능력자가 되자마자 마음속에 교만이 싹트기 시작한다. 자신의 능력이 자연에서 왔음을 망각한 것이다. 동료들 앞에서 한바탕 '변신 쇼'를 하다가 수보리조사에게 쫓겨난다. 천기를 누설하고 탐욕을 부추겼다는 이유로. 오공이는 당황한다. "저더러 어디로 가라는 겁니까, 스승님?" "네가 이디서 왔디냐? 그곳으로 되돌아가면 될 게 아니냐?" 다시 화과산 수렴동으로!

제국의 팽창―전쟁기계

마음의 행로란 참으로 기묘하다. 불로장생을 위해 술법을 닦았고 그래서 엄청난 능력을 터득했다. 이 다음엔 마땅히 우주적 이치를

깨우쳐 '도道'를 구현하는 것이 수순일 것이다. 하지만 인간은
그렇게 하지 않는다. 그 능력을 소유와 지배의 도구로 삼고자
한다. 즉, 자연을 정복하고 인간의 우월함을 입증하는 데 골몰한다.
오공이도 마찬가지였다. 최고의 경지에 이르자마자 자신의 능력을
과시하고 싶어진 것. 그 순간 공에 대한 깨달음, 곧 '도'로부터는
멀어진다.

　　다시 수렴동으로 컴백했지만, 수렴동은 옛날의 수렴동이
아니었다. 그 사이에 혼세마왕이 수렴동을 식민지로 만들어 버린
것이다. 손오공의 맹활약으로 순식간에 혼세마왕을 처치하고
나라를 회복했다. 근데, 이 다음의 행보가 아주 흥미롭다. 다시 그
옛날 태평했던 시절로 돌아가는 것이 아니라 오공이는 국가장치를
더더욱 강화시킨다. 먼저 원숭이들에게 손씨라는 성을 부여하여
위계를 구축하는 한편 세를 확장하기 위하여 군비 증강에 주력한다.
그 결과 '원숭이 사만 칠천 마리에 온갖 짐승과 요괴들이 일흔두
곳의 동굴에 와서 조공을 바치고 점호를 받는다.' 엄청난 대제국이
탄생한 것이다. 그리고 용궁으로 가서 1만 3천 근약8톤이 넘는
여의봉을 약탈하여 무소불위의 파워를 갖춘다. 이 또한 깊이
음미해야 할 사항이다.

　　분명 수행을 하다 돌아왔는데 어째서 이 모양인가?
당혹스럽긴 하지만 역시 필연적 결과다. 힘은 더 큰 힘의 증식을
원한다. 그것이 힘의 속성이다. 거기서 제국이 탄생하고, 제국은
언제나 전쟁을 갈망한다. 실제로 인류는 제국이 건설된 이래 전쟁을
그치지 않았다. 힘과 더불어 전쟁에 대한 욕망도 함께 커지는 셈.
이것이 욕망의 회로다. 이 회로를 타는 순간, 제국은 전쟁기계가
된다.

이제 전 세계를 다 손아귀에 넣었으니 그 다음에 원하는 건 역시 불멸! 처음 무상감을 느꼈을 땐 수행의 길에 나섰지만 이젠 무력을 동원하여 저승의 기록을 지워 버리는 만행을 저지른다. 그렇게 불멸의 길을 확보하자 그 다음엔 드디어 하늘을 향한다. 하늘나라를 좌지우지하고 싶어진 것이다.

영소보존이 옥황상제만 살 곳도 아니요.
역대 제왕 자리도 서로 나누어 전하던 것!
강한 자가 존귀한 법이니 마땅히 내게 양보해야지,
영웅은 이 몸뿐 누가 감히 겨루려 하는가?(1권, 216쪽.)

허걱! 이 오만방자함이라니! 그러니 그가 가는 곳마다 한바탕 대소동이 벌어질 밖에. 그리고 이 난리블루스는 그의 마음이 결코 평정을 얻지 못했음을 말해 준다. 아무리 힘이 증식되어도 평정은 없다. 아니, 그럴수록 마음은 더더욱 요동친다. 힘을 소유했으니 쓰지 않고는 못 배기는, 일종의 폭력중독에 걸린 것이다. 어쩌면 이것이 인류의 미래일지도 모른다. 소유와 증식, 그리고 폭력의 심중주!

손오공의 파워는 실로 대단했다. 천상의 고수들이 다 동원되어도 이 놈 하나를 잡지 못한다. 처음 태어났을 때 눈빛이 하늘을 뚫었다고 한 대목은 이에 대한 복선이었던 셈이다. 결국 서방의 석가여래가 초대되고, 그 유명한 손오공과 석가여래의 한판 승부가 펼쳐진다. 근두운을 타고 바람개비처럼 달렸지만 오공이는 부처님 손바닥을 벗어나지 못한다. 손오공의 완패! 결국 오행산에 갇히면서 사태는 가까스로 수습되었다.

부처님 손바닥을 벗어나지 못한 까닭은?

손오공은 어째서 석가여래의 손바닥을 벗어나지 못했을까?
간단히 말하면, 이 대결은 유위법과 무위법의 대결이라 할 수 있다.
손오공은 철저히 물질과 문명, 곧 유위법의 화신이다. 변신을 하고
불멸을 쟁취하고 하늘을 지배하고……, 이것은 자아의 무한증식을
의미한다. 이 유위의 회로를 밟는 순간 누구도 멈추지 못한다. 인류
역사가 그 산 증거다. 진시황을 비롯하여 모든 제왕들은 제국을
정복, 통일한 이후 불로장생을 갈망했다. 모두가 실패했지만 이
욕망은 결코 사그라지지 않았다. 그래서 자연을 탐구하고 과학을
발전시켜 온 것이다. 그걸 활용해서 무기를 만들고 다시 세계를
정복하고, 그 다음엔 또 불멸을 시도하고. 할리우드 영화가
주구장창 반복하는 패턴이 이것 아닌가. 세상을 내 손 안에 넣고
영원히 쥐락펴락하고 싶은 욕망!

　　반면 석가여래는 이 세계의 근원적 무상성을 터득한 존재다.
마음에는 자성自性이 없다. 돌원숭이에게 근본이 없듯이, 그것은
불현 듯 생겨난, 곧 특별한 인연조건의 산물일 뿐이다. 아울러 이
우주의 모든 것은 생성·소멸한다. 불멸은 없다. 불멸하는 건 '모든
것이 변한다'는 사실뿐이다. 그래서 무상하다. 이 무상의 방법적
표현이 무위다. 하지만 마음이 자연으로부터 분리되는 순간,
그때부터 인간은 무위법을 거부한다. 자아에 대한 집착과 증식,
이것은 결국 모든 타자들을 먹어치우면서만이 가능하다. 먹는 자와
먹히는 자. 이것을 멈추게 하려면 유위법으로는 가능하지 않다.
하늘나라의 온갖 고수들이 다 패배할 수밖에 없었던 이유도 거기에
있다. 석가여래는 대단한 능력을 가진 존재가 아니라 무위법을

온전히 터득한 이다. 유위법은 결코 무위법을 이길 수 없다.
무위법은 상대를 제압하는 것이 아니라, 상대를 지배하고 있는
전쟁에 대한 욕망 그 자체를 무력화시키기 때문이다.

　손오공을 오행산에 가둔 것도 의미심장하다. 목화토금수
木火土金水, 오행이 순환하는 이치를 사무치게 터득하라는 뜻일
터. 자신을 증식하면서 타자를 지배하고자 하는 욕망, 옥황상제
앞에서도 고개를 숙이려 들지 않는 오만함, 잠시도 가만있지 못하고
방방 뜨는 조급증, 이것을 치유하려면 오행산으로 눌러 놓는
수밖엔 없다. 하도 단련된 몸이라 죽이기도 어렵지만 죽인다 한들
도루묵이다. 언젠가 또다시 마음은 탄생할 것이고 똑같은 행로를
밟아갈 터이니 말이다.

　이렇게 꼼짝없이 갇힌 채 구리물을 먹으면서 500년 뒤 자신을
풀어 줄 스승을 기다리는 것, 천지가 자신을 낳아 줄 때의 마음으로
돌아가는 것. 그것만이 제국과 전쟁에 중독된 마음을 다스리게 해줄
것이다. 인류의 운명 또한 다르지 않다. 소유와 증식을 향해 가는 한
평화는 없다! 일단 멈추는 것, 그리고 다시 처음으로 돌아가는 것,
그것만이 길이요 명이다. 그러므로 존재와 세계의 구원을 꿈꾸는
존재라면 누구든 이 여행기를 지도로 삼을 수밖에 없다. 이쯤 되면
왜 손오공이 이 기막힌 여행의 주인공인지 납득할 수 있을 것이다.

삼장법사의 팔자—기구하고 고귀한!

자, 그럼 이 한심한 돌원숭이를 구해 줄 스승은 누구인가. 이름은
진현장陳玄奘. 삼장법사로 알려진 그 사람이다. 언급한 대로 그의

내력이 1권 부록에 실려 있다. 이 작품에서 유일하게 실존 인물이다. 실제로 현장법사는 10여만 리나 되는 먼 길을 여행하고 19여 년이라는 기나긴 세월에 걸쳐 인도에서 불경을 연구하다 돌아왔다. 『대당서역기』大唐西域記를 저술했을뿐더러 수많은 경전을 번역한 불교학자이자 당대 최고의 지성인이다. 이렇게 거룩한 인물에 대한 스토리가 부록 신세라니. 게다가 2권 이후에도 존재감이 좀 '거시기'하다. 툭하면 삐치고 질질 짜고……. 분별력도 리더십도 거의 제로에 가깝다. 좀 황당하긴 하지만 이게 또 『서유기』의 묘미다. 현장은 충분히 위대한 인물이다. 그런 그가 작품 속에서도 맹활약을 한다면 그게 더 진부한 노릇 아닐까. 아울러 이런 식의 반전에는 수행에 대한 깊은 통찰이 숨어 있다(없으면 말고.^^ 이에 대해서는 다음장을 기대하시라~!).

아무튼 부록에 실린 삼장법사의 내력은 이렇다. 아버지는 진광예, 어머니는 은온교. 선남선녀에다 결연 과정도 로맨틱하기 그지없다. 하지만 두 사람이 신혼살림을 차리고 아기를 임신한 채 지방으로 부임해 가던 중 도적을 만나 아버지는 죽임을 당해 물에 던져지고, 어머니는 도적에게 납치되어 같이 살다가 현장을 낳는다. 도적이 아기를 죽이려 하자 어머니는 아기를 물에 띄워 보낸다. 강물에 흘러가던 아기는 금산사 스님의 손에 길러진다. 열여덟 살 되는 해 출생의 비밀을 듣고 어머니를 찾아간다. 감격적인 상봉! 조부모의 힘을 빌려 도적을 처치하자 용왕의 은택으로 바다에 잠들어 있던 아비가 되살아난다. 하지만 해피엔딩은 없다. 어머니는 조용히 자결의 길을 택한다. 다시 돌아가기엔 너무 멀리 와 버렸다고 느낀 것이리라.

멜로와 막장, 낭만과 엽기, 부활과 복수가 엇갈리는 이

스토리는 대체 무얼 말하는 것일까? 예나 이제나 청춘남녀의
꿈은 '스위트 홈'이다. 하지만 그것은 행복의 온상이지만 동시에
탐심의 거처이기도 하다. 어머니 은온교는 뱃속의 아이 때문에
자결하지 못했다고 하지만 과연 그것뿐이었을까. 도적은 뜻밖에도
직업적으로나 가정적으로나 괜찮은 남편이었다. 아마 그 행복을
뿌리칠 용기가 없었으리라.

따라서 출가란 바로 이 가족적 그물망을 벗어나는 것이다.
고타마 싯다르타 왕자는 출가하던 날 아들이 태어났다. 싯다르타는
아들을 버쩍 들어올리고 말했다. "라훌라!" 장애물이라는 뜻이다.
아들의 이름을 장애물이라 부르는 아버지가 세상에 있을까. 그만큼
떨치기 힘든 것이라는 뜻일 터. 그 장애물을 넘어 출가를 감행한
이가 붓다. 오이디푸스 신화 역시 가족의 그물망이 얼마나 깊고
질긴지를 말해 준다. 아비를 죽이고 어미와 정을 통하리라, 이것이

오이디푸스의 운명이었다. 그래서 일찌감치 버려졌지만 결국
그 아들은 먼 길을 돌아와 아비를 죽이고 어미를 범하는 패륜을
저지른다. 자업자득! 어미는 자살을 하고, 오이디푸스는 두 눈을
스스로 찌른 채 길 위에 나선다. 눈을 버린다는 건 이전과는 다른
시선으로 살아가겠노라는, 가족주의의 표상으로부터 벗어나겠다는
결단이다. 그것이 곧 출가다.

현장은 출생하자마자 출가를 했다. 집에 있으면 목숨을
부지할 수 없는 운명을 타고난 것이다. 근데 하필 흘러간 곳이
사찰이었을까. 그는 '본 투 비' 출가자였기 때문이다. 나중에
밝혀지지만 그는 10세₩를 돌면서 수행을 한 구도자다. 그런데
어찌 이리도 기구한 팔자를 타고 났을까. 하지만 달리 생각하면
꼭 그렇지만도 않다. 인간은 궁극적으로 구도의 운명을 타고났다.

시차만 다를 뿐 결국에는 그 길을 가야 하고, 갈 수밖에 없다.
그렇지 않으면 손오공처럼 소유와 지배의 욕망에서 헤어날 수 없을
터이므로. 그런데 현장은 탄생 직후 바로 그 길을 가게 되었으니
어찌 보면 가장 고귀한 팔자가 아닐지.

복수와 부활로 그가 짊어진 출생의 비극은 다 해소되었다.
동시에 가족주의의 업장 또한 소멸되었다. 대개 이런 비극을 안고
태어나면 그 상처로 인해 가족에 대한 더 큰 집착과 그리움을 안고
산다는 게 프로이트식 통념이다. 하지만 그것은 길이 아니다. 그런
결핍과 상처를 치유해 줄 가족 혹은 가족주의는 없다. 오이디푸스
신화는 운명의 큰 시련을 겪고 나서 출가하지만 싯다르타는 아무런
결핍이 없음에도 집을 떠난다. 이것은 아주 큰 차이다. 결핍의
재생산이 윤회의 수레바퀴. 그 수레바퀴를 박차고 나올 때 비로소
길이 열린다. 이후 현장은 어떤 여인의 유혹에도 넘어가지 않는다.
왜? 그에게는 성과 사랑, 그것이 가져다줄 '가족의 행복'이라는 표상
자체가 원초적으로 부재하기 때문이다.

087

소승에서 대승으로!

황제가 죽었다. 위대한 당나라의 위대한 황제, 당唐태종太宗이.
저승으로 끌려가 염라대왕도 만나고 온갖 지옥을 탐방하면서
죄인들의 수난을 목격하고 원수들과 빚쟁이들을 만나 시달리기도
한 다음 육도윤회六道輪廻: 일체중생이 자신의 지은 바 선악의 업인에 따라
천도·인도·수라·축생·아귀·지옥의 육도세계를 끊임없이 윤회전생(輪廻轉生)함의 길목을
통과하여 다시 살아난다. 덕분에 생사의 이치를 사무치게 깨닫게

되었다. 이승은 부귀영화가 '장땡'이지만, 저승에선 음덕을 쌓아야 한다. 이승에선 소유와 증식이 원리지만, 저승에선 베풂과 비움이 더 우월한 가치다.

아무리 위대한 황제라도 생사의 이치를 알지는 못한다. 통치의 기술이 뛰어나다고 자연의 원리를 아는 것은 아니다. 그래서 황제들은 돌원숭이가 그랬던 것처럼 제국을 정복한 이후 불로장생을 도모한다. 어떻게든 수명을 연장해 보려고 발버둥을 치는 것이다. 하지만 뜻하지 않게 죽음을 체험하고 나자 당태종은 전혀 다른 존재가 되었다. 선을 행하고 자비를 베풀고, 널리 중생을 구제하는 불법을 펼치고자 한다. 통치와 영성의 결합! 당태종과 진현장이 마주치게 되는 지점이다.

모든 것이 맑고 밝아 한 점 티끌조차 끊어 없애고
큰 의식 주관하여 현장법사 높은 대에 올라앉았네.
환생하고 싶은 외로운 영혼들 보이지 않게 찾아오고
설법 듣고자 사람들 물결처럼 저잣거리에서 밀려드네.
만물에 베풀고 변화의 조짐에 대응하는 마음의 길은 멀어도
온몸 바쳐 마음껏 불경의 문을 열도다.
마주보고 광대무변의 불법을 강론하니
남녀노소 누구나 즐거워하네.(2권, 57쪽.)

이 정도면 만사형통일 것 같은데, 여기서 또 한 번의 반전이 일어난다. 문둥이로 변신하여 지상에 내려온 관음보살의 등장이 그것이다. 관음보살은 현장에게 말한다. "자네의 그 소승교법으로는 죽은 자를 구제하여 승천시킬 수 없고, 그저

그럭저럭 속세와 어울려 지낼 수 있을 뿐일세. 내가 가진 대승불법 삼장은 죽은 자를 구제하여 승천시키고, 어려움에 빠진 사람을 괴로움에서 벗어나게 하며, 끝없는 수명을 누리는 몸을 만들도록 수양하여 영원히 존재하는 여래가 되게 할 수 있지."(2권, 58쪽.)

옆에 있던 당태종이 묻는다. "그대의 대승불법은 어디에 있는고?"

"대서천 천축국 대뇌음사의 우리 부처 석가여래께서 계신 곳에 있사옵니다."

소승에서 대승으로! 바야흐로 중국불교의 축이 움직이는 시대였던 것. 이제 불교는 개인의 구원에서 중생구제라는 원대한 비전을 지니게 되었다. 그럼 누가 저 천축으로 갈 것인가? 당연히 우리의 현장법사다. 현장이 삼장으로 거듭나는 순간이다. 황제와 구도자, 그리고 관음보살, 이 세 개의 선분이 교차하자 길이 열렸다. 도합 십만 팔천 리, 장장 14년에 달하는 무모하고도 예측 불가능한 시공간이. 하지만 이 여행의 진정한 배후조종자는 우리의 돌원숭이다. 그가 오행산에 깔려 기다리고 있기 때문이다. 그의 강력한 발원과 기다림, 이것이 아니었다면 과연 이 길이 열릴 수 있었을까. 달마가 가랑잎을 타고 동쪽으로 왔듯이, 돌원숭이는 이제 삼장법사를 모시고 서쪽으로 갈 것이다.

버리고, 떠나라!

실제 인물 현장은 열세 살의 나이에 출가하여 열아홉에 이미 불교계에서 스타의 반열에 올랐다. 구법에 대한 그의 갈증은 마침내 서역을 향하게 되었다. 불교의 발원지로 가서 직접 경전의 참뜻을 새기고 싶어진 것이다. 하지만 당시는 수에서 당으로 교체되던 때라 나라에선 통행허가증을 발급해 주지 않았다. 그러나 이미 불붙기 시작한 구법의 열정은 멈출 수가 없었다. 그는 산스크리트어를 익히는 한편 이 여행길에 필요한 체력과 정신력 훈련에 돌입하였다. 사막지대를 통과하기 위해 물을 적게 마시고 버티는 훈련도 병행했다. 스물여덟 살이 되던 해, 장안 도성을 중심으로 기근이 들었다. 당태종은 수도에 집중된 인구를 분산시키기 위해 자유로운 통행을 허가했다. 절호의 찬스! 현장은 장안 도성을 떠나 식량을 구하러 가는 패거리에 섞여 구법의 여행에 올랐다.(첸원중, 『현장 서유기』, 68쪽.)

하지만 이건 서곡에 불과했다. 장안을 출발하여 양주 땅에 도착하자 황제의 칙령에 의해 강제소환을 당할 처지에 놓인다. 하지만 그는 이미 돌아갈 수 없었다. 결국 법을 어기고 국경을 넘는다. 불법佛法을 위해 불법不法을 감행한 것.^^ 하지만 그것이 도道다. 도와 진리에는 국적도, 국경도 없다. 그것은 인간이라면 누구나 걸어야 할 보편적인 길이기 때문이다.

소설 속의 장면은 정반대다. 삼장법사는 당태종과 의형제를 맺고, 온갖 혜택을 다 받은 다음 제자 둘에 백마 한 필까지 제공받는다. "고향의 한 줌 흙은 그리워할지언정 타향의 황금 만 냥을 탐하지 말라"는 당부와 함께. 하지만 국경에 이르렀을 즈음, 삼장은 마음이 급해졌다. 꼭두새벽에 일어나 달빛을 보며 나아가다 갑자기 발을 헛디뎌 함정에 빠지고 말았다. 들소, 곰, 호랑이 요괴들의 소행이었다. 덕분에 두 제자는 졸지에 요괴들의 밥이 되었다. 81난 가운데 첫번째 고난을 맞이한 것. 결과적으로 실제의 현장법사와 다를 바 없는 처지가 되었다.

여기서 알 수 있는바, 버려야 떠난다는 것, 떠나기 위해서는 버려야 한다는 것. 당태종이 아무리 위대하다 한들 이 길을 대신 갈 수는 없다. 군대를 풀어 엄호해 줄 수도 없다. 이것은 제국의 통치력, 그 너머에 있는 여정이기 때문이다. 하여, 이 길에 들어서는 순간 모든 것은 다시 시작되어야 한다. "부처는 마음이요 마음은 부처니" "오는 것도 가는 것도 돌아오는 것도 아니라." "버리기도 취하기도 바라는 것도 어렵도다."[2권 97쪽.] 이 불가사의한 매트릭스로 들어가려면 삼장법사 스스로 길을 열어 갈 수밖에 없다. 하지만 걱정마시라! 관음보살을 비롯하여 천지만물이 그를 엄호해 줄 것이고, 또 손오공과 저팔계, 사오정 등 요괴 출신의 세 제자들이 끝까지 그와 함께할 터이니.

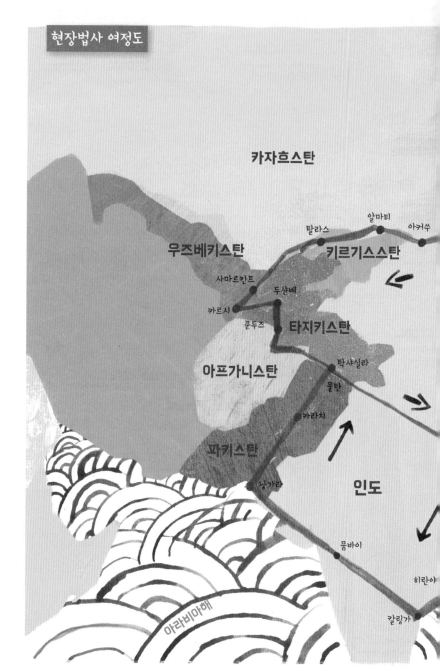

현장법사 여정도

카자흐스탄

우즈베키스탄

카르기스스탄

탈라스　알마티　아커쑤

사마르칸트

두산배

카르시

쿤두즈

타지키스탄

탁샤실라

아프가니스탄

몰탄

카라치

파키스탄

낭가라

인도

뭄바이

히란야

칼링가

아라비아해

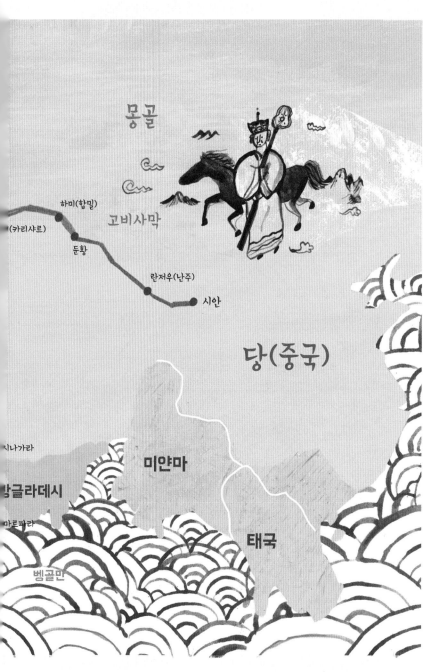

몽골

하미(합밀)

(카리샤르)

고비사막

둔황

란저우(난주)

시안

당(중국)

시나가라

미얀마

방글라데시

마르파라

태국

벵골만

① 삼장법사, 손오공 구출함
② 고로장 사위인 저팔계를 만남
③ 사오정 등장
④ 요괴 홍해아와 한판 승부
⑤ 세 명의 도사와 겨룸
⑥ 모든 무기를 빨아들이는 고리를 가진 독각시대왕의 소굴
⑦ 서량녀국 여왕, 삼장법사를 유혹
⑧ 우마왕 - 나찰녀 - 옥면공주의 삼각관계를 이용, 나찰녀의 파초선을 빼앗아 불을 끔
⑨ 저팔계, 천년뚱길에서 밤새 똥을 치움
⑩ 거미요괴, 삼장법사를 유혹
⑪ 삼장법사 밴드, 천 명의 아이들 목숨을 구함
⑫ 삼장법사 밴드, 비를 불러 가뭄 해결
⑬ 석가여래로부터 불경 하사받음
⑭ 81난의 대단원, 불경을 물에 빠뜨림
⑮ 당태종에게 경전을 바침

중국 섬서 장안성
공주성 하주위
쌍차령
 ① 양계산(오행산)
사반산 응수두간(하비국)
관음선원
흑풍산 흑풍동
② 고로장마을
황풍령
③ 유사하
만수산 복지 오장관 동천
백호령
흑송림
보상국
평정산 연화동
오계국 칙건보림사
④ 호산 고송간 냇가 화운동 동굴
형양욕 흑수하
⑤ 거지국 칙건지연사
통천하
⑥ 금두산 금두동

기린산 해치동
주자국 회동관
⑨ 칠절산 희시동
소서천 소뇌음사
형극령
제새국 금광사
⑧ 화염산
독적산 비파동
⑦ 서량녀국
자모하

西 遊 記

서유기

2.

삼장법사와 아이들 :
세상 그 어디에도
없는 '밴드'

#장면 1 : 손오공이 도적들을 때려죽이자 삼장법사가 몹시 화가 났다. 손수 도적들을 묻어 주고 경을 읽어 준다. 그리고 나서 축문을 읽는데, 그게 참 엉뚱하다. 저승에 가거들랑 자신은 고소하지 말아 달란다. "그 놈은 손가이고 저는 진가이니, 우리는 성도 다릅니다. 억울한 일에는 그 일을 만든 원수 놈이 있게 마련이고 빚에는 채권자가 있는 것이니, 제발, 제발, 이 불경 가지러 가는 승려는 고소하지 마십시오." 저팔계가 깔깔 웃으며 말했다. "사부님께선 아주 깨끗이 빠져나가시네요. 저 양반이 때릴 때는 저희 둘도 없었다고요." 그 말에 삼장법사는 또 흙을 한줌 집더니 이렇게 기도를 드렸다. "호걸님들, 고발하실 때는 손오공만 고발하십시오. 저팔계랑 사오정과도 상관없는 일입니다."(6권, 170쪽.)

#장면 2 : 은각대왕이라는 요괴를 만났을 때, 손오공의 꾀에 빠져 순찰을 나간 저팔계. 칠팔 리 정도 가더니 쇠스랑을 집어던지고 머리를 돌려 온갖 손짓발짓을 다 해가며 욕을 해댄다. "물러 터진 늙다리 중놈[삼장법사]! 심술궂은 필마온[손오공]! 줏대 없는 사오정! 자기들은 모두 거기 앉아 편히 쉬면서, 길을 찾으라고 이 몸만 부려 먹어? …… 이런 빌어먹을! 어디 가서 잠이나 자야겠다."(4권, 51쪽.)

그 스승에 그 제자 — 못 말리는 밴드

스승은 제자를 고발하고, 제자들은 스승 알기를 '개코같이' 여기며 또 지들끼리 헐뜯고 놀리기 일쑤다. '콩가루'도 이런 '콩가루'가 없다. 덕분에 『서유기』는 대장편임에도 지루할 틈이 없다. 한 권을 읽고 나면 그 다음이 궁금해서 절로 책을 펴들게 한다. 그러다 문득 이런 의문이 솟구친다. 아니, 이런 '아사리 난장' 팀이 어떻게 십만 팔천 리를 간다는 거지?

알다시피, 『서유기』는 '구법求法의 서사'다. 위대한 당나라의 성승聖僧 삼장법사가 석가여래를 뵙고 대승경전을 얻기 위하여 세 명의 제자를 데리고 서천으로 가는 대장정이다. 길은 멀고 험한데 가는 곳마다 요괴들이 길을 막는다. 그때마다 하늘과 바다를 오가는 대전투가 벌어진다. 그럼, 이들은 왜 그토록 경전 얻기를 소원하는가? 중생구제라는 원대한 비전도 있지만 무엇보다 자신들의 업장을 소멸하기 위해서다. 즉, 스스로를 구원하기 위하여 이 여정에 동참한 것.

한데, 위에서 보다시피 이 거룩한 여정은 유머로 그득하다. 네 명은 잠시도 쉬지 않고 투닥거린다. 어찌된 영문인지 삼장법사는 늘 저팔계를 '편애한다'. 손오공은 그게 아니꼽다. 그래서 손오공과 저팔계는 서로를 잡아먹지 못해 안달이다. 그나마 사오정이 무던한 탓에 팀워크가 간신히 유지된다. 그러다 보니 주제는 '구법의 여정'인데 실제로는 포복절도의 시트콤이다. 그래서 독자들은 한편 즐거우면서도 한편 당혹스럽다. '구도의 길이 이렇게 웃겨도 되나?' 하고.

하지만 거꾸로 생각할 수도 있다. 왜 우리는 목표가 원대하면 비장하고 엄숙해야 한다고 간주할까? 비장하고 엄숙하다는 건 온몸에 힘이 잔뜩 들어갔다는 의미인데, 그건 단거리에서나 효과적일 뿐 장거리를 뛸 때의 자세는 아니다. 장거리를 뛰려면

가능한 한 힘을 빼야 하고, 힘을 빼는 데는 유머가 최고다. 아니,
힘을 빼야 유머가 생성된다. 힘을 뺀다는 건 각자의 개성과
차이들이 고스란히 노출된다는 뜻이다. 예컨대, 삼장법사는
나약하고 찌질하다. 하지만 구법에 관한 한 단호하기 이를 데
없다. 손오공은 성질이 불같지만 인정도 참, 많다. 저팔계의 탐욕과
어리석음, 사오정의 줏대 없음 역시 아주 소중한 덕목이다. 왜냐고?
그게 바로 우리 중생들의 '꼬라지'이기 때문이다. 그래서 '있는
그대로!' 드러나야 한다. 그런데 그러다 보면 기상천외의 상황들이
연출되기 마련이다. 웃음이 터지는 건 바로 이때다. 그렇게 본다면
구법과 유머는 모순되기는커녕 '찰떡궁합'인 셈이다. 아무튼 이렇게
해서 세상 그 어디에도 없는, 아주 못 말리는 밴드 하나가 탄생했다.
그 스승에 그 제자들! 그럼 이 밴드의 멤버들을 하나씩 분석해 보자.

손오공—분노와 정념의 화신

돌원숭이, 멋진 원숭이왕, 제천대성. 이것이 손오공의 또 다른
이름들이다. 앞 장에서 보았듯이, 이 이름들에는 인류가 밟아
온 마음의 행로가 담겨 있다. 소유와 증식을 향해 맹목적으로
달려가는! 어떻게 이 욕망으로부터 자유로워질 것인가? 이것이
작품 전체를 이끌어 가는 기본 화두라면, 밴드 속에서 손오공의
특이성은 무엇일까? 일단 손오공은 오행적으로 보면 금金이다.
단단하고 정미로운 기운을 의미한다. 돌과 쇠, 보석과 칼 등을
떠올리면 될 것이다. 상극의 원리상 금을 극하는 건 화火다(화극금).
손오공은 화기운도 엄청나다. 내단수련도 최고 경지까지 갔지만

하늘궁전에서 대소동을 피울 때 태상노군太上老君의 팔괘로에서
사십구 일 동안 단련되는 바람에 '심장과 간은 금으로, 허파는 은,
머리는 구리, 등은 쇠로 변하고' '불같은 눈에 금빛 눈동자'를 갖게
되었다. 그러니까 손오공은 불에 잘 달궈진 금인 것.

기질적 속성으로 보자면, 금은 '숙살지기'肅殺之氣: 죽이는 기운이고,
화는 정념의 기운이다. 그래서 손오공은 인간이 겪는 번뇌의 원천인
'탐진치'貪瞋癡 가운데 '진심'瞋心을 대표한다. 진심은 '분노'다. 분노는
정의감과 의리 등을 주관하는 마음이다. 그것은 주체성과 리더십,
책임감 등의 원천이지만 지나치게 되면 지배욕과 공격본능으로
나아가게 된다. 손오공이 바로 그런 경우다. 처음 원숭이왕이 된
이후, 그의 자존심은 하늘을 찌른다. 제국이 확장될수록 교만도
더더욱 높아져 마침내 옥황상제 앞에서도 '고개만 까딱'할 정도로
기고만장이다. 하늘을 뒤집어 놓은 것도 이 욕망을 멈추지
못해서다.

오행산에 무려 오백 년을 갇혀 있었으면서도 그 성질은
죽지 않았다. 삼장법사가 구해 주자마자 노상에서 만난 강도들을
순식간에 박살내 버린다. 삼장법사가 노발대발하자 '마음에
일어나는 불길을 익누르지' 못해 한껏 대들고 피부은 다음
근두운을 타고 휙 가 버린다. 관음보살이 특별히 긴고테 모자와
긴고아주라는 주문을 마련해 둔 것도 그 때문이다. 머리가 깨지는
고통이 아니고서는 도저히 제어가 불가능한 상태인 것. 이로써
보건대, 자존심과 정의감, 분노와 주체성, 지배욕과 교만, 이것들은
하나의 계열을 이룬다. 그래서 삼장법사와는 상극이다. 삼장법사는
저팔계의 꼼수는 봐줄지언정 손오공의 폭력 성향은 용서하지
못한다. 해서, 가장 많은 공을 세우는 것도 손오공이지만 가장 많은

사고를 치는 것도 역시 손오공이다.

근데 참 묘하다. 상극은 상생으로 통하는 것일까. 아니면 미운 정이 고운 정보다 더 깊은 것일까. 갈등이 심화될수록 삼장법사에 대한 그의 사랑은 깊어만 간다.

처음 쫓겨날 때의 장면이다. 추방명령서를 써서 손오공에게 주며, "이 원숭이 놈아! 이걸 증거로 삼아라. 다시는 너를 제자로 여기지 않을 것이다. 다시 너를 보게 된다면 나는 바로 아비지옥으로 떨어질 거다!" 떠나는 손오공. 마지막으로 절을 하겠다고 하자, 삼장법사는 몸을 획 돌리며 말했다. "나는 착한 중이라, 너같이 나쁜 놈의 절은 받지 않겠다." 그러자 손오공은 털 세 가닥을 뽑아 손오공 셋을 만들어 삼장법사 주위를 에워쌌다. 그렇게 사방에서 절을 올리니 삼장법사는 도저히 피할 도리가 없어서 결국 절 하나는 받게 되었다.(3권, 218쪽.) 그러고는 사오정에게 사부님을 잘 모시라고 신신당부한 후, 눈물을 흘리며 한참을 머뭇거리다 떠나간다. 성질 부릴 땐 언제고 이 애틋한 애정표현은 또 뭔가.

이뿐 아니다. 팀이 위기에 빠져 저팔계가 다시 손오공을 찾으러 갔을 때도 '이 어르신이 몸은 수렴동으로 돌아왔지만 마음만은 경전을 얻으러 가는 스님을 따르고 있'다며 한없는 그리움을 털어놓고, 한창 요괴들을 물리치다가도 삼장법사가 겪을 고뇌를 떠올리고는 창자가 끊어질 듯 가슴이 아파 얼굴을 가린 채 흐느껴 울기도 한다. 또 한 번은 홍해아라는 요괴와 싸우다 잠깐 기절을 한 적이 있었다. 저팔계가 안마를 해주자 기가 뚫렸는데, 깨어나자마자 "사부님!" 하고 외마디 소리를 지른다. 사오정의 말처럼 '살아서도 죽어서도 손오공의 마음엔 오직 사부님뿐'이다.

이쯤 되면 가히 불꽃같은 정념이라 할 만하다. 그래서 참 대책 없는 캐릭터다. 좋아하자니 언제 성질이 폭발할지 모르겠고, 미워하자니 저토록 정념이 넘치고……. 삼장법사의 마음도 이러했으리라.

저팔계─탐욕은 나의 운명!

저팔계는 고로장高老莊의 데릴사위 노릇을 하다 삼장법사의 제자가 된다. 출신 성분은 꽤 그럴 듯하다. 일찍이 신선을 만나 수행을 하여 하늘 궁전에서 은하수를 관장하는 천봉원수에 봉해진다. 하지만 서왕모가 개최한 반도대회서왕모의 탄신일이나 삼천 년에 한 번씩 선도가 익는 것을 기념하여 불보살과 신선들이 모이는 자리 때 월궁 항아를 보고 홀딱 반해서

추태를 부리다 곧장 이백 대를 맞고 쫓겨났다. 돼지의 태를 잘못 타고 나는 바람에 외모가 이 지경이 되었다. "큰 입에 사냥개 같은 이빨, 억센 갈기와 부채 같은 귀" 등등.

은하수를 관장하던 인물이라 오행적으로 보면 수水기운을 타고났다. 수는 목木을 낳는다. 그래서 저팔계를 '목모'木母라고 부르기도 한다. 수기가 넘치면 신장의 '정'精 신진대사를 조절하는 물질적 원천이 넘쳐 성욕 조절이 어렵다. 그래서 여자를 보면 욕정이 꿈틀거려 일단 침부터 흘린다. 밥통이 크고 창자가 짧아서 늘 허기에 시달린다. 식욕과 성욕, 즉 인간의 가장 원초적 욕망인 '탐심에 살고 탐심에 죽는' 인물이다. 그래도 깨달음의 뜻은 저버리지 않아 관음보살한테 계를 받은 이후 '오훈'五葷 마늘, 달래, 무릇, 김장파, 세파과 '삼염'三厭 기러기, 개, 뱀장어을 끊었다. 그래서 여덟 가지 계율을 지킨다는 뜻에서 '팔계'八戒라는 이름을 갖게 된 것. 하지만

그럼 뭐하나. 한 끼에 '네다섯 말의 밥'을 먹어야 하고, 간식으로 '구운 떡 백 개'를 먹어야 하는 걸.

이런 처지니 길을 가는 내내 온갖 추태와 진상을 다 떤다. 처음 밴드를 갖추었을 때 관음보살이 이들의 진정성을 테스트하는 사건이 있었다. 하룻밤을 묵기 위해 한 부잣집에 들어갔더니 마흔다섯 살 된 과부가 세 딸(진진, 애애, 린린)과 함께 살고 있었다. 과부는 이들에게 평생 쓰고도 남을 재물이 있으니 세 딸의 짝이 되어 달라고 한다. 삼장법사와 손오공, 사오정은 일절 흔들림이 없건만, 유독 저팔계만 음탕한 생각에 몸을 비비 꼬고 난리다. 과부가 손수건으로 눈을 가린 후 술래잡기를 하면서 세 딸 중 하나를 고르라고 하자, 이 멍텅구리는 밤새도록 이리 뛰고 저리 뛰다가 그만 고꾸라지고 말았다. "앞으로 오다가 문을 차고, 뒤로 가다가 벽돌담을 건드리고, 우당탕탕 넘어지며 들이박아 주둥이가 시퍼렇게 부어올랐지요. 결국 그는 땅바닥에 주저앉아 숨을 헐떡거리며" 따님들이 자기를 받아주지 않으니 과부인 어머니라도 어떻겠냐고 한다. 오 마이 갓! 결국 속옷 바람으로 나무에 매달려 온갖 고초와 망신을 다 겪는다.

이때 혼찌검이 난 탓에 성욕은 좀 잦아들었으나 식욕만은 도무지 제어가 안 되어 가는 곳마다 물의를 일으킨다. 게다가 그걸 채우기 위해 쉬지 않고 '잔머리'를 굴린다. 그 과정에서 손오공과 삼장법사를 이간질하는 게 다반사다. 또 번번이 깨지면서도 틈만 나면 손오공한테 대들고 개긴다. 심지어 요괴와 대적할 적에도 자기가 공을 세우려고 손오공을 함정에 빠뜨리기도 한다. 식탐에다 여색을 밝히는 건 기본이고, 게으르고 비열하고 덜떨어지고……, 저팔계의 악덕은 이루 헤아릴 수가 없다.

그래서 몹시 의아했다. 어떻게 이런 인물이 구법의 길을 갈 수 있는가 하고. 하지만 문득 놀라운 사실을 깨닫게 되었다. 저것이 바로 중생의 실상이 아닌가. 이런 중생도 구할 수 있어야 비로소 대승이라 할 수 있을 터, 저팔계도 갈 수 있다면 대체 누군들 가지 못하겠는가. 그렇게 생각하니 '울컥!' 하고 감동이 밀려왔다. 온갖 추태를 저지르고 갖은 망신을 다 겪으면서도 꿋꿋이 나아가는 모습을 보라. 탐욕이 인간의 운명이라면 구도 또한 '원초적 본능'이다! 그런 점에서 저팔계야말로 '민중의 영웅'이 아닐지.

사오정—'본투비' 매니저!

푸른 듯 푸르지도 않고
검은 듯 검지도 않은
침침한 낯빛
……
맨발에 힘줄 솟은 근육질 몸
눈빛은 번쩍번쩍
부뚜막 밑의 한 쌍 등불 같네
입은 쭉 찢어져
백정 집의 화로 같네
삐죽 튀어나온 송곳니는 칼날을 걸어놓은 듯하고
시뻘건 머리를 어지럽게 풀어헤쳤네
한번 내지르는 소리 뇌성벽력 같고
두 다리로 파도 차는 모습 몰아치는 바람 같네(1권, 245~246쪽.)

유사하에서 사오정이 등장하는 장면이다. 손오공은 원숭이, 저팔계는 돼지, 그런데 사오정은 도무지 정체성이 모호하다. 어찌 보면 인간의 형상을 하고 있기는 하다. 하지만 그래서 더 험상궂고 추악하게 느껴진다.

물론 사오정 역시 원래부터 저 지경은 아니었다. "어려서부터 신통한 기운 왕성하여 영웅호걸로 이름을 날리다가 진인을 만나 도의 경지에 올라" 마침내 하늘 궁전에서 권렴대장捲簾大將 노릇을 하기에 이르렀다. 근데, 어쩌다 유사하流沙河의 요괴가 되었지? 서왕모의 반도대회 때 옥파리玉玻璃 하나를 깨뜨려 옥황상제의 진노를 산 탓이란다. 아니, 그게 그렇게 큰 죄야? 실수지, 라고 생각하겠지만 그건 어디까지나 지상의 세속적 기준일 뿐이다. 하늘에선 단 한순간의 방심도 허용치 않는다. 잠깐 마음을 놓는 순간 천지의 운행과 어긋나 버리기 때문이다. 그래서 사오정은 '탐진치'貪瞋癡 가운데 '치심'癡心, 곧 어리석음의 전형이다. 치심은 일종의 무지몽매다. 자신이 뭘 원하는지 잘 모른다. 배부르면 강 속에 웅크려 자고, 배고프면 물결을 헤치고 나와 닥치는 대로 먹어치운다. 그러고는 또 자책에 시달린다. '이레마다 한 번씩 검이 날아와 옆구리를 백 번도 넘게 찌르고 돌아가는 고통'을 받는다. 요컨대, 무지와 악행, 그리고 자책 ── 이것이 치심의 기본요소다. 탐심과 진심에 비하면 수동적인 번뇌에 해당하는 셈이다. 하지만 구법의 밴드에 합류하게 되자 그의 치심은 전혀 다른 효과를 발휘하게 된다.

이 밴드에서 그는 막내다. 손오공이 전투를, 저팔계가 짐을 담당한다면, 사오정은 말고삐를 잡고 삼장법사를 호위한다. 밴드로 치면 베이스기타에 해당하는 셈이다. 그래서 존재감은 별반 없다. 요괴들과 맞서 싸울 때도 늘 후방을 지키는 게 고작이다. 하긴 생각해 보면 그가 존재감이 크면 곤란하다. 손오공과 저팔계만으로도 시끄럽기 짝이 없는데, 거기에 사오정까지 설쳐 대면 이 밴드는 정말이지 구제불능이리라. 그래서 사오정은 늘 두 형들의 싸움을 중재하는 매니저 역할을 한다. 홍해아를 만나 위기에 빠졌을 때의 장면이다.

"얘들아, 우리도 여기서 흩어져야겠다."(손오공)

"옳은 말씀! 일찌감치 흩어져서 각자의 길을 찾아갔다면 얼마나 좋았겠소?"(저팔계)

사오정이 이들의 말을 듣고 깜짝 놀라 온몸이 마비되었다. "형님들, 도대체 무슨 말씀들을 하시는 겁니까? 우리가 전생에 죄를 지었는데 고맙게도 관세음보살의 권면과 교화를 받아 …… 불문에 귀의하게 되었습니다. 그래서 사부님을 호위하고 서천으로 가서 부처님을 뵙고 경전을 구하는 공덕을 쌓아 죗값을 치르기로 한 거잖아요? 그런데 오늘 이곳까지 와서 하루아침에 모든 걸 포기하고 각자의 길을 찾아가자는 말씀이십니까? 그것은 관음보살의 선과善果를 어기고, 우리 자신의 덕행을 망치고, 우리가 시작만 하고 끝을 보지 못하는 자들이라는 사람들의 비웃음을 사는 일이 아니겠습니까?"

오호, 이렇게 기특할 수가. 이러자 성질 더러운 큰형과 철딱서니 없는 둘째형도 마음을 고쳐먹는다.

그야말로 '본 투 비' 매니저다. 하지만 매니저가 빛나려면 손오공과 저팔계가 있어야 한다. 왜냐하면 사오정은 결코 리더가 될 수는 없기 때문이다. 두 개성 넘치는 인물들이 설치고 날쳐야 사오정이 치심을 떨치고 일어나 은근과 끈기를 통해 팀을 조율하는 능력을 발휘할 수 있는 법이다. 그런 점에서 인간은 원초적으로 '밴드적 존재'다.

삼장법사—이 '충만한 신체'를 보라!

마지막으로 삼장법사. 스승이자 리더지만 별 활약이 없다. 일단 세상물정에 어둡고 분별력, 판단력 모두 제로다. 요괴들이 속임수를 쓰면 100퍼센트 넘어간다. 난관에 봉착하면 일단 징징거리거나 운다. 저팔계의 이간질에 쉽게 놀아나서 제자들을 분열시킨다. 참, 이렇게 무능하기도 힘들다. 실제의 현장법사는 팔방미인이라 가는 곳마다 찬사를 받았다는데, 작품 속의 이 '짝퉁'은 달라도 이렇게 다를 수가. 한편 따져 보면 지극히 당연하다는 생각도 든다. 현장법사는 '고독한 솔로'였지만 삼장법사는 '밴드'로 움직인다. 밴드로 움직이려면 힘이 한쪽으로 쏠려서는 곤란하다. 그렇다면 실제 현장법사의 출중한 능력을 세 제자가 나누어 가졌다고 보아야 하지 않을까. 그러니 삼장법사는 '저런' 수준이 될 수밖에. 엉뚱한 논리 같지만, 능력과 힘에도 질량 불변의 법칙이 있는 셈이다.

　더 중요한 사항 하나. 어떤 조직이건 리더는 좀 '빈' 구석이 있어야 한다. 그래야 다른 멤버들이 개성을 펼칠 수 있다. 특히 이 제자들은 요괴 시절에 지은 죄가 많아서 무수한 공덕을 쌓아야 한다. 또 그들이 지닌 기예 — 손오공의 72가지 변신술, 저팔계의 36가지 변신술, 사오정의 항요장降妖杖 : 둥글게 두 갈래로 갈라진 창 등 — 는 일종의 테크닉이지 도道가 아니다. 깨달음의 경지에 이르려면 자신의 기량을 부지런히 발휘해야 한다. 아낌없이 쓰고 또 씀으로써 '탐진치'의 번뇌로부터 벗어나야 하는 것. 한데, 여기다 삼장법사까지 맹활약을 펼친다면 그땐 구법이 아니라 무협이 되어 버린다. 특히 이 밴드의 핵심 키워드는 삼장법사의 속도다.

> **사오정** "형님, (서천) 뇌음사까지는 얼마나 멀어요?"
> **손오공** "십만 팔천 리야. 아직 십 분의 일도 못 왔어."
> **저팔계** "형님, 몇 년이나 걸어야 도착할 수 있을까요?"
> **손오공** "이 길은 두 동생들이라면 열흘 정도면 갈 수 있지. 나라면 하루에 쉰 번 가는 것도 어렵지 않아. 해 떨어지기도 전에 말이야. 사부님이라면…… 아휴! 생각도 말아야지."
> **삼장법사** "오공아, 언제쯤이면 도착할 수 있겠냐?"
> **손오공** "사부님이 어릴 때부터 노인네가 될 때까지, 아니 늙은 다음 다시 어려지고, 그게 수천 번 된다 해도 거기 도착하긴 어려워요. 다만 사부님께서 지성으로 깨달으시고 한마음으로 돌아보신다면, 그곳이 바로 영취산(서천)일 겁니다."(3권, 115쪽.)

그렇다! 한없이 멀고 아득하지만 마음 한 번 바꾸는 순간 즉각 도달할 수 있는 곳, 거기가 바로 서천이다. 해서, 누구도 대신해 줄 수가 없다. 오직 삼장법사의 속도로만 가야 한다. 그래야만 81난을 오롯이 겪을 수 있기 때문이다. 끊임없이 요괴들이 출현하는 것도 그 때문이다.

먼 길을 가야 하지만 그는 결코 서두르지 않는다. 그래서 요괴한테 수시로 속아 넘어간다. 그럴 때마다 참 한심해 보이지만 거기엔 아주 깊은 뜻이 있다. 설령 속아서 목숨을 잃을지언정 자비심을 잃지 않는 것이 더 중요하다는! 달라이 라마가

'적이야말로 내 자비심의 대상'이라고 했던 것처럼, 삼장법사 또한 이렇게 말하리라. "대체 요괴가 아니라면 누구에게 자비를 베푼단 말인가?" 이 대책 없는 자비심은 늘 밴드를 위험에 빠뜨리지만 그 사고를 수습하는 과정에서 손오공의 분노가 점점 다스려진다. 손오공은 대단한 능력을 지니고 있지만 기본적으로 힘 조절이 안 되는 인물이다. 그걸 극복하려면 끊임없이 싸우고 또 싸워서 힘을 빼야 한다. 결과적으로 삼장법사의 무능력(혹은 자비심)이 그 기회를 제공해 주는 셈이다.

또 그는 절대 성욕에 휘둘리지 않는다. 삼장법사가 미녀로 변신한 전갈요괴에게 납치되었다. 밤새 유혹을 받고 나서 손오공이 구하러 갔다. "오공이 왔느냐? 빨리 내 목숨을 구해다오." "밤새 재미 좀 보셨나요?" 삼장법사는 이를 갈며 말했다. "내 차라리 죽을지언정 그런 짓은 안 한다. 한밤중까지 나한테 귀찮게 달라붙었지만 나는 허리띠를 풀지도 않았고 침대 근처에 얼씬도 하지 않았다." 잠시 후, 저팔계가 물었다. "그 짓을 했던가요?" 손오공이 웃으며 대답했다. "아냐, 하지 않았더라. 늙다리 사부님이 요괴에게 희롱을 당했지만 침대 근처에 얼씬도 하지 않았다고 하시더라." 역시! 감탄하는 저팔계.

이것이 이 밴드의 저력이다. 모든 조직이 해체될 때 나타나는 공통적인 현상이 하나 있다. 지도자의 탐심 ── 주로 재물욕과 성욕 ── 이 노출될 때다. 하지만 삼장법사는 이 욕망으로부터 자유롭다. 왜? 그는 이미 출생의 비밀을 푸는 과정에서 완벽히 출가를 한 존재다. 다시 사랑과 성욕에 미혹될 이유가 없다. 그를 움직이는 건 오직 깨달음과 중생구제뿐이다. 솔직히 그는 지금 어디쯤 가고 있는지도 잘 모른다. 다만 그것이 서쪽이라는 것만 알

뿐이다. ──'오직 모를 뿐! 오직 갈 뿐!'(숭산스님의 화두)

　또 하나 삼장법사가 제자들보다 뛰어난 재주가 하나 있다. 다름 아닌 오래 앉아 있는 것. 거지국에서 세 명의 도사들과 겨룰 때의 일이다. 도사들이 삼장법사 일행에게 좌선으로 승부를 겨루자고 한다. 늘 기고만장하던 손오공이 이때만큼은 신음소리를 낸다. "형님, 어째서 아무 말이 없으시오."(저팔계) "동생, 사실대로 말해 주지. 하늘을 때려 부수고 우물을 휘저어 놓으며, 바다와 강을 뒤집어 놓고, 산을 떠메고, 달을 부리며, 별을 옮기는 것 같은 교묘한 재주를 부리는 일들은 난 뭐든지 할 수 있어. 머리를 베어 뇌를 저며 내고, 배를 가르고 심장을 도려내는 것 같은 갖가지 짓거리도 겁나지 않아. 다만 좌선을 한다면 틀림없이 질 거야. 내게 그런 참을성이 어디 있겠어? 나를 쇠기둥에 묶어 놔도 아래위로 비벼대며 난리를 치지, 가만 앉아 있을 리가 없어." 손오공으로선 최고의 위기에 봉착한 셈이다. 그때 삼장법사가 갑자기 입을 열었다. "좌선은 내가 할 수 있다." "그거 잘됐네요! 잘됐어요! 몇 시간이나 앉아 계실 수 있나요?" "내가 어렸을 때 …… 생사의 기로에서도 이삼 년은 앉아 있을 수가 있었단다."(5권, 178쪽.) 오, 놀라워라! 삼장법사가 맹활약을 한 건 이때가 거의 유일하다.

　요괴들이 삼장법사를 탐하는 이유도 바로 여기에 있다. 그는 십세十世를 돌며 수행을 한 몸이라 '원양'元陽을 고스란히 보존하고 있다. 그래서 그의 '살'을 먹으면 불로장생을 얻을 수 있단다. 그런 점에서 삼장법사는 '텅 빈' 듯하지만 한없이 '충만한' 신체다. 즉, 천지만물을 생육시키는 우주적 흐름과 연동되어 있는 것. 하여, 그에게는 어떤 결핍도 간극도 없다. 요괴들은 그의 살을 '먹음'으로써 이 충만함을 맛보고 싶은 것이다.

이렇게 다양한 힘과 개성들이 마주치면 좀 시끄럽긴 하지만 늘
활력이 넘친다. 그리고 이때 윤리가 탄생한다. 서로를 긴밀하게
또 부드럽게 엮어 주는 힘의 배치로서의 윤리! 그렇다! 이 밴드를
움직이는 건 도덕이나 법이 아니라 윤리. 법이 감시와 처벌을
통해 작동하고, 도덕이 인정욕망의 발로라면 윤리는 철저히
'자기배려'에 기초한다. 즉, 자신의 내적인 명령이 핵심인 것.

　강령 하나, 위계는 없다! 손오공이 앞장서고 저팔계는 짐을
지고 사오정은 삼장법사를 엄호한다. 각각의 소임은 분명하지만
그것이 명령과 복종의 위계를 갖지는 않는다. 이들의 화법이
그 증거다. 손오공은 자신들의 수호신 격인 관음보살, 심지어
옥황상제와 석가여래한테까지도 거침없이 대들고 '개긴다'. 그러니
삼장법사한테야 말해 무엇하리. 저팔계의 불평과 투덜거림은
말할 나위도 없다. 삼장법사 역시 마찬가지다. 권위에 대한
집착은커녕 자신의 약점을 전혀 개의치 않고 드러낸다. 한마디로
예의범절하고는 거리가 먼 집단이다. 하지만 그래서 솔직하고
자유롭다. 위계가 엄격하면 상하층 모두 그걸 지키느라 신체가
경직된다. 하지만 이 밴드는 아주 유연하다. 삼장법사는 손오공을
추방할 때는 그렇게 단호한 척했지만 다시 와서 자신을 구해 주자
"착한 제자야, 애썼구나!" 하면서 언제 그랬냐는 듯 슬쩍 받아 준다.
제자들 역시 죽기 살기로 으르렁대다가도 금방 시시덕거린다.
위아래가 없고, 감정의 잉여가 없다 보니 복원력이 아주 뛰어난
것이다. 먼 길을 갈 수 있는 동력도 바로 여기에 있다.

　강령 둘, 대가를 받지 않는다. 이들은 요괴를 무찔러야만 길을

갈 수 있다. 그런데 이 전투는 구도의 여정이자 그 요괴로 인해 고통받는 중생의 고난을 해결해 주는 보살행이기도 하다. 한데, 이런 공덕을 쌓고 나면 꼭 뒤따르는 일이 있다. 엄청난 보답이 그것이다. 황금을 주기도 하고 때로는 나라를 통째로 주기도 한다. 하지만 이들은 그 어떤 것도 수락하지 않는다. 대가를 받는 순간 이미 공덕은 이슬처럼 사라질 것이므로. '일 보 전진에 백 보 후퇴'의 길인 것. 중생의 번뇌는 대개 원한과 자책이다. 목표를 향해 달려가다가 그에 상응하는 대가를 받지 못하면 남을 원망하거나 아니면 자신을 괴롭히거나 한다. 이 함정에서 벗어나려면 한 가지 길밖에 없다. 최선을 다해 공덕을 이루되 아무런 보답을 바라지 않는 것. 너무 야박하다고? 그렇지 않다. 공덕은 그 자체가 이미 보답이다. 몸은 그 이상을 원하지 않는다. 그래서 보답이 필요없다.

　　강령 셋, 머무르지 않는다. 후반부에 가면 요괴보다 더 무서운 게 이 보답과 선물공세다. 사람들은 고마운 마음에 삼장법사 일행을 붙들어 몇날 며칠이고 잔치를 베푼다. 저팔계만 신이 났다. 허구한 날 푸지게 먹어 댈 수 있으니 말이다. 하지만 삼장법사는 마음이 급하다. 그래서 다시 행장을 꾸리면 저팔계는 투덜거리고 사람들은 다시 붙든다. 이런 실랑이를 수도 없이 해야만 겨우 길을 나설 수 있다.

　　이로써 보건대 결국 부귀에 대한 탐욕은 정착으로 이어진다. 좋은 집에 머물러 지속적으로 이 욕망을 누리고자 하는 마음, 그것이 곧 정착이다. 정착하려면 결혼을 해야 하고 결혼은 다시 정착의 빌미가 된다. 구도란 이 욕망을 가로지르는 동선이다. 실제의 현장법사도 인도에서 돌아온 이후 자신을 측근에 두려는 황제들과 밀당을 하느라 마음고생이 심했다고 한다. 오죽하면

"지옥으로 가는 길은 호의로 가득 차 있다"는 말이 나왔을까. 나를
적대시하는 이들은 나를 궁극적으로 분발시킨다. 하지만 나에게
무한한 호의를 베푸는 이들은 나를 하나의 고정된 영역에 묶어
두고자 한다. 내 안에 있는 능력을 독점하고 싶어서다. 수행자들이
최후에 마주치는 함정이 여기일지도 모르겠다. 하지만 '삼장법사와
아이들'은 이런 유혹에 흔들리지 않는다. 저팔계만이 매번
우왕좌왕하지만 그 역시 정착해서 부귀를 누리기보다는 스승과
두 형제들을 따라가기를 선택한다. 그런 점에서 모든 구도는
유목이다! 구도와 유목이 마주칠 때, 그때 비로소 윤리가 탄생한다.
정착민은 결코 상상할 수 없는 고귀하고 유쾌한! 강렬하고 유연한!

西遊記

서유기

3.
___

요괴의 길, 깨달음의 길!

● 홍해아 : 화운동 요괴. 입에서 불을 토해 내고, 코에선 짙은
연기가 뿜어져 나온다. 눈을 깜빡이면 불꽃이 뿜어져 나오고, 다섯
대의 수레 위에선 불빛이 솟아오른다. 이 불빛에 휩싸이면 하늘과
땅이 활활 타오른다. 손오공도 이 불과 연기 속에서 삼혼三魂:
사람의 마음에 있는 세 가지 영혼. 태광(台光), 상령(爽靈), 유정(幽精)을 빼앗겨
버렸다.

● 독각시대왕 : 금두산 요괴. 창검술의 무공도 대단하지만
모든 것을 빨아들이는 고리를 가지고 있다. 손오공의 여의봉을
비롯하여 하늘신들의 무기(불용, 불말, 불까마귀, 불칼, 불활)를
순식간에 거둬들였다.

● 거지국의 세 신선: 비바람 일으키는 것을 손바닥 뒤집듯
하고, 물로 기름을 만들어 내거나 돌을 금으로 바꾸며 별자리의
오묘함도 바꿀 수 있다.

115

보다시피 『서유기』는 요괴들의 향연이다. 요괴들은 멋지고
화려하며 강렬하고 집요하다. 〈터미네이터 2〉의 액정기계 T-1000
같은 '변신술의 달인'도 있고, 〈바람계곡의 나우시카〉에 나오는
'오무 군단'처럼 눈이 수십 개인 '다목요괴'도 있다. 사자와 코끼리,
봉새처럼 파워풀한 야수에서 거미와 벌, 나나니 같은 곤충을
비롯하여 대나무, 살구나무, 벚나무의 정령들에 이르기까지,
삼라만상의 온갖 만물이 다 요괴다. 이들이 구사하는 술법도 상상
그 이상이다. 오운육기五運六氣: 풍한서습조화를 자유자재로 다루는가
하면, 치명적인 미인계로 유혹하기도 한다. 신비롭고 고상한 풍류의
세계로 이끄는가 하면, 부귀영화의 극치를 제공하기도 한다. 이런
장애를 뚫고 길을 가자니 삼장법사 일행은 별의별 고난을 다

겪는다. 가장 황당한 것으로는 여인들만 산다는 서량녀국에서
삼장법사와 저팔계가 임신을 하는 해프닝을 겪은 것이나, 희시동
천년똥길에서 저팔계가 쇠스랑으로 밤새 똥을 친 일 등이 있다.
그야말로 산전수전, 간난신고, 좌충우돌의 연속이다. 그래서
드는 의문. 웬 요괴가 이렇게 지천에 널렸단 말인가? 과연 이 길이
서천행이기는 한 건가?

두 개의 여성성 ─ 관음보살과 '팜므 파탈' 요괴들

하지만 거꾸로 물어보자. 요괴들이 없었다면 과연 이 길을 갈 수
있었을까? 만약 가는 길마다 태평하고 도처에서 환대를 받았다면?
단언컨대, 길을 갈 수 없었으리라. 아니, 그건 길이라는 개념에
부합하지 않는다. 길이란 장애와 번뇌를 마주하는 것이고, 그로부터
힘을 길어 올려 다시 한걸음을 내딛는 것을 의미한다. 고로, 구법과
고난, 서천과 요괴는 결코 분리될 수 없다. 이것이 『서유기』의 '반전
포인트'다.
　심장법사는 십세十世토록 원양을 보존해 왔지만 사람의
몸을 지니고 있는 한 결코 81난을 피할 수 없다. 그것이 인간의
운명이다. 세 명의 제자들이야 말할 나위도 없다. 앞에서
밝혔듯이, 이들은 '탐진치'의 화신들이다. '탐진치'를 덜어내고
무상과 자비를 터득하려면 끊임없이 싸우고 또 겪어야 한다.
그래야만 '탐진치'로 향하는 기질과 습관이 덜어지기 때문이다.
즉, 이들에겐 전투와 환란이 곧 공부이자 수행인 것. 따라서 이
싸움은 요괴와의 싸움이자 동시에 자신과의 대결이기도 하다.

『서유기』에는 운문韻文이 사건의 진행에 결정적인 역할을 한다. 주로 요괴들과의 전투신을 멋드러진 운문으로 압축해서 보여 주는데, 그 와중에 세 제자들이 자신의 내력을 길게 읊조리는 대목이 자주 등장한다. 이를테면, 전투를 치르기 직전 '자신이 누구이고, 왜 지금 여기 있는지'를 환기해 주는 장치인 셈이다. 그래서인가. 전투가 진행될수록 이들은 확실히 달라진다. 손오공은 분노조절장애가 한결 완화되고, 저팔계는 식욕과 성욕의 덫에서 점차 벗어난다. 사오정의 치심 또한 신중함과 배려의 차원으로 이동하게 되고.

물론 요괴들과의 싸움은 늘 아슬아슬하다. 생사를 넘나들고, 창자를 쥐어짜며, 혼백이 아득해지는 경험을 수시로 겪어야 한다. 하지만 이들에겐 요괴만 있는 건 아니다. 이들을 시종일관 엄호해 주는 수호신도 있다. 관음보살이 바로 그런 존재다. 관음보살은 이들을 서천으로 가도록 이끌었을 뿐 아니라 가는 도중에도 각종 배려를 아끼지 않는다. 말하자면, 이 장쾌한 로드무비의 총감독 격인 셈이다. 한데, 그의 '성정체성'은 여성이다. 하지만 이 여성성은 남성/여성이라는 이항대립의 산물이 아니다(석가여래의 남성성이 그런 것처럼). 그 대립을 뛰어넘는 '충만한 신체, 충만한 대지'로서의 여성성인 것. 단호하고 엄정하지만 자비와 지혜로 무장한, 부드러운 카리스마의 전형이다. '여성이 세계를 구원한다'는 인류학적 테마를 보여 주는 장면이기도 하다.

하지만 이와 극명하게 대비되는 여성성도 존재한다. 서량녀국의 여왕, 거미요괴, 쥐요괴, 토끼요괴 등등. 이들은 모두 치명적 아름다움으로 무장한 '팜므 파탈'들이다. 이들의 목적은 능력 있는 남성들을 붙들어 자신의 왕국에 정착시키는 것. 당연히 이 여성들의 주 타깃은 삼장법사다. 그가 지니고 있는 눈부신

외모와 순수한 원양, 드높은 법력 등을 독점하기 위해서다. 말로는
사랑이라고 하지만 그건 어디까지나 쾌락이고 소유욕이다. 그렇게
사랑한다며 꼬드기다가 삼장법사가 넘어오지 않으면 그때부턴
삶아 먹겠다고 협박을 해댄다. 우리 시대의 사랑법과 너무도
닮았다. '쾌락과 폭력의 이중주'를 보여 준다는 점에서 특히 그렇다.

　이들 아름다운 요괴들은 모든 것을 완벽하게 갖추고 있지만
결국은 예속된 존재다. 남성을 유혹하고 그 남성에게 의지하고자
하는 속성 때문이다. 이들의 욕망은 참으로 집요하다. 그래서 그
어떤 요괴보다도 삼장법사 일행을 난관에 빠뜨린다. 손오공의
술법과 괴력이 가장 안 통하는 대상들이기도 하다. 구법의 가장 큰
장애물이 무엇인지를 여실하게 보여 주는 셈이다. 『서유기』에는
수많은 속담이 등장하는데, 이런 상황을 기막히게 압축해 주는
속담이 하나 있다. "때가 되면 '좋은 친구'를 만나고 운이 다하면
'미인'을 만난다."

도가 높아질수록 요괴 또한 강해진다네

'도가 한 자 높아지니 요괴의 시험은 한 길 높아진다.' 중반을
넘어서면서 자주 등장하는 아포리즘이다. 과연 그렇다. 수행과
마장魔障은 함께 간다. 번뇌가 보리菩提라는 말도 이런 의미일 터,
이것이야말로 불교적 대역설이다. 우리는 보통 수행을 할수록
만사형통할 거라고 생각한다. 그래서 조금이라도 장애를 만나면
곧바로 멈추려고 한다. 이 길은 나와 맞지 않아, 라고 하면서.
그러면서 또 다른 길을 찾아 나선다. 하지만 그건 '갈 지之' 자 행보,

곧 좌우로 '왔다리 갔다리' 하는 것에 불과하다. 왜냐하면 길을
간다는 것, 구도자가 된다는 건 지금보다 더 '강도 높은' 장애를
만나기 위함이다. 그래야 자신의 한계를 뛰어넘어 중생을 구제하는
'동체대비'同體大悲: 부처와 보살이 모든 중생의 몸을 자기 몸처럼 생각하는 대자비심의
깨달음에 도달할 수 있기 때문이다.

　　'삼장법사와 아이들'의 행보가 그렇다. 처음엔 오직 앞으로
가는 것이 목적이었다. 요괴들을 피하기도 하고 건너뛰기도 했다.
하지만 그렇게 해봤자 요괴들은 다시 도래했다. '건너뛴 삶'이
'무서운 괴물'이 되어 다시 돌아오듯이. 그래서 중반부를 넘어서면
이 밴드의 행보가 좀 달라진다. 굳이 자신들의 길을 방해하지
않는데도 요괴들과의 전투를 불사한다. 요괴들이 '니들이 뭔
상관이냐, 그냥 갈 길을 가라'고 해도 개의치 않는다. 요괴들을
물리쳐 중생의 번뇌를 덜어 주고자 하는 자비심이 증득되었기
때문이다. 그래서 비구국에선 천 명이 넘는 아이들의 목숨을 구해
주기도 하고, 멸법국에선 승려들의 고난을 해결해 주기도 한다.
또 금성국에선 병든 왕을 진맥해서 담을 흩어준 다음 그 마음의
병까지 고쳐 주겠다며 요괴와 한판 대결을 벌인다. 봉선군에선 비를
불러 오랫동안의 가뭄을 해결해 주고 세 명의 왕자들을 제자로
받아들여 무공을 전수해 주기도 한다.

　　요괴와 만나면 분노와 공포 속에서 어떻게 때려잡을까만
생각하던 때와는 사뭇 달라진 것이다. 처음엔 주로 부정적
방식으로 길을 열었다면, 이젠 능동적으로 길을 만들어 간다.
존재의 구원이 중생의 구제와 다르지 않다는 대승불교의 진리, 혹은
'길이 있어 가는 것이 아니라, 가는 곳마다 길이 되는' 경지가 이런
것이리라.

내 안에 '요괴' 있다!—정착과 불멸

언급했듯이, 요괴들의 출신과 유형은 실로 버라이어티하다.
하늘나라에서 쫓겨 온 자들에서 동물·식물들의 정령이 기본인데,
개중에는 오랫동안 수행과 수련을 해온 구도자들도 있다.
구도자들이 요괴라고? 그렇다. 손오공의 사례가 잘 보여 주듯,
오랜 수련을 통해 자연의 변화무쌍한 조화를 터득하는 과정에서
욕망의 벡터가 약간 틀어져 버리면 바로 요괴가 되어 버린다. 결국
구도자와 요괴는 한끝 차이란 셈인데, 그럼 그 차이가 무엇일까?

아주 간단하다. 구도자는 진리를 깨닫기 위해 끊임없이 길을
떠나는 자이지만 요괴는 자신의 성취에 도취되어 그 길을 포기한
존재들이다. 그럼 그들은 무엇을 하는가? 특정 구역을 차지한
뒤 지배자로 군림하기 시작한다. 예컨대, 사람들에게 통행세를
부과하거나, 아니면 승려나 국왕 같은 실세들을 꼬드겨 혹세무민의
악행을 저지르거나. 또 인근의 친인척을 초대하여 파티를 여는
것이 일상의 주요 행사다. 한마디로 제국의 정착민들이 하는 짓을
고스란히 복제하고 있다.

『시유기』를 대표하는 요괴 중에 우마왕과 나찰녀, 홍해아가
있다. 이들은 패밀리다. 우마왕과 나찰녀가 부부고, 홍해아는
그들의 아들이다. 홍해아는 손오공 일행과 맞서 싸우다가
관음보살에게 제압되어 선재동자가 되었다. 그런데도 우마왕과
나찰녀는 손오공에게 복수를 감행한다. 참 희한하지 않은가. 자식이
지옥에 떨어진 것도 아니고 관음보살의 수제자가 되었는데도
복수의 정염이 사그라지지 않는다. 왜? 자신들이 원하는 방식으로
살지 않는다는 이유에서다. 이게 바로 정착민적 발상이다. 자식을

사랑한다고 하지만 그 사랑에는 자신들의 욕망이 짙게 투사되어 있다. 그걸 벗어나는 꼴은 못 보겠다는 거다. 어디 그뿐인가. 우마왕은 혼세마왕의 딸 옥면공주를 첩으로 삼는다. 옥면공주는 부모의 유산으로 백만장자가 되었는데, 그걸 관리하기 위해 초절정의 파워를 자랑하는 우마왕을 유혹한 것이다. 그러자 정부인인 나찰녀는 첩에 대한 질투심으로 더더욱 포악해진다. 손오공은 나찰녀의 파초선을 빼앗기 위해 이 삼각관계를 적극 활용한다. 막장도 이런 막장이 없다. 이렇듯 아무리 도가 높다 해도 정착민이 되는 순간 족보와 패밀리, 재산에 집착할 수밖에 없다. 아니, 그 반대로 말할 수도 있다. 정착민의 욕망에 붙들리는 순간, 누구든 요괴가 되는 운명을 피할 수 없다고.

　　다른 유형의 요괴들 역시 마찬가지다. 곤충요괴들은 모계사회로 이루어져 있다. 이들의 특징은 맹렬한 번식욕이다. 손오공으로선 가장 난감한 상대들이다. 찐득찐득하고 얽히고 설켜서 타격의 포인트를 잡기가 어려운 탓이다. 쥐요괴의 경우는 삼백 리가 넘는 '순음絟陰의 구덩이'가 그들의 거처다. 이것은 남성을 유혹하는 여성들의 '깊은 자궁'을 의미한다. 여기에 빠지면 헤어날 길이 없다. 이렇듯, 오로지 번식욕망에 사로잡혀 사는 것이 여성요괴들의 특징이라면 남성요괴들은 하나같이 정복욕에 불타고 있다. 거지국의 세 도사들을 비롯하여 사자, 코끼리, 봉새는 몇만 명에 달하는 군대를 일사분란하게 지휘하는 위용을 자랑한다. 요컨대, 여성들은 남성을 이용해 자신의 분신들을 복제·증식하고자 하고, 남성들은 또 그것을 바탕으로 천하를 지배하고자 한다. 그 다음엔? 이 욕망의 영원한 지속을 위해 불사약을 찾아 헤맨다. 삼장법사의 원양을 노리는 것도 그 때문이다.

정착과 지배, 그리고 불멸! 참으로 익숙한 논법 아닌가. 그래서 요괴와 인간의 경계는 한끝 차이가 된다. 아니, 더 진솔하게 말하면, 요괴는 바로 '내 안에 있다'.

저기 두 마음이 싸우고 있구나!─가짜 손오공 소동

이 점을 가장 적나라하게 보여 준 사건이 가짜 손오공 소동이다. 손오공이 제 성질을 못 이겨 또 살생을 저지르는 바람에 두번째로 쫓겨났을 때였다. 화과산 수렴동으로 돌아가자니 졸개들의 비웃음을 살 것 같고 하늘이나 바다로 가자니 신들과 용왕에게 구차스럽게 보일 테고…… 어디에도 의지할 데가 없어지자 손오공은 결국 관음보살을 찾아간다. 그 사이에 가짜 손오공이 등장하여 팀을 위기에 빠트린다. 가짜 손오공은 화과산 수렴동을 차지하는 데서 만족하지 않는다. 스승의 도를 가로채고 취경의 임무까지 수행하고자 한다.

> 내가 딩나라 중을 때려눕히고 짐을 빼앗아 온 건, 서방에 가지
> 않으려는 것도 아니고 이곳에 사는 게 좋아서도 아니야. 내가
> 지금 이 통행증명서를 다 읽어 봤는데, 나 혼자서 서방에 가
> 부처님을 뵙고 경전을 구해서 그걸 동녘 땅에 가져가련다. 그렇게
> 나 홀로 공을 이루어 남섬부주 사람들로 하여금 날 교조敎祖로
> 받들게 해서 천추만대에 길이 이름을 남길 생각이야.[6권, 200쪽.]

대단한 야심 아닌가. 석가여래마저 속일 작정으로 가짜 삼장법사,

가짜 백마, 가짜 저팔계, 가짜 사오정까지 다 마련해 두었다. 완벽한
복제! 이건 손오공 안에 있는 또 다른 욕망의 발로에 해당한다.
무소불위의 능력으로 천하를 지배할 뿐 아니라 스승의 도까지
가로채어 불멸의 영광을 누리겠다는 심보인 것.

가짜와 진짜의 싸움은 치열했다. 둘은 어찌나 흡사한지
관음보살, 옥황상제, 염라대왕도 둘을 구별하지 못한다. 결국
"그들은 서로 머리채를 움켜쥐고 팔로 목을 감은 채 하늘 문을
나와" 석가여래를 찾아간다. 석가여래가 하는 말씀. "저것 보아라.
두 마음이 서로 싸우며 오고 있구나."

> 사람에게 두 마음 있으면 재앙이 생기나니
> 하늘 끝 바다 언저리에서도 의심과 시기가 생긴다네.
> 멋진 말 타고 높은 벼슬에 오르고 싶어하고
> 또 금란보전 최고 자리를 마음에 품게 되지.
> 남북으로 뛰어다니며 쉴 틈도 없고
> 동서로 치받고 다니며 평안할 날 없구나!
> 불문에서는 모름지기 무심의 비결을 배워야 하나니
> 고요히 수련하여 신선으로 탈태환골을 이뤄야지.(6권, 224쪽.)

결국 석가여래에 의해 가짜의 정체가 드러나고 진짜가 가짜를
완전히 박살낸 다음에야 이 싸움은 종결된다. 세상에서 가장
무서운 건 결국 자신이라는 뜻일 터, 그렇다면 이제 다시 물어야
한다. 요괴란 과연 무엇인가?

요괴 퇴치전략─주인을 찾아라!

요괴들 중에는 하늘의 신들이 기르던 동물들도 있다. 손오공이
죽어라고 싸워 요괴를 물리치고 보면, 관음보살이 시험용이었다며
다시 데리고 간다. 투덜거리는 손오공. "그 보살도 정말 지독하군!
이 몸을 풀어 주고 삼장법사를 호위하여 경전을 가지러 가라고
했을 때 내가 길이 험하여 가기 어렵다고 했더니, 다급하고 어려운
상황에 빠지면 직접 와서 구해 주겠다고 해놓고, 이제 와서 도리어
요괴들을 시켜 목숨을 위협하다니! 말이 틀리지 않은가? 평생 혼자
사는 것도 당연해!" 그야말로 점입가경이다. 이젠 요괴와 보살의
경계조차 흐려지고 있으니 말이다.

그러다 보니 요괴의 정체를 탐색하는 것이 아주 중요한 미션이
되었다. 세 제자들이 죽어라고 싸우다 안 되면 그 다음에 하는
일이 그 요괴의 출신과 유래를 탐색하는 것이다. 그래서 하늘과
땅, 용궁 등으로 가서 주인을 데려오면 요괴들은 바로 굴복한다.
모든 무기를 다 빨아들이는 고리를 갖고 있는 독각시대왕의
주인은 태상노군(노자)이다. 무소불위의 힘으로 손오공을 위기에
빠뜨리다가 태상노군이 등장하자 부들부들 떨며 말한다. "도둑놈
원숭이가 정말 여간내기가 아니네! 어떻게 우리 주인님을 다
찾아내 왔지?" 이어지는 장면. "태상노군이 주문을 외며 파초선을
한 번 흔들자, 요괴는 고리를 떨어뜨렸어요. 태상노군이 그걸
거둬들이고 다시 한 번 부채질을 하자, 요괴는 온몸의 기운이
빠져 흐늘거리더니 마침내 본모습을 드러냈어요. 그것은 다름
아닌 한 마리 푸른 소였지요. 태상노군은 금강탁에 신선의 기운을
훅 불어넣어 소의 코를 꿰고, 도포를 매었던 띠를 풀어 금강탁에

묶어 끌고 갔어요. 지금까지 전해 내려오는 소의 코뚜레, 일명 '빈랑'檳榔이라고도 하는 것이 이때부터 시작된 거랍니다."(6권, 63쪽.)

독각시대왕뿐 아니라 '난다 긴다' 하는 다른 요괴들 역시 이런 식으로 굴복당해 자신이 원래 있던 곳으로 되돌아간다. 이 또한 불교적 가르침에 따른 것이리라. 초기 불교에 속하는 '위파사나' 수행법은 '보면 사라진다!'가 기본 원리다. 욕망과 번뇌의 근원을 '있는 그대로' 보면 그로부터 자유로워질 수 있다는 것이다. 그러니 요괴와 싸우기 위해선 마땅히 그것의 정체와 유래를 파악해야 한다. 모르는 상대와 싸운다는 건 맹목과 무지의 악순환이 될 터이니 말이다.

그렇다 해도 여전히 의아한 점이 있다. 그렇게 펄펄 날다가도 요괴들은 왜 주인만 오면 맥을 못 추는 것일까. 그 정도의 술법이면 주인하고도 '맞짱'을 뜰 만한데 말이다. 이치는 간단하다. 스스로 터득한 능력이 아니라 주인의 것을 훔쳐왔기 때문이다. 그 경우엔 스스로 생성하고 창조할 능력이 없다. 그렇기 때문에 그들의 술법은 주로 부정적, 파괴적 힘으로만 작용한다. 졸개들을 거느리고 '나와바리'를 점령하고 길을 막는 것. 다시 말해, 타인의 능력을 빼앗는 데는 능하지만 뭔가를 창조하고 생성하기엔 역부족이다. 그래서 '반자연'이다. 니체가 말한 노예의 도덕이 이런 것일 터. 아무리 거대하고 강하다 한들 자신이 생성한 것이 아니면 아무것도 아니고, 아무리 작고 미미한 것일지라도 스스로 터득한 것이라면 그 누구도 범접할 수 없다. 이것이 자연의 원리다. 그래서 자연에는 대/소, 강/약의 척도가 아니라 스스로 생성할 수 있느냐 / 없느냐의 차이만이 적용된다. 주인이 될 것인가? 아니면 노예가 될 것인가? 요괴와 구도자의 차이도 여기에 있다.

125

아울러 관음보살이나 태상노군이 하는 일은 이들을 제자리로 되돌려 놓는 것이다. 즉, 무조건 죽이고 응징하는 것이 아니라 자신의 본래면목을 되찾도록 하는 것이 요괴 퇴치전략의 핵심이다. 그래서 또 헷갈린다. 과연 요괴란 무엇인가?

'서천'에선 대체 무슨 일이?

적이면서 동시에 나의 분신이고, 영웅이면서 원수이며, 천하에 몹쓸 요물이면서 동시에 보살의 현현이다. 안에 있는가 하면 밖에 있고, 밖에서 오는가 싶으면 어느새 나의 심연을 차지하고 있다. 전후좌우 그 어디에도 있고, 또 그 어디에도 없다. 이것이 요괴들의 정체다. 그런 점에서 요괴란 일종의 '화두'다. 깨달음에 도달하기 위해 반드시 던져야 하는 존재와 우주에 대한 근원적인 질문, 화두! 삼장법사와 세 제자들은 이 화두를 붙들고 끊임없이 씨름한다. 그러므로 요괴를 만나지 않고서 도를 깨치는 건 불가능하다!

서천이 가까워 올 무렵, 손오공은 변신술을 쓰고 신통력을 부리는 일을 이야기해 주었다. 스승과 제자들은 모두 웃느라고 입을 다물 줄을 몰랐다. 그렇게 한참 즐거워하고 있는데, 갑자기 높은 산이 나타났다. 삼장법사가 금방 얼어붙었다. 손오공이 웃으며 『반야바라밀다심경』을 외우라고 말한다. 그러면서 네 구의 게송을 읊어 준다. "부처님은 영취산에 있으니 멀리서 찾지 말라 / 영취산은 바로 그대의 마음속에 있느니라 / 사람들에게는 모두 영취산의 불탑이 있으니 / 그 불탑을 보고 수행하면 되느니라." 그리고 이렇게 말한다. "의지와 정성이 있다면 뇌음사는 바로

눈앞에 있는 거나 다름없습니다. 사부님처럼 그렇게 두려워하고
당황해하며 마음이 불안하면 대도는 멀어지고 뇌음사도 멀어지게
될 겁니다. 쓸데없이 의심하지 마시고 저를 따라오세요." (8권 138쪽.)
처음 길을 나설 때 사부님의 속도로는 수천 번을 다시 태어나도
도달하기 어렵다며 투덜거렸던 손오공에게서 이런 말이 술술
나오다니. 그야말로 장족의 발전이다. 그렇다! 이제 이들은 알게
되었다. 서천은 속도가 아니라 마음으로 도달해야 한다는 것을.

그렇게 해서 마침내 십만 팔천 리의 거리를 주파했다. 14년
만의 여정이다. 자, 여기서 몹시 궁금한 사항 하나. 서천, 곧
석가여래가 사는 곳은 대체 어떤 곳일까? 모든 이들이 도달하기를
열망하는 그곳, 거기서는 대체 어떤 삶이 펼쳐질까?

> 삼장법사 일행이 큰길로 들어서니 과연 서방의 부처님이 계신
> 땅은 다른 곳과는 달라서 기화요초와 오래된 잣나무, 푸른
> 소나무들이 보였어요. 지나는 마을에서는 집집마다 선을 행하고
> 모두들 승려에게 공양을 올렸어요. 산 아래에선 항상 수행하는
> 사람들을 만났고, 숲에서는 나그네들이 경전을 낭송했어요. (10권,
> 201쪽.)

선을 행하고, 공양을 올리고, 수행을 하고, 경전을 낭송한다.
이게 다야? 라고 실망할지도 모르겠다. 그렇다! 이게 다다.
기독교의 천국도 다르지 않을 것이다. 거기가 천국이 되려면 한없이
담백하고 평화로운 삶이 펼쳐져야 한다. 하여 모두가 수행자이자
진리의 순례자가 되어야 한다. 그뿐이다! 아마 사람들은 이런
식으로 천국이나 극락을 상상해 보지 않았을 것이다. 자신이

원하는 것이 다 이루어지고, 늘 멋지고 황홀한 일이 벌어지는 곳으로 상상했을지도 모르겠다. 하지만 단언컨대 이 우주 안에 그런 식의 천국은 없다!

삼장법사 일행은 능운도를 거쳐 '바닥 없는' 배를 타고 피안에 이른다. 강을 건너는 동안에 삼장법사는 마침내 몸의 태를 벗고 해탈의 경지에 오른다. 그러자 삼장법사는 세 제자들에게 감사를 표한다. 손오공의 답변, "사부님이나 저희나 모두 감사할 필요 없습니다. 서로가 모두 돕고 의지한 것이니까요. 저희들은 사부님 덕분에 해탈하고, 불문을 통해 공을 닦아 다행히 정과를 이루게 되었습니다. 사부님께서도 저희들의 보호를 받아 불법의 가르침을 지켜 다행히 세속의 태를 벗게 되셨습니다."(10권, 212쪽.) 오, 놀라워라! 이 '콩가루 밴드'가 '모든 존재는 서로 돕고 의지한다'는 인연법의 오묘한 경지를 깨치게 되다니. 과연 여기가 서천임이 분명하다.

무자경전─여행이 끝나자 길이 시작되었다!

삼장법사 일행은 마침내 석가여래와 마주한다. 석가여래는 이들의 노고를 치하하며 경전을 하사한다. "내게 이제 고뇌를 벗어나고 재앙을 풀 수 있는 삼장의 경전이 있나니, 하늘에 관해 설명하는 『법장』과 땅에 관해 설명하는 『논장』, 귀신을 제도하는 『경장』이 그것이니라. 이것들은 모두 서른다섯 부, 일만 오천백사십사 권인데, 참으로 참된 도를 수양하는 지름길이요, 올바른 선으로 들어가는 문이로다."(10권, 218쪽.) 아, 감동적인 대단원인가……싶지만 또 한 번의 반전이 이들을 기다리고 있다. 석가여래의 수제자인

아난과 가섭이 선물을 요구한 것이다. 삼장법사가 '먼 길을 오느라 미처 준비하지 못했'다고 변명을 하자, 아난과 가섭은 빈정거린다. "오호! 참 잘도 하셨습니다! 빈손으로 경전을 받아 전하시면, 후세 사람들은 굶어 죽을 겁니다." 손오공이 참다 못해 고함을 내질렀다. 저팔계와 사오정이 성질을 참으며 손오공을 달래고, 몸을 돌려 간신히 경전을 받았다.

하지만 이게 웬걸! 그 경전에는 글자가 없었다. 이른바 '무자無字경전'이었던 것. 오 마이 갓! 궁극적인 도는 언어의 길이 끊어진 곳에 있다는 '언어도단'의 이치를 보여 주고자 함인가. 탄식하는 삼장법사. "우리 동녘 땅 사람들은 정말 복이 없구나. 이렇게 글자도 없는 빈 책을 가져가 어디에 쓴단 말이냐?" 일행은 다시 석가여래를 알현하고 따진다. 물론 석가여래는 이 모든 사실을 알고 있다. "너희들은 지금 빈손으로 와서 가져가려 하니 빈 책을 전해 준 것이다."[10권, 226쪽.] 헐~ 결국 공짜는 없다는 말씀. 삼장법사가 지닌 유일한 보물인 황제가 하사한 자금 바리때를 바치고 나서야 "유자경전 오천마흔여덟 권"을 받는다. 전체 불경의 삼분의 일에 해당한단다.

이젠 정말 대단원에 이르는가 했더니, 아직(!) 아니란다. 총감독 격인 관음보살이 재난 장부를 검토해 보더니 하나가 부족하다며 기어코 81난을 채워야 한단다. 마지막 재난은 통천하에서 맞이한다. 통천하를 건너다 자라가 일행을 물에 빠뜨려 버린다. 덕분에 경전이 몽땅 물에 젖었다. 일행은 경전을 높은 벼랑 위로 옮겨 놓고 햇볕에 말렸다. 하지만 『불본행경』 몇 권이 바위에 들러붙어 끝부분이 찢겨 버렸다. 삼장법사는 탄식한다. "내가 태만해서 조심히 돌보지 않은 탓이구나!" 하지만 손오공의 생각은 달랐다. "그게 아닙니다, 그게 아니에요. 하늘과 땅이 온전하지 않은데, 이 경전은 원래 온전했기 때문에 이제 바위에 붙어 찢긴 것입니다. 바로 불완전한 것에 대응하는 오묘한 뜻이 깃든 일이니, 어찌 사람의 힘으로 관여할 수 있겠습니까?"(10권, 251쪽.) 천지가 불완전하다구? 그렇다. 동양의 우주론은 코스모스가 아니라 카오스다. 태양의 길인 황도도 들쭉날쭉한 타원형이고, 지구의 자전축 역시 23.5도 기울어져 있다. 그래서 하늘과 땅의 완전한 일치란 불가능하다. 그러니 경전이 어찌 완벽할 수 있겠느냐는 것. 결국 구법의 여행에서 종착지란 없다. 끝에 도달하는 순간 또 다른 문이 열릴 터이므로. '여행이 끝나자 길이 시작되었다'는 것이 바로 이런 경지이리라.

후일담—자신을 구하는 것은 오직 자신뿐!

당나라로 가서 경전을 전해 준 다음 이들은 다시 영취산으로 귀향한다. 석가여래는 이들의 공덕을 치하하여 직책을 수여한다. 삼장법사는 전단공덕불로, 손오공은 투전승불, 사오징은 금신나한, 백마는 팔부천룡으로. 하지만 저팔계는 제단을 관리하는 '정단사자'淨壇使者에 그쳤다. "아직도 어리석은 마음이 남아 있고 여자에 대한 욕정도 사라지지 않았다"는 이유에서다. 투덜거리는 저팔계. "네가 입만 살고 몸은 게으른데다가, 밥통은 크지 않느냐? …… 불사가 있을 때마다 너더러 제단을 정돈하라는 것이니 마음껏 먹을 수 있는 관직이다."(10권, 283쪽.) 역시 식욕과 성욕은 힘이 세다!

마지막으로, 손오공에겐 반드시 풀어야 할 '대업'이 하나 있다.

'긴고테를 풀 수 있을 것인가?' 하는. 삼장법사가 말한다. "예전에는 너를 통제하기 어려웠기 때문에 그런 법력을 써서 너를 다스렸던 것이다. 그런데 지금 이미 부처가 됐으니 벌써 저절로 없어져 버렸느니라. 아직까지 그 테가 머리 위에 남아 있을 리가 있겠느냐? 한 번 만져 보아라."[10권, 284쪽.] 누군가 풀어 주는 것이 아니라 이미 스스로 풀렸다. 그렇다! 자신을 구원하는 것은 오직 자신뿐이다!

Don

Quijote

de

La

Mancha

3부

저자 : 미 겔 데 세르반테스(Miguel de Cervantes, 1547~1616)

돈키호테

Don Quijote de la Mancha

돈키호테

1.

'미쳐서' 살고 '정신 들어' 죽다!

돈키호테는 '보통명사'다. 스페인어를 몰라도, 아니 그게
스페인어라는 걸 모르는 사람도 돈키호테가 뭔지는 안다. 명성에
관한 한, 돈키호테의 꿈은 이루어졌다. 하지만 그 내용이 '무데뽀로
돌진하는 또라이', '대책 없는 몽상가' 등이라는 걸 안다면? 다시금
투구를 쓰고 애마 로시난테를 달려 창을 휘둘러 댈까? 그렇지 않을
것이다. 왜냐고? 죽기 직전 정신을 차렸기 때문이다. 기사도에 미쳐
날뛰던 그가 기사도 책들을 불태우고 저주하면서 죽은 것이다.
그의 묘비명이 그 증거다.──"미쳐서 살고 정신 들어 죽다."

광기에 대한 고고학적 탐색

'미치면 살고 정신 차리면 죽는다', 는 뜻인가? 그럴 수도 있다.
삶은 광기고, 죽음은 그 치유다, 고 읽어도 될까? 역시 무방하다.
그럼 광기란 대체 무엇인가? 또 삶과 죽음은? 이처럼 이 묘비명,
아니 돈키호테의 행적은 수많은 독해가 가능하다. 파면 팔수록
새로운 질문들이 생성된다. 이런 작업을 일러 고고학이라고 부른다.
그렇다. 돈키호테는 광기에 대한 고고학적 탐색이다. 하지만 그
작업에 동참하려면 우리도 여행을 해야 한다. 돈키호테와 함께 엉뚱
발랄, 좌충우돌, 황당무계한 여행을.

내가 이 여행을 주목하게 된 건 『열하일기』로 인해서다.
『열하일기』를 통해 세계의 모든 여행기를 섭렵하고자 하는
야망(?)을 품게 되었는데, 그 야망에 더더욱 불을 지핀 이들이
있었으니, 루카치·푸코·보르헤스 등이 그들이다. 이들의 대표작에는
『돈키호테』가 빠지지 않고 꼭 등장한다. 이 지성사의 거장들은 왜

한결같이 『돈키호테』에 심취했을까? 이 미스터리를 꼭 풀고 싶다!

내가 선택한 번역본은 민용태 번역의 『돈키호테』1 · 2(창비, 2005. 이하 이 장에서 이를 인용할 때에는 권수와 쪽수로 표시한다)다. 이 책의 미덕은 주석의 깊이와 세밀함이다. 아울러 작품의 묘미 가운데 하나가 돈키호테의 고상한 말을 산초가 늘 '싼 티 나게' 비슷한 발음의 다른 언어로 옮기는 장면인데, 이걸 스페인어로 직역을 하면 실감이 떨어진다. 그래서 역자는 그에 상응하는 우리말로 과감하게 의역을 시도한다. 예컨대 '재판'에는 '개판'으로, '일식, 월식'에는 '해와 달의 질식'으로. '풍년'에는 '횡년'으로, 기타 등등. 이런 언어유희를 음미하는 맛이 참 쏠쏠하다.

돈키호테보다 더 '팔자 센' 저자, 세르반테스

생몰 연대가 보여 주듯, 세르반테스(1547~1616)와 셰익스피어 (1564~1616)는 동시대인이다. 나이로는 후자가 훨씬 어리지만, 사망한 해는 물론 날짜까지 같다(1616년 4월 23일. 이 두 작가를 기려 유네스코는 이날을 '세계 책의 날'로 지정했다고 한다). 유럽문학의 거장이자 라이벌이 같은 시대에 활동한 것이다. 물론 작품의 성향은 '달라도 너무 다르다'. 또 셰익스피어는 햄릿 못지않게 명성이 높지만, 세르반테스는 그렇지 않다. 하지만 작품의 차원에선 셰익스피어의 어떤 명작도 『돈키호테』를 능가하지 못한다. 그런 점에서 세르반테스의 라이벌은 셰익스피어가 아니라 자신의 '의붓자식'인 '돈키호테'인 셈이다. 하지만 막상 인생 역정을 살펴보면 세르반테스의 인생이 돈키호테의 모험과 광기를 압도한다. 명리학적으로 보자면, 역마살을 비롯하여 백호대살, 괴강살 등 각종 살벌한 '살'煞들이 득시글거리는 팔자다. 스스로 말했듯이, '운문보다는 불행에 더 익숙한 사람'이다.『세르반테스 이야기』(라파엘로 부조니 지음, 송재원 옮김, 풀빛, 1999)를 바탕으로 그의 생애를 간추리면 이렇다.

1547년 스페인의 한 작은 마을에서 태어났다. 일곱 살 때부터 10년간 무면허 의사였던 아버지를 따라 유랑생활을 시작했다. 유랑인들의 커뮤니티인 '카라반'caravane: 집단으로 움직이는 상인단의 일원이 되어 스페인 곳곳을 떠돌아다녔다. 덕분에 길 위에서 인생의 기본기를 다 배웠다. 라틴어를 배우고 수학을 배우고, 점성술, 역사와 종교 등을 배웠다. 열아홉 살이 되던 해 스페인의 중심지인 마드리드에 정착했다. 클럽에서 지식인들과 교유하면서 희곡과 시를 써서 자신의 이름을 처음 세상에 알린다. 우연한 기회에 교황청 성직자의 비서가 되어 로마로 간다. 하지만 스물네 살이 되던 해, 십자군 전쟁이 일어나 군에 입대한다. 가톨릭 신성동맹의 연합함대와 무슬림인 오스만투르크 함대의 한판 승부였던 '레판토 해전'에서 왼손에 치명적 부상을 입었다(이후 동료들은 그를 '마노'외팔이라 불렀다). 형과 함께 스페인으로 돌아오다가 해적선에 납치된다. '갤리선의 노예'가 되는 건 면했지만 거액의 몸값을 요구하는 알제리의 노예상에게 팔려 갔다. 탈출과 실패를 반복하다 결국 몸값을 지불하고 5년 만에 풀려났다. 서른셋의 나이로 다시 마드리드로 귀환. 희곡작가가 되어 유랑극단에 합류한다. 유년기 때처럼 또다시 마차를 타고 전국 곳곳을 누비게 된 것. 그 시절 사랑의 단맛과 쓴맛을 동시에 맛보기도 했다. 다시 마드리드로 돌아와 어머니의 권유로 '영혼 없는' 결혼을 하고『라

갈라테아』라는 목가소설을 써서 나름 명성을 얻기도 했다. 하지만, 속편을 쓰지 못한 채 십 년이 지나갔다. 또다시 스페인에 전운이 감돌았다. 이번에는 구교와 신교 간의 갈등으로 영국과 맞붙었다. 결과는 '무적함대'의 침몰! 이번엔 세비야로 가서 세무관이 되었다. 또 방방곡곡을 다니며 세금을 거두는 신세가 된 것(이 정도면 역대 최강급 역마살이다^^). 잘나간다 싶었더니 한 은행업자의 배신으로 감옥에 갇힌다. 그 감옥에서 탄생한 것이 『돈키호테』다. 쓰는 도중 석방되었고 작품이 완성된 것은 1605년, 그의 나이 58세 되던 해였다. 그로부터 다시 10여 년이 지난 1615년, 2부가 탄생한다. 그리고 1년 뒤인, 1616년 봄 세상을 떠난다. 요컨대, 산전수전 다 겪은 외팔이 작가가 50대 후반 감옥에서 집필한 책, 그것이 『돈키호테』다.

세상은 '책'이다!—방랑의 시작

스페인의 한 시골마을 라만차. 50대 독신 남성이 살고 있었다. 가정부와 히녀의 수발을 받으며 그럭저럭 살 만했는데, 갑자기 기사도 소설에 미쳐 버렸다. "기사 소설 사느라 경작지까지 다 팔아치워, 결국 세상에 나온 기사에 관한 이야기란 이야기는 그 집에 다 있을 정도였다." 그러고는 '낮에서 밤까지, 밤에서 새벽까지', 쉬지 않고 책만 읽어 대는 바람에 머릿속 골수가 다 말라 버려 마침내 정신이 이상해지고 말았다. 머릿속은 기사 소설에서 읽은 갖가지 환상으로 가득 찼고, 급기야 그 이야기들이 모두 현실이라고 믿게 되었다.(1권, 45~47쪽.) 하여, 그는 이 세상 "그 어떤 미치광이라도

한 번도 상상해 보지 못한 이상한 생각을 하게 되었다."{1권, 48쪽.}
방랑기사가 되기로 결심한 것이다. 책과 세상의 완벽한 일치!

일단 녹슬고 청태가 가득한 칼과 창을 들고, 투구를 쓰고, 비루먹은 말 로시난테를 타고, 고심 끝에 '라만차의 돈키호테'라는 이름을 가지게 되었다. 남은 일은 자신이 섬길 귀부인을 찾는 것. 그래서 한때 짝사랑했지만 그녀 쪽에서는 눈치도 못 챈, '목소리 크고 뚝심 제일'인 알돈사 로렌소를 '엘토보소^{El Toboso}의 둘시네아'로 부르기로 한다. 자, 이제 모든 것은 갖추어졌다. 떠나기만 하면 된다! 7월 중 가장 무더운 날 새벽, 드디어 집을 나선다. 길을 가면서 그는 중얼거린다. 어느 현명한 작가가 나의 행적을 세상에 알려줄 거라고. 그 책의 내용도 이미 정해져 있다. '황금빛 태양신 아폴론이 이 넓고 광활한 땅의 표면에 그의 아름다운 황금 머리털, 황금 갈기를 펼치고 누워 있을 즈음 유명한 기사 라만차의 돈키호테가 몬티엘의 옛 평원으로 서서히 나아가기 시작했다'는 식으로. 세상이 책이라면, 언젠가 그 자신도 책이 될 것이다, 고 믿어 의심치 않은 것이다.

돈키호테가 '미쳐서' 떠난 것을 알게 된 그의 친지들은 기사도 소설이 그 원흉임을 확신하고, 책을 화형하는 예식을 행한다. 책의 화형이라? 세상을 책으로 보는 돈키호테도 미쳤지만, 책을 화형하는 이들도 멀쩡해 보이지는 않는다. 과연 그런다고 그의 광기가 치유될까? 택도 없는 소리다. 이미 기사소설은 돈키호테의 영혼은 물론 뼈와 살까지 잠식하고 말았다. 푸코가 말했듯이, 그는 '편력하는 문자'다. "책의 약속을 실현하는 것이 그의 몫이다." 따라서 "그의 모험은 세계에 대한 독해, 즉 책이 진실을 말하고 있음을 입증하는 형상을 온 세상에서 찾아내려는 세심한 행로가 된다."{미셸 푸코, 『말과 사물』, 이규현 옮김, 민음사, 2012, 86쪽.}

'음허화동', 광기의 신체성

삶의 현장은 몸이다. 몸의 생리와 무관한 심리는 없다. 생리와
심리의 흐름이 삶의 동선을 만들어 내고, 그 반대도 마찬가지다.
그의 신체적 특징은 이렇다. 골수가 말랐고, 늘 팔뚝 힘을
과시하지만 하체는 엄청 부실하다. 잠이 거의 없고, 식욕도 최소
수준이다. 그의 광기와 이런 신체성은 어떻게 연결될까? 주석을
보면, "세르반테스와 잘 아는 우아르테 박사의 사상이론四象理論으로
해석하면, '마르다'seco는 '지혜롭다'는 뜻"으로, "속물들의 눈에는
돈키호테가 책을 읽다 돌아 버린 것이고, 신의 눈에는 그가
참공부를 하고 신비로운 눈을 갖고 다시 태어난 것"으로 되어 있다.
그럴싸하지만 왠지 석연치 않다. 무엇보다 이런 식으로는 몸의
상태를 파악하기 어렵다. 『동의보감』에는 이런 증상이 다반사로
출현한다. 양생의 기본척도는 수승화강水昇火降 : 물은 올라가고 불은
내려간다는 뜻이다. 그게 잘 안 될 때의 증상을 '음허화동'陰虛火動이라고
한다. 음이 고갈되어서 화가 망동한다는 뜻. 그 불길로 인해 골수가
말라 버리고, 그러면 머릿속이 온통 망상으로 가득 차게 된다.
타오르는 불길 속에서 세상을 보기 때문이다. 심하면 자신이 '보고
싶은 대로만!' 보게 된다. 또 시선이 오로지 밖을 향하는 탓으로
인정욕망에 불타게 된다. 망상과 명예욕의 긴밀한 유착!

이 불의 세기를 조절해 주는 것이 물이다. 물을 주관하는
장기는 신장이다. 고로, 신장의 물은 '존재의 평형수'에 해당한다.
평형수가 마르고 불이 치성해지면 존재의 무게중심이 위로 떠
버린다. 세월호 참사에서 사무치게 확인했듯이, 무게중심이
올라가면 삶의 복원력을 잃어버린다. 돈키호테가 바로 그런

케이스다. 무게중심이 솟구치다 못해 완전히 '공중부양'된 상태다.
그 결과 책과 세계의 관계가 전도되어 버렸다. 처음엔 세상을
이해하기 위해 책을 보다가 이젠 책이 곧 세상이 되어 버린 것.
현대인들에게도 흔한 증상이다. 기사소설 대신 게임, 주식, 쇼핑,
야동 등으로 종목이 바뀌었을 뿐. 하여, 현대인들 역시 '음허화동'을
주기적으로 겪는다.

이상과 계몽—'허공에의 질주'

그럼 그가 빠져든 '책-세상'은 어떤 것일까? 그가 바라는 바는
"위험과 고난을 무릅쓰고 모든 억울한 자를 풀어 주고, 세상일을
해결해 줌으로써 영원한 명예와 명성을 얻"는 것이다. 그렇다면
세상은 지금 위험하고 억울한 일투성이라는 뜻인가? 그렇다.
　　세상은 더 이상 황금세기가 아니다. '황금세기'란 정의와
공정성, 여성들의 순결이 지켜지는 기독교적 이상사회다. 하지만
세상은 날로 더럽혀져, 정의로움은 사라졌고 여자들의 순결도
보장할 수가 없게 되었다. 그래서 생겨난 것이 방랑기사 제도다.
방랑기사는 천하를 떠돌면서 "처녀들의 순결을 지키고, 과부들을
보호하고, 불쌍한 사람들이나 고아들을 구제하는 일"(1권, 146쪽.)을
소명으로 삼는다. 이상은 드높고 계몽의 파토스도 흘러넘친다.
　　근데 왜 미쳤다는 거지? 간단하다. 세상이 달라졌기 때문이다.
세상은 더 이상 황금세기를 믿지도, 열망하지도 않는다. 고로
돈키호테는 전혀 할 필요도 없고, 아무도 원하지 않는 일을 굳이
하겠다고 설쳐 대는 것이다. 그것도 거룩하게, 거창하게! 시공간을

떠난 이상과 계몽, 그것은 결국 '허공에의 질주', 아니 하이킥에
불과하다.

그 대가는 실로 참혹하다. 돈키호테는 가는 곳마다 두들겨
맞는다. 하도 맞아서 "온몸이 맷돌로 갈아놓은 몰골"이 되기도
하고, 산초 판사는 치욕적인 '담요말이'를 당하기도 한다. 한
장면만 소개해 보면, 돈키호테가 양떼를 군대라 생각하고 달려들다
목동들에게 돌팔매를 당하고는 자신이 엉터리로 조제한 '비약'을
들이킨다. 쓰러진 돈키호테에게로 "산초가 바싹 다가가니,
그의 눈이 거의 돈키호테의 입속에 들어갈 정도였다. 그때 마침
돈키호테의 뱃속에 들어 있던 약물이 발동을 하여 산초가 입속을
들여다보려는 그 순간, 총을 쏘듯 세차게 뱃속에 있던 것들이
쏟아져 나와 그 모든 토사물이 동정심 많은 산초의 수염에
쏟아졌다. …… 그 색깔이며 맛이며 냄새가 피가 아니라 돈키호테가
마신 그 병의 약물인 것을 알 수가 있었다. 그러자 산초의 뱃속이
홀랑 뒤집혀 웩웩 구역질을 하더니 곧바로 주인 나리 몸에 죄 토해
냈다."(1권, 240쪽.) 우욱! 그의 이상과 모험은 늘 이렇게 구타(혹은
구토)를 유발한다.

하지만 어떤 신체적 고통과 역겨움도 그의 생각을 바꾸지는
못한다. 상체와 하체의 교류가 끊어지면서 모든 감각적 배치가
변환된 탓이다. 거기다 그 모든 실패를 해결해 주는 '정신승리법'이
하나 있다. 모든 것을 마법의 탓으로 돌리면 된다. 거인을 풍차로
만든 것도, 성을 객줏집으로 만든 것도 다 못된 마법사 탓이다.
그러니 대체 누가 이 대책 없는 광기를 막을 것인가? 한편, 산초는
현실감각이 살아 있는 존재다. 기사소설은커녕 글자도 모르고,
불면증도 없으며, 식욕도 왕성하다. 그럼에도 그 역시 '미친 기'가

발동할 때가 있다. 나중에 자신을 섬의 영주로 임명하겠다는
돈키호테의 '대박 제안'에 혹해서다. 평소엔 멀쩡하다가 이 '건'만
나오면 산초 역시 '허공에의 질주'를 감행한다.

'미친' 에로스의 화신들

누가 나의 운명을 바꿀 것인가? 죽음이.
그럼 사랑의 행복은 누가 성취하는가? 변덕이.
그럼 사랑의 고통은 누가 치료해 주는가? 광기가.
그래서 사랑의 열정을 치유하려는 건
정신이 제대로 박힌 사람이 아니지.
그 치유의 처방이라는 것들이
죽음이고 변덕이고 미치는 거니까. [1권, 390쪽.]

사랑의 슬픔으로 속칭 '발광'을 하다 죽은 한 연인의 노래다.
『돈키호테』 1권에는 이런 미친 사랑의 서사들이 범람한다.
　길은 사건과 서사가 탄생하는 장소다. 돈키호테의 여행이라고
예외는 아니다. 돈키호테가 지나가는 곳마다 수많은 이야기들이
탄생한다. 예컨대, 한 청년이 한 처녀를 사랑했다. 한데 그의
바람둥이 친구가 친구의 연인에게 눈독을 들인다. 청년을 교묘하게
속인 뒤, 그 처녀와 결혼식을 한다. 배반의 쓴맛을 본 청년은
골짜기로 들어와 온갖 '지랄발광'을 다 한다. 근데 알고 봤더니
그게 오해였다는 것. 이런! 한편, 호기심이 많은 한 남자가 있었다.
아내의 정조가 얼마나 견고한지 확인하고 싶어 미치는 거다.

그래서 '절친'에게 한 번만 유혹해 달라고 조르고 조른다. 마지못해 겨우 승낙했는데, 웬걸! 두 남녀가 진짜로 눈이 맞아 버렸다. 속고 속이기를 반복하다가 셋 다 허무하게 죽어 버린다. 그런가 하면, 부잣집 외동딸인 한 무슬림 처녀가 기독교로 개종하여 기독교도인 포로와 짜고 아버지를 버린 뒤 스페인으로 탈출한다. 기타 등등. 돈키호테가 기사도의 이상에 미쳤다면, 길 위에서 만난 청춘남녀는 한결같이 에로스에 미쳤다.

기사도와 에로스, 둘은 뗄 수 없이 결합되어 있다. 앞서도 나왔듯이 방랑기사의 소명에는 '여성들의 순결을 보호한다'는 사항이 꼭 포함된다. 기사들에겐 왜 반드시 귀부인이 있어야 하는가? 그래서 누군가 묻는다. 기사들이 결투를 할 때 그 위급한 상황에서 신에게 기도를 드리지 않고 왜 귀부인에게 가호를 요청하느냐고. 돈키호테의 반론. "기사들에게 사랑하는 사람이 있다는 것은 하늘에 별이 있는 것처럼 너무나 당연하고 자연스러운 것"[1권, 170쪽.]이다. 다시 말해서, 기사도에게 에로스는 필수라는 것. 거꾸로 말하면 에로스야말로 기사도의 이상을 떠받치는 힘의 원천이라는 뜻이다. 그것은 신의 가호를 대체할 정도로 드높은 위상을 지녔나. 그게 가능하려면? 육체성을 지우면 된다. "사실 나를 아프게 하는 그 달콤한 여인이 내가 그분을 사랑하고 있다는 것을 세상이 아는 걸 좋아하는지 싫어하는지조차 말할 수가 없구려. …… 그녀의 머리칼은 황금 실이고, 이마는 낙원처럼 아름답고, 눈썹은 하늘의 무지개, 눈은 태양, 볼은 장미, 입술은 산호, 치아는 진주, 목은 하얀 석고, 가슴은 대리석, 손은 상아이고 하얀 피부는 눈 그 자체이외다."[1권, 171쪽.] 헐~ 보지도 듣지도 못하지만 지극히 아름답고 지극히 사랑스럽다, 고. 굳게 믿는다.

육체적 교감이 증발된 사랑, 이것이 광기다!

돈키호테 자신도 인정한다. "바로 그게 내 수행의 절묘한 점이지. 말하자면, 한 방랑기사가 좋건 싫건 이유도 없이 미친다는 것이지. 문제는 딱히 이렇다 할 만한 동기도 없이 정신이 나가서는 내 공주님에게 알리는 거야. …… 난 미친 사람이고, 또 미친 사람이어야 해."(1권, 352~353쪽.) 그러기 위해선 멋진 고행의 장면을 연출해야 한다. "여기 한 연인이 기나긴 그리움과 상상 속의 질투를 이기지 못해 이 거친 초야에 통곡을 하러 왔으니 모든 인간의 아름다움의 극치인, 저 예쁘고 무정한 여인의 가혹함을 내 하소연하려 하노라!"(1권, 355~356쪽.) 역시나 거룩하고 거창하다. 하지만 그 다음 장면.

서둘러 속바지를 벗고 맨몸과 팬티 바람이 되었다. 그 다음 다짜고짜 공중에 발길질을 하며 두 번 뛰어오르다 두 번 자빠지고, 두 다리를 공중에 치켜든 채 머리를 밑으로 박고 떨어지는 바람에 못 볼 것이 튀어나오자 산초는 더 이상 보고 싶은 마음이 없어져서 말고삐를 돌렸다. 그 정도면 나리가 미쳤다고 기꺼이 맹세할 수 있다고 생각했다.(1권, 371쪽.)

과연 구타(토)유발자답다!

흥미롭게도 멀쩡한 연인들도 이 점에선 다르지 않다. 이들의 에로스에도 신체성이 지워져 있다. 그래서 얼굴 한 번 보고 미치고, 보지도 못한 채 미치고……, 노래 한 번에 미치고, 그냥 미친다! 뭔가 기시감이 있지 않은가? 우리 시대 멜로가 딱 이렇다. 멜로는 '탈성화'되어 있다. 두 남녀는 오직 이미지로만 교감한다. 그래야

순수하니까. 순수하려면 지독한 고난을 겪어야 한다. 결과는?
죽거나 나쁘거나!『돈키호테』에 나오는 '미친 사랑법'과 여러 모로
닮았다.

마르셀라, 유일한 자유인

돈키호테도 미쳤고, 젊은 연인들도 제정신이 아니다. 그런 점에서
기사도건 에로스건 '음허화동'을 부추기는 '삶의 형식'인 셈이다.
말하자면, 이들은 뭔가 치열하게 몰두하지 않으면 직성이 풀리지
않는 것이다. 아마도 이것이 서구에서 자본주의를 태동시킨
원동력이 아닐까 싶다. 거꾸로 말하면 미치지 않고선 자본주의의
열기에 순응하기가 쉽지 않다는 뜻이다. 과연 그렇다! 우리 시대가
그 증거 아닌가.

한데, 이 작품에서 유일하게 미치지 않은 인물이 하나 있다.
처녀 목동, 마르셀라. 잠깐 등장하는 '카메오'지만 1권 전체에서
가장 매혹적인 캐릭터다. 부잣집 외동딸인 데다 아름다움을
타고난 탓에 모든 남자들의 마음을 설레게 했다. 이런 마르셀라가
어느 날 아침, 갑자기 목동이 되겠다고 선언한다. 열네다섯 살
무렵부터 끊이지 않은 수많은 구혼자들을 뿌리치고 말이다. 그러자
그녀의 아름다움에 반해 수많은 '놈'들이 산으로, 들로 쫓아다니기
시작했다. 하지만 그녀는 요지부동이었다. 구애에 실패한 남자들은
절망과 초조의 구렁텅이에 빠져 신음하기 시작했다. "이 근방
산골짜기며 산등성이에서 그녀를 사랑하다가 실연한 목동들의
울부짖는 소리가" 울려 퍼진다. "이쪽에서는 사랑을 하소연하는

노랫소리, 저쪽에서는 절망에 찬 비가悲歌가."(1권, 160쪽.) 메아리치는
식으로.

그렇게 상사병을 앓다 죽은 한 청년을 땅에 묻는 순간, 바위
꼭대기에 마르셀라가 짠~ 하고 등장했다. 그녀의 어조는 단호하다.
"저는 자유롭게 태어났고, 자유롭게 살고자 이 산과 들의 고독을
선택했습니다. 이 산의 나무들이 나의 친구들이며, 시냇가의 맑은
물이 나의 거울입니다. 여기 이 샘물에게는 내 생각과 아름다움을
이야기합니다."(1권, 187쪽.)

그녀의 삶에는 자유와 고독, 자연과 거울, 사유와 아름다움이
자연스럽게 공존한다. 하여, 그녀는 떳떳하다. 어느 누구에게도
헛된 약속을 한 적이 없기 때문이다. 그럼에도 불구하고 아무
희망도 없는 사랑에 몸부림치다 목숨을 잃었다면 그건 소용돌이
와중에 혼자 빠져 죽은 게 아닌가? 그녀는 말한다. "저를 무정한
여자라고 하신다면, 저를 그냥 사랑하지 말아주세요." 그녀의 삶은
이미 그 자체로 충만하다. "이 동네 아가씨들과 정다운 이야기를
나누고, 제 염소들을 보살피는 일이 저의 취미입니다. 제가 원하는
것은 이 산 주위에 다 있습니다."(1권, 189쪽.) 말을 다 마치자, 그녀는
골짜기 속으로 홀연히 사라졌다.

젊은 연인들은 골짜기에서 온갖 '생쇼'를 다하면서 '비탄의
연가'만 불러 대지만, 그녀는 아무 거리낌 없이 자연의 환희를
만끽한다. 그녀는 알고 있다. 이 충만한 자유를 대신할 사랑
따위는 없다는 것을. 오, 어떻게 이런 멋진 캐릭터를 탄생시켰을까?
세르반테스의 생애를 보면, 이런 여인이 하나 등장한다. 유랑극단
시절에 만난 프란체스카가 그녀다. 둘은 열렬히 사랑했지만, 그녀는
결혼을 원하지 않았다. 결혼을 하는 순간 자유는 포기해야 한다는

것을 알았기 때문이다. 사람들은 사랑과 소유를 혼동한다. 하지만 소유는 사랑을 멈추게 한다. 그래서 사랑과 소유는 공존하기 어렵다. 사랑하되 소유하지 않기. 그게 가능해? 그렇다면 선택지는 두 개뿐이다. 사랑과 소유를 혼동한 채 미쳐 버리는 것. 아니면 사랑과 소유를 동시에 포기하는 것.—— 미치거나 자유롭거나! 대개는 전자를 택한다. 하지만 프란체스카는 후자를 택했다. 어느 날 쪽지 한 장을 남기고 훌쩍 떠나 버린 것이다. 세르반테스는 깊은 상처를 받았다. 하지만 그 역시 깨달았으리라. 프란체스카의 선택이 옳았음을. 마르셀라의 저 당당함이 그 증거다.

객줏집—사건과 서사의 집결지

돈키호테의 여행은 크게 두 가지로 이루어진다. 하나는 길 위에서 저지른 황당한 사건들. 또 하나는 길 위에서 목격하거나 아니면 주워들은 이야기들. 이 사건과 서사들이 모여드는 집결지가 있다. 객줏집이 그곳이다. 돈키호테는 두 번 집을 나오는데, 두 번 다 그곳에 들른다. 처음 기사서품을 받은 곳도 거기고, 산초가 끔찍한 담요말이를 당한 곳도 거기다.

이곳에서 벌어지는 사건은 한마디로 '난장판'이다. 객줏집에 두번째 묵었을 때다. 돈키호테의 '미친 기'가 발동하여, 객줏집을 성으로, 주인 딸은 공주로, 거기다 자기에게 반해서 그날 밤 부모 눈을 피해 잠시 그와 동침을 하러 오겠다고 약속한 걸로 생각해 버린다. 방에는 세 남자가 있었다. 돈키호테와 산초와 짐수레꾼. 하녀는 짐수레꾼과 눈이 맞은 터라 그를 향해 더듬더듬 가다가

돈키호테의 두 팔에 부딪힌다. 그는 처녀의 손목을 꼭 움켜쥐고는
침대에 앉힌다. 한편, 짐수레꾼은 잔뜩 색정이 발동해 있던 터라,
돈키호테에게 달려들어 턱뼈와 갈비뼈를 사정없이 내리친다. 잠을
깬 주인이 다가오자 하녀는 산초의 침대로 몸을 숨긴다. 산초와
처녀 사이에 주먹질이 시작되고, 그걸 본 수레꾼은 다시 산초에게
달려든다. 그래서 "짐꾼은 산초를 때리고, 산초는 아가씨를 때리고,
아가씨는 산초를, 주인은 아가씨를 …… 이렇게 모두가 잠시도
쉬지 않고 바삐바삐 주먹질을 해댔다."(1권, 212~213쪽.) 광기와 무지가
연출하는 카오스의 향연!

다른 한편, 에로스의 화신들도 다 여기로 모여든다. 삼각,
사각관계로 꼬였던 연인들이 서로 각자에게 어울리는 파트너를
찾는가 하면, 오래전에 헤어진 형제들이 조우하기도 하고,
그밖에도 온갖 인연들이 얽히고설키면서 매듭을 풀기도 한다.
하도 돌발적으로 사건이 벌어지는 터라, 마치 막장드라마의 코믹
버전을 보는 듯하다. 이처럼 객줏집은 사건의 아수라장이자 수많은
사연들이 교차하는 극장 같은 곳이다.

돈키호테는 그곳에서 온갖 수모를 다 겪고 사람들의 작당에
의해 닭장 수레에 실려 집으로 되돌아온다, 는 것이 1권의 결말이다.
여행이란 무엇인가? 길 위에서 낯선 경계를 만나 삶의 지도를 그려
가는 과정이다. 하지만 돈키호테에게는 이미 지도가 있다. 그것도
단 하나의 틈새도 허용치 않는 완벽한 지도가. 그는 단지 이것을
확인하면 된다. 모든 여행은 '네버엔딩'이지만 돈키호테의 여행만은
그렇지 않다. 이미 완성된 원환 고리를 맴돈다. 객줏집이 이 여행의
핵심처가 되는 것도 그 때문이리라. 고로, 되돌아오는 건 필연이다.
다른 여행들은 길이 또 다른 길을 열어 가지만 그는 정해진 길을

따라 돌다가 마침내 되돌아온다. 이것이 광기의 운명이기도 하다.
광기란 '외부와 연결되는 통로'를 지우고 그것을 오직 '내부의
미로'들로 가득 메워 버린 증세이므로.

대체 저자가 누구야?

『돈키호테』의 진짜 저자가 누구야? 이 물음의 의미를 모른다면
당신은 아직 책을 읽지 않은 것이다. 작품 속에는 수많은 저자들이
등장한다. 일단 원작자는 아랍인 '씨데 아메테 베넹헬리'다.
기독교의 이상을 구현하는 게 기사소설인데, 무슬림이 저자라구?
이것부터가 세르반테스식 풍자요, 아이러니다. 원작자가
아랍인이면, 그걸 번역한 사람이 있다는 뜻인가? 그러면 역자는
누구인가? 그와 세르반테스의 관계는? 파고들수록 헷갈리기만
한다. 그렇다. 이 작품에는 '다중적' 목소리가 흘러넘친다.
돈키호테는 자신이 그려 놓은 동그라미 안에서 뺑뺑 돌지만,
세르반테스의 화법은 텍스트를 사방으로 분사한다.
　　지성사의 거장들이 『돈키호테』를 주목한 이유가 여기에 있다.
푸코는 『말과 사물』에서 『돈키호테』를 르네상스와 고전주의 경계에
있는 작품이라고 평했다. 이것이 인식론적 차원의 접근이라면,
루카치의 찬사는 역사철학에 근거한다. "세계문학 최초의 위대한
이 소설은 바야흐로 기독교의 신이 세계를 떠나기 시작하는 시대의
초엽에 서 있다." 즉, 『돈키호테』는 '영원한 내용과 영원한 태도도
그 시간이 끝나 버리면 의미를 잃어버린다는 사실'에 대한 '깊은
멜랑콜리'이다.[게오르크 루카치, 『소설의 이론』]

마지막 에피소드 하나. 돈키호테가 처음 길을 나섰을 때 주인에게 매 맞는 소년을 구해 준 적이 있다. 세상에 나와 행한 첫 번째 공적이라며 자부심이 대단했다. 이 소년을 한참 뒤에 다시 만난다. 돈키호테가 떠나고 난 뒤 소년은 주인한테 죽사발이 되도록 맞았단다. 다시 복수해 주겠다는 돈키호테. 소년은 단호하게 말한다.

"제발요, 방랑기사 나리, 다시 어디서 저를 보거들랑, 누가 저를 발기발기 찢어 뭉개고 있는 걸 보셔도 도와주거나 구해 주려 하지 마세요. 제 불행 제가 감당할 테니 내버려 두세요. …… 나리 때문에 세상에 태어난 모든 방랑기사를 저주하고 하느님까지 저주합니다요."(1권, 475쪽.)

한마디로 '네 갈 길이나 가라!'는 것. 이상과 계몽의 파탄을 이보다 더 잘 보여 줄 순 없다!

PORTUGAL

SPAIN

객줏집

모레나
산맥

라만차

객줏집

공작 부부의 영지

BARCELONA
바르셀로나

몬테시노스
동굴

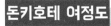

돈키호테 여정도

노란색 : 첫번째 여행   라만차 ⇨ 객줏집 ⇨ 귀향

초록색 : 두번째 여행   라만차 ⇨ (풍차 공격) ⇨ 객줏집 ⇨ 모레나 산맥 ⇨ 귀향

하늘색 : 세번째 여행   라만차 ⇨ 엘 토보소 ⇨ 돈디에고의 고장 ⇨ 바실리오의 마을

⇨ 몬테시노스 동굴 ⇨ 객줏집 ⇨ 에브로 강변 ⇨ 공작 부부

의 영지 ⇨ 바르셀로나 ⇨ 귀향

세르반테스 여정도

Atlantic Ocean

FRANCE

SPAIN

Madrid Alcala de Henares
마드리드   알칼라 데 에나레스

Sevilla
세비야

Algeri
알제리

154

세금징수관으로 일하던 중 투옥되어 돈키호테를 구상한 곳

레판토해전에서 돌아오는 길에 지중해에서 해적들에게 납치되어 5년 간 노예생활을 한 곳.

Don Quijote de la Mancha

돈키호테

2.

무엇이 꿈이고 무엇이 꿈이 아닌가?

앞 장 말미에 밝혔듯이, '도대체 진짜 저자가 누구야?'라는 질문의
의미를 안다면 그 사람은 『돈키호테』를 읽은 것이다. 원저자에
번역자, 작중 화자, 거기다 진짜 저자인 세르반테스의 목소리까지,
『돈키호테』의 화법은 그야말로 '중구난방'이다. 한데, 이 점 말고도
『돈키호테』를 진짜로 읽었는지를 체크할 수 있는 방법이 하나
더 있다. 1권과 2권의 차이를 알면 된다. 보통의 속편은 1권의
연장이거나 변주다. 하지만 이 작품은 그렇지 않다. 세상에 이런
연작이 있나 싶게 생뚱맞다.

시골양반에서 기사로!

일단 제목도 다르다. 1권이 『기발한 시골양반 라만차의
돈키호테』라면, 2권은 『기발한 기사 라만차의 돈키호테』다.
시골양반에서 기사로! 처음 집을 떠날 땐 기사도 소설에 미친
촌뜨기에 불과했지만, 이제는 어엿한 기사 서품을 받은 몸이기
때문이다. "그 성주 아닌 성주는 이 말을 듣고 점잖게 잘 알았다고
말하고, 곧 책을 하나 가지고 왔는데 마부들에게 제공한 여물이며
지푸라기를 적어 놓은 장부책이었다." 그는 "돈키호테에게 무릎을
꿇도록 명령하고 마치 무슨 경건한 기도문을 뇌까리듯이 한참
장부책을 읽다가 중간쯤 손을 들어 돈키호테의 목덜미를 묵직하게
내리쳤다. 목을 친 뒤 기도하듯이 계속 입속으로 무슨 말을
중얼거리면서 그가 지니고 있던 칼로 점잖게 등을 두드렸다."(1권,
70쪽.) 이게 그 유명한 돈키호테의 기사 서품식이다. 처음 길을 나와
객줏집을 발견하자 그곳을 성으로, 그 주인을 성주로 간주하고는

157

기사 서품식을 해달라고 졸라 댔기 때문이다. 한때 영어교과서에
실리면서 널리 회자된 장면이기도 하다. 달라진 건 이뿐이 아니다.

'짝퉁'의 출현

『돈키호테』 1권(1605년의 초판)은 대성공이었다. 스페인뿐 아니라
전 세계에 번역되면서 세르반테스는 일약 세계문학가의 반열에
서게 되었다. 당연히 속편에 대한 요구도 빗발쳤다. 하지만 속편
작업은 아주 느리게 진행되었다. 10여 년이 지나서야 작업을
시작했는데, 2권의 59장 정도를 쓰고 있을 무렵, 이게 웬일!
"다른 돈키호테가 나와서 세상을 설치고 다"닌다는 걸 알게
되었다. 역주에 따르면, 2권이 나오기 1년 전(1614), 한 작가가
『기발한 시골양반 라만차의 돈키호테』 2권을 출간한 것이다.
세르반테스에게 앙심을 품은 인물로 추론되나, 확실하게 밝혀진
바는 없다.
　해서 2권의 서문에는 이 짝퉁에 대한 조롱과 풍자가 넘쳐난다.
"고명하신 혹은 아무것도 아닌 독자여!"라는 특유의 반어법으로
시작하여 세르반테스는 짝퉁의 저자를 시쳇말로 '조근조근
씹어 댄다'. 특히 자신을 "늙은이에다 외팔이"라고 한 점, 또
질투쟁이라고 한 점, 자기 책으로 인해 수입을 빼앗길 거라고 한
점 등등에 대해서. 그리고 이 2권에서는 마침내 죽어서 묻히는
돈키호테의 소식을 전하겠다고 선언한다. "아무도 감히 위증을
하지 못하도록 하기 위해서"란다. 이게 다가 아니다. 작품 내에서도
돈키호테를 통해 이 짝퉁에 대한 우려와 비난을 퍼붓다가 막판에는

"그에게 그 많은 것을 쓰게 하고 거기에 써 있는 그 엉뚱한 엉터리
이야기들을 지어내게 한 동기를 부여한 것을 용서해 주기 바란다고
전해 달라"(2권, 855쪽.)는 유언까지 남긴다. 안 그래도 웃겨서
'배꼽 빼다 죽을' 판인데, 이런 얽히고설킨 맥락까지 풀어 가려니
정말이지, 독자들도 "돌아 버릴" 지경이다.

내가 책이다!

2권의 출발도 역시 책이다. 닭장 수레에 실려 고향으로 귀환
조치당한 뒤, 돈키호테는 다시금 기사도 모험의 열정을 불태우고
있었다. 자신의 명성에 대해 궁금해하고 있던 차, 산초가 충격적인
소식을 전한다. 돈키호테의 이야기가 책으로 나돌고 있다는 것.
제목은 『기발한 시골양반 라만차의 돈키호테』! 1권의 제목이다.
1권 서두, 처음 집을 나서면서 중얼거렸던 상상이 마침내 이루어진
것이다. 게다가 이 책은 폭발적인 반응을 얻었다. 학사 산손
카라스코의 증언에 따르면, "이 이야기는 아주 명확해서 어려운
대목이 하나 없어요. 아이들도 이 이야기책을 뒤적거리고, 청년들도
읽고, 어른들도 이해하고, 노인들도 칭찬하는 책인뎁쇼. 요컨대
각계 각층 사람이 다들 닳도록 읽고 다 알고 있어서 어디서
농사짓는 삐쩍 마른 말만 보아도 '저기 로시난테가 가네'라고
한다니까요. 그 책 읽기에 가장 열심인 사람이 머슴들이고, 주인의
문간방치고 『돈키호테』 한 권 없는 집이 없고, 누가 놓고 가면
또 다른 사람이 그걸 집어 가고, 이 사람이 청하면 다른 사람이
덤벼들지요."(2권, 68~69쪽.) 말하자면, 돈키호테가 일약 스타덤에 오른

것이다. 작품 안에서는 1권에서의 모험이 책이 되었고, 앞서 본 대로 작품 바깥의 현실에선 소위 '짝퉁'이 출현한 것이다. 책 속에 책이 있고, 책 바깥에 또 책이 있다. 그런 점에서 이 책은 일종의 주름이다. 책과 현실, 저자와 독자, 안과 밖이 서로 맞물려 있는 '책-주름'.

돈키호테는 어떤 현자가 마법술을 이용하여 그의 행적을 낱낱이 기록하여 출판했으리라고 간주하는 한편, 혹여 진실을 왜곡했을지 모른다는 의혹에 휩싸인다. 명성에 대한 자부심과 왜곡에 대한 의혹, 이것이 그로 하여금 다시 길을 떠나게 한다.

요컨대, 1권에서 돈키호테가 기사도의 이상을 실현하기 위해 모험을 떠났다면, 2권에서는 자신의 이야기가 '사실에 맞게' 회자되는지를 확인하기 위해 여행을 떠난다. 전자가 책으로 세상을 보는 것이었다면, 후자는 자신이 곧 책의 화신이 된 것이다. "책이 세상이다"에서 "내가 책이다!"로! 이건 무슨 의미일까? 잘 모르겠지만, 그의 광기가 한층 심오한 경지를 향해 나아갔다는 것만은 분명하다. 쉽게 말해 '제대로 미친' 것이다.

비상 혹은 추락―허공에서 동굴로!

뇌과학에 따르면, 뇌는 외부와 직접적으로 소통을 하지 않는다. 캄캄한 방에서 이미지를 만든다. 그 '만들어진 개념'을 실제로 착각한다. 이 개념을 고수하게 되면 그게 바로 집착이요, 망상이다. 여기에 빠지지 않으려면 끊임없이 외부와 접속해야 한다. 하지만 돈키호테의 경우는 그렇지 못했다. 더더욱 '책-세상'에 갇혀 버렸다. 더구나 이젠 자신 또한 '책'이 되지 않았던가. 그것이 어떻게 소비,

유통되는가는 중요하지 않다. 오직 그 내용이 기사도의 팩트에 부합하느냐만이 중요할 뿐. 관계와 맥락을 파악하지 못하고 오직 내부의 디테일만 보는 것, 이것이 돈키호테의 광기다.

그래서인가. 1권에선 평원을 가로지르며 온갖 사고를 치더니 2권에선 느닷없이 깊이를 알 수 없는 동굴에 빠져 버린다. 물론 그 동굴 역시 기사도 소설에 나오는 전설적인 장소다. 동굴 속으로 들어갔다가 한 시간쯤 지나 다시 귀환한 그는 여전히 꿈꾸는 듯한 표정이다. 그의 회상에 따르면, 동굴 깊숙한 곳에서 잠이 들었다 깨어나니 초원에 궁전이 있고, 거기에서 한 백발노인이 등장하여 자신이 '몬테노시스'라고 했다. 사촌 형의 심장을 꺼내 벨레르마 아씨에게 전해 주었다는 전설적인 기사다. 오백 년이 되었는데도 죽지 않았을뿐더러, 돈키호테가 나타나 자기들을 마법에서 풀려나게 해줄 거라고 예언한다.

뭔가 좀 이상하지 않은가? 그렇다! 돈키호테에게는 꿈이지만 사실은 연극이었다. 하지만 돈키호테는 눈꼽만치도 의심하지 않는다. 책에서 본 대로 믿는 정도를 넘어 이젠 믿는 대로 본다. "보면 알게 된다"가 아니라 "아는 대로 본다"는 경지에 도달한 것. 가히 전도망상의 진수다. 요컨대, 1권에선 허공을 향해 하이킥을 날리더니 이젠 아득한 동굴 안에서 일장춘몽에 빠져 버렸다. 허공에서 심연으로! 그런 점에서 비상과 추락은 한 쌍이다. 추락하는 것은 날개가 있다고 했다. 뒤집으면 비상을 꿈꾸는 자만이 추락하게 된다. 높이 날아오르거나 아니면 깊이 침몰하거나, 그 사이를 정신없이 오가는 것이 광기다. 그래서 한 번도 현실에 발을 딛지 못한다. 삶은 비상도 추락도 아니고, 걷는 것이다. 한 걸음씩 앞을 향해 걷는 것, 그것이 삶이요 길이다.

연극이 '판치는' 세상

그럼 세상은 왜 이런 돈키호테에 열광했을까? 기사도의 부활을
열망해서? 그럴 리가! 학사 산손이 말했듯이, "결론적으로 이런
이야기책은 지금까지 나온 책들 중에서 가장 유해성이 적고 가장
재미있는 오락책이라는 거예요. 책 전체를 두고 보아도 가톨릭
정신에 조금이라도 위배되는 생각이나 불순한 말, 또는 그 비슷한
이야기도 찾아볼 수가 없으니까요."(2권. 69쪽.) 즉, 그의 광기는
오락으로 소비되었던 것이다.

아닌 게 아니라, 2권은 온통 연극무대다. 돈키호테가
길을 나서는 것부터가 그렇다. 학사 산손이 신부, 이발사 등과
쑥덕공론을 한 뒤에 돈키호테에게 길을 떠나도록 부추긴다. 귀향한
이후 꽤 오랜 기간 쉬었음에도 광기가 진정되지 않자, 일단 그를
떠나게 한 뒤 결투를 통해 되돌아오게 하려는 의도였던 것. 한데, 이
의도를 관철하려면 자신들이 모두 연극배우가 되어야 한다. 일단은
돈키호테의 광기에 장단을 맞춰 줘야 하기 때문이다.

산초는 한술 더 뜬다. 둘시네아를 모셔오라는 돈키호테의
명령에 길 가다 만난 농사꾼 처녀를 둘시네아라고 우긴다.
마법사가 그 아름다운 외모를 저 지경으로 만들어 놓았다면서.
1권에서 돈키호테에게 배운 기술을 그대로 써먹은 셈이다.
돈키호테는 산초의 연극이 하도 그럴듯해서 결국 "악랄한 마법사가
나를 쫓아다니며 내 이 두 눈에 구름과 비바람을 씌웠구나. 다른
눈이 아닌 오직 이 두 눈에만 그대의 더할 수 없이 아름다운 모습과
얼굴을 가난한 농사꾼 아줌마의 몰골로 바꾸고 둔갑시켰구나"(2권,
140쪽.)라고 한탄한다. 1권의 모험(사실은 '생고생')이 산초의

연기력을 눈부시게 향상시킨 것이다.

1권에선 길 위에서 수많은 이야기들이 난무한다. 특히 목동들이 등장하는 '미친 에로스의 연인'들이 대세였다. 한데, 2권에선 이런 종류의 이야기가 거의 없다. 웬일인지 길 위에서 만난 이들도 온통 연극놀이를 한다. 꼭두각시극에 가면극, 결혼사기극 등등, 한마디로 세상이 온통 연극판이다! 그래서 벌어진 가장 황당한 스토리 하나.

인형극을 공연하여 돈을 버는 인물, 패드로가 등장하는 장면이다. 1권에서 돈키호테가 구해 준 죄인인데, 구해 주자마자 즉시 '배신을 때리고' 산초의 당나귀를 훔쳐 간 작자다. 그의 꼭두각시극을 관람하던 중 무어인이베리아반도와 북아프리카의 이슬람교도들 군인으로 분장을 한 인형들이 등장하자 돈키호테의 광기가 발동했다. 벌떡 일어나 "멈춰라, 이 못된 망나니들아! 그 기사를 쫓거나 따라가지 마라. 만약 내 말을 안 듣겠다면 나와 한판 붙자!" 하더니 칼을 빼들고 훌쩍 뛰어올라 인형극장 앞에 서서는 세상에 보지 못한 분노로 재빠르게 무어군 인형들 위로 비 오듯 칼질을 퍼붓기 시작했다. 어떤 놈은 넘어뜨리고, 어떤 놈은 목을 치고, 이 놈은 때려 부수고, 저 놈은 뭉개 죽이고…… 그 자리에 같이 있던 "사촌은 두려워 떨고, 하인은 쫄고, 산초 판사 역시 엄청난 공포를 느꼈다." "결국, 오늘 지상에 사는 모든 것 위에, 방랑기사도여 영원하라, 만세!"(2권, 327쪽)라고 외치면서 끝!

하지만 진짜 무대는 따로 있었다. 초원에서 만난 공작 부부는 돈키호테의 이야기에 푹 빠져 아예 자신의 성을 연극무대로 꾸민다. "둘은 이 이야기의 첫 권을 읽고 책을 통해 돈키호테가 엉터리이고 재미있다는 것을 알고 있던 터라 …… 그들은 돈키호테가 무어라고

163

말하든 모든 것을 받아주고 기분을 맞춰 줄 생각이었다. 그들
영지에 머무는 동안 그를 방랑기사로 부르고 대접하며, 기사도
책에 나오는 모든 관습과 예식을 따르기로 했"다.[2권, 365쪽.] 1권에선
돈키호테가 객줏집을 성으로 우기더니, 이젠 공작 부부가 자신의
대저택을 '기사도의 성'이라고 속인다. 심지어 산초의 숙원인
'총독의 꿈'을 이루게 해주겠다고 공언한다. 앞뒤가 기묘하게
뒤바뀐 형국!

　이렇듯 공작 부부는 돈키호테와 산초, 두 사람을 '가지고
놀면서' 엄청난 연출력을 발휘한다. 그중 특히 황당한 무대 하나.
사냥터에 데리고 나가 밤이 되자 무어족들의 전쟁소리가 들리면서
악마가 등장한다. "나는 악마노라. 나는 라만차의 돈키호테를
찾아가노라. 여기 오는 사람들은 마법사 부대 여섯으로, 개선장군의
마차에는 마법사들이 세상에 둘도 없는 엘토보소의 둘시네아를
싣고 오노라. 그녀는 마법에 걸려 있는데, 우아한 프랑스 기사
몬테시노스가 여기 돈키호테에게 둘시네아 아씨를 마법에서
풀려나게 하려면 어찌해야 하는지를 가르치고 명하러 왔노라."[2권,
420쪽.] 요란한 마차들의 행렬 뒤에 메를린이라는 마법사가 등장하여
그 방법을 제시한다.

　　세상에 둘도 없는 엘토보소의 둘시네아의
　　원형, 원래 상태를 되찾기 위해서는, 그대의
　　하인 산초가
　　그의 용감한 양쪽 엉덩이를
　　밖에 드러내 놓고,
　　스스로 삼천삼백 대의 매를 맞아서

엉덩이가 아리고 쓰리고 아파야 하느니라.(2권, 428쪽.)

실제로 자신이 둘시네아라고 주장하는 예쁜 아가씨까지
등장하여 산초를 압박한다. 오 마이 갓! 산초의 이야기를 미리
듣고서 이런 무대와 시나리오를 꾸며낸 것이다.

어디 그뿐인가. 소위 마법사에게 벌을 받아 얼굴이 온통
수염으로 뒤덮인 '아픔에 찬 여인들'이 등장하여 돈키호테에게
새로운 모험을 요구한다. 클라빌레뇨 목마를 타고 마법사
말람브루노가 있는 삼천몇 마장까지 날아가라는 것. 돈키호테와
산초가 목마에 올라탄 다음 눈을 가리자, 하인들이 외친다. "이제
막 그대들은 공중으로 가고 있소이다! 화살보다 더 빠른 속도로
대기를 가르며 가고 있소이다!" 커다란 풀무 몇 개로 바람을
보내고, 대나무에 삼베천 조각을 매달아 쉽게 불이 붙고 꺼지게
만들어서 얼굴을 뜨겁게 하여 태양 가까이 가는 것처럼 꾸몄다.
그러다 목마의 꼬리에 불을 붙이자, "목마에 큰 우렛소리를 내는
폭죽이 가득 들어 있던 터라, 그 순간 커다란 굉음을 내며 공중으로
날아올랐고 돈키호테와 산초를 반쯤 새카맣게 태운 뒤 땅에
떨어뜨렸다." 이때 정원에는 수염을 단 여인들은 다 사라졌고,
정원에 남은 사람들은 땅에 기절한 것처럼 누워 있었다.

"공작은 조금씩 조금씩 마치 무거운 잠에서 깨어난 사람처럼
정신을 차렸고, 똑같은 방식으로 공작 부인과 정원에 누워 있던
모든 사람이 깨어났다. 정말로 무슨 일이 일어난 것과 같은 거의
그런 모습으로 경악과 놀라움의 표정을 지었는데, 그들은 그
장난을 정말로 훌륭한 속임수로 잘 마무리해 낼 줄 알았다."(2권,
487쪽.) 말하자면 자신들이 연출한 무대에 자신들도 카메오로

출연한 것이다. 산초는 한술 더 떠 마치 진짜로 높이 높이 날아오른 것처럼 떠들어 댄다. "하늘과 제 사이가 손바닥 한뼘 반 거리밖에 안 되더라니까요." "일곱 산양 별자리가 있는 곳을 지나갔는데요." "우리 주인님에게도 말하지 않고 조용히 목마 클라빌레뇨에서 내려 그 산양들과 놀았습죠."(2권, 488~489쪽.) 등등.

　　후반부에 바르셀로나로 가자, 이번에는 돈안토니오라는 지체 높은 부자양반이 또 돈키호테를 '가지고 논다'. 돈키호테의 등에다 '이 사람이 라만차의 돈키호테다'라고 쓴 다음에 거리를 나선 것이다. 그러자 모든 사람이 돈키호테를 알아보고 그의 이름을 환호하며 뒤를 따른다. 돈키호테는 자기의 명성이 높아졌다고 여겨 몹시 흡족해한다. 또 귀부인들의 무도회에 초대하여 많은 여성들에게 돈키호테의 미친 짓을 구경시킨다. 여자들이 춤을 추자며 돈키호테를 '뺑뺑이' 돌리는 바람에 돈키호테는 몸이 부서지고 파김치가 될 지경이었다. 다 인기와 명성의 대가다.

　　1권에선 쉬지 않고 몽둥이찜질을 당했지만, 2권에선 화려한 대저택에, 파티에, 군중의 열렬한 환호에, 한마디로 온갖 호사를 다 누린다. 하지만 보다시피 어릿광대가 되었다. 1권에선 자신이 이야기의 생산자였나. 길 위의 많은 이들이 돈키호테로 인해 흥미진진한 이야기들을 선사받고 길을 떠났다. 하지만 2권에선 이제 돈키호테의 열렬한 독자들이 무대를 장악해 버렸다. 말하자면, 이야기의 주도권이 독자와 관객에게로 넘어간 것이다. 그들이 깔아 놓은 판 위에서 돈키호테는 방랑기사의 명성을, 산초는 섬의 총독이 되는 광영을 누리지만 실상은 슬픈 피에로가 되고 말았다.

대체 누가 진짜 광대야?

1권에선 다들 돈키호테의 '미친 기'에 황당해했다. 하지만 2권에선
이제 다들 그걸 즐기려 든다. 돈키호테 친지들(신부, 이발사, 학사
등)은 돈키호테의 광기를 치유한다는 명목으로 그 광기에 맞장구를
친다. 공작 부부는 아예 돈키호테를 자신의 전속배우로 만들어
버렸다. 하지만 이들 역시 자신들의 무대에서 배우로 활약해야
한다. 완벽하게 속이기 위해선 어쩔 수 없다. 그러다 보면 자신들도
점점 그 연극적 허구에 젖어들게 된다.

　맥락은 좀 다르지만, 산초 역시 마찬가지다. "공작 부인이 가장
놀라고 감탄한 건 산초의 순진성이었으니, 그 순박하고 순진한
산초는 결국 엘토보소의 둘시네아가 마법에 걸려 있다는 걸 부정할
수 없는 사실로 믿게 된 것이다. 자기 자신이 거짓으로 그 사건을
꾸며낸 사람이고 그 마법을 만든 장본인임에도 말이다."(2권, 413쪽.)
그 결과 둘시네아의 마법을 풀려면 스스로 3,300대의 매질을
당해야 하는 운명에 처한다. 자신이 쳐 놓은 덫에 스스로 걸려든
셈이다.

　한마디로 모두가 광대요, 배우다. 어쩌다 이 지경이 되었을까?
상당히 오묘한 뜻이 있을 것 같지만, 실상은 그렇지 않다. "공작
부부는…… 돌아가서 자신들의 장난을 계속 이어가고 부추길
계획이었으니, 그들에겐 그들을 더 즐겁게 해줄 만한 진실이 없었기
때문이다."(2권, 436쪽.) 진실이 없다? 이건 또 무슨 뜻인가?

　돈키호테의 이상은 비현실적일뿐더러 황당하기 짝이 없다.
그래서 광기다. 그런데 그걸 구경하는 이들에겐 아무런 이상도,
욕망도 없다. 소위 삶을 추동하는 '진실'이 없다. 그들이 하는 일은

그저 돈키호테의 광기를 오락적으로 소비하는 것뿐이다. 해서 처음엔 돈키호테가 광대고 그들은 이 광대를 조종하는 대단한 연출자처럼 보인다. 하지만 극이 진행될수록 이 경계는 모호해지고, 심지어 때로는 역전되기도 한다. 바르셀로나 거리에서 한 사람이 돈키호테를 향해 외친다. "저런, 제기랄, 저 라만차의 돈키호테 좀 봐! …… 그대는 미치광이야, 혼자 미쳐서 그 광기를 문 안에 감추고 살았으면 그나마 다행일 텐데. 그대를 대한 사람이나 말해 본 사람들을 모두 미친 어릿광대로 만드는 재주를 좀 보라구. 어릿광대님, 그만 집으로 돌아가시라구."(2권, 733쪽.)

돈키호테를 비난하는 말 같지만 사실은 돈키호테를 조롱하는 이들에 대한 풍자다. 말하자면, "장난을 친 사람들이나 조롱을 당한 사람들이나 다들 미치광이들이어서 공작 부부라는 사람들도 바보 같다는 점에서는 별 차이 없는 게 두 바보를 놀리려고 그토록 열성을 쏟았"(2권, 815~816쪽.)으니 말이다. 결국 배우와 관객, 광대와 연출자는 한끗 차이이다. 다만 역할이 다를 뿐!

이것과 관련된 두 '바보'의 멋진 대화가 하나 있다.

돈키호테가 말한다. "세상사도 연극과 다를 바 없어. 세상사에서도 어떤 사람은 황제 역할을 하고, 다른 사람은 교황을 하잖나. 연극 하나에 나올 수 있는 모든 인물상이 있지. 그러나 종말에 가면, 생명이 끝나는 순간에는 모든 사람에게 똑같이 죽음이 와서 그 사람들을 구분하던 의상을 벗기고 무덤 속에 똑같이 눕게 하지."

산초가 응답한다. "참 멋진 비유입니다. …… 그게 장기놀이 같은 거지요. 장기를 두는 동안은 말마다 각기 자기 길, 자기 일이 있지만 일단 장기가 끝나면 모든 말을 섞고 합치고 흔들어 한

자루에 집어넣지 않습니까. 이건 꼭 인생이 무덤에 들어가는 것과 똑같지요."[2권, 156~157쪽.]

무엇이 꿈이고 무엇이 꿈이 아닌가?

돈키호테는 기사도의 이상에 눈멀고, 산초는 총독이 되겠다는 욕망에 맞이 갔다고 치자. 그럼 다른 이들은 어쩌다 이 어릿광대 짓에 빠져들었는가? 예술적 상상력? 지적 호기심? 다 아니다. 그냥 달리 할 일이 없어서다! 먹고살기 위해 아등바등할 것도 없고, 열렬히 추구해야 할 시대적 소명도 없다. 그러면 태평성대 아닌가? 그렇다. 황금세기가 있다면 바로 이런 시절이리라. 그때 비로소 사람들은 진리를 탐구하고 지혜를 연마할 수 있으리라, 고 생각하지만, 단언컨대, 착각이다! 아이러니하게도 그때부터 사람들은 권태에 빠진다. 권태는 망상을 낳고, 망상은 허깨비를 낳는다. 그래서 사랑에 미치고 오락에 미친다. 아니, 뭔가에 '미치고 싶다'는 꿈을 꾼다.

169

그 결과, 세상은 온통 연극판이 되었고, 사람들은 하나같이 광대가 되어 버렸다. 그렇다면 인생이란 한바탕의 픽션, 다시 말해 꿈에 지나지 않는가? 그렇다. 그럼 꿈에서 깨어나면 되지 않는가? 그 또한 부질없다. 꿈을 깨어나도 또 다른 꿈을 꾸려고 할 테니 말이다. 즉, 꿈과 현실이 있는 것이 아니라 수많은 꿈들의 이합집산이 있을 뿐이다. 역설적으로 바로 그렇기 때문에 결코 각본대로 진행되지 않는다. 꿈과 꿈들이 마주치는 순간 욕망의 클리나멘^{미세한 어긋남}이 일어나기 때문이다. 하여, 사건들은 늘 예기치 않은 방향으로 튄다. 배우들의 느닷없는 애드리브는 기본이고, 갑자기 엉뚱한 욕망이 샘솟아 시나리오 전체를 무산시키기도 한다. 압권은 단연 산초의 총독놀음이다. 공작 부부는 '싸구려'라는 뜻의 마을을 섬이라 속여 산초를 총독으로 만든다. 수많은 배우들을 등장시킨 '블록버스터'였던 셈인데, 문제는 산초가 예상 외로 총독 노릇을 너무 잘한 것이다. 공무가 시작되자마자 산초는 마을 사람들의 송사를 물 흐르듯 처리한다. 게다가 아주 멋진 연설로 사람들을 감동시킨다.

"우리 다 함께 삽시다. 그리고 평화롭게 함께 어울려 먹고사십시다요. 하느님이 아침 동을 틔우면 우리 모두에게 아침이 오는 거 아닙니까. 난 법을 침범하지도, 뇌물을 받지도 않고 이 섬을 통치할 것이며, 모든 사람이 눈을 똑바로 뜨고 자기 일만 잘하게 하도록 하리다. 항상 어딘가 혼란이 있기 마련이지만 나에게 기회를 준다면 정말 놀랍고 훌륭한 일이 있을 겁니다. 꿀 만들어 놓으라 해놓고 파리가 먹게 해서는 안 되지요! …… 나는 농부들을 도와주고 양반들을 우대하고 싶소. 덕망 있는 사람들에게는 성을 내리고, 특히 종교와 종교인들의 명예를 존중할 것이오."(2권, 575~576쪽.)

하지만 공작 부부의 장난질은 멈추지 않았다. 그들의 목적은 산초를 최대한 놀려 먹는 것이기 때문이다. 섬에 적들이 쳐들어왔다며 산초에게 꼼짝할 수 없는 갑옷을 입혀 놓고는 잔인하게 짓밟았다. 참혹한 고통을 겪고 나자 산초는 미련 없이 총독놀음을 끝내 버린다. 덕분에 "벌거숭이로 들어와 벌거숭이로

나가는" 최고로 청렴한 총독이 된다. 그는 말한다. '열흘 동안 세상
모든 정부나 통치를 경멸하는 법을 배웠'다고. 이로써 "장난이
진실이 되고 조롱한 자들이 조롱당하는" 역전이 벌어진다. 그렇다.
가장 멍청한 바보가 아주 총명한 현자가 되고, 교묘한 조종자들이
한심한 '쓰레기'가 되어 버린다. 대체 무엇이 진실이고 무엇이
허구인가? 아니, 무엇이 꿈이고 무엇이 꿈이 아닌가?

용맹한 도깨비, 돈키호테의 죽음

드디어 대단원의 순간이 다가왔다. 바르셀로나에 도착하자 '하얀
달의 기사'가 등장한다. 돈키호테에게 방랑기사가 되라고 부추겼던
학사 산손 카라스코다. 돈키호테에게 결투를 신청하고 자기가 이길
경우 일 년 동안 고향으로 돌아가 쉬는 것을 조건으로 내걸었다. 그
역시 자신이 꾸민 연극을 수습하느라 이런 '생고생'을 치러야 했던
것. 결과는 돈키호테의 완패! 그의 광기를 치유하려는 마음이지만
사람들은 돈키호테의 광기가 치유되기를 바라지 않는다. "동정심에
위배되는 일만 아니라면 저는 돈키호테가 절대 병이 나아선 안
된다고 말하고 싶어요. 그가 건강해지면 그의 재치와 매력도
잃게 될 뿐만 아니라 그의 하인인 산초 판사의 재치까지 잃게 될
테니까요. 그들의 재치 있는 말들은 어떤 것이든지 우울증 자체라도
즐거움으로 되돌려 줄 능력이 있거든요."(2권, 769쪽.)
　하지만 이런 대중들의 열광을 뒤로 하고 돈키호테는
약속대로 귀향한다. 돌아오면서 목동이 되겠다는 광기에 빠져서
다시금 사람들을 놀라게 한다. 하지만 그의 골수는 이제 정말로

171

고갈되었다. "의사의 견해로는 불쾌감과 권태, 우울증이 그의 목숨을 앗아가고 있다고 했다. 돈키호테는 좀 자고 싶으니 자기를 혼자 있게 해달라고 청했고, 그들은 그렇게 하도록 해주었다. 그는 사람들이 하는 말처럼 한달음에 한 번도 깨지 않고 여섯 시간 이상을 쭉 잤는데 …… 잠에서 깨어나 큰 소리로 말했다."(2권, 849쪽.) "나는 이제 정신이 제대로 밝아졌고 자유롭단다. 머릿속에 자욱하던 안개 낀 무지의 그림자 하나 없이 말이다. 그 역겨운 기사도에 관한 책들을 끊임없이 죽도록 읽어 대다가 정신에 안개가 끼었던 거지. 이젠 그것들이 다 엉터리이고 사기였음을 알았단다."(2권, 850쪽.)

갑자기 돈오頓悟를 한 것이다. 대체 무슨 꿈을 또 꾼 거지? 과연 돈키호테다! 그러고는 모든 재산을 조카딸에게 양도한다는 유언을 남긴다. 그런데 조건이 하나 있다. 조카딸의 결혼 상대자가 기사도의 책들이 무엇인지 전혀 몰라야 한다. 만약 "그가 그런 책을 알고 있다는 게 판명될 시, 아무리 내 조카딸이 그와 결혼하고 싶어 한다 해도 실제 결혼을 할 경우 내가 양도한 모든 것을 다 잃게 하도록 한다. 그 재산은 나의 집행인들이 마음대로 자선사업에 기부하도록 하게 한다."(2권, 854·855쪽.) 최후의 순간까지 기사도 책들에 대한 혐오의 뜻을 퍼부어 댔다. 열광하거나 혐오하거나, 둘 중 하나다. 도무지 중간이 없다! 산손의 평가대로 그는 도깨비요 허수아비다. 용맹하기 그지없는!

왠지 익숙한 패턴 아닌가. 우리 시대 사람들도 이렇게 살아간다. 살아 있다는 건 뭔가에 미치는 것이고 미치지 않으면 죽은 거나 다름없다고 여긴다. 그렇다면 우리 모두는 돈키호테의 후예인가?(혹시 싸이의 〈강남스타일〉은 돈키호테의 21세기 버전인가?

농담이다!^^) 산손 카라스코가 쓴 돈키호테의 묘비명 전문은
이렇다.

> 여기 그 용맹성이 아주
> 극단에 치닫던 강력한
> 시골양반이 누웠노라
> 죽음도 그의 삶을 죽임으로써
> 승리하지 못한 듯 보이도다.
> 온 세상 사람들을 얕보았던
> 그는 온 세상의 허수아비이며
> 무서운 도깨비였다, 좋은 기회를
> 맞았던 그의 운명의 평판,
> 미쳐서 살고 정신 들어 죽다.(2권, 856~857쪽.)

돈키호테는 죽었지만 그에 대한 우리의 탐사는 아직 끝나지
않았다. 돈키호테는 모험을 하러 길을 나섰지만 그가 한 짓은
모험이라기보다 '아사리 난장판'에 가깝다. 하지만 그가 길 위에서
던진 말들은 가히 지성의 대탐험이라 할 만하다. 그에 부응하여
산초 역시 놀라운 지적 성장과 변이를 보여 준다. 이 말들의 향연을
누리지 않고서야 어찌 『돈키호테』를 읽었다 하리오!

돈키호테

3.

길, 로고스의 향연!

유년기에는 카라반을 따라 스페인 전역을 떠돌아다녔다.
청년기에는 레판토 해전에서 팔을 잃어 '외팔이'가 되었다. 귀환하는
길에는 해적에게 잡혀가 알제리에서 포로생활을 했다. 중년에는
세금징수원이 되어 또 전국을 누비다 감옥에 갔다. 유랑과 전쟁,
포로와 감옥. 이것이 세르반테스 인생을 장식하는 키워드다.
그야말로 산전수전을 다 겪은 셈이다.

그래서 불행했냐고? 그렇기도 하고 아니기도 하다. 분명
역마살에 고생살이 뻗친 건 맞다. 또 학교, 직업, 결혼의 코스를 밟는
중산층의 궤도에서 한참 벗어난 행로인 것도 맞다. 하지만 그렇다고
그것이 곧 불행의 근거가 되는 것은 아니다. 중산층의 권태로운
일상을 지키기 위해 세상에 태어난 건 아니니까. "집 나가면
개고생"이라는 말처럼, 궤도에서 이탈하면 가난과 불운을 수시로
겪어야 한다. 하지만 거기에는 늘 반전이 있다. 인생도처유'반전'!   175

먼저 세르반테스는 길 위에서 인생의 모든 것을 배웠다.
라틴어와 수학, 별을 보고 시간을 헤아리는 법, 철학과 문학 등등.
길이 곧 대학이요, 강의실이었다. 더 중요한 건 화술이다. 온갖
이야기를 주워듣는 귀동냥과 그걸 자신의 스타일대로 쏟아낼
수 있는 입담을 터득한 것이다. 알제리로 팔려가서도 그 지역의
통치자인 하산 파샤의 측근이 되어 특급 대우를 받았다. 그 이유는
다름 아닌 그의 말솜씨였다. 세금징수원임에도 지역의 서민들과
깊이 교감할 수 있었던 것, 종교재판을 받기 직전 극적으로 구출된
것 역시 다름 아닌 그의 말솜씨 덕분이었다. 그 말들이 실개천처럼
흘러들어 50대 후반 감옥의 한 독방에서 『돈키호테』라는 도도한
강을 이루었다.

그렇다! 반전의 포인트는 역시 '말'이다. 이 말에는 행동과 덕이

수반된다. 그래서 로고스^{logos}다. 로고스란 '말과 진리', '말과 지성'의 직접적 일치를 뜻하는 낱말이다.

길은 미미하나 말은 창대할지니

『돈키호테』는 소위 정통소설과는 많이 다르다. 저자와 번역자, 작중 화자가 수시로 교차하는 것도 그렇지만 스토리 라인도 '기승전결'의 스텝을 밟지 않는다. 또 '소설은 부르주아 시대의 서사시'라는 루카치의 정의대로 주인공이 고향을 떠나 갖은 고난을 거친 다음 성숙한 존재에 이른다는 성장소설의 유형과는 더더욱 거리가 멀다. 중간 중간 이야기들이 마구 끼어든다. 1권에선 '미친 에로스의 화신'들과 '막장 남녀'들의 이야기가, 2권에선 각종 연극, 인형극, 가면극이. 들뢰즈$^{Gilles\ Deleuze}$와 가타리$^{Félix\ Guattari}$가 말한 '리좀'^{덩이줄기}을 연상시킬 정도로 얽히고설킨다. 그래서 『돈키호테』에 대한 평가 역시 다중적이다. 푸코는 『말과 사물』에서 이것을 최초의 '근대적' 작품이라 평했지만, 20세기 후반에 이르면 중남미의 마술적 리얼리즘의 선구로 추앙받기도 한다. 근대와 탈근대를 동시에 넘나드는 아주 '기발한' 작품이 된 것이다.

　그 원동력이 말, 곧 로고스다. 『돈키호테』는 여행 자체보다 말이 더 풍성한 텍스트다. 1권에선 몬티엘 평원에서 객줏집을 전전하다 닭장 수레에 실려 왔고, 2권에선 바르셀로나까지 가긴 했지만, 『열하일기』나 『서유기』, 『동방견문록』 등 다른 여행기의 여정과 비교하면 '새발의 피'다. 하여, 이 여행의 특이성은 모험과 거리에 있다기보다 등장 인물들이 주고받는 말들에 있다.

돈키호테를 비롯하여 산초, 학사 산손 등등 기타 다른 인물들도
정말 말이 많다. 사건 자체보다 말과 말이 넘쳐나는 여행기다. '길은
미미하나 말은 창대하도다!'는 경지인 것. 무릇 인간이란 '로고스적'
존재임을 보여 준다고나 할까.

웅변의 고매함 vs 속담의 질펀함

돈키호테는 웅변의 대가요, 산초는 속담의 달인이다. 돈키호테의
웅변은 기사도 소설에 근거하고, 산초의 속담은 '인정물태'가
그 원천이다. 전자는 근거가 확연하고, 후자는 유래를 추적하기
어렵다. 전자는 동일성의 세계고, 후자는 차이의 파노라마다.
전자는 고매하지만 황당하기 짝이 없고, 후자는 속되지만
씹을수록 맛이 생생하다.

먼저 돈키호테. "나는 하늘의 뜻으로, 이 무쇠의 시대에 황금의
시대를, 말하자면 황금세기를 부활시키려고 태어난 사람이니라.
내 앞에는 모든 위험과 위대한 공적과 용감한 행적이 기다릴
뿐이다. 나는, 다시 말하지만, 원탁의 기사 시대를 부활시킬 것이며,
프랑스의 열두 기사, 세계에 이름난 아홉 기사를 능가하는 기사가
되리라. …… 내가 태어난 이 시대에 가장 위대하고 신기하고
훌륭한 무공을 세워 지난 세기에 찬란했던 그들의 행적과 영광을
어둠 속에 잠들게 하겠노라."(1권, 259쪽.)

눈으로만 보기는 좀 아깝다. 직접 낭송을 해보면 돈키호테의
멘탈을 충분히 실감할 수 있을 것이다.

다음은 산초. 역시 낭송을 해야 맛이 산다. "제가 총독이라면,

총독은 사또보다 높으니까, 용용 죽겠지, 다들 와서 보라고들
하세요! 아니면 와서 욕질하고 비방하라고 하세요. '양털 구하러
왔다가 자기 털 깎이고 돌아'갈 테니까요. …… '꿀을 만들어 놓으면
파리가 빨아먹을' 테고, '사람은 가진 만큼 가치가 있다'고 우리
할매가 말하곤 했지요. 그래서 재산 많고 부동산 많은 사람에게는
복수하지 말라더군요."(2권, 507쪽.)

　이렇듯, 둘은 '말의 길'이 '달라도 너무' 다르다. 일단 기사도적
웅변에는 현장이 부재하고 완결된 이상만이 존재한다. 낱말들이
치밀하게 배열되고 고도의 수사학이 전체를 통괄한다. 그러나
현장이 없다. 현장과의 충돌이 없는 이상. 그것은 제자리를 맴돈다.
돈키호테는 이 동어반복의 쳇바퀴에 갇혀 있다. 어떤 상황, 어떤
대상을 만나도 그의 화법은 바뀌지 않는다. 기사도의 이상이 대상과
현장을 다 먹어치우기 때문이다. 해서, 그의 웅변을 들으면 아무리
무식한 이들도 단번에 알아차린다. 그가 '미친 놈'이라는 걸.

　산초는 그 반대다. 속담은 질펀하지만 생동감이 넘친다.
상응하는 경험과 일상이 있다. 그러나 그 상황들을 관통하는
키워드가 없다. 그러기엔 지식과 개념이 너무 부족하다. "산초가
점잔을 빼거나 박사처럼 말을 하려고 힐 때마다 그 끝말은 거의
항상 소박성이라는 산 위에서 무식성의 심연으로 미끄러져 떨어지곤
했기 때문이다. 산초가 가장 멋있고 기억력이 좋아 보일 때는 상황에
딱 들어맞건 맞지 않건 간에 속담을 끌어올 때였"(2권, 157쪽.)다.
한마디로 적응력은 최고다. 하지만 늘 단발성에 그친다. 해서 언제나
우왕좌왕이다.

　사실 우리가 구사하는 화법들 역시 이 '사이'를 부유한다.
이상에 착목하면 현실이 증발되어 버리고, 반대로 현장을

틀어쥐고자 하면 시야가 한없이 협소해진다. 결국, 통찰이란 원리와
현장, 이상과 현실 사이의 매끄러운 흐름을 의미한다. 원리를
현실에 활용하고, 현장의 역동성이 원칙을 유연하게 흔들어 주는
식으로. 물론 이것은 고도의 줄타기다. 긴장과 생동감을 동시에
요구하는! 진리에의 열정이 없이는 불가능하다. 이것이 로고스의
여정이다. 이 여정은 결코 매끄럽지 않다. 실전을 방불하는 전투가
벌어지기도 한다.

말 vs 말, 그 어울림과 맞섬

말은 에너지고 파동이다. 한번 태어나면 결코 사라지지 않는다.
다만 변이할 뿐! 생장수장生長收藏:만물이 나서 자라고 수확하고 저장함하면서
때론 어울리고 때론 맞선다. 돈키호테의 웅변과 산초의 속담 역시
그러하다. 1권에선 전자의 카리스마가 압도적이었다. 하지만 2권에
오면 상황이 달라진다. 후자가 전자를 '찜 쪄 먹는' 수준이 되어
버린 것. 산초가 하도 속담을 가지고 '개똥철학'을 떠들어 대니까
돈키호테 "자네 그 연설 끝났나, 산초?" "이러다 내가 죽기 전에
제발 그 입 좀 막아야겠다"[2권, 259쪽.]고 애원할 지경이다. 하지만
산초는 굽히지 않는다. 오히려 "소인이 말을 하고자 할 때는
원하는 대로 하게 내버려두"라고 맞선다. 돈키호테는 절규한다.
"이런 육시랄, 육만 악마가 와서 제발 좀 너와 너의 그 알량한
속담을 가져가라고 해라! 그 놈의 속담을 한 시간 동안이나 줄줄이
주워섬기면서 그 하나하나로 그야말로 내게 물고문을 하고 있구나.
언젠가 자네 그 속담들 때문에 교수형을 받을 테니 명심하게. 그

놈의 속담 때문에 자네 부하들이 자네의 정권을 빼앗거나 아니면, 그들 사이에도 민중봉기 같은 게 일어나고 말걸세."

속담 때문에 교수형을 당하고 민중봉기가 일어난다고? 이것은 일종의 전도된 유물론 아닌가? 언어가 물적 토대를 갈아엎는다고 하는! 여기에 대한 산초의 대꾸. "지금 바로 여기에 광주리의 배처럼 딱 들어맞는 속담이 한 네 개 떠오릅니다만 말을 안 해야지요." 헐~ 쌈박하게 한방 '멕였다'. 한데, 그에 대한 돈키호테의 반응이 더 가관이다. "어떤 네 가지 속담이 생각났는지 궁금하구먼. 나도 기억력이 좋아서 내 나름대로 좋은 속담 하나를 떠올려 보려 하지만 아무 속담도 생각이 나지 않거든."[2권, 507~508쪽.] 저주를 퍼부을 때는 언제고 그 속담들이 궁금하다니, 이쯤 되면 그도 이미 속담에 미혹되었다고 봐야 한다. 이어지는 산초의 속담 퍼레이드. "'두 사랑니 사이에는 네 엄지손가락을 넣지 말라'도 있고, '우리 집에서 나가, 그리고 내 아내와 무슨 할 말이 있어, 라는 말에는 대답이 있을 수 없다'도 있고, '돌에 물통을 부딪치거나 물통에 돌을 찧거나 물통만 깨진다'도 있고 …… '죽은 사람이 목 잘려 죽은 사람 보고 놀랐다'까지."[2권, 509쪽.] 게임 끝! 산초의 판정승!

이거야말로 옥신각신의 진형이다. 이 싸움에서 보다시피 돈키호테가 자꾸 밀리기 시작한다. 자기도 모르게 속담이 자꾸만 튀어나오는 것이다. 속담을 하지 말라는 부탁을 속담을 써 가며 하는 아이러니를 연출하는 것. 산초가 이 허점을 놓칠 리 없다. "제 생각엔요, 똥 묻은 개가 재 묻은 개 나무란다고, 나리께서 꼭 그런 분 같아요. 냄비가 가마솥에게 '저리 비켜 이 까만 눈깔아' 그랬다지요? 제게 속담하지 말라고 나무라시면서도 나리께서야말로 속담을 둘씩 둘씩 끼워 넣고 계시잖아요." 돈키호테의 변명. "이봐, 산초,

난 속담들을 사리에 맞게 끌어오잖아. 그래서 속담을 끌어대면 손가락의 반지처럼 딱 맞잖아. 그런데 자네는 속담을 도나캐나 머리채로 질질 끌고 온단 말이야."[2권, 792쪽.] 왠지 좀 옹색하다. 그 화려한 웅변술은 대체 어디로 갔단 말인가. 꼭 맞을진 모르겠지만, 이럴 때 떠오르는 문장이 하나 있다. "양귀비는 미치게 하고, 잡초는 범람한다!"

이렇게 얽히고설키다 보니 산초의 화법도 차츰 달라진다. 그에게서 사려 깊은 지혜와 철학이 쏟아지기 시작한 것이다. 그렇다고 그게 돈키호테의 웅변술에서 비롯된 거 같지는 않다. 일단 기사도의 이상은 흉내 내기가 쉽지 않다. 또 산초의 철학은 웅변술보다는 훨씬 깊이 있고 명쾌하다. 그럼 어떻게? 길 위를 떠돌면서 내면 깊숙이 잠들어 있던 언어들이 깨어난 것이 아닐지. 1권 마지막에 산초가 고향에 돌아와서 아내에게 이런 말을 한다. 방랑기사의 하인 노릇을 한다는 건 고달픈 일이라고. 담요말이를 당하기도 하고 두들겨 맞기도 한다고. 하지만 "사건들을 기다리는 것은 아름다운 일"이라고. 참 멋진 대사다. 그의 말대로 '길 위의 사건들'이 그의 속담에 지혜를 불어넣은 것이 아닐지. 다음의 대화를 음미해 보라.

산초 제가 총독이었을 때도 즐거웠지만 발로 걸어가는 기사 하인인 지금도 슬프지는 않네요. 보통 운명의 여신이라고 부르는 자는 변덕 많고 술취한 여자인데다, 특히 무엇보다 눈이 멀었대요. 그래서 자기가 하는 짓도 못 보고 누구를 넘어뜨렸는지, 누구를 일으켜 세웠는지도 모른단 말이지요.

돈키호테 대단한 철학자가 되었네 그려, 산초. 아주 사려 깊은

말이야. 누가 자네에게 그런 걸 가르쳐 주는지 모르겠구먼. 내가
자네에게 말할 수 있는 건 세상에 운수나 운명이라는 것은 없다는
걸세. 사람은 누구나 자기 운명의 창조자라고, 내가 내 운명을
만든 사람이지.(2권, 777쪽.)

이 정도면 둘은 주인과 시종이 아니라 함께 길을 가는
도반이라 할 만하다. 말과 말, 말과 사건들의 어울림과 맞섬,
그 속에서 새로운 관계와 삶이 탄생한다. 하여, 길은 로고스의
향연이다.

총명한 '미치광이', 숭고한 '멍청이'

하나는 광인, 다른 하나는 바보. 돈키호테는 방랑을 할수록
방랑기사가 아니라 미치광이로 이름을 날리고, 산초는 그 방랑과
모험에 참여할수록 바보, 멍청이로 낙인 찍힌다. 한데, 보다시피
둘 다 화법으로만 보면 참 멀쩡하다. 아니, 멀쩡한 정도가 아니라
훌륭하기까지 하다. 돈키호테처럼 고상한 연설을 할 수 있는 이가
얼마나 될까. 산초처럼 속담을 능수능란하게 구사하는 이가 또
얼마나 있을까. 이런 '언어의 달인'들이 어쩌다 희대의 미치광이와
둘도 없는 '멍청이'로 이름을 날리게 되었을까.
　세르반테스의 언어철학이 빛나는 지점이 바로 여기다. 언어란
무엇인가? 기호인가? 용법인가? 들뢰즈와 가타리는『천 개의 고원』
4장 '언어학의 기본전제들'에서 이 두 개의 관점을 대립시킨다.
하나가 언어를 정보와 기호로 파악하는 입장이라면, 다른 하나는

언어의 실행과 용법에 주목한다. 들뢰즈와 가타리의 입장은 당연히
후자다.

　이들은 거기에서 더 나아가 모든 언어는 명령어라고 본다.
"문법 규칙은 통사론적 표지이기 이전에 권력의 표지이다." 전자의
입장에 따르면 돈키호테는 미치광이가 아니다. 문법적 관계에서만
보면 돈키호테의 웅변은 완벽하다. 주어와 서술어가 일탈한 적도
없고, 기승전결의 논리적 구조도 완벽하다. 그런데 그는 미쳤다!
아니, 그런 언어를 구사한다는 것 자체가 광기의 증거다. 미치지
않고서 대체 누가 그런 화법을 구사할 수 있단 말인가. 말은
기호와 정보로만 존재하지 않는다. 말은 용법이고 명령이다. 하여,
루카치의 말처럼, 돈키호테의 말과 행위는 순수하면 할수록,
영웅적이면 영웅적일수록 '그로테스크하게' 작용한다. 그에
조응하는 현실이 부재하기 때문이다. 한마디로 논리의 과잉이다.
그래서 그는 '정신이 말짱한 미치광이', 곧 총명한 미치광이다.

　웅변이 과잉논리라면, 속담은 논리의 지독한 결핍이다. 오로지
상황논리만 있는 것이 속담의 세계다. 한데, 상황은 무상하게
변한다. 해서, 그 상황을 대책 없이 좇아가노라면 변덕이 죽 끓게
된다. 앞뒤가 안 맞는 거야 당연한 노릇이고. 그럴 때 바보가 된다.
산초가 돈키호테의 시종이 된 것만 해도 그렇다. 그가 보기에도
돈키호테의 상태는 '미친 기'가 역력하다. 그럼에도 그를 따라나선
것은 계약조건이 그럴싸했기 때문이다. 특히 공을 세우면 섬을
하사받을 것이고, 그러면 그 섬의 총독을 시켜 준다는 돈키호테의
제안에 완전히 혹한다. 도무지 실현 가능성이 없음에도 한번 욕망이
일어나자 그걸 제어할 '콘트롤타워'가 작동하지 않는 것이다. 그
다음엔 그걸 합리화하는 말 같지도 않은 말을 만들어 낸다. "제가

저 자신의 맥을 짚어 보니 아직도 왕국을 지배하고 섬을 통치할
만한 건강은 가지고 있는 것 같습니다."(2권, 79쪽.)

　　가장 어이없는 짓거리가 둘시네아의 마법에 관한 것이다. 2권
서두 부분에서 산초는 한 시골아가씨를 둘시네아라고 우긴다.
마법에 걸려 저렇게 못생겨졌다며. 돈키호테한테 배운 걸 그대로
써먹은 것이다. 하도 그럴싸해서 돈키호테조차 속아 넘어갔는데,
문제는 그 다음이다. 공작 부인에게 그걸 고백하자 이제 거꾸로
거기에 걸려든다. 공작 부인은 그것까지도 연극으로 만들고 싶은
것이다. "우리가 한번도 보지 못한 일들에 대해 더 이상 의문을
가지지 말고 진실로 믿읍시다. …… 산초께서도 팔짝팔짝 뛰던 그
여자가 엘토보소의 둘시네아였고 둘시네아 그 사람이며 무엇보다
확실하게 마법에 걸려 있는 걸 믿으세요."(2권, 408쪽.)

　　공작 부인의 꼬드김과 설득에 꼼짝없이 넘어간다. 자기가
만든 속임수에 자기가 걸려 넘어지다니. 이게 바보가 아니면 뭐란
말인가. 이처럼 산초에게는 논리는 제로, 상황은 200%다. 욕망과
상황의 흐름만 있는 현실주의자! 상황은 무상하게 변한다. 그래서
그것을 틀어쥐는 논리가 필요한 것이다. 요컨대 돈키호테가 광인이
되고, 산초가 바보가 된 건 화법 자체가 아니라 그 화법이 놓인
배치에서 비롯한다. 광인과 바보가 따로 있는 것이 아니라, 어떤
조건, 어떤 관계를 만나느냐에 따라 광인이 되고, 바보가 되는
법이다.

　　자, 그럼, 광인과 바보가 '맞짱'을 뜨면 누가 이길까?
앞에서도 보다시피 후자가 점차 우세해진다. 2부의 중반부에
가면 산초와 돈키호테의 모험담이 번갈아 가며 진행되는데, 이때
산초가 당당하게 주연으로 격상하는 대반전이 일어난다. 산초는

드디어 작은 마을에 총독으로 부임한다. 물론 다 공작 부인의
작전이다. 한데, 앞서 말했듯 모두의 예상과 달리 산초는 총독
노릇을 아주 훌륭하게 해낸다. 특히 주민들의 송사를 해결하는
일에 있어서는 솔로몬의 지혜를 능가한다. 그도 그럴 것이, 그가
구사하는 속담이 바로 그런 현장에서 나온 것이 아니던가. 속담의
야생성이 멋진 리더십으로 탄생하는 순간! 역시 문제는 배치다.
그 시간 돈키호테는 공작의 객실 침대 위에서 기사도적 판타지에
빠져 온갖 '뻘짓' —— 고양이들한테 물어뜯기고 꼬집히고 —— 을
다 하고 있다. 주변 조건의 변화에 따라 산초의 바보짓은 점점 더
능동적인 관계를 열어 가는 반면, 돈키호테의 광기는 더더욱 자신을
침몰시키고 있다.

웅변은 완벽하지만 외부로 통하는 루트가 없고, 속담은
지리멸렬하지만 외부를 향해 열려 있다. 이 외부성이 웅변과 속담의
승패를 판가름한 듯하다. 그리고 그 외부성을 좌우하는 중요한
척도는 다름 아닌 신체다.

식욕과 잠과 말—존재의 삼중주

말은 신체의 외부와 내부를 관통한다. 그 흐름이 파동을 만들고
에너지로 화한다. 이 파동과 에너지를 통해 타자를 만나고 관계를
구성한다. 그런 점에서 웅변과 속담의 차이는 두 사람의 신체성의
차이이기도 하다. 다음의 대화를 음미해 보시라.

산초 왕들의 높은 탑에도 가난한 사람의 초라한 움막에도 죽음의

발은 똑같이 밟고 온다네요. 죽음의 여신께서는 애교보다는 권력이 세고, 싫어하고 메스꺼워하는 게 없어 뭐든지 먹고 뭐든지 하고, 나이나 특권을 가리지 않고 모든 종류의 사람들로 자기 배낭만 채우면 된다네요.

돈키호테 사실 자네가 그 촌스러운 말투로 한 죽음이야기는 훌륭한 설교사나 할 수 있는 말이야. 자네에게 말하지만, 산초, 자네는 천성이 착하고 사려가 깊어서 손에 설교대 하나만 쥐어 주면 멋진 설교를 하며 그 세계를 돌아다닐 수도 있을 거야.

산초 잘사는 사람이 설교도 잘하지요. 소인은 다른 신통학은 모르옵니다.

돈키호테 그런 학문은 필요하지도 않아. 하느님에 대한 경외가 지혜의 기본인데, 하느님보다 도마뱀을 더 두려워하는 자네가 어찌 그리 아는 게 많은지, 알다가도 모를 일이란 말씀이야.

산초 남의 두려움이나 용기를 판단하는 문제에는 참견하지 마십시오. 사람마다 이웃의 자식이듯이, 저도 하느님에 대해 두려움을 느끼는 고상한 사람입니다. 그리고 나리, 우선 이 먹을 것 좀 처리하게 해주시지요.(2권, 260쪽.)

그러더니 산초는 자기 냄비를 공략하기 시작했는데 어찌나 맛있게 먹던지 돈키호테의 식욕까지 돋우었다. 그렇다, 문제는 식욕이다. 지적인 차원에서 보면 돈키호테가 월등하지만, 신체적 차원에서 보자면 산초가 한 수 위다. 돈키호테는 기본적으로 신장이 허약하다. 갑옷 속에 "물개가죽으로 만든 칼 띠에 괜찮은 칼을 매달아 허리에 차고 있었는데, 여러 해 동안 신장에 병이 있었기 때문"(1권, 224~225쪽.)이다. 신장은 생식력의 토대다. 신장이

약하면 정력이 떨어지고 화기火氣가 치성해서 소화불량과 불면증에
시달릴 수 있다. 돈키호테의 증세가 딱 그렇다. 나이 쉰이 넘도록
독신인 데다 기본적으로 성욕이 없다. 어떤 여성한테도 욕망을
느끼지 못한다. 그래서 둘시네아라는 가공의 이상형을 섬길 수 있는
것이다. 당연히 식욕도, 수면욕도 없다.

그에 반해 산초는 신장의 기능이 탁월하다. 그의 유머와
재치도 원천은 거기에 있다. 의역학적으로 볼 때, 신장의 수水
기운이 발달하면 대체로 유머러스하다(연암 박지원이 그런 경우다)!
또 정력이 좋은 만큼 식욕도 왕성하다. 산초에게 있어 식욕보다 더
우선적인 건 없다. 어떤 환상이나 권위도 그걸 대신할 순 없다. 총독
자리를 미련 없이 버린 것도 그 때문이다.

잘 자는 거야 말할 나위도 없다. 산초는 여름에는 낮잠을 네
시간씩 자기도 하고, 밤에는 한 번도 두번째 잠을 자본 적이 없었다.
두번째 잠이 없다고? 한번 잠들면 다시 깨는 적이 없다는 뜻이다.
"산초의 잠은 늘 초저녁부터 아침까지 계속 자는 거였기 때문인데
이는 산초가 체격이 좋을뿐더러 항상 걱정이 없다는 걸 보여 주는
증거였다. 돈키호테는 걱정이 많아 늘 잠에 들 수가 없었는데"
말이다. 돈키호테가 잠들지 못하는 영혼이라면, 산초의 몸은
무사태평 그 자체다. 잠에 대한 그의 철학을 들어 보시라.

"제가 잠자는 동안은 두려움도 희망도 수고로움도 영광도 없다는
겁니다. 모든 인간의 생각들을 덮는 잠이라는 막을 발명한 자여,
복 받을지어다. 잠은 배고픔을 없애는 가장 맛있는 음식이요,
목마름을 쫓아내는 물이며, 추위를 막아 주는 불이며, 열을
가라앉히는 차가움, 끝으로 목동이나 바보나 식자나 다 똑같이

187

똑같은 저울과 무게로 달아서 무엇이든 살 수 있는 일반 공통 화폐니까요."

이 도도한 설교에 돈키호테는 큰 감명을 받는다. "산초, 난 한 번도 자네 말이 지금처럼 그렇게 아름답고 고상한 것을 들어본 적이 없네. 이걸로 보면 자네가 가끔 써먹는 속담, '누구에게서 태어났느냐가 아니라 누구와 먹고 사느냐'가 중요하다는 말이 진실인 걸 알겠구먼."(2권, 796쪽.) 그에 대한 산초의 응답. "하느님 맙소사. 우리 주인나리님! 이제는 저만 속담을 주워섬기는 사람이 아니라 바로 나리 입에서도 저보다 더 심하게 둘씩 둘씩 속담들이 쏟아집니다요." 역시 산초의 한판 승!

식욕과 잠과 말, 이 삼중주가 존재의 내공을 결정한다. 그러므로 존재론적 차원에서 보자면 돈키호테는 산초를 절대 능가할 수 없다. 산초는 생존의 기본권을 침범하는 건 누구도 용서하지 않는다. 돈키호테가 둘시네아를 위해 매를 이천 대쯤 맞으라고 부탁하자 산초는 거침없이 맞선다. "제가 어른의 자리나 왕 자리를 주고 빼앗고 할 자격은 없지요. 다만 제가 살려고 저를 도울 뿐입니다. 제가 저의 주인이니까요." 그러고는 매질을 하려는 돈키호테를 때려눕히고는 이렇게 외친다. "여기서 죽으리라, 반역자여, / 도냐 산차의 원수여!"(2권, 706쪽.)

이 순간 주인에 대한 복종 같은 건 '개나 주라'는 식이다. 와우, 멋지다! 돈키호테가 죽을 때도 그렇다. 돈키호테는 산초에게 용서를 빈다. 자신처럼 미친놈으로 보이게 하는 일을 시켰다면서. 산초에겐 남들의 시선 따위는 문제가 아니다. "아이구!" "나리, 돌아가지 마세요, 주인 나리. …… 사람이 태어나 이 세상에서

저지를 수 있는 가장 큰 미친 짓은 아무도 죽이지 않는데 그냥
아무 이유도 없이 죽어가는 겁니다요. 다른 손이 목숨을 끊는 것도
아니고 단순히 우울증세로 죽으시다니요."(2권, 853쪽.) 누가 죽인 것도
아니고 별다른 이유도 없이 그냥 우울해서 죽다니, 이런 '미친' 짓이
있나? 이게 산초의 인생관이다. 삶에 대한 무한긍정! 어떤 고매한
이상과 성취도 이 생의 충만한 흐름 앞에선 '개코 같은' 일일 뿐이다.
최후의 승자는 역시 산초다!

보르헤스의 오마주—「피에르 메나르, 『돈키호테』의 저자」

요컨대, 언어는 권력이자 용법이고, 배치의 산물이다. 그것이
놓여 있는 조건에 따라 광기가 되기도 하고 지혜가 되기도 한다.
바보짓이 되기도 하고, 고매한 행위가 되기도 한다. 『돈키호테』가
뿜어내는 다중성의 원천도 거기에 있다. 이런 설정을 더한층
과격하게 실험한 작가가 보르헤스다.

20세기 지성사에서 보르헤스의 위상은 가히 독보적이다.
20세기 중후반의 모든 사유에는 그의 그림자가 깔려 있다고
해도 무방할 정도다. 예컨대, 푸코의 『말과 사물』도 보르헤스의
분류법에서 시작한다. "보르헤스의 텍스트에 인용된 '어떤 중국
백과사전'에는 동물이 'ⓐ황제에 속하는 것, …… ⓓ식용 젖먹이
돼지, ⓔ인어, ⓕ신화에 나오는 것, …… ⓝ멀리 파리처럼 보이는
것'으로 분류되어 있다."(푸코, 『말과 사물』, 7쪽.) 여기에는 공통의 장소가
없다. 하여, 통사법을 해체하고 통념을 전복시켜 버린다. 왠지
돈키호테의 아우라가 느껴지지 않는가. 웃기면서 당혹스럽다는

점에서. 하긴 그렇다. 같은 스페인 문화권인데 세르반테스의
영향을 받지 않았다면 그게 더 이상할 노릇이다. 특히 그의 단편집
『픽션들』은 중남미 문학의 걸작에 속한다. 여기 실린 작품 가운데
「피에르 메나르,『돈키호테』의 저자」라는 단편이 있다.

　　제목대로 프랑스 작가 피에르 메나르는 뼈를 깎는 노력 끝에
『돈키호테』라는 작품을 완성한다. 그럼 당연히 원작『돈키호테』의
'리메이크'거나 아니면 새로운 시대적 버전이거나 둘 중 하나일
거라고 생각한다. 한데, 둘 다 틀렸다.

　　"진리, 진리의 어머니는 시간의 적이고, 사건들의 저장고이고,
과거의 목격자이고, 현재에 대한 표본이며 충고자이고, 그리고
미래에 대한 상담관인 역사이다." 이 대목은 세르반테스의
『돈키호테』1부 9장에 있는 내용이다. 보르헤스가 보기에 이 열거형
문장은 역사에 대한 단순한 수사적 찬양에 불과하다.

　　그럼 메나르의 작품은? "진리, 진리의 어머니는 시간의 적이고,
사건들의 저장고이고, 과거의 목격자이고, 현재에 대한 표본이며
충고자이고, 그리고 미래에 대한 상담관인 역사이다."

　　뭐야? 앞에 나온 거랑 똑같잖아? 그렇다! 세르반테스의
『돈기호데』를 고스란히 베낀 것이다. 한데 저자는 이 작품이야말로
원작에 비해 "무한정할 정도로 뛰어나다"고 극찬을 늘어놓는다.
논거는? 세르반테스는 자기 시대의 언어를 구사한 거지만,
현대작가인 메나르가 쓴 것은 '17세기 스페인의 고어체'라는
것. 동시대에『돈키호테』를 읽는 것과 전혀 다른 시간대에 다른
장소에서『돈키호테』를 읽는 것은 전혀 다르다는 논법이다. 그러니
원작과는 다른 아주 "독창적인" 작품이라는 것이다. 언어 자체가
아니라 그 언어가 놓인 배치에 따라 의미와 효과가 달라진다는

것. 본질이 아니라 관계가 선행한다는 것. 『돈키호테』의 사상을
고스란히 재활용한 셈이다.

그런 점에서 이 작품은 세르반테스에 대한 보르헤스의
오마주라 할 수 있다. 그리고 이 오마주를 통해 보르헤스가 던지는
질문은 여전히 유효하다. 원본과 복사본, 주체와 객체의 경계란
대체 무엇인가? 또 언어와 시대, 언어와 주체는 어떻게 조우하는가?
등등. 그 질문들이 살아 있는 한, 보르헤스와 더불어 세르반테스
역시 불멸한다. 하여, 저 17세기 초 스페인의 한 감옥에서 탄생한
돈키호테와 산초의 방랑과 모험, 그 길 위에서 탄생한 '로고스의
향연'은 지금 이 순간도 계속되고 있다.

Adventures

of

Huckleberry

Finn

4부

저자 : 마크 트웨인(Mark Twain, 1835~1910)

허클베리 핀의 모험

Adventures of Huckleberry Finn

허클베리 핀의 모험

1.

야생과 탈주의 연대기

2014년 8월 말 나는 연구실 동료와 함께 뉴욕 시내를 활보하고
있었다. 맨해튼 건너편에 자리한 '퀸즈'의 한 호텔에서 빵과
커피로 아침을 때운 뒤, 온종일 정처 없이 걷고 또 걸었다. 뉴욕을
발바닥으로 체험하고 싶어서였다. 10여 년 전 그맘 때 처음 뉴욕
JFK 공항에 발을 디뎠다. 뉴욕 주에 속한 이타카의 코넬 대학에
가기 위해서였다. 『열하일기』를 '리라이팅'한 이후 코넬 대학에서
한 학기 '방문교수'로 초빙을 받은 것이다(혹시나 해서 말해 두는데,
당연히 한국어로 하는 강의였다^^). 『열하일기』가 몰고 온 역마살이
아니었을까. 그로부터 십여 년이 흘렀다. 2013년부터 다시금
뉴욕이 내 일상을 파고들기 시작했다. 결국 나와 연구실 동료들은
뉴욕에서 '청년 세대'를 위한 새로운 '네트워크'를 실험해 보기로
마음먹었다. 해서, 2014년 가을 적당한 공간을 물색하기 위해 뉴욕
거리를 헤매고 다녔던 것이다. 다시 역마살이 도래했음에 분명하다.
그러고 보니 2014년 초부터 뜬금없이 '로드클래식'이란 테마로
글을 쓰게 된 것도 왠지 우연만은 아닌 듯하다. 시절인연이란
이렇듯 묘한 것이다.

내 안에 '잭슨 섬' 있다?

뉴욕의 주택가인 '퀸즈'를 한참 돌아다니다 '잭슨 하이츠'라는
곳에 딱 꽂혔다. 한데, 그날 밤 내 손에 들려 있었던 책은 『톰
소여의 모험』{마크 트웨인 지음, 김욱동 옮김, 민음사, 2009}이었다. 웬
'아동소설'이냐고? 『허클베리 핀의 모험』과 짝꿍처럼 붙어 다니는
책이기 때문이다. 그런데 톰과 혁이 자유를 누리고 모험을

즐기던 섬이 다름 아닌 '잭슨 섬'이었다. '잭슨 하이츠'를 헤매다
돌아왔는데, '잭슨 섬'을 만나다니. 이건 또 뭔 우연의 일치란
말인가. 물론 두 장소는 아무런 연관성이 없다. '잭슨 섬'에 대한
주석을 보면, "정식 이름은 글래스콕 섬이고 한때는 해니벌에서
하류 쪽으로 3마일쯤 떨어져 있었지만, 지금은 강물에 침식되어
사라진 지 오래다. 트웨인에게 이곳은 항상 성인 생활의 긴장에서
벗어나는 성지로 남아 있었다."[마크 트웨인, 『주석 달린 허클베리 핀』, 마이클
패트릭 히언 주석, 박중서 옮김, 현대문학, 2010, 335쪽] 요컨대, 세상 그 어디에도
없는 '상상의 공간'인 셈. 해서 마크 트웨인은 이렇게 말하곤 했다.
'우리 모두는 어딘가에 잭슨 섬을 하나씩 갖고 있'다고. 그렇다면
내 안에도 '잭슨 섬'이 있었던 것일까? 아무튼 그렇게 톰 소여를, 또
그를 통해 헉허클베리 핀을 만나게 되었다.

내 친구를 소개합니다!

헉은 톰의 절친이다. 명성으로 따지자면 톰이 헉을 앞선다. 헉을
모르는 사람은 있어도 톰을 모르기는 어렵다. 하지만 두 작품은
운명적으로 연결되어 있다. 『톰 소여의 모험』에 헉은 조연으로
등장한다. 그리고 『허클베리 핀의 모험』에선 톰이 말미에 카메오로
등장한다. 둘 다 악동의 대명사지만 성향이나 기질은 아주
딴판이다(그에 대해선 다음 장을 보시라).
　　일단 톰의 눈에 포착된 헉의 캐릭터는 이렇다. "허클베리는
동네 어머니들이 하나같이 몹시 미워하고 두려워하는 아이였다."
왜? 빈둥거리는 데다 상스럽기 때문이다. 옷차림도 넝마에 누더기가

기본이다. 하는 짓거리란 "날씨가 좋으면 남의 집 문간 계단에서
잠을 자고 비가 올 때면 큰 나무통 속에 들어가 잠을 잤다."
요즘으로 치면 노숙자다. 사회적 약자, 버림받은 아이, 상처받은
영혼 등등의 이미지로 집중 조명될 판이다. 한데, 이어지는
멘트는 우리의 예상을 홀딱 깬다. '학교도 교회도 갈 필요가 없고
낚시질이든 수영이든 맘대로 할 수 있다. 목욕을 할 필요도 없고
욕지거리를 해대도 말리는 이가 없다.' "한마디로 이 녀석은 정말로
인생을 살맛나게 하는 데 필요한 것을 뭐든지 다 갖추고 있었다."
헐~ 아니 헉Huck! 그리고 하나 더. "세인트피터스버그에 살면서
어른들한테 시달리며 괴로워하는 얌전한 아이들이라면 누구나
다 그렇게 생각했다."(트웨인, 『톰 소여의 모험』, 85쪽.) 모든 아이들의
우상이라는 것이다.

　　몹시 당황스럽겠지만, 사실 이것이 성장기 아이들의
진면목이다. 지저분하게, 욕설을 해대면서 '싸돌아 다니는' 존재들,
그것이 청소년이다. 하지만 우리에겐 이런 모습이 너무 낯설다. 아니
공포스럽다. 예쁘장하고 고분고분하고 '방에 콕 박혀' 있는 모습에
익숙해져서다. 왜? 애고 어른이고 문명과 제도에 완전 '쩔어' 버린
탓이다. 덕분에 우리는 우리 안에 있는 '야생의 추억'을 몽땅 망각해
버렸다.

화폐 따윈 필요 없어!

그랬던 헉이 톰과의 모험 —— 해적놀이와 보물찾기 —— 덕분에
6천 달러에 달하는 엄청난 돈을 갖게 되자 곧바로 문명세계에

편입되었다. "이제 더글러스 과부댁의 보호를 받으며 살게
되자 처음으로 사회생활을 하게 되었다. 아니, 그 세계 안에
내동댕이쳐졌다고나 할까." 그렇다. 헉에게 있어 문명은 진보가
아니라 추락이다. 온통 빗장과 족쇄로 가득 차 있기 때문이다.
3주간 이 고통을 견디다 마침내 헉은 종적을 감추어 버린다. 그가
다시 찾아간 곳은 '도살장 뒤켠에 뒹굴고 있는 빈 나무통' 속.
그를 찾아낸 톰에게 헉은 절규한다. "과부댁은 종이 땡땡 울리면
식사를 하고, 종이 땡땡 울리면 잠을 자고, 또 종이 땡땡 울리면
일어난다니까. 정말로 견딜 수가 없어." "다른 아이들도 그렇게 하고
있어, 헉." "톰, 난 다른 아이들이 아니잖아."

이 대화는 어쩐지 익숙하다. 요즘도 '왜 그렇게 매여서
사느냐'고 물으면 다들 이렇게 말한다. '남들도 다 그렇게
하잖아요?'라고. 하지만 헉은 다르게 말한다. '난 다른 사람이
아니다.' 사실 이게 정답 아닌가? 그리고 이렇게 덧붙인다.
"먹을거리가 너무 쉽게 얻어지니까 도무지 밥맛이 없어. 그런
식으로 먹는 건 재미가 없거든." 그렇다. 몸은 외부와의 '밀당'을
원한다. 그래야 '기혈氣血이 순환'되기 때문이다. 그래서 쉽게
얻어지는 것에선 절대 기쁨을 느낄 수 없다. 헉은 거리에서 살면서
그 맛을 제대로 누린 것이다.

그럼 우리는 어쩌다 이런 인생의 '참맛'을 홀딱 까먹은 것일까?
다름 아닌 화폐 때문이다. 헉은 그 사실을 즉각 깨달았다. "톰,
부자가 된다는 게 남들이 떠들어 대는 것처럼 그렇게 대단한 것이
아니더라고. 걱정에 또 걱정, 진땀에 또 진땀, 차라리 죽는 편이
낫다고 늘 생각하게 만드는 거야." 그래서? "그러니까 내 몫도 네가
다 가져. 나한텐 어쩌다 가끔 10센트짜리 동전 한 닢씩만 주면 돼.

그것도 자주 줄 필요도 없어. 나는 말이야, 쉽게 손에 넣을 수 있는 것 따위는 눈곱만큼도 관심 없어."(트웨인, 『톰 소여의 모험』, 405쪽.) 부자와 화폐에 대한 신랄하고도 통쾌한 풍자!

청춘의 생명은 자유다. 화폐와는 천적지간이다. 화폐는 문명을 구축하고 제도와 시스템을 만들고 그것을 통해 모든 주체를 복속시킨다. 그런데 문명인들은 그것을 진보라고 부른다. 야생적 에너지를 알량한 안정과 교환한 것이다. 하지만 헉에겐 그거야말로 '부당거래'다. 출구는? 간단하다. 화폐를 버리면 된다! 이게 톰 소여가 소개하는 헉 핀의 행동방식이다.

마크 트웨인, '불멸의 이름'

내가 뉴욕행 여행가방에 『톰 소여의 모험』을 넣게 된 데는 또 다른 이유가 있었다. 헉 핀의 번역본으로 택한 판본이 사이즈가 너무 커서 도저히 들고 다닐 수가 없어서였다. 사륙배판에 무려 900페이지가 넘는다. 본문의 양도 만만치 않지만 이 판본에는 어마어마한 주석이 달려 있다. 제목도 『주석 달린 허클베리 핀』(마이클 패트릭 히언 주석, 박중서 옮김, 현대문학, 2010. 이후 이 책을 인용할 때는 『주석 헉 핀』이라고 쓰고 인용쪽수를 달겠다.)이다. 해설만 240여 페이지에다 삽화며 신문기사, 당시 풍속에 관한 상세한 설명까지. 주석가나 번역가의 노고에 입이 쩍 벌어지는 책이다. 아마 책을 펴는 순간 다들 이런 의구심에 사로잡힐 것이다. '아니, 『허클베리 핀의 모험』이 그렇게 대단한 책이었어?' 맞다. 그렇게 대단한 책이다. "현대의 미국 문학은 모두 마크 트웨인의

『허클베리 핀의 모험』이라는 한 권의 책으로부터 비롯되었다. 그 이전에는 아무것도 없었다. 그 이후에도 그만큼 훌륭한 것은 없었다."(헤밍웨이). 한마디로 '전무후무한' 작품이라는 것. 이보다 더 '쎈' 찬사도 있다. "지난 사반세기 동안 영어로 나온 작품 가운데 논쟁의 여지가 없는 걸작, 그리고 신들이 점지해 준 천재의 것이 있다면, 그것은 바로 저 거대한 강의 탁월한 낭만소설인 『허클베리 핀의 모험』이다."(『주석 혁 판』, 161쪽.) 하지만 모든 찬사에는 그에 걸맞은 비난도 수반되는 법. "인종적 쓰레기"라는 비난에다 한때 공공도서관이나 학교에선 젊은이들에게 유해한 영향을 끼친다는 이유로 금서 조치를 당하기도 했다. '살아생전에 가장 사랑받고 가장 미움받은 작가'라는 평도 이래서 나온 것이다.

그럼 이런 대단한 '문제작'을 쓴 작가 마크 트웨인은 어떤 사람인가? 본명은 새뮤얼 랭혼 클레멘스Samuel Langhorne Clemens. 1835년 미주리 주의 작은 마을 해니벌에서 유년기를 보냈다. 젊은 날 미시시피 강을 오가는 정기선定期船에서 조타수로 일했다. 스물여덟 살 무렵부터 마크 트웨인이라는 필명을 썼는데, 마크 트웨인이란 '증기선의 수심을 측정하는 선원의 외침소리'로써 안전항해 수심 약 3.7미터를 뜻한다. 이런 직업적 특수용어를 필명으로 쓸 만큼 미시시피 강은 그의 작품의 원천이었다. 뉴욕에서 거주했지만 수시로 전 세계를 돌아다녔으며, 평생 쉬지 않고 작품을 써 댔다. 우리에게 잘 알려진 『왕자와 거지』도 그의 작품이다.

평생의 동료였던 작가이자 잡지 편집자 하우얼스William Dean Howells는 그를 "현자의 머리에 소년의 마음을 지닌" 사람이라고 평했다. 현자와 소년(실은 악동)의 조합? 쉽게 말해 종잡을 수 없는 인물이라는 뜻이다. '미국식 유머의 거장에 베스트셀러 제조기'였고,

3년에 걸쳐 '열아홉 개의 침실에 다섯 개의 욕실을 지닌' 대저택을 지었으며 그곳을 방문하는 지식인, 예술가들을 접대하느라 가산을 탕진하기도 했다. 말년엔 대공황의 여파로 파산을 하게 되자 그 부채를 탕감하기 위해 전 세계를 배경으로 순회 낭독회를 열어야 했다. 한마디로 '가장 멋지고 가장 정신없는' 인간이었다.

특히 '남북전쟁 이전 남서부의 거칠고 폭력적인 풍토가 몸에 익은 그가 뉴욕의 중상류층 집안에서 자란 교양 있는 아내를 얻은 것'은 행운일까? 불행일까? 거칠고 야생적이고 욕설 가득한 그의 글들은 그의 아내와 딸들의 검열과 편집 속에서 다소 얌전하게 순화되어야 했다. 덕분에 뉴욕의 중상류층 삶을 살았으면서도 현대 문명에 대해 가장 전복적인 풍자와 조롱을 쏟아낸 역설적인 존재가 되었다. 병으로 아내와 딸들을 잃고 우울한 만년을 보내다 1910년 4월 21일, 75세의 나이로 사망했다. 다음날 『뉴욕타임스』는 이렇게 선언했다. 이제 "그의 명성은 불멸이 되었다."(『주석 혁 편』, 176쪽.)

문명, 규율과 폭력의 이중주

소설 첫 장 첫 페이지를 장식하는 건 다짜고짜 '경고'다.

"이 이야기에서 어떤 동기를 찾으려는 사람은 고발당할 것이다. 여기서 어떤 교훈을 찾으려는 사람은 추방당할 것이다. 여기서 어떤 줄거리를 찾으려는 사람은 총살당할 것이다."(『주석 혁 편』, 231쪽.)

뭐 이런 저자가 다 있어? 동기도 교훈도 줄거리도 없는 소설을
누가 읽는단 말인가? 그런데 잠깐! 그럼 우리에게 소설은 동기와
교훈과 줄거리란 뜻인가? 이렇게 정리하고 나니 왠지 소설이 영
재미없어진다. 그럼 소설이 뭐지? 헷갈린다. 이럴 땐 일단 건너뛰자.

『톰 소여의 모험』이 3인칭이라면 『허클베리 핀의 모험』은
1인칭이다. 즉, 헉의 자전적 작품이다. 이야기는 과부댁에서
시작한다. 조금만 참고 살면 대모험에 끼워주겠다는 톰의 회유로
헉은 다시 과부댁으로 돌아간다. 다시 문명세계에 '내동댕이쳐진'
것이다. 규칙과 예법, 기도와 회개, 친절과 배려 등등에 짓눌려
헉으로선 "어찌나 서러운지 딱 죽었으면 좋겠다는 생각이 들"
정도였다. 이것이 바로 미셸 푸코가 말한 근대 '규율권력'의
실상이다. 욕망과 신체의 곳곳을 세밀하게 터치하고 조작하는
'생체권력' 말이다. 가족과 학교, 교회야말로 그런 권력이 작동하는
핵심 거처다. 헉은 본능적으로 그것을 간파하고 있다.

그 반대편에 술주정뱅이 아빠가 있다. 그는 부랑자다.
학교와 종교를 증오한다. 그럼 '반문명인'인가? 아니다. 그는
문명에 편입되지 못한 '주변인'이다. 문명인 못지않게 그는 화폐를
갈구한다. 술을 먹기 위해서다. 또 술은 언제나 폭력으로 이어진다.
1년 만에 나타나선 헉을 과부댁에서 빼내 강 상류에 있는 숲속
오두막으로 데리고 간다. 낚시를 하고 사냥을 해서 그럭저럭 먹고살
만했다. 하지만 아빠는 신나게 술을 퍼 마신 다음엔 헉을 두들겨
팼다. 이런 쓰레기 같은! 하지만 여기에도 반전이 있다. 헉은 이
생활이 나쁘지 않았다. 왜? "담배를 피우거나 낚시를 하고, 책도
공부도 없었으니까." "목욕을 할 필요도 없고, 욕설을 참을 필요도
없으니까."

자, 이것이 혁이 놓여 있는 자리다. 한쪽은 감시와 보호,
다른 쪽은 주정과 폭력. 전자는 안전하지만 지루하기 짝이 없고,
후자는 유쾌하지만 늘 채찍에 시달려야 한다. 사실 이것이 문명의
이중주다. 금욕 아니면 방탕. 규율 아니면 폭력. 지금도 이 둘
사이를 격하게 오가고 있지 않은가. 혁은 아빠의 폭력에서 벗어나고
싶지만 과부댁으로 돌아가고 싶은 생각은 더더욱 없다. 그렇다면
방법은 오직 하나. 멀리멀리 떠나면 된다. 그러기 위해선 "한
곳에 머물러서는 안 될 것 같았고, 차라리 방방곡곡을 여기저기
떠돌아다니"면서 "사냥과 낚시로 끼니를 때워야" 할 것 같았다.(『주석
혁 편』, 316쪽.) 유목민이 되기로 작정한 것이다.

혁과 짐의 '운명적' 조우   203

세상에서 가장 확실한 도주가 무엇일까? 죽음이다. 죽어 버리면
낡은 인연들은 절로 정리될 테니까. 혁도 그렇게 생각했다. 총으로
멧돼지를 잡아 자신이 마치 강도한테 납치되어 익사한 것처럼
꾸민다. 그런 다음, 카누에 누워서 파이프 담배를 피우며 앞으로의
계획을 세웠다. "좋아. 그럼 이제는 어디든 가고 싶은 데로 가면 돼.
…… 그래. 잭슨 섬이 딱이야."(『주석 혁 편』, 335쪽.) 그렇게 잭슨 섬으로
숨어든다. 작전은 성공했다. 마을 사람들은 혁의 시체라도 찾기
위해 강물 속으로 대포를 쏘는 등 안간힘을 다한다. 혁은 잭슨 섬에
숨어서 마치 영화를 감상하듯 그 광경을 바라본다. 자신의 죽음을
구경하는 맛이라니.
　수색은 실패했고, 마침내 혁은 죽었다(고 판단되었다). 야호,

이젠 해방이다! 과부댁의 규율에서도, 아빠의 폭력에서도 완전히
벗어났다. 한데, 이 자유에는 쓸쓸함이 수반된다. 자신의 죽음과
더불어 모든 친구들도 사라졌기 때문이다. 하지만 인연은 가고
오는 법. 그 시간 흑인노예 짐도 잭슨 섬으로 숨어들었다. 둘은
서로를 알아본다.

> **헉** 근데 이 섬에 온 지는 얼마나 됐어, 짐?
> **짐** 네가 죽은 바로 다음 날 여기 왔지.
> ……
> **짐** 그나저나 네가 이 섬에 온 지는 얼마나 된 거야?
> **헉** 내가 죽은 바로 그날부터지.(『주석 헉 핀』, 350쪽.)

헐~ 무슨 선문답 같다. 좌우지간 헉의 죽음과 짐의 도주는
동시적이다. 이 동시성 때문에 마을에선 짐이 헉을 죽인 범인이라고
간주한다. 하지만 짐이 도주한 건 짐의 주인인 왓슨 양이 8백
달러에 짐을 남부로 팔려고 했기 때문이다. 가혹한 노예제로 악명
높은 남부에 팔려 가느니 차라리 도망을 가는 게 낫다고 여긴
것이다. 둘은 만나자마자 친구가 되었다. 서로가 서로에게 너무나
절실했던 탓이다. 헉은 떠돌이 미성년자다. 함께 다닐 보호자
어른이 필요하다. 짐은 어른이지만 흑인이자 도망노예다. 신분을
보장해 줄 백인이 필요하다. 나이와 신분, 인종을 둘러싼 기묘한
대칭성!
    이 대칭성 덕분에 둘은 바로 말을 '튼다'. 헉은 어리지만
'백인 나리'이고 짐은 노예지만 '아저씨'니까. 소년 부랑자와
검둥이 도망자라는 세기적 커플의 탄생! 잭슨 섬에서의 동거는

달콤했다. 하지만 세상이 그들의 평화를 허락할 리가 없다. 짐이
헉을 죽였다고 생각한 마을 사람들의 추격이 시작되고, 결국 둘은
뗏목에 몸을 싣고 미시시피 강을 따라 흘러간다.

이로써 헉은 마침내 '부활'했다. 상상조차 하지 못했던 '새로운
인생'이 펼쳐졌기 때문이다. 이전에는 아빠와 과부댁을 벗어나는
게 삶의 목표였다. 하지만 이젠 짐과 운명공동체가 되었다.
앞으론 '살인자' 혹은 '도망노예'를 쫓는 자들로부터 도주해야
한다. 그러므로 이 여행은 더 이상 톰 소여와 같이했던 '해적놀음'
따위가 아니다. 이건 진짜 도주다. 노예제와 공권력, 인종차별의
관습과 무의식 등으로부터의 도주. 그래서 탈주다!『허클베리 핀의
모험』이 '톰 소여'류의 악동소설이 아닌 미국 문학의 최고봉이 되는
순간이다.

뗏목, 강물 위의 텐트

이 소설이 단순한 모험담이 아닌 유목적 여정이 되는 지점도
여기다. 한데, 왜 산이나 숲이 아니고 강일까? 잭슨 섬이 미시시피
강변에 있어서이기도 하지만 무엇보다 이들의 신체적 조건상
강이 아니고는 불가능하다. 헉은 미성년자다. 미성년자가 낯선
곳을 떠돌면 바로 눈에 띈다. 즉각 감시 아니면 보호의 대상이
된다. 마찬가지로 짐은 흑인이다. 주인 없이 떠도는 노예는
즉각 도망노예로 간주될 것이고, 도망노예는 당시 미국의 어느
지역에서든 곧바로 체포 대상이었다. 말하자면 헉과 짐은 도무지
변장이 불가능한 신체인 것.

그래서 강물이다. 유행가 가사처럼 강물은 흘러간다. 아니, 흐르는 것이 강물이다. 헉과 짐이 사람들의 시선에서 벗어날 수 있는 최고의 공간이다. 그런데 강물을 따라 흐르려면 뗏목이 필요하다. 뗏목은 강물 위의 텐트다. 그 위엔 작은 오두막도 있고 카누나 보트도 매달 수 있다. 말하자면 일상의 모든 것이 다 가능하다. 또 탁 트인 하늘과 숲, 산과 마을이 교차하는 풍경의 파노라마를 즐길 수 있다. 그야말로 '자유의 새로운 공간'이다.

흐르는 것이 어디 강물뿐이랴. 인생 또한 유동한다. 이제 강물을 따라 흘러가면서 헉과 짐 역시 끊임없이 다른 존재가 될 수밖에 없다. 그것이 유목민의 운명이다. 출발하고 얼마 안 있어 짙은 안개가 밀려오자 둘은 서로 헤어지게 된다. 헉은 카누를 타고, 짐은 뗏목에 남아 서로를 부른다. 어이, 어이 하면서. "나는

노를 집어 던졌다. 그때 어이 소리가 또 들렸다. 아직 내 뒤에서 들리고 있었지만 아까하고는 또 다른 위치였다. 그 소리는 계속 들려왔으며, 계속해서 위치가 바뀌었고 나는 계속해서 응답했다."(『주석 헉 편』, 435쪽.) 그러다 헉은 물살에 떠밀려 왼쪽으로 시속 4~5마일의 속도로 떠내려갔다. 고투 끝에 헉은 마침내 뗏목과 짐을 발견했다. 헉이 돌아오자 짐은 감격에 차서 외친다. "아이구머니나 이런, 너냐, 헉? 죽은 게 아니었구나! 물에 빠진 것도 아니었고! 다시 돌아온 거지?" 그런 짐에게 헉은 헤어진 일이 없었던 것처럼 시치미를 뚝 뗀다. "아니, 갑자기 왜 그래, 짐? 술이라도 취한 거야?" 짐의 우둔함을 놀려먹고 싶은 악동기질이 발동한 것이다. 한참 만에 헉의 심술을 알아차린 짐은 분노하고 실망한다. "뭐가 쓰레기인고 하니, 자기 친구의 머리에다가 흙을 끼얹어서 친구를 창피하게 만드는 놈들이 쓰레기란 말이야."

그제서야 헉은 정신이 번쩍! 든다. 자신이 한 짓이 얼마나 비열하고
더러운 짓인지를 깨달은 것이다. 그 즉시 헉은 "깜둥이" 짐에게 몸을
낮추었다. 진심으로 사죄를 표한 것이다.[『주석 헉 편』, 443쪽.]

　　이 대목은 이 소설의 터닝 포인트다. 헉은 드디어 흑인노예 짐을
진정한 친구로 받아들인 것이다. 물론 이것은 서곡에 불과하다. 짐은
노예고 누군가의 재산이다. 그의 자유를 돕는 건 누군가의 재산을
빼돌린 죄, 쉽게 말해 '절도죄'에 해당한다. 헉 같은 '반문명인'도 이런
통념에 사로잡혀 있었다. 그 정도로 당시 백인들에게 흑인노예제는
'신성불가침의 진리'였다. 그러니 '노예는 인간이 아니라 재산'이라는
이 폭력적 '진리'야말로 헉이 넘어서야 할 최후의, 최고의 문턱인
셈이다. 헉은 과연 이 문턱을 넘어설 수 있을까?

정착민의 숙명―원한과 복수

이들의 첫번째 목적지는 케이로였다. 거기에 도착하면 노예제가
폐지된 '자유주'로 갈 수 있다고 생각한 것이다. 하지만 그건
헛된 꿈이었다. 방향을 잘못 잡았을뿐더러 케이로에 도착했다고
생각하는 순간 갑자기 증기선이 뗏목의 한가운데를 통과하면서
둘은 다시 찢어지게 된다. 짐이 늪지를 헤매는 동안, 헉은 카누를
타고 표류하다 강둑의 한 마을로 들어선다. 이런 식의 스토리라인에
담긴 저자의 의도는 명료하다. 야생과 유목의 시선으로 정착민을
조명하겠다는 것. 즉, 이 둘은 자유를 찾아 흘러간다. 이 길을
방해하는 건 강둑에 사는 정착민들이다. 이들의 삶은 한없이 고상해
보이지만 사실은 부조리투성이다. 이제 헉의 시선으로 그들의

위선과 폭력성이 여지없이 까발려진다.

헉이 우연히 찾아 들어간 집안은 그레인저포드 가문. 교양
있는 중산층이었다. 이 집안 식구들은 친절하고 우아했다. 헉
같은 뜨내기를 기꺼이 환대할 정도로. 그런데 이들에겐 피 터지게
싸우는 원수가 있었다. 바로 셰퍼드슨 가문. 가문끼리의 오랜 원한
때문이다. 이른바 '숙원' 관계인 것. '숙원'이 뭐냐는 헉의 질문에
같은 또래의 버크는 이렇게 답한다. "어떤 사람이 다른 사람하고
싸우다가, 그 사람을 죽이는 거지. 그러면 그 죽은 사람의 동행이
'먼젓번 사람'을 죽이는 거야. 그러면 양쪽 편에서 또 다른 형제가
나서고 해서, 하나씩 서로 죽이는 거지. 그러면 이제는 '사촌들'이
끼어드는 거야. 그래서 결국 모두 죽어 없어져야만, 숙원이란 것도
끝나는 거라구. 하지만 그 과정이 하도 느리기 때문에, 시간이 오래
걸리지." 이 숙원 또한 30년 전부터 시작된 것이다. 뭔지 모르지만
소송이 벌어졌고 소송에서 진 쪽이 이긴 쪽을 총으로 쏴 죽였다.
"그럼 총은 누가 쏜 거였어?" "어휴! 그걸 내가 '어떻게' 아냐? 아주
옛날이었는데." "그럼 아무도 모르는 거야?" "어, 맞아. 아빠는 아실
거야. 아마, 나이 많은 어른들도 아실 거고. 하지만 그분들도 지금은
맨 처음에 도대체 무슨 일로 싸우게 되었는지는 모르실걸."(『주석 헉
편』, 498쪽.)

맙소사! 어떻게 그런 식으로 죽고 죽이는 게 가능하냐고?
하지만 이게 숙원의 속성이다. 원인도, 진실도 모른다. 아니, 알고
싶지 않다. 오랫동안 묵은 감정이 중요할 뿐이다. 이 또한 정착민의
숙명이기도 하다. 소유가 증식될수록 신체와 감정 또한 무거워진다.
그래서 일단 계기가 주어지면 폭발해 버린다. 이어지는 복수혈전의
퍼레이드! 모두가 죽을 때까지 결코 끝나지 않는다는 점에서

일종의 '데드매치'다. 우리를 지배하는 적대적 이분법들 역시 대부분 이런 배치의 산물이다.

더 가관인 건 이들은 모두 크리스천이다. 일요일이 되면 양 가문 모두 말을 타고 교회에 가서 예배를 드린다. 한데, 예배당에서도 두 가문의 남자들은 총을 무릎 사이에 끼고 있거나 아니면 벽에 세워 둔다. 그럼 이 살벌한 두 가문을 앞에 두고 하는 설교는 대체 어떤 것일까? "말끝마다 형제 사랑이니 뭐니, 따분한 이야기뿐이었다. 하지만 모두들 훌륭한 설교라고 입을 모았고, 집에 가는 내내 그 이야기를 하고 또 하면서 신앙이며, 선행이며, 값없이 얻는 은혜며, 예정운명구원설에 대해 열심히들 이야기를 했는데 …… 그날이야말로 내가 지금껏 겪은 일요일 중에서도 가장 힘든 하루인 것만 같았다."(『주석 혁 핀』, 498쪽.) 기독교에 대한 풍자로선 '최강급'이다. 이토록 허황되고 이토록 무의미한 설교가 또 있을까.

209

신기하게도 이런 '원수 진' 가문들에선 꼭 '로미오와 줄리엣'이 탄생한다. 적대감은 언제나 격렬한 끌림을 내장하고 있다는 증거다. 두 가문의 '연인들'은 마침내 사랑의 도피행각을 벌인다. 그러면 핑계 김에 대충 화해할 것 같은데, 그러기는커녕 사태의 원인을 상대방 탓으로 돌리면서 더더욱 증오가 불붙는다. 마을 광장에서 한바탕 시가전이 벌어지고 결국 양쪽의 남성들은 끊임없이 죽고 죽인다. 탐진치貪瞋癡의 '삼위일체'를 구현한 셈이다. 이것이 마크 트웨인이 "조잡하고 형편없으며, 잔인함과 허영과 고집과 야비함과 위선으로 가득 찬 물건"이라고 불렀던 '문명인'의 실체였다.

혁은 역겨워서 토할 것만 같다. 간신히 도주하여 다시 짐과 해후한다. 뗏목도 다시 찾았다. 둘은 다시금 뗏목 위의 자유를 만끽한다. "나는 그 놈의 숙원에서 떠나올 수 있어서 너무나도

기뻤고, 짐은 그 놈의 늪지에서 떠나올 수 있어서 마찬가지로
기뻐했다. 우리는 결국 세상에 이 뗏목처럼 아늑한 곳은 없다고
입을 모았다." 이들의 뗏목 예찬은 그칠 줄 모르고 계속된다.
"여러분도 뗏목에 한번 올라 보시면 알 것이다. 그곳이 얼마나
자유롭고 느긋하며 편안한 장소인지 말이다."(『주석 헉 편』, 509쪽.)

미시시피 강의 오디세이아

이런 식으로 이 작품은 유목과 정착을 교차시킨다. 강물은 모든
것을 비춘다. 그것은 투명하고 매끄럽다. 헉과 짐 또한 그렇다.
그들은 놀라울 정도로 무식하고, 기겁할 만큼 순진하다. 그들의
사유와 언어는 강물만큼이나 '날것 그대로'이다. 마크 트웨인의
트레이드 마크인 유머와 풍자의 원천 역시 여기다.
　　대표적인 예가 둘이 '솔로몬 대왕'에 대해 대화하는 장면이다.
짐이 묻는다. "왕이 되면 돈을 얼마나 받는 거야?" "무슨, 왕은
자기가 원하기만 하면 한 달에 천 달러라도 가질 수가 있는 거야."
"와, 그거 좋겠네? 그럼 그 사람들은 그걸 갖고 뭘 하는데, 헉?"
"왕이 하긴 뭘해! 왕은 그냥 앉아 있기만 하는 거야." "정말 그런
거야?"…… "그런 거야. 심심하다 싶으면 으회(의회)랑 입씨름도
하고. 그리고 모두가 자기 말을 안 듣는다 싶으면, 모가지를 댕강
날려 버리는 거지. 하지만 왕은 대부분 하렘에서 죽치고 살지."
…… "하렘이 뭔데?" "왕이 자기 마누라를 두는 데야. 솔로몬도
그런 걸 하나 뒀을 거야. 그 양반은 마누라가 백만 명이나 된다고
하거든."(『주석 헉 편』, 424쪽.)

이것은 일종의 니체식 계보학이다. 우리가 자명하다고 여기는 것들에 대한 유쾌한 전복을 동반하는! 전국 순회 낭독회 때 최고의 인기를 누린 대목이기도 하다. 이런 식의 대화는 작품 전체에 걸쳐 쉬지 않고 이어진다. 그런 점에서 이들은 '뗏목 위의 노마드', '강물 위의 철학자'인 셈이다. 그들이 토해 내는 언어 속에는 문명과 문화 이전의 카오스, 다시 말해 '야생과 탈주의 연대기'가 생생하게 살아 있다. 『허클베리 핀의 모험』을 '미시시피 강의 오디세이아'라 부르는 것도 그 때문이다.

이와 관련하여 멋진 삽화를 하나 소개한다. 1982년 중남미 문학의 거장 보르헤스는 워싱턴 대학에 초청을 받았다. 그때 그가 내건 요구 조건은 마크 트웨인의 고향인 해니벌에 잠시 들를 수 있게 해달라는 것이었다. 당시 거의 시력을 잃어 가던 그는 박물관의 학예사에게 강으로 안내해 달라고 부탁했다. "미시시피 강이야말로 마크 트웨인이 지닌 힘의 원천입니다." "그 강을 한 번 만져 보고 싶군요." 그래서 이들은 강변으로 나갔고, 보르헤스는 그곳의 조약돌 위에 웅크리고 앉아 흐르는 강물에 자기 손가락을 담갔다. 그리고 말했다. "자, 이제 여행은 끝났습니다."(『주석 헉 핀』, 207쪽.)

물론 우리의 여행은 아직 끝나지 않았다. 헉과 짐은 미시시피 강을 따라 계속 흘러갈 것이다. 유속이 빨라질수록, 물결이 높아질수록 그들이 마주칠 사건들도 한층 격렬해질 것이다. 동시에 자유와 연대를 향한 그들의 갈망 또한 깊어질 것이다.

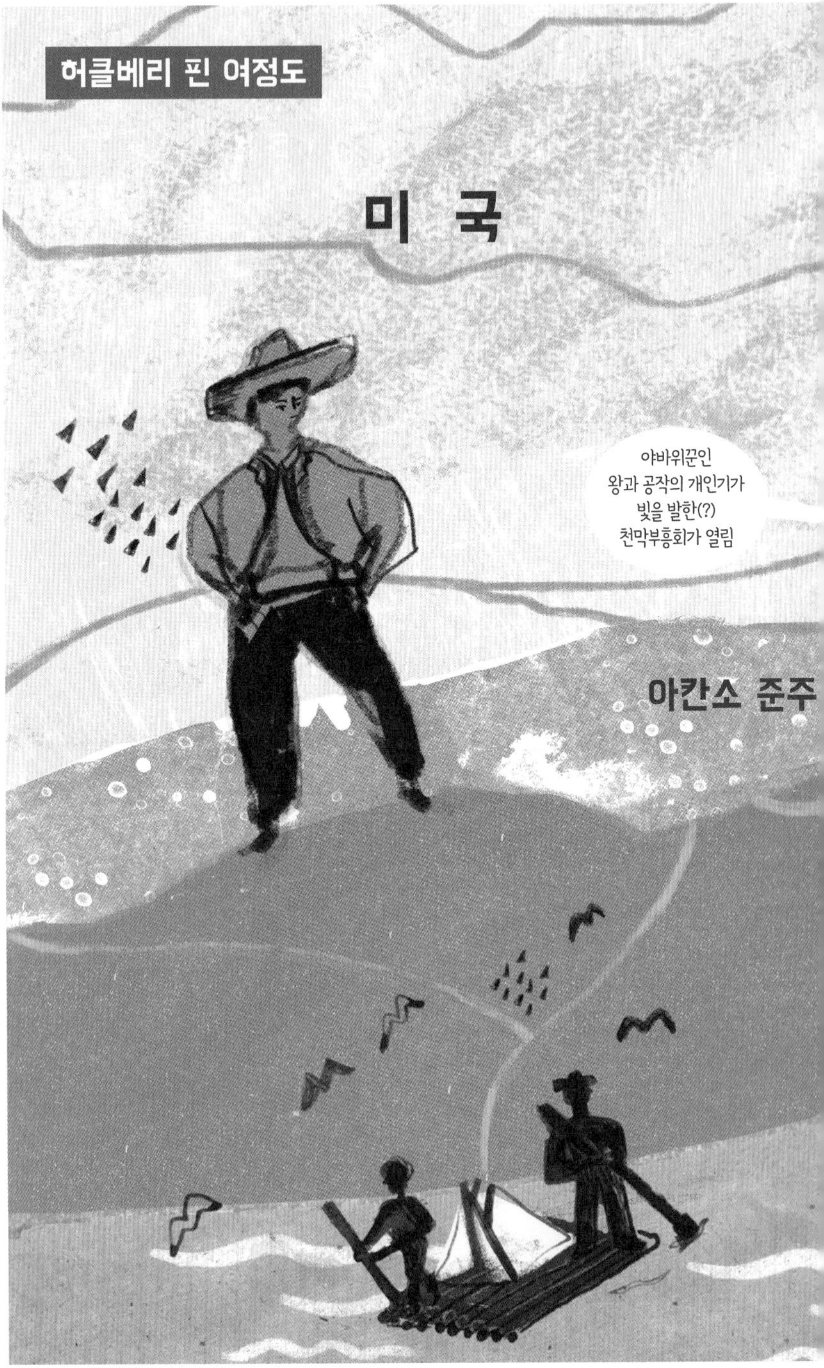
허클베리 핀 여정도
미 국
야바위꾼인
왕과 공작의 개인기가
빛을 발한(?)
천막부흥회가 열림
아칸소 준주

안개가 끼기 시작해
첫번째 목적지인
케이로를 지나치게 됨

잭슨섬

해니벌

허클베리 핀과
짐이 만난 곳

세인트
루이스

케이로

미주리

테네시

그레인저포드 가문
vs
셰퍼드슨 가문

아칸소

브릭스 빌

윌크스 집안
장례식 사기

파이크스빌

그린 빌   미시시피

펠프스네 농장에서
짐이 잡힘

루이지애나

뉴올리언스

213

마크 트웨인 여정도

마크 트웨인은 1884년 11월부터 1885년 2월까지, 그리고 1895년 7월부터 1896년 7월까지, 미국 전역과 세계를 돌며 낭독회를 열었다.

미 국

캘리포니아　네바다

덴버
콜로라도　캔자스

로스앤젤레스

피닉스　애리조나

미시시피강

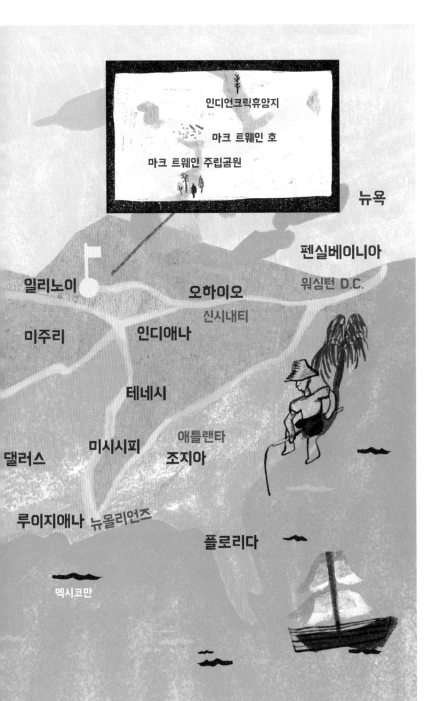

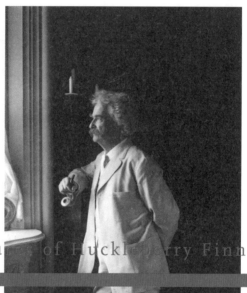

허클베리 핀의 모험

2.

포획과 탈주의 이중주

"누구나 격찬하지만 결코 읽지는 않는 책" —— 고전에 대한
마크 트웨인의 정의다. 하긴 그렇다. 고전의 반열에 들어서는
순간, 그 책은 대중들로부터 멀어진다. 경이원지敬而遠之, 다시
말해 존경하지만 가까이 하기는 싫은 대상이 되어 버린다. 고전의
입장에선 몹시 불행한 일이다. 왠 줄 아는가? 고전은 어디까지나
당대의 '문제작'이기 때문이다. 가장 첨예하고 불온한 이슈를
제기하고, 그 이슈가 시공을 넘는 파동과 울림을 확보하게 될 때
비로소 고전이 된다. 그런데 읽히지 않고 서고에 보존만 된다?
고전으로선 '미치고 팔짝' 뛸 노릇이다. 그런 식의 '말라 비틀어진'
존경이라면 차라리 '쓰레기통에 처박히는' 쪽을 택할 것이다.

　　요컨대, 모든 고전은 낭송을 염원한다! 왜 '낭송'인가?
읽는다는 건 텍스트와 소리와의 뜨거운 접속을 의미하기 때문이다.

> 텍스트는 정지된 물체에 대한 명칭이 아니라 씌어진 것과 음성,
> 그리고 쓰는 사람과 읽는 사람과의 동적 관계를 가리키는 명칭이
> 된다. 따라서 텍스트는 씌어진 것의 음성적 실현에 지나지
> 않으며, 낭독자의 음성 없이 씌어진 것만으로는 표현도 분배도
> 할 수 없게 된다. {로제 샤르티에 외 엮음, 『읽는다는 것의 역사』, 이종삼 옮김,
> 한국출판마케팅연구소, 2006, 79쪽.}

　　그렇다. 자신에게 생명을 불어넣어 줄 음성을 기다리는 책,
다시 말해 '북book-소리'의 울림과 파동, 그것이 고전이다. 『허클베리
핀의 모험』이 그 증거다. 그 탄생의 과정을 따라가다 보면
'북book-소리'의 역동적 현장과 마주치게 된다.

'낭독의 달인', 마크 트웨인

마크 트웨인은 『허클베리 핀의 모험』을 완성하기 직전, 작품 홍보를 위해 "북부를 한 바퀴 도는" 4개월간의 순회 낭독회를 갖기로 했다. 소설가 조지 워싱턴 케이블과 함께였다. 반응은 뜨거웠다. "청중은, 특히 여자와 아이들은 그를 좋아했다. '우와, 이모! 우와, 이모!' 어느 꼬마는 이렇게 말했다. 〈버펄로 빌 쇼〉보다 훨씬 재미있어요!' 백인은 물론이고 흑인도 강연장을 가득 메웠다." 한 배우 지망생의 노트에는 이렇게 적혀 있었다. "그의 목소리는 유연하고 훌륭한 음역을 지녔다. 매우 낮은 음도 손쉽게 구사할 수 있다. 자신이 쓴 가장 근사한 인물들을 신경질적이고, '건조하고, 격앙된' 목소리로 읽어 댄다. 장난기 넘치는 위트에다가, 그는 종종 마른기침을 하는 버릇이 있다. 한 손을 머리카락 속에 파묻고 움켜쥐곤 한다. 미소는 전혀 흔적도 없다. 탁월한 웅변가이기도 하다. 가끔 깊은 한숨을 쉬는데, 저항할 수 없을 만큼 우스운 효과를 자아낸다."(『주석 헉 핀』, 69~70쪽.)

때는 바야흐로 1884년 11월 21일, 장소는 필라델피아. 지금으로부터 불과 130여 년 전의 일이다. 이때만 해도 사람들은 책을 소리로, 다양한 몸짓으로 즐겼다. 저 무대 위의 열기를 보라! 책과 소리가 얼마나 환상적인 궁합인지를 알 수 있다. 무대를 채우는 건 단지 저자의 목소리뿐이었음에도 어린아이들조차 〈버펄로 빌 쇼〉보다 더 재미있다고 하지 않는가. 어디 그뿐인가. "장소나 계급을 불문하고, 관객은 낭독회에 열렬한 반응을 보였다." "우리 시에서도 가장 저명하고 가장 지적이고 교양 있는 사람들을 포함한 모든 관중은 진심으로 즐거워했다. 그들은 지칠 줄 모르고

앙코르를 요청했고, 매번 낭독이 끝날 때마다 마크 트웨인의
이름을 연호했으며, 공연이 끝나고 나서도 그를 결코 놓아 주지
않으려는 기세였다." 이처럼 세대와 지역, 계급을 망라할 수 있는
것이 낭독회의 미덕이다. 묵독은 물론이고, 토론과 심포지엄 같은
형식으로는 결코 가능하지 않다. 그 경우, 오히려 계급이나 세대적
차별성이 더욱 심화될 수 있다.(이런 전통 때문일까. 미국은 아직도
낭독문화가 보편화되어 있다. 서점과 도서관, 교회와 학교 등에서는
물론이고 심지어 백악관에서도 수시로 낭독 행사가 열린다고 한다.
9·11 테러로 맨해튼의 쌍둥이 빌딩이 화염에 휩싸여 있을 때, 부시
대통령이 플로리다의 한 초등학교에서 책을 읽어 주고 있었다는
일화는 유명한 예다.(이영준, 『조선일보』, 2009년 1월 5일자 칼럼 참조)

　그로부터 한참 뒤, 1893년 6월, 주가 폭락으로 경제공황이
도래하였다. 마크 트웨인이 운영하던 회사도 큰 타격을 받았다.
빚은 무려 16만 달러. 거기다 친척과 함께 경영하던 웹스터
출판사마저 도산하였다. 하지만 마크 트웨인은 파산 신청을
거부한다. 또 자신을 후원하겠다는 부호의 손길도 뿌리친다. "나는
사업가가 아니고, 명예는 법보다 훨씬 더 엄한 주인이다."(『주석 혁
편』, 145쪽.) 그래서? 빚을 직접 다 갚겠다는 것이다. 대체 어떻게?
방법은 순회 낭독회였다. 이번에는 미국 북부가 아니라 전 세계가
무대였다. 그리하여 1895년, 60세가 다 된 트웨인은 가족과 함께
세계일주 낭독회를 떠난다. 약 1년 동안 오스트레일리아, 뉴질랜드,
인도, 남아프리카 등 전 세계를 주유하면서 총 140회의 무대에
올랐다. 흥행 성적은 역시 대박! 약속대로 최후의 한 푼까지 빚을 다
갚은 다음 그는 다시 뉴욕으로 돌아왔다.

　비록 경제적 이유 때문에 시작했지만, 그게 다는 아니었다.

만약 그랬다면, 그런 강행군은 엄두조차 내지 못했을 것이다.
그렇다. 그에게 있어 낭독회란 '돈과 인기' 그 이상이었다. 힐링의
과정이자 창작의 원천이요, 삶의 현장이었다. 그는 말한다. "강연은
체조, 흉근단련기, 약, 정신치료사, 우울증 치료제를 하나로 합친
거나 마찬가지야."(『주석 혁 핀』, 146~147쪽.) 요컨대, 그는 '낭독의
달인'이었던 것이다.

텍스트는 유동한다!

그런데 낭독이 이렇게 현장성을 확보하게 되면, 자체적으로
진화하게 된다. "글로 쓴 것은 아무래도 연설용이 아니다." "입으로
말하기에는 아무래도 뻣뻣하고 유연하지가 못하다. 말이란 뭔가를
가르치기 위해서가 아니라, 그저 재미있기 위해서 하는 것이다.
그러니 매끄러우면서도 딱딱 끊어지고, 구어체이면서도 미리
준비되지 않은 일반적인 말의 형태가 되어야 한다. 그렇지 않으면
관객을 즐겁게 하기는커녕 오히려 지루하게 만든다." 묵독에선 의미
파악이 주가 되지만, 낭독에선 관객과의 소통이 핵심이다. 리듬과
절도가 있어야 하고 무엇보다 유쾌해야 한다. 그러기 위해선?
텍스트로부터 떠나야 한다. "일주일이 채 지나기도 전에 그는
원고를 치워 버리고 모든 문장을 외워 버렸다." 낭독에서 낭송으로!
그 다음엔 어떻게 되는가? "연단에서 그 내용을 전하는 경우, 그
자체로 유연한 말이 되어 버려서, 본래의 거치적거리는 정확성이나
격식 같은 것은 영영 없어져 버리고 말았다."(『주석 혁 핀』, 74쪽.) 와우~
소리가 텍스트를 바꿔 버린 것이다. 그렇다면, 이 순회 낭독회 기간

동안 『허클베리 핀의 모험』은 어떻게 되었을까? 끊임없이 수정, 변형, 전도되었을 것이다. 미시시피 강물의 흐름만큼이나.

그는 말한다. "이야기는 마치 시냇물이 언덕과 낙엽 쌓인 숲을 지나고, 매번 바위라든지 풀로 뒤덮이고 자갈이 깔린 수로가 길을 가로막을 때마다 방향을 바꾼다. …… 시냇물은 단 한시라도 결코 직선으로 흐르지 않지만, 하여간에 흐르긴 '흐르고' …… 때로는 빙 돌아서 한 시간 전에 지나갔던 자리에서 불과 1미터도 안 떨어진 곳을 다시 지나간다. 하지만 항상 '흐르는' 것은 사실이며, 항상 적어도 한 가지 법칙을 지니고, 항상 그 법칙에 순종하는데, 그것은 바로 '이야기'의 법칙으로, 다름 아닌 '무법칙의 법칙'인 것이다." 그는 이것을 운하에 비유한다. "운하의 흐름은 항상 뭔가를 반사한다. 그것은 그 본성이다. 그렇지 않을 수가 없다. 그 매끄럽게 빛나는 표면은 자신이 지나는 강둑에 있는 모든 것에 관심을 품는다. 소떼건, 잎이건, 꽃이건, 모든 것이, 따라서 그 모든 것을 반사하느라 많은 시간을 허비한다."[『주석 헉 편』, 218쪽.] 그렇게 하여 완성까지 무려 7년이 걸렸다. 7년 내내 쓴 것이 아니라 쓰다 말다를 반복했던 것. 헉이 죽었다 살아났듯이, 이 작품 역시 수차례 '죽음과 부활'을 겪어야 했다.

뗏목 위의 '제국' — '왕과 공작'의 출현

헉과 짐을 태운 채, 뗏목은 다시 흘러간다. 시간 또한 헤엄치듯 흐르고, 이야기 또한 물결따라 흐른다. 강물은 굽이굽이마다 갖가지 '사건들'을 마련해 두었다. 한 강둑에 이르렀을 때 헉과 짐의 뗏목에 두 사람의 불청객이 들이닥친다. 하나는 70대. 다른 하나는 30대. 둘 다 '먹튀'를 하다 우연히 마주쳐 함께 뗏목으로 흘러들어 온 것이다.

먼저, 30대 남자가 비탄에 찬 어조로 출생의 비밀을 털어놓는다. 자신이 원래는 프랑스의 공작인데, 가문이 몰락하는 바람에 이렇게 떠돌이가 되었다는 것이다. 헉과 짐은 몹시 안됐어 한다. 그러자 그 남자는, 자기한테 말을 할 때에는 절을 해야 하고, 자기를 '나으리' 또는 '어르신'으로 불러 주고, 식사 때는 시중을 들어 달라, 고 부탁한다. 70대 노인은 한 술 더 떠 자신이 루이 16세와 마리 앙투아네트의 아들, 루이 17세라고 고백하면서 대성통곡을 한다. 짐이 그럼 프랑스어를 할 줄 아냐고 묻자 너무 고생을 하는 바람에 잊어버렸다나. 헉과 짐이 역시 깊은 동정심을 보이자, "자기한테 이야기를 할 때면 한쪽 무릎을 꿇고, 항상 '전하'라고 부르며, 식사 때마다 시중을 들고, 앉으라는 허락이 떨어지기 전까지는 자기 앞에서 앉아서는"[『주석 헉 편』, 527쪽.] 안 된다고 한다.

헉과 짐은 이 어처구니없는 상황을 받아들인다. 다름 아닌 뗏목의 평형을 위해서다. "뗏목 위에서 누군가가 서로 적의를 품는다는 것은 그야말로 끔찍한 일이 될 것이 뻔했기 때문이었다." 적대감이 끓어오르는 순간, 뗏목은 순식간에 전복된다. 즉, 뗏목 위에선 모든 윤리가 이 평형을 중심으로 구축된다. 물론 얼마 못 가서 헉은 이 둘이 왕도 아니고 공작도 아니라는, 다만 닳고 닳은 사기꾼에 협잡꾼이라는 사실을 깨닫게 되었다. 하지만 헉은 아무 내색도 하지 않았다. 뗏목의 평화를 위해선 "내버려두는 수밖"에 없다고 판단해서다.[『주석 헉 편』, 529쪽.]

이렇게 해서 뗏목 위에 돌연 '제국'이 탄생하였다. '왕과 공작'이라는 지배계급이 출현하자 뗏목의 주인이었던 짐과 헉은 졸지에 이들의 신민, 곧 하인이 되었다. 느닷없이 이민족이 도래하여 원주민들을 복속시키는 과정과 참으로 닮았다. 제국이란 이토록 허망하고 그로테스크한 법이다.

문명의 그림자—성령과 에로티시즘

왕과 공작은 당시 미국 중서부와 남부 문학에 단골로 등장하던 떠돌이 야바위꾼들이다. 이들이 하는 짓거리는 치석 제거 및 특별 조제약 팔기, 연극배우, 최면술, 골상학, 의료 및 안수기도, 점치는 일 등이다. 한마디로 '할 수 있는 짓'은 다하는 셈이다. 달리 말하면, 당시 미국의 풍속이 이런 사기술이 판을 칠 정도로 충분히 썩었다는 뜻이기도 하다:

특히 이들의 개인기가 빛을 발하는 장소는 천막부흥회다. 이들이 흘러간 마을에 천 명이 넘는 군중들이 운집하는 대규모 집회가 열렸다. 전도사가 찬송을 하면 군중들이 모두 다 따라 부르면서 열기가 고조된다. "막판에 도달하자 어떤 사람은 신음하기 시작하고, 어떤 사람은 소리치기 시작했다. 전도사는 설교를 시작했다. …… 온몸과 팔을 흔들어 대면서 한껏 목소리를 높여서 소리를 질러 댔다. …… 사람들은 신음하고 울면서 아멘을 읊어 댔다." 신음소리와 울음소리가 뒤섞이면 이제 전도사의 소리조차 들리지 않는다. 군중들은 "찬송가를 부르고 소리를 질렀으며, 그야말로 미친 듯이 격렬하게 지푸라기 위에 몸을 던졌다."

바로 이때! 왕이 연단 위로 올라가 간증을 시작한다. 자기는 원래 30년간 인도양에서 활약한 해적이었는데, 모든 걸 정리하고 귀향하려던 차 강도를 당해 빈털터리가 되었다. 그러다 이 천막집회에 와서 성령의 은혜를 입어 "난생처음으로 행복한 사람이 되었"다, 해서 이제 자기는 "이 길로 곧바로 인도양으로 돌아가, 남은 평생 동안 해적들을 진리의 길로 이끄는 데 바치겠"단다. 그러자 누군가 외쳤다. "저 사람을 위해 모금을 합시다. 모금을 하자구요!" 왕은 모자를 들고 군중 사이를 돌아다니면서 내내 눈물을 훌쩍거리면서 축복과 찬양과 감사를 건넸다. 더 가증스러운 것은 "가는 곳마다 여자애들 중에서도 제일 예쁘게 생긴 애들이, 뺨 위에 눈물을 줄줄 흘리며 일어나서는, 그를 기억하기 위해 입을 맞춰도 되겠느냐고 물었다. 그는 항상 입을 맞추게 허락했다. 그중 몇 명한테는 직접 끌어안고 대여섯 번이나 입을 맞추기도 했다."(『주석 혁 편』, 557쪽.) 이런 어이없는 간증 사기술이 통했던 건 다 '성령'의 열기에 휩싸인 탓이다. 열기가 고조될수록 집회는 더더욱 에로틱해진다. 성령과 속임수와 에로티시즘의 삼위일체!

천막부흥회 장면에 붙은 주석은 더더욱 신랄하다. "전도사는 회개자들이 종교직 직열의 싱태에서 분팅질을 벌이게 민들었는데, 이것은 단순히 신성모독일 뿐만 아니라 거의 외설적이기까지 하다."(『주석 혁 편』, 561쪽.) 그리고 이렇게 묻는다. "전도사들이 나이 많고 못생긴 여자들을 절대로 끌어안는 법이 없는 이유"가 뭔지 아느냐고. "성령께서는 절대 그런 식으로 움직이지 않는다. …… 내가 만약 전도사라면 나는 제일 예쁜 영혼을 제일 먼저 구원할 것이다."(『주석 혁 편』, 564쪽.) 등등.

개신교는 미국 문명의 원동력이자 토대다. 천막집회와

부흥회를 통해 미국식 삶의 방식을 정착시켜 갔다. 노동의 신성함, 일부일처제, 성적 순결성 등등. 이른바 '프로테스탄티즘'이 그것이다. 그런데 그 현장이 이렇게 분탕질이었다니. 아니, 그걸 이렇게 솔직하게 까발리다니. '미국 문명의 진면목을 알고자 한다면 마크 트웨인을 읽으라!'는 건 이런 맥락일 터이다.

진짜보다 더 '진짜 같은'!

왕과 공작의 사기술은 점점 진화한다. 이번에는 셰익스피어의 「로미오와 줄리엣」을 공연하기로 한다. 왕이 줄리엣, 공작이 로미오. 70대 남성이 줄리엣 역을 한다는 말도 안 되는 콘셉트이지만 그래도 상관없다. "이후 2~3일 떠내려가는 동안, 우리가 탄 뗏목은 평소와는 달리 무척이나 활기 넘치는 장소였던 것이, 그 위에서는 항상 칼싸움과 리허설 —— 공작이 부르는 말에 따르면 —— 이 있었기 때문이다."(『주석 헉 핀』, 572쪽.) 뗏목은 그들을 아칸소 주 아래 쪽에 있는 작은 마을로 인도하였다. 드디어 왕과 공작의 셰익스피어가 공연되었다. "하지만 관객은 열두 명밖에 없었다. 그 정도면 간신히 비용을 건질 정도였다. 게다가 관객은 내내 웃어 대기만 해서, 공작은 그야말로 열이 올라 버렸다. 또 공연이 다 끝나기도 전에 모두가 자리에서 일어나 나가 버렸고, 남은 사람이라곤 아예 잠들어 버린 청년 한 명뿐이었다."(『주석 헉 핀』, 596쪽.) 그러자 둘은 한바탕 코미디로 관객들을 '낚시질 하여' 대박을 친다. 이 과정에서 짐과 헉은 두 사람의 정체를 확실히 파악해 버렸다.

짐 헉, 우리랑 있는 저 왕들은 그야말로 천하의 악당놈들이잖아.

헉 글쎄, 그러니까 내가 하는 말이 바로 그거야. 이 세상의 왕이란 것들은 대부분 악당놈들이거든. 내가 아는 한에는 말이야.

짐 난 이제 저 두 양반한테는 더 이상 기대를 안 하게 됐어.

헉 그냥 꾹 참아야지. 뭐. 가끔은 이 세상에 왕이 없는 놈의 나라가 하나쯤 있었으면 하는 생각이 든다니까.(『주석 헉 편』, 607쪽.)

앞에서 언급했듯, 헉은 진즉에 이 둘이 진짜 왕과 공작이 아니라는 사실을 알고 있었다. 하지만 뗏목의 평형을 위해 그냥 "내버려"두었다. 그런데 날이 갈수록 두 작자는 진짜를 닮아 간다. 군중을 속이고 우려먹고 낚시질하고 튀고. 분명 가짜인데 하는 짓이 진짜보다 더 진짜 같은 이 지독한 역설! 그래서 헉은 저들이 가짜라고 폭로할 가치를 느끼지 못한다. 그보다는 아예 '왕이고 공작이고 다 없는 나라'가 있으면 좋겠다고 생각한다. 이게 문명과 제국을 향해 날리는 마크 트웨인식 풍자의 진수다.

진짜들이 그러하듯, 이 가짜 '왕과 공작' 역시 더더욱 탐욕스러워진다. 한 집안의 유산을 송두리째 가로채기로 한 것이다. 이웃 사람을 통해 신상징보를 털털 털어낸 뒤, 두 사람은 그 집안의 유산상속자로 변신을 시도한다. 옆에서 지켜보던 헉도 그들의 음모와 연극에 완전히 질려 버렸다. "정말이지 내가 이전이라도 그런 걸 본 적이 있었더라면, 나는 흰둥이가 아니라 깜둥이였을 거다. 그야말로 누구나 자신이 인간이라는 사실을 부끄럽게 만들 수밖에 없는 장면이었다."(『주석 헉 편』, 626쪽.) 그런 점에서 이들은 아주 훌륭한 반면교사다. 헉에게 '인간이란 무엇인가'를 끊임없이 질문하게 만든다는 점에서 말이다.

마침내 그들의 표적인 윌크스 집안에 도착하자 두 사기꾼의
연기는 절정에 이른다. 죽은 자를 부르며 대성통곡을 하고,
청산유수로 마을 사람들, 심지어 개에 이르기까지 일일이 이름을
거론해 가며 이것저것 물어 댔다. 고인의 핏줄인 세 자매의
마음까지 홀딱 빼앗아서 엄청난 유산을 상속받는다. 하지만 세
자매의 친절에 감동한 혁은 두 사기꾼의 짓거리를 방해하기로
작정한다. 둘이 가로챈 6천 달러가 든 주머니를 다시 훔쳐서 죽은
자의 관 뚜껑 밑에 쑤셔 넣고, 그 장녀에게 전말을 다 고해 버린다.
하지만 왕과 공작의 탐욕은 끝이 없었다. 모든 재산을 경매에
부치고 묘지에 있는 좁아터진 땅 몇 뙈기까지 팔아치우려 했다.
"그런 사기꾼은 살다 살다 처음이었다. 그 왕이라는 놈은 그야말로
'모든 것'을 다 집어삼키고 싶어 했다."[『주석 혁 편』, 686쪽.] 진짜 왕과
공작답지 않은가. 그 즈음, 진짜 상속자가 나타났다.

　　마을 사람들 전체가 '진실게임'에 빠진 틈에 혁은 간신히
도망친다. 이제 두 사기꾼들이랑은 결별하리라 믿고. "길에는
오로지 나 혼자뿐이었고, 나는 신나게 도망쳤다." 카누를 타고
뗏목으로 뛰어든 혁은 짐과 다시 재회한다. "불과 2초 만에 우리는
다시 뗏목을 띄워 강을 따라 미끄러져 내려가기 시작했다. 다시
한번 자유가 되었다는 것이, 큰 강 위에 우리 둘뿐이고 어느 누구도
귀찮게 하지 않는다는 것이 정말 너무나도 좋게 느껴졌다. 나는
그야말로 껑충껑충 뛰어다니면서, 몇 번이나 펄쩍펄쩍 뛰어올라
뒤꿈치를 맞부딪치지 않을 수 없었다." 하지만 아직 혁의 고난은
끝나지 않았다. "그 놈들이 따라오고 있었다! 죽어라 노를 저어
보트를 재빨리 몰면서! 왕과 공작이었다."[『주석 혁 편』, 704쪽.] 맙소사!
하지만 어쩌겠는가. 이것이 인생인 것을. 포획의 그물망을 벗어나기

위해 죽어라고 달리고, 탈주의 해방감을 만끽하는 순간 다시
포획되고…….

이후에도 두 야바위꾼은 쉬지 않고 금주 강연, 춤 교습, 웅변술,
선교사 노릇, 메스머메스머리즘. 프란츠 안톤 메스머가 창안한 신비주의 형태의 최초의
최면기법 최면술사, 의사, 점쟁이 등 온갖 짓거리를 시도했지만 번번이
실패하고 결국엔 알코올 중독에 빠져 버린다. 그러자 이들은 정말
몹쓸 짓을 하고야 말았다. 짐을 '도망노예'라며 40달러에 팔아먹은
것이다.

"그래, 지옥에 가자!"

이 작품의 배경은 1840년대 미국이다. 1861년에 노예제를 둘러싸고
남북전쟁이 일어났으니 이 시기엔 노예폐지를 둘러싸고 미국
전체가 격렬한 갈등을 겪던 시대다. 앞에서도 말했듯이 헉은
학교, 문명, 가정을 뛰쳐나온 부랑아지만 노예제만은 당연하다고
믿고 있었다. 여행 내내 흑인노예의 탈출을 돕는 건 남의 재산을
딜취하는 절도죄가 아닐까 하고 늘 양심의 기책에 시달렸었다.
하지만 짐과의 우정이 언제나 승리하여 여기까지 왔다.

그러나 이젠 진정 결단의 순간이 왔다. 농장에 포로로 잡힌
짐을 구출하여 다시 도주할 것인가? 아니면 주인인 왓슨 양에게
돌려줄 것인가? 갈등 끝에 헉은 편지를 쓴다. 왓슨 양에게 짐이
펠프스 댁 농장에 잡혀 있으니 데려가라는 내용으로. 하지만 헉의
마음은 그런 선택을 허락하지 않았다. "강을 따라 내려온 우리의
여행을 다시 떠올려보게 되었다. 나는 짐이 항상 내 앞에 있었음을,

낮이고 밤이고, 때로는 달빛 아래서나 때로는 폭풍 아래서도
그러했음을, 우리는 함께 뗏목을 타고 떠가면서 이야기를 나누고
노래하고 웃었음을 새삼스럽게 깨달았다."(『주석 헉 편』, 720쪽.) 그 순간
헉은 우정과 양심 사이에서 격렬하게 번민한다. 하지만 결국 우정이
이겼다. 헉은 편지를 들어올렸다. 덜덜 떨면서 혼자 중얼거렸다.
"좋아, 그러면 지옥에 가자."(『주석 헉 편』, 721쪽.) 헉은 마침내 편지를
찢어 버렸다. 이제 헉은 무슨 수를 써서라도 짐을 다시 훔쳐내 노예
상태에서 벗어나게 하기로 결심했다.

눈치 챘겠지만, 여기가 바로 이 소설의 절정이다. 헉은
"자신이 인간의 법률과 하나님의 법률 모두를 위반한다고 믿는다.
노예의 도망을 돕기로 맹세함으로써 헉은 자기 동포와 국가, 자기
하나님을 모두 부인하는 셈이다."(『주석 헉 편』, 722쪽의 13번 주석) 그 어떤
법도, 양심의 가책도 인간과 인간이 나누는 신의信義, 곧 우정보다 더
소중할 수는 없음을 깨달은 것이다. "경치 좋은 곳에 가려면 천당에
가고, 친구가 많은 곳에 가려면 지옥에 가라"는 말이 있다. 마크
트웨인이 한 말이다. 고독한 천당인가? 우정이 넘치는 지옥인가?
헉은 기꺼이 후자를 택했다. 이 순간, 헉은 진정 자유인이 된다.
지옥을 선택한 자를 대체 누가 다시 포획한단 말인가?

한편, 그 순간 왕과 공작은 처참하게 추락한다. 다시 한번
사기극을 펼치려던 차, 마을 사람들에게 잡혀서 가혹하게 린치를
당한다. 하지만 헉은 마을 사람들의 잔인함 역시 구역질이 날
것 같다. 아무리 몹쓸 인간들이라 해도 결코 원한과 복수심에
사로잡히지 않는 것, 그것이 헉의 본성이고 또 자유정신이다.

내 친구 '짐'에게 자유를!

이제 남은 건 '짐'의 구출작전. 헉은 짐이 갇혀 있는 펠프스네
농장으로 향한다. 그런데 이때부터 소설이 엉뚱한 방향으로 튄다.
"이보다 더 엉뚱하고, 이보다 더 끔찍한 전략은 없었다."(『주석 헉 편』,
220쪽.) 대체 무슨 일이?

느닷없이 톰 소여가 다시 등장한 것이다. 펠프스네 부인이
바로 톰의 이모였던 것. 둘은 길거리에서 딱 마주친다. 헉은
톰에게 구출작전을 제안한다. 톰은 선뜻 동의한다. 그러자 헉이
되레 놀라자빠질 지경이다. "그 말에 나는 그야말로 혼이 모조리
달아나는 듯했으니, 마치 총이라도 맞은 듯한 기분이었다."
왜냐하면 톰이 그럴 거라곤 생각조차 하지 못했기 때문이다. "이제
내가 보기에는 톰 소여도 타락한 것이나 다름없는 셈이었다. 그것도
아주 크게. 나로선 도무지 믿을 수가 없었다. 톰 소여가 '깜둥이
도둑놈'이 되다니!"(『주석 헉 편』, 745쪽.) 이 장면만으로도 흑인노예제가
얼마나 신성불가침의 것이었는지, 거꾸로 헉의 결단이 얼마나
불온한 것이었는지를 짐작할 만하다.

공동작전을 펼치긴 했지만 둘은 스타일이 완전히 달랐다. 헉은
짐을 뗏목으로 데리고 가 자유롭게 풀어 주는 것이 목적이었지만
톰은 그게 아니었다. 이 사건을 멋진 모험으로 연출해야 했다.
그러자면 절대로 쉬운 방법을 써서는 안 된다. 군이 땅을 파고
줄사다리를 파이에 넣어 전달하고, 짐한테 일기를 쓰게 할 뿐
아니라 비탄조의 글도 새겨 넣어야 한다. "여기 고독하고 상심한
마음 하나, 초췌한 영혼 하나, 37년간의 고독한 감금 생활 끝에 쉴
곳을 찾아가는도다" 등과 같은. 글도 모르는 짐에게는 너무 가혹한

230

일이었다. 그것도 바위에 새기는 게 좋겠다며 방앗간의 연자 맷돌을
굴려 온다. 너무 무거워서 톰과 혁이 기진맥진하자 짐이 직접 묶인
줄을 풀고 나와서 맷돌을 굴려 들어간다. 헐~ 이 어처구니없는
상황이라니. 그뿐 아니다. 거미와 방울뱀, 쥐도 길러야 하고 그들을
길들이기 위해 악기도 연주해야 한다, 기타 등등. 이런 온갖 장치를
마련하는 데 무려 3주나 걸렸다. 마지막엔 '익명의 경고서'를 이모네
집에다 날린다. 지독한 흉악범들이 당신의 노예를 훔칠 거라는
내용으로. 이 경고서 때문에 열다섯 명의 농부들이 총으로 무장하고
모여들었다. 덕분에 '진짜 추격전'이 벌어졌다. 톰과 혁과 짐은
추격을 따돌리고 마침내 뗏목에 올라타는 데 성공했다.

　　하지만 톰의 종아리에 총알이 하나 박혀 버렸다. 혁과 짐은
깜짝 놀란다. 하지만 그 와중에도 톰은 모험극 연출에 정신이 없다.
"여기서 멈추면 안 돼. 이 근처에서 얼쩡거리면 안 되고, 탈출은
멋지게 계속되어야 한다구. 전원, 노를! 닻을 풀어라! 제군들, 정말
멋지게 해냈어! …… 전원, 노를! 전원, 노를!"(『주석 혁 편』, 840쪽.)
하지만 짐은 말한다. "나는 이 자리에서 단 한 발자국도 움직이지
않을 거야. '의사' 없이는, 앞으로 40년이 흘러도 말이야!" 혁은
달려가 의사를 데려오고, 의사는 짐의 도움으로 톰을 살려 낸다.
혁과 짐은 톰을 구하기 위해 그토록 어렵게 쟁취한 자유를 헌납해
버린 것이다. 왜냐고? 우정과 의리보다 더 중요한 건 없으니까.

톰 소여, 돈키호테의 '악동' 버전

혁과 짐의 우정에 힘입어 톰은 완쾌되고 다시 이모네로 돌아온다.

하지만 짐이 다시 펠프스네 농장에 갇혔다는 이야기를 듣자, 톰은 침대에서 벌떡 일어났다. "얼른 가 봐! 1분도 지체하지 말고 당장 말이야. 그 녀석을 풀어 주라구! 그 녀석은 노예가 아니야. 그 녀석도 이 땅위를 걸어다니는 다른 어떤 생물과 마찬가지로 자유롭단 말이야!"(『주석 혁 편』, 867쪽.) 짐의 주인인 왓슨 양이 죽으면서 짐을 풀어 준다는 유언장을 남겼고, 톰은 그걸 전하러 여기까지 왔던 것이다. 오 마이 갓! "결국 톰 소여는 이미 자유롭게 풀려난 깜둥이를 자유롭게 풀어 주겠다며 그 고생과 어려움을 감수한 셈이었다!"(『주석 혁 편』, 870쪽.) 혁은 왜 톰같이 "교양 있는" 애가 이 이 무모한 작전을 수행했는지를 비로소 이해할 수 있었다.

자, 이쯤에서 뭔가 감이 오지 않는가? 그렇다! 이건 돈키호테의 또 다른 버전이다. 돈키호테가 그 황당무계한 모험을 한 이유와 근거는 기사도 소설이다. 그는 책의 화신이라 책에 나온 대로 행해야 한다. 그래서 '또라이'가 된 것이다. 톰 소여의 정신을 지배하는 것도 모험소설들이다. 그 소설에 나오는 죄수들처럼 해야 한다고 굳게 믿고 그것을 실현하기 위해 그토록 생고생을 하고 잔머리를 굴렸던 것이다. 이런! 대체 왜 마지막 대목에 와서 이런 식으로 돈키호테의 악동 버전을 탄생시킨 것일까? 그리고 이것은 극적 대반전인가? 아니면 스토리의 파탄일까?

문득 이 대목에서 책의 첫 페이지에 "이 이야기에서 어떤 동기를 찾으려는 사람은 고발당할 것이다. 여기서 어떤 교훈을 찾으려는 사람은 추방당할 것이다. 여기서 어떤 줄거리를 찾으려는 사람은 총살당할 것이다"라는 저자의 경고문을 환기할 필요가 있다. 왜 그런 협박을 했는지 감이 오지 않는가? 쉽게 말하면, 동기와 교훈, 줄거리에 대해선 자기 자신도 잘 모르기 때문이다. 모르는데 자꾸 물어볼까 봐 미리 선수를 친 것이 아닐지. 『뉴욕타임스』와의 한 인터뷰에서 마크 트웨인은 이렇게 말했다. "나는 그 책을 쓰지 않았다. 단지 그 책이 스스로 써졌을 뿐이다."(『주석 혁 편』, 18쪽.)

그리고 탈주는 계속된다!

톰은 회복되었고, 짐은 자유를 얻었다. 그럼 혁은 이제 어디로? "내 생각에는 조만간 준주로 도망칠 수밖에 없을 것 같다. 샐리 이모가 이제는 나를 입양해서, 문미영인[문명인]으로 만들겠다고 벼르고 있는데, 나로선 도무지 견딜 수 없을 것이기 때문이다."(『주석 혁 편』, 876쪽.) 준주란 인디언 골짜기다. 미시시피 강을 건너 이젠 인디언 부락으로 도주하려 한다. 즉, 혁의 여정에 해피엔딩이란 없다. 자유를 향한 끝없는 도주가 있을 뿐! 그런 점에서 자유란 어떤 상태, 어떤 장소에 도달하는 것이 아니라 포획과 탈주의 끝없는 이중주 그 자체라 할 수 있다.

　『톰 소여의 모험』 뒤에 실린 저자 연보에는 아주 흥미로운 기록이 붙어 있다. 마크 트웨인이 태어나던 해(1835)에 핼리혜성이 출현하고, 죽은 해(1910)에 다시 핼리혜성이 출현했다는! 혜성처럼 왔다가 혜성과 함께 떠났다는 뜻인가. 그렇다면, 지금쯤 혜성을 뗏목 삼아 은하수 어딘가를 흘러가고 있을지도 모르겠다. 혁의 후예들이 문명인과 인디언 사이를 쉼 없이 넘나들고 있는 것처럼.

Zorba

the

Greek

조르바

저자 : 니코스 카잔차키스(Nikos Kazantzakis, 1883~1957)

그리스인 조르바

니코스 카잔차키스

그리스인 조르바

1.

심해를 탐사하는 고래의 '충혈된' 눈

함께 크레타의 갈탄광으로 가자는 '나'(작중 화자)의 제안에
조르바는 선뜻 동의한다. 그리고 이렇게 덧붙인다.

"결국 당신은 내가 인간이라는 걸 인정해야 한다 이겁니다."
"인간이라니, 무슨 뜻이지요?"
"자유라는 거지."
[니코스 카잔차키스, 『그리스인 조르바』, 이윤기 옮김, 열린책들, 2013, 24쪽. 이하 이
책을 인용할 때는 『조르바』로 약칭하고 인용쪽수를 적는다.]

『그리스인 조르바』의 서두를 장식하는 명대사다. 인간은
자유다! 이것이 조르바의 사상이다. 왠지 익숙하면서도 낯설다.
보통은 이렇게들 말한다. '인간은 자유를 원한다'고. 그리고 그
자유는 세부적으로 나누어진다. 정치적 자유, 사회적 자유, 집단적
자유, 개인적 자유 등등. 조르바의 말은 그런 뜻이 아니다. 자유는
소유의 대상이 아니라 존재와 동의어라는 것. 즉, 인간과 자유
사이에는 한 치의 간극도 존재할 수 없다는 것. 조르바는 대체
어떻게 이런 사상을 체득하게 되었을까? '나'는 그토록 많은 책을
읽고 사상적 편력과 방황을 거치면서도 도달하지 못한 그 경지를.
조르바에겐 뭔가 다른 길이 있다! 이제 '나'는 조르바를 통해 그
길을 탐사할 것이다. 그것은 폭풍과 고요가 공존하는 '존재의
심연'으로의 머나먼 항해가 될 것이다.

모든 경계에는 꽃이 핀다!

1883년 그리스의 크레타 섬에서 출생, 1957년 독일의 한 병원에서

사망. 저자인 니코스 카잔차키스의 생몰 정보다. 이 연대기만으로도 우리는 많은 것을 추론할 수 있다. 먼저, 그는 19세기 말에서 20세기 전반에 이르는, 동서양이 가장 격렬하게 충돌하는 시대를 살았다. 거기다 크레타는 당시 터키령이었다. 기독교와 이슬람이 피터지게 싸우는 장소였던 것. 다른 한편, 20세기가 되면서 세계를 뒤흔든 두 번의 전쟁이 있었고, 그 결과 전 세계는 자본주의와 공산주의 두 진영으로 양분된다. 하나의 장벽이 무너지기도 전에 또 다른 장벽들이 세워진 것이다. 하지만 그는 이 장벽들 사이를 가뿐하게 넘나든다. 젊은 날엔 그리스 전역을 종단하고 이후 그의 발길은 유럽에서 러시아, 중국, 일본까지 미친다. 동시에 시대가 부여하는 실천의 현장에도 기꺼이 투신한다. 크레타 해방운동에서 파시즘과의 전투를 거쳐 공산주의 혁명에 이르기까지. 그런가 하면 구도적

열정 또한 드높아서 가톨릭 수도사가 되고자 했으면서도 붓다와의 대결도 멈추지 않는다. 모든 경계에는 꽃이 핀다고 했던가. 그가 이 무수한 경계들을 종횡하면서 피워 낸 꽃은 무엇일까?

『영혼의 자서전』(니코스 카잔차키스 지음, 안정효 옮김, 열린책들, 2009.)에서 그는 이렇게 토로한다. "내 삶을 풍요롭게 해준 것은 여행과 꿈이었다. 내 영혼에 깊은 골을 남긴 사람이 누구누구냐고 묻는다면 나는 이렇게 꼽을 것이다. 호메로스, 베르그송, 니체, 조르바……" 여행이 지상의 길을 탐사하는 것이라면, 꿈은 존재의 심연에 대한 탐사다. 여기서도 그는 경계인이다. 육체와 영혼, 구체와 추상, 지상과 심해의 경계를 넘나드는! 그 여정에서 만난 이들이 '호메로스, 베르그송, 니체, 그리고 조르바'다. 앞의 세 사람은 인류 지성사의 별들이다. 그럼 조르바는? 실존 인물이지만 무명의 존재다. 오직 카잔차키스에 의해서만 인류의 무대에 출현한

'운석' 같은 존재다. 그 운석에 대한 탐사의 여정이 『그리스인 조르바』다.

아주 특별한 여행—앉아서 유목하기

그런데 그게 여행기야? 이렇게 생각하는 이도 있을 것이다. 여행기란 무릇 고향을 떠나 미지의 세계를 향해 나아가는 이야기가 아니던가. 그런데 조르바라는 특별한 존재에 대한 탐구가 어떻게 여행기란 말인가? 맞다. 한데, 나는 처음부터 이 작품을 여행기로 간주해 버렸다. 생각해 보니 좀 야릇하기도 하다. 『그리스인 조르바』는 분명 『서유기』나 『돈키호테』, 『허클베리 핀의 모험』처럼 지도가 분명한 여행기는 아니다. 그럼에도 나는 애초 '로드클래식'을 구상할 때부터 이 작품을 '히든 카드'처럼 손에 쥐고 있었다. 대체 무슨 근거로?

먼저 작품의 화자인 '나'와 조르바는 모두 길 위에 있다. 둘은 쉬지 않고 움직이는 존재들이다. '나'도 기나긴 여행 중이었고, 조르바는 '본 투 비' 떠돌이다. 둘은 크레타로 가는 항구에서 운명적으로 마주친다. 둘은 만나서 깊은 사랑과 우정을 나누고 다시 헤어진다. 헤어진 다음에도 둘은 끊임없이 움직인다. 머무름 없는 존재들의 마주침, 이것이 이 작품을 여행기로 간주(혹은 상상)한 이유다.

둘은 만나는 순간부터 서로에 대한 탐사에 들어간다. '나'는 조르바에 대하여, 조르바는 '나'(조르바는 나를 '두목'이라 부른다)에 대하여. 동시에 둘은 끝없이 묻고 또 묻는다. 음식에 대하여.

산투르타현악기의 일종와 갱도에 대하여, 여성에 대하여, 신에 대하여, 조국에 대하여, 또 죽음에 대하여. 요컨대 존재와 우주의 모든 것에 대하여. 이것이야말로 인간이라면 반드시 치러야 하는 여행이 아닐까. 일찍이 들뢰즈와 가타리가 말한바 '앉아서 유목하기'가 이런 것일 터. 진정한 노마드(유목민)는 말 위에서도 결코 멈추지 않는다. 자신이 서 있는 그곳이 곧 길이므로. 길이 곧 삶이고 운명이므로.

대지의 사나이, 조르바

"항구 도시 피레에프스에서 조르바를 처음 만났다." 작품의 첫 구절이다. 30대 중반인 '나'는 크레타 섬으로 가는 배를 기다리고 있었다. 막 절친한 친구와 헤어진 직후였다. 친구는 카프카스에서 고통받는 동포들을 구하러 떠났다. '나'를 향해 '대가리에 잉크를 뒤집어쓴 채 종이를 씹으면서' 사는 책벌레라고 비난과 연민을 보내면서. 결과적으로 그것이 '나'를 크레타로 향하게 만들었다. 폐광이 된 갈탄광을 빌려 노동자, 농민들과 살아보기 위해서다. 생의 한가운데에 뛰어들이 온몸으로 부대끼고 싶어서다. 헤어짐은 또 다른 만남을 위한 것이라던가. 그 길에 들어서자마자 조르바를 만났다.

조르바는 60대 중반의 광부였다. "움푹 들어간 뺨, 튼튼한 턱, 튀어나온 광대뼈, 잿빛 고수머리에다 눈동자가 밝고 예리했다." 산투르라는 악기의 명인이자 인정물태에 통달한 인물. '나'는 즉각 알아차렸다. 조르바는 '내'가 당면한 이분법, 이론이냐 실천이냐 조국이냐 진리냐는 질문을 훌쩍 뛰어넘은 존재라는 것을. 그에게는 오직! 삶이 있을 뿐이다. 그 삶은 대지에 깊이 뿌리박고 있으면서 언제든 하늘을 향해 도약할 준비가 되어 있다. "조르바는 내가 오랫동안 찾아다녔으나 만날 수 없었던 바로 그 사람이었다. 그는 살아 있는 가슴과 커다랗고 푸짐한 언어를 쏟아내는 입과 위대한 야성의 영혼을 가진 사나이, 아직 모태인 대지에서 탯줄이 떨어지지 않은 사나이였다."(『조르바』, 22쪽.)

에로스의 향연 — 먹고 마시고 섹스하고

사주명리학은 태어난 연월일시를 통해 한 사람의 운명의 지도를 그리는 아주 오래된 동양의 지혜다. 그런데 그 운명의 리듬에서 첫 번째 스텝이 '식상'이란 영역이다. 밥, 말, 성욕 혹은 끼(재능) 등이 여기에 해당한다. 언어능력과 식욕과 성욕이 같은 라인이라고? 그렇다. 물리적 차원에선 동일한 벡터를 지닌 셈이다. 조르바가 바로 그런 존재다. 조르바의 신체적 특징은 뭐니 뭐니 해도 '푸짐한 입'이다. 그 입으로 쉬지 않고 먹고 마시고 떠들어 댄다. 그리고 언제든 누군가와 사랑에 빠질 준비가 되어 있다. 금욕과 사색에 찌든 '나'에게 조르바는 이렇게 충고한다. "두목, 육체에 먹을 걸 좀 줘요. 뭘 좀 먹이셔야지, 아시겠어요? 육체란 짐을 진 짐승과 같아요. 육체를 먹이지 않으면 언젠가는 길바닥에다 영혼을 팽개치고 말 거라고요."(『조르바』, 52쪽.) 에로스의 원천도 바로 거기다. 조르바는 크레타 섬에 도착하자마자 과부이자 호텔 주인인 오르탕스 부인과 사랑에 빠진다. 이 사랑은 쾌락과 소유에 함몰되지 않는다. 요즘 말로 하면 왕성한 '케미'를 자랑한다.

241

"우리 옆에 앉은 여자는 시시각각으로 젊어졌다. 얼굴의 주름살도 사라지기 시작했다."(『조르바』, 57쪽.)

이것이 생명의 원리다. 먹고 마시고 사랑하기. 그리고 말하기. 조르바의 말처럼 먹는다는 건 매일매일의 의식이다. 죽는 순간까지 멈추지 않을. 덕분에 '두목'은 처음으로 먹는다는 게 얼마나 즐거운 일인가를 깨달았다. "마침내 나는 먹는다는 것은 숭고한 의식이며, 고기, 빵, 포도주는 정신을 만드는 원료임을 깨달았다."(『조르바』, 99쪽.) 말씀이 곧 육신이 되는, 로고스가 곧 일용한 양식이 되는 이치를 목격한 것이다. 이 순간 영혼과 육체는 자연스럽게 오버랩된다. 동시에 이질적이고 적대적인 것들을 가볍게 관통하면서 매끄럽게 연결한다. 음식과 철학, 노동과 영성. 인간과 자연 등등. "먹은 음식으로 뭘 하는가를 가르쳐 주면, 당신이 어떤 사람인지 나는 말해 줄 수 있어요. 혹자는 먹은 음식으로 비계와 똥을 만들고, 혹자는 일과 좋은 유머에 쓰고, 내가 듣기로는 혹자는 하느님께 돌린다고 합니다."(『조르바』, 101쪽.) 그럼 조르바 당신은? 두번째에 속하는 인간이란다. 맞다. 음식이 조르바의 오장육부를 거치면 '노동과 유머, 그리고 사랑'이 된다.

쾌락에 대처하는 조르바의 '노하우'

보다시피 조르바는 인간의 욕망을 부정하지도 억압하지도 않는다. 오히려 맘껏 향유하고 즐긴다. 나아가 그것을 삶의 동력으로 적극 활용한다. 그야말로 들뢰즈와 가타리가 『안티 오이디푸스』에서 주창한 '생산하는 욕망', '욕망하는 생산'의 전형이다. 그렇다면

현대인들도 주구장창 먹어 대고 오직 원하는 건 연애와 섹스뿐인데
왜 조르바가 될 수 없는 걸까? 간단하다. 욕망과 쾌락을 혼동하기
때문이다. 쾌락은 '생산이 멈춘 욕망'이다. 욕망이 창조와 생산의
라인을 벗어나는 순간 삶은 쾌락에 종속당한다. 조르바의 위대함은
욕망을 능동적으로 활용하되 결코 거기에 함몰되지 않는다는 데
있다. 거기에는 그만의 독특한 노하우가 있다.

조르바는 어릴 적 버찌에 빠진 적이 있었다. 자나 깨나 버찌
생각으로 미쳐 버릴 지경이 되자 아버지 주머니를 뒤져 은화 한
닢을 꼬불쳐 시장으로 달려간다. 버찌 한 소쿠리를 사서는 도랑에
숨어서 먹기 시작했다. 먹고 또 먹고…… 토할 때까지 쉬지 않고
먹어 댔다. 그러고 나선 끝! 그날부터 버찌를 먹고 싶다고 생각한
적이 없다. 담배나 술에 대해서도 마찬가지다. 그는 여전히 담배를
피우고 술을 마시지만 언제든 끊을 수 있다. "나는 내 정열의 지배를
받지 않습니다. 고향도 마찬가지예요. 한때 몹시 그리워하던 적이
있어서 그것도 목젖까지 퍼 넣고 토해 버렸지요. 그때부터 고향
생각이 날 괴롭히는 일이 없어요."(『조르바』, 284쪽.) 이것이 그가 욕망의
한가운데를 가로지르면서도 결코 욕망에 휘둘리지 않는 기술이다.

그는 말한다. 이런 자유는 금욕주의로는 결코 가능하지
않다고. 욕망은 삶의 원초적 토대다. 그것이 없이는 삶을 추동할
엔진이 사라진다. 그 엔진은 늘 활기차게 돌아가야 한다.
하지만 그러다 보면 문득 그 맛에 도취되고 마침내 거기에 빠져
허우적거리게 된다. 이것이 인간이 처한 숙명이다. 그래서 대부분의
종교집단에선 금욕을 강조한다. 욕망 자체를 금지하고 부정하는
길을 택한 것이다. 하지만 그것은 결단코 성공할 수 없다. 조르바와
두목이 찾아간 수도원이 바로 그 증거다. 그리스도의 수난을

체험한다고 떠들어 대면서도 정작 그곳을 움직이는 건 돈과 동성애, 그리고 치정살인이다. 그래서 조르바는 금욕주의를 믿지 않는다. 설령 성공한다 한들 거기에서 무슨 생의 도약을 이룰 수 있단 말인가.

그게 아니라면? 정면으로 '맞짱'을 뜨는 것이다. 즐기거나 토하거나! 그는 왼손 집게손가락이 반 이상 잘려 나갔다. 도자기를 만들 때였다. 녹로를 돌리는데 손가락이 자꾸 거치적거리면서 자기가 만들려던 걸 뭉개곤 했다. 그래서 손도끼로 잘라 버린 것이다. 이건 또 무슨 기행인가? 역시 마찬가지다. 뭔가를 창조할 때는 끝까지 간다! 그것을 가로막는 건 자신의 신체일지라도 용납하지 않는다. 그 고통을 감내하고 나면 욕망은 스스로 멈춘다. 자유의 새로운 공간이 열리는 것이다. 이것이 조르바의 전략이다. 그럼 여자는?

여자란 무엇인가? —암컷 혹은 아프로디테

그에게 있어 여자란 '무서운 수수께끼'다. 지나가는 여자를 봐도 그는 말을 멈추고 큰일이나 난 듯이 떠들어 댄다. "대체 지 신비의 정체는 무엇일까요?"

그가 보기에 여자란 토라지기 잘하는 동물이다. 하지만 누가, 사랑한다, 갖고 싶다고 하면 웃음을 터뜨린다. 자기가 원하건 안 원하건 상관없다. 해서 일단 여자를 만나면 남자는 무조건 '갖고 싶다'고 말해야 한다. 여자란 가엾게도 그걸 원한다. 말하자면 자신이 누군가를 욕망하는 것이 아니라, 누군가가 자신을 욕망하기를 욕망하는 존재다. "천 번을 깔려도 처녀로 다시 일어서는" 존재.

심하게는 "젖통만 쥐어 주면 무슨 짓을 하는지도 모르고 손을 들어 버리는 이 가엾은 것들"이다. 그래서 조르바는 다시 묻는다. "여자란 무엇인가요? 왜 이렇게 고개를 갸웃거리게 하지요?"

물론 결혼을 한다고 그 비밀이 풀리는 것은 아니다. 그에게 있어 결혼이란 '일생일대의 실수'다. 여자에 대해 알 수 있기는커녕 더더욱 미궁에 빠질 따름이다. 그걸 깨닫자마자 조르바는 길 위에 나섰다. 젊은 날엔 가위를 들고 다니면서 자신과 관계한 여성들의 '치모'를 수집하여 베개를 만들어 베고 자기도 했다. 그러다 그것도 심드렁해져서 다 태워 버리고 동시에 가위도 버렸다. 이쯤 되면 변태에 마초로 찍히기 딱 좋다. 하지만 여자에 대한 그의 탐구는 결코 만만치 않다.

무엇보다 그는 여성을 쾌락의 수단으로 여기지 않는다. 쾌락이라고 여겼으면 버찌나 담배처럼 토할 때까지 해보고 끝냈을 것이다. 그는 여자를 '진짜!' 사랑한다. 그 사랑은 소유욕이나 성욕 따위로 환원되지 않는다. 그에게 사랑이란 여자 안에 있는 깊은 샘물을 끌어올리는 것이다.

크레타 섬에서 만난 과부 오르탕스 부인은 퇴물 카바레 가수다. 조르바는 그녀가 자신의 황금시대를 추억하도록 유도한다. 그래서 드러난 그녀의 화려한 이력. "나는 제독을 사랑했지요. 크레타에 또 한 번 혁명이 있자 열강의 함대가 수다 항에 닻을 내렸어요. …… 영국 제독, 프랑스 제독, 이탈리아 제독, 러시아 제독을 …… 나는 제독들의 수염에 매달려 불쌍한 크레타 사람들을 폭격하지 말아 달라고 졸랐어요." 자신도 평화를 위해 싸웠다는 것이다. 하지만 마침내 크레타가 자유를 찾는 날이 오고 말았다. 열강의 함대는 이제 떠나야 한다. 덕분에 그녀는 "한꺼번에 서방

넷을 잃고 곱빼기에 곱빼기 과부가" 된 것이다. 제독들은 그녀에게
영국과 이탈리아 파운드, 프랑스 나폴레옹 화폐, 러시아 루블을
잔뜩 집어 주었다. 이어지는 그녀의 회고담. "욕탕에다 샴페인을
가득 채우더니 날 거기에다 집어넣더군요. 그러고는 날 위로하는
뜻에서 그 샴페인을 퍼 마시더군요. 술에 취하자 제독들은 불을
껐어요. 아침이 되어 일어나 보니 내 몸에서는 네 가지 향수 냄새가
골고루 나는 거예요. 네 강대국을 나는 바로 이 무릎 위에다
올려놓고 이렇게 이렇게 데리고 논 거예요."(『조르바』, 63쪽.) 사대
열강을 '들었다 놨다' 한 그 시절이 그녀에겐 생의 절정이었던
것이다. 역사의 이면 혹은 미시사를 장식하는 이런 이야기를
조르바가 아니라면 누가 끌어낼 수 있단 말인가.

　　이 순간 조르바는 후끈 달아오른다. 이때 그의 앞에 있는 것은
그가 입버릇처럼 말하는 '암컷'이었다. 젊든 늙든, 아름답든 추하든
용모는 그의 눈에 보이지 않았다. 모든 여자 뒤에는 위엄 있고
신비스러운 아프로디테의 얼굴이 떠오르는 것이었다. 조르바가
보고 말하고 바라는 것은 바로 그 얼굴이었다. "오르탕스 부인은
덧없는 순간의 투명한 가면에 지나지 않았고 조르바는 이 가면을
찢고 영원한 입술에 키스하는 것이었다."(『조르바』, 64쪽.) 암컷이리고
하면 여성들은 대개 모욕감을 느낀다. 하지만 조르바에겐 그것이
곧 미의 여신인 '아프로디테'다. 미추와 노소, 빈부 등 문명적
가면들이 다 벗겨진 여자의 원초적 '쌩얼'이기 때문이다. 가면을
벗고 자신의 본래면목을 보도록 해주는 것. 자신에게 매달리기를
바라는 것이 아니라 그녀 자신의 삶을 당당하게 살게 해주는 것.
이것이 조르바의 '사랑법'이다. 하여, 오르탕스 부인에게 있어
조르바는 터키인이자 유럽인이자 그리스인이다. "조르바를

안음으로써 오르탕스 부인은 축복받은 저 수많은 애인들을 한꺼번에 끌어안는 셈이었다."[『조르바』, 231쪽.]

솔직히 이런 사랑법은 참으로 낯설다. 우리 시대는 서로를 향해 블랙홀처럼 달려가는 것을 순수한 사랑이라고 한다. 사실 그것은 사랑이라기보다 소유나 소비에 가깝다. 그래서 결국은 스토킹 아니면 포르노로 떨어지고 만다. 생산과 창조로부터 멀어질 때 사랑은 순식간에 폭력이 된다는 것을 이보다 더 리얼하게 보여 줄 수 있을까. 또 그럴수록 여자는 남자를, 남자는 여자를 알지 못한다. '있는 그대로' 보는 것이 아니라 자기가 만들어 놓은 프레임 안에서만 보고자 하기 때문이다.

조르바는 자부한다. 오르탕스 부인을 나보다 더 기쁘게 해준 사람은 없다고. "다른 사람은 그 여자에게 키스하면서도 자기 함대나, 왕이나, 크레타나, 훈장이나, 마누라나…… 이런 걸 생각했습니다. 그러나 나는 이런 건 깡그리 잊어버립니다."[『조르바』, 391쪽.] 왜? 오직 그녀에게만 몰두하기 때문이다. 그리고 여자에게 그 이상의 기쁨은 없는 법이다.

247

약한 자여, 그대 이름은 여자? 아니 인간!

하지만 조르바가 보기에 여자들은 이런 사랑에 부응하지 않는다. 오르탕스 부인만 해도 사랑에 빠지자마자 곧바로 결혼을 열망하지 않던가. "저 원대한 희망(결혼)이 마음속에서 꿈틀거리며 빛을 발하는 순간부터 우리의 늙은 세이렌은 매력을 깡그리 상실한 것이었다."[『조르바』, 305쪽.] 그저 결혼하고 싶어 하는 가련한 여자의 모습으로 되돌아가 버렸다.

그래서 다시금 여자는 조르바에게 불가사의한 존재가 된다. 대체 여자는 왜 자유를 원하지 않을까? 그렇다면 과연 여자도 인간인가? 그는 정말로 그것을 알고 싶다. 오랜 탐구를 통해 마침내 하나의 결론에 도달한다. 여자도 인간이다. 다만 약자일 뿐이다. 약한 자는 자유를 누리기를 두려워한다. 누군가에게 예속되고 보호받고 싶어 한다. 게다가 지갑을 보면 돌아 버린다. 착 달라붙어 자유고 뭐고, 에라 모르겠다, 모조리 남자에게 주어 버린다.

해서 그에게는 아주 특별한 윤리적 지침이 있다. 여자는 소중하게 다루어야 한다는 것. 또 여자와 잘 수 있는데도 함께 자 주지 않으면 영혼이 파멸을 면치 못한다는 것. 왜냐면, 그럴 경우, 여자는 하느님 앞에서 심판을 받을 때도 한숨을 쉴 거고, 아무리 잘한 일이 많아도 그 한숨 하나면 그 사내는 지옥행을 면치 못할 것이기 때문이다. 해서 마을의 과수댁이 혼자 잔다는 게 그로서는 참을 수가 없다. 그래서 밤마다 그 집들을 방황한다. 누가 그녀와 자는지 확인하기 위해서란다. 이런 대책 없는 '박애주의자'를 봤나?!

이렇듯 그에게 있어 여자란 존재의 심연을 탐사하는 일종의 '화두'다. 작품 안에는 두 가지 죽음이 등장한다. 하나는 마을의 '팜므 파탈'인 과수댁. 모든 남자를 들뜨게 만드는 치명적인 매력의 소유자다. 조르바와 두목 역시 그녀에게 매료된다. 하지만 이 매력이 그녀를 엄청난 비극에 빠뜨린다. 한 청년이 그녀를 짝사랑하다 물에 빠져 죽어 버린 것. 가족과 마을 사람들은 그녀 탓이라 간주하며 증오심에 들끓는다. 결국 부활절 축제마당에서 그녀에게 돌을 던지며 죽이라고 아우성친다. 조르바는 그에 맞서 격렬하게 싸운다. 승리를 거두었다고 생각하는 순간, 죽은 청년의

아비가 나타나 민첩한 매처럼 과수댁을 덮쳐 단도로 목줄을 따
버린다. 부활절의 잔혹한 살육! 대체 어떻게 이럴 수가? 이것이
군중, 아니 인간이다. 여자보다 더 약한 인간의 모습! 조르바는
절망한다. 그 뒤를 이어서 오르탕스 부인 또한 폐렴에 걸려 임종을
맞이한다. 이웃들은 그녀가 죽기도 전에 그녀의 물건들을 약탈하는
데 급급하다. 그 소동 속에서도 조르바는 끝까지 그녀의 존엄성을
지켜 준다.

두 여자의 죽음을 목격한 뒤 그는 깊은 정적에 휩싸인다.
그리고 이렇게 묻는다. "만물은 각기 무슨 의미를 지닌 건가요?
누가 이들을 창조했을까요? 왜요? 그리고 무엇보다도…… 왜
사람들은 죽는 것일까요?"(『조르바』, 385쪽.)

곡괭이와 산투르, 그리고 춤

왜 먹는가? 노동하고 유머를 구사하기 위해서. 왜 섹스하는가? 생의
기쁨을 누리기 위해서. 조르바는 그런 인물이다. 그의 식욕은 말로,
노동으로 순환한다. 또 그의 사랑은 여자를 넘어 존재의 심연으로
향한다. 처음 두목과 만날 때 그의 옆구리에는 보따리 하나가
있었다. 산투르라는 악기를 싼 보자기. 산투르는 그의 화신이다.
그는 그것을 마치 살아 있는 존재인 양 소중히 다루고 마음 깊은
곳에서부터 대화를 나눈다. 그런 점에서 그는 일종의 범신론자다.
"만물에 영혼이 있는 것 같은 것이…… 나무도, 돌도, 우리가 마시는
포도주도, 밟고 선 이 대지도, 두목, 모든 사물, 그래요, 글자 그대로
만물입니다!"(『조르바』, 115쪽.)

나무와 돌뿐 아니라 탄광과도 혼연일체다. "조르바는 사방으로 뻗어 나간 갱도를 자기 살 속에 뚫린 혈관으로 느낄 수 있었고 검은 석탄 덩어리들도 느껴 내지 못하는 것들을 살아 있는 인간의 투명한 의식으로 감지할 수 있었다."(『조르바』, 160쪽.) 나무는 갈탄이 되고, 갈탄은 석탄이 되고, 또 조르바가 된다. 말하자면 조르바는 대지와 곡괭이와 갈탄에 호흡을 일치시키는 존재다. 갱도가 벌어져 무너지려 할 때 그걸 가장 먼저 감지하는 것도 그다. 절체절명의 순간이건만 그는 사람들을 다 구출시키고 맨 나중에 빠져나온다. 죽음 앞에서도 평정을 잃지 않는 내공. 그것은 그가 여자를 사랑할 때처럼 일과 광산을 사랑하기에 가능한 것이다. "다음날 아침이 채 밝기도 전에 광산의 갱도에서는 조르바의 고함 소리와 곡괭이 소리가 울려 나왔다. …… 그와 함께 있으면 일은 포도주가 되고 여자가 되고 노래가 되어 인부들을 취하게 했다. 그의 손에서는 대지는 생명을 되찾았고 돌과 석탄과 나무와 인부들은 그의 리듬으로 빨려 들어갔다."(『조르바』, 262쪽.)

먹을 때는 먹는 것만, 일할 때는 일만, 사랑할 때는 사랑만! 이것이 그의 신념이자 철의 규율이다. 순간에 충실하라! 인류의 모든 멘토들이 전하는 메시지다. 삶에는 어제도 내일도 없다. 오직 '지금, 여기'가 있을 뿐! 이것은 쾌락주의나 향락주의가 아니다. 쾌락과 향락, 고통과 괴로움의 경계가 사라져야 비로소 가능한 경지다. "나는 어제 일어난 일은 생각 안 합니다. 내일 일어날 일을 자문하지도 않아요. 내게 중요한 것은 오늘, 이 순간에 일어나는 일입니다. 나는 자신에게 묻지요. '조르바, 지금 이 순간에 자네 뭐하는가?' '잠자고 있네.' '그럼 잘 자게.' '조르바, 지금 이 순간에 자네 뭐하는가?' '일하고 있네.' '잘해 보게.' '조르바, 자네 지금 이 순간에 뭐 하는가?' '여자에게 키스하고 있네.' '조르바, 잘해 보게.
키스할 동안 딴 일일랑 잊어버리게. 이 세상에는 아무것도 없네.
자네와 그 여자밖에는. 키스나 실컷 하게.'"(『조르바』, 391쪽.)

만물과 리듬을 타고 순간의 강밀도를 즐기고. 춤이 생성되는
지점도 바로 거기다. 춤은 사물과 우주와 소통하는 몸짓이다.
러시아에서 살 때 볼셰비키 친구와 춤으로 살아온 내력을 다
표현한 적도 있다. 말을 더 크게 하면 춤이 된다. "내 발, 내 손이
말을 했고, 내 머리카락, 내 옷도 말을 했지요."(『조르바』, 110쪽.) 몸
전체가 로고스가 되는 과정, 그것이 곧 춤이다. 그러기 위해선
신체가 활짝 열려야 한다. 어디에도 걸림이 없어야 한다. 다시 말해
시비와 선악, 생사의 장벽을 넘어야 한다.

'조국과 하느님'으로부터의 도주

조르바의 몸은 상처와 흉터와 옹이투성이다. 크레타에 혁명이
일어나면서 총을 들었고 아무 이유도 없이 무고한 사람들을
난도질하면서도 그것이 하느님의 뜻이라 여겼다. 조국과 하느님,
그것이 그의 존재를 지배한 지고의 이상이었다. 그러던 어느 날
비정규 전투 요원이 되어 불가리아인의 목을 땄는데, 그 다음
날 거리에서 그 사람의 아이들을 만났다. 가진 것을 다 털어 준
다음, 셔츠 앞을 헤쳐 애써 딴은 성 소피아 성당 장식을 떼어 내어
갈기갈기 찢어발기고는 있는 힘을 다해 도망쳤다. "이로써 나는
구제를 받은 겁니다." "내 조국으로부터 구제받고, 신부들로부터
구제받고 돈으로부터 구제받았습니다." 비로소 '해탈의 길', '인간의

길'을 찾은 것이다.

　그가 보기에 조국 같은 게 있는 한 인간은 짐승, 그것도 '앞뒤 헤아릴 줄 모르는 짐승' 신세를 벗어나지 못한다. 하느님과 돈도 마찬가지다. 부활절 축제마당에서 아무 죄도 없는 과수댁의 목을 따고 오르탕스 부인이 죽기도 전에 물건을 약탈하는 존재들, 그것이 인간이다. 그 끔찍하고 비열한 짓거리도 다 신의 이름으로, 조국의 이름으로, 공동체의 이름으로 행해진다. 전쟁터를 누비면서 그 모순과 아이러니를 온몸으로 터득한 셈이다. 해서 죽도록 도망치고 있다. 조국이나 신, 혹은 그보다 더 높은 이상으로부터. 쾌락과 이상은 정반대편에 있지만 인간을 예속시키고 광적인 열기에 휩싸이게 하는 건 다르지 않다. 여기에서 도주하지 않는 한 자유는 없다!

고래의 '충혈된' 눈

하여, 그는 아무것도 믿지 않는다. 오직 조르바 자신만을 믿는다. 그건 "내가 아는 것 중에서 아직 내 마음대로 할 수 있는 게 조르바뿐이기 때문이오. 나머지는 모조리 허깨비들이오. 나는 이 눈으로 보고 이 귀로 듣고 이 내장으로 삭여 내어요. 나머지야 몽땅 허깨비지. …… 조르바가 죽으면 세계 전부가 나락으로 떨어질 게요."(『조르바』, 82쪽.) 하지만 그렇게 경멸하고 의심하면서도 그는 언제나 사람들과 더불어 산다. 대신 그는 인간의 어떤 '꼬라지'도 외면하지 않는다. 아무리 끔찍해도, 아무리 비열해도, 아무리 나약해도. 그러면서 하나씩 벽을 넘어왔다. 그에겐 어떤 이상도 없다. 조국도 신도 결혼도 고향도. 동시에 그에게는 그것들이 주는 두려움 또한 없다. 비로소 만물과 더불어 춤출 수 있게 된 것이다.

두목과 조르바가 시도한 회심의 사업은 마침내 파국을 맞이했다. 두 사람은 모든 것을 다 잃었다. 한데 놀랍게도 파산과 더불어 그토록 갈망하던 자유를 얻게 되었다. 비움으로써 얻어지는 해방의 공간! 조르바는 고백한다. "두목! 사람을 당신만큼 사랑해 본 적이 없어요. …… 춤으로 보여 드리지." 그는 공중으로 뛰어올랐다. 팔다리에 날개가 달린 것 같았다. 바다와 하늘을 등지고 날아오르자 그는 흡사 반란을 일으킨 대천사 같았다. 마치 하늘에다 대고 이렇게 외치는 것 같았다. "전능하신 하느님, 당신이 날 어쩔 수 있다는 것이오? 죽이기밖에 더 하겠소? 그래요, 죽여요. 상관 않을 테니까. 나는 분풀이도 실컷 했고 하고 싶은 말도 실컷 했고 춤출 시간도 있었으니…… 더 이상 당신은 필요 없어요!"(『조르바』, 416쪽.)

조르바의 죽음은 장엄했다. 그는 최후의 순간까지 정신이 말짱했고, 아무것도 후회하지 않았다. 그는 침대에서 뛰어내려 창문가로 갔다. 거기에서 창틀을 거머쥐고 먼 산을 바라보다 눈을 크게 뜨고 웃다가 말처럼 울었다. 창틀에 손톱을 박고 서 있을 동안 죽음이 그를 찾아왔다. 마치 선사들의 죽음을 연상시킨다. 좌탈입망! 보통 선사들은 좌탈앉은 채로 숨을 거두는 것을 하는데, 조르바는 입망선 채로 숨을 거둠을 한 것이다. 이 대목을 볼 때마다 떠오르는 구절이 있다. 심해를 항해하고 돌아온 고래의 충혈된 눈! 카잔차키스의 또 다른 멘토인 니체의 말이다.

자, 여기까지가 조르바의 여정이자 항해다. 그럼 조르바가 그토록 사랑한 '나'는? 그는 이 길 위에서 어떤 심해를 탐사한 것일까? 그건 다음 장에서…….

조르바 여정도

하늘색 : 두목(나)과 함께한 여정 **피레에프스 항구** ⇨ **크레타**

노란색 : 두목과 헤어진 후 조르바 여정 **아토스 산** ⇨ **루마니아** ⇨ **시베리아** ⇨ **세르비아**

모스크바

우크라이나

루마니아

세르비아

그리스

아테네

피레에프스 항구

크레타섬

러시아

노보시비르스크

카자흐스탄

ZORBA
The
GreeK
그리스인
조르바

두목(나) 여정도

하늘색 : 조르바와 함께한 여정 피레에프스 항구 ⇨ 크레타

주황색 : 조르바와 헤어진 후 여정 칸디아 ⇨ 베를린 ⇨ 스위스 ⇨ 아이기나

아일랜드

영국

독일

프랑스

스위스

스페인

베를린

폴란드

우크라이나

루마니아

불가리아

그리스

아이기나
Aigina

크레타 섬

니코스 카잔차키스 여정도

"74년 생애를 프랑스, 영국, 독일, 이탈리아, 러시아, 중국, 일본, 팔레스타인,
이집트 땅을 누비고 다닌 그[카잔차키스]의 생애는 오디세우스의 떠돌기를 연상시킨다."
(이윤기, 「20세기의 오디세우스」, 『그리스인 조르바』, 448쪽.)
이와 같은 삶을 산 카잔차키스였기에 '여정도'라기보다는, 그가 다닌 주요한 곳들을
아래 지도에 표시해 두었다.

러시아

카자흐스탄

몽고

중국

Zorba the

그리스인 조르바

2.

생명과 자유, 그 충만한 매트릭스

1914(31세) 시인 앙겔로스와 함께 그리스 아토스 산을 여행. 여러
수도원을 돌며 40일간 머무름. 이때 단테, 복음서, 불경을 읽음.
1922(39세) 5월부터 8월까지 빈에 체재. 1차 세계대전 후 빈의
퇴폐적 분위기 속에서 불경을 연구하고 붓다의 생애를 다룬
희곡을 집필하기 시작. 9월 베를린에서 그리스가 터키에
참패했다는 소식을 들음. 민족주의를 버리고 공산주의에 동조.
혁명적 행동주의와 불교적인 체념을 조화시키려 시도함.
1924년(41세) 이탈리아에 체류. 『붓다』를 완성하고 성자
프란체스코에 대한 흠모와 공경을 시작함. 공산주의 세포의
정신적 지도자가 됨.
1936년(53세) 내전 중인 스페인에 특파원으로 감. 독재자 프랑코를
인터뷰. 아이기나에 집이 완성됨. 그가 장기 거주한 첫번째 집임.

『그리스인 조르바』 뒤에 붙은 작가연보를 대강 추린 것이다. 이
사항들만으로도 우리는 그의 생애가 지닌 '리듬과 강밀도'를 짐작할
수 있다. 일단 그는 늘 '길 위에' 있었다. 평생에 걸쳐 그리스는
물론이고 유럽과 전 세계를 쉬지 않고 돌아다녔다. 53세에 비로소
'집'이 생겼다니, 이 정도면 역대 최강급 역마살을 자랑하는
세르반테스도 울고 갈 지경이다. 더 놀라운 건 그의 사상적
여정이다. 31세에 '단테와 복음서와 불경'을 동시에 주파하고 있다.
그런가 하면 프란체스코 성인과 공산주의에 대한 열정이 태연하게
공존한다.
　　요컨대 그는 '유동하는' 존재였다. 시대 또한 쉬지 않고
요동쳤다. 그리스와 터키 사이에 벌어진 발칸 전쟁을 비롯하여 1,
2차 세계대전과 러시아 발 소비에트 혁명에 이르기까지. 그 각축과

진동의 시대를 매끄럽게 유영하고 있다. 마치 장강을 거슬러 오르는 미꾸라지처럼. 그 유동성의 원천은 글쓰기다. 그는 온갖 정치적 운동에 참여했지만, 무게중심은 늘 '존재의 심연'에 대한 탐구에 있었다. 그 탐구의 결정판이 『그리스인 조르바』다. 앞 장에서는 조르바의 여정을 따라갔다면, 이번에는 카잔차키스의 분신인 '나'의 여정을 추적할 차례다.

'조르바'라는 학교

갈탄광 사업을 위해 크레타로 향하면서 '나'는 이렇게 결심한다. "붓다에서 벗어나고 모든 형이상학적인 근심인 언어에서 나 자신을 끌어내고 헛된 염려에서 내 마음을 해방시킬 것. 지금 이 순간부터 인간과 직접적이고도 확실한 접촉을 가질 것."(『조르바』, 83쪽.) 참 희한한 노릇이다. 채굴 사업을 하겠다는 자본가가 이런 목표를 설정하다니. 한데, 더 이상한 건 그렇게 결심했으면서도 지난 2년간 끌어안고 있던 '미완성 원고'를 챙겨간다는 사실이다. 멀리 카프카스로 떠나면서 '너는 대책 없는 책벌레'라고 냉소했던 친구의 웃음소리를 들으며 "나는 아기를 싸듯이 조심스럽게 그 원고를 포장하여 다른 짐 속에 넣었다."(『조르바』, 15쪽.) '책벌레'에서 벗어나고 싶으면서도 책의 씨앗을 버리지 못하는 존재. 그가 원하는 건 책을 버리는 것이 아니라 그 책에 육체를 불어넣는 것이었다. 피와 땀과 근육이 펄떡거리는!

그 여정에서 조르바를 만났다. 그는 한눈에 반한다. '푸짐한 입과 살아 있는 가슴, 야성의 영혼' 등 그가 원하는 모든 것을

갖추고 있어서다. 하여, 그는 갈망한다. "조르바라는 학교에 들어가
저 위대한 진짜 알파벳을 배울 수 있"기를. 그러자면 정신을
육신으로, 육신을 정신으로 채워야 했다. 즉, '정신과 육신'이라는
영원한 적대자를 화해시켜야 했다.

조르바와 '나', 둘은 함께 간다. 하지만 서로 다른 길을 간다.
조르바는 채굴을 하고 인부들을 호령하고 또 위기에서 구출한다.
반면 '나'는 사유의 갱도를 채굴해 들어간다. 존재와 우주의
심연으로 향하는 길을 탐사하는 것이다. 전자의 길에선 '내'가
자본가고 조르바가 노동자지만, 후자의 길에선 조르바가 노련한
'튜터'라면 '나'는 철부지 생도에 불과하다. 물질적 세계와 비물질적
세계, 그 사이에서 생극(상생과 상극)의 파노라마가 펼쳐진 것. 과연
이 두 개의 상이한 포물선은 서로 마주칠 수 있을까?

'조르바'라는 텍스트

한 사내가 있었다. 그는 매일 저녁 등불을 들고 거리를 다니면서
갓 도착한 나그네를 찾는다. 있으면 집으로 데려와 맛있는 음식과
술을 대접하고는 안락의자에 앉아 지엄한 분부를 내린다. "말하소!"
직업이며 이름, 어디에서 왔는지, 거쳐 온 도시와 마을 등등 깡그리.
그러면 나그네는 '있는 말 없는 말, 겪은 일 안 겪은 일'을 되는 대로
주섬주섬 주워섬겼고, 그 사내는 안락의자에 편히 앉아 장죽을 문
채 귀를 기울이며 이 나그네를 따라 여행길로 나선다. 그는 마을을
떠난 적이 없었다. '왜 그 먼 곳까지 가? 길손들이 오면 다른 마을,
다른 세계가 내게로 오는 셈인데, 뭣 하러 거기까지 가?' 이 사내가

'나'의 외조부다.

크레타 해안에서 '나'는 외조부의 그런 기벽을 완성했다. '나' 역시 등불을 들고 나가 나그네 하나를 발견한 셈이다. 밤마다 '나'는 일을 끝내고 오는 그를 기다려 맞은편에 앉히고는 저녁을 먹는다. 그리고 이렇게 소리친다. "이야기하세요." '나'는 파이프 담배를 피우며 듣는다. 나그네는 이 세상 구석구석, 영혼 구석구석을 누빈 사람이다. 그가 이야기를 시작하면 마케도니아 전체가, 산이, 숲이, 냇물이, 코미타지 게릴라가, 부지런한 여자들과 건강한 사내들이 그와 '나' 사이의 좁은 공간 가득히 펼쳐진다. 매일 밤 조르바는 '나'를 그리스, 불가리아, 콘스탄티노플 구석구석으로 데려다 준다.

그렇다. 조르바라는 학교의 가장 중요한 교과서는 다름 아닌 '조르바' 자신이다. 그가 들려주는 인생역정에는 모든 과목이 다 들어 있다. 문·사·철文史哲을 비롯하여 여성학과 인류학, 그리고 요리까지. 더구나 그는 이 모든 과목을 살아 숨쉬는 언어로 풀어 낸다. 그의 질펀한 '썰'들에는 고매한 이치와 통속적 감각이 제멋대로 교차한다. 그것은 마치 밀려오는 파도와 같다. 높아졌다 낮아졌다 가까워졌다 멀어졌다 하는. '나'는 이 '썰'의 파도를 따라잡는 데 여념이 없다. 대체 '나'는 이 텍스트에서 무엇을 배웠던 것일까?

'우상'에서 '연민'으로

"시답잖은 소리 하고 자빠졌네. 자식들, 창피한 줄도 모르는 모양이야." "그게 무슨 말입니까, 조르바?" "임금이니, 민주주의니, 국민 투표니, 국회의원이니 해봐야 다 그게 그거니까 하는 소리요."(『조르바』, 27쪽.)

조르바가 보기에 그 따위 이념과 주의는 '녹슨 고물총'이나 다름없었다. 산전수전을 거치면서 소위 '시대정신'의 허구성을 똑똑히 목격한 탓이다. 그것은 하나의 우상을 다른 우상으로 교체한 것에 불과하다. 왕권에서 민권, 봉건제에서 민족주의로의 변화는 분명 대단한 진보다. 하지만 그렇게 등장한 '민권, 민족'이라는 이념 역시 힘과 권위를 확보하는 순간 또 하나의 우상으로 전락해 버린다. 이념이건 종족이건 신이건 다 마찬가지다. 떠받드는 가치가 드높을수록 노예의 사슬은 더한층 길어질 따름이다.

그 즈음 '나'는 두 명의 친구로부터 편지를 받는다. 하나는 아프리카로 간 친구. 그는 '그리스를 증오하는' 그리스인이다. 그는 아프리카에서 미치도록 노동에 매진한다. 그에겐 오직 부를 창출하는 '노동, 노동'뿐이다. 다른 하나는 그를 책벌레라고 놀리며 떠난 친구. 그는 카프카스에서 난민들을 규합하여 그리스로 향한다. 그들에겐 그리스가 곧 약속의 땅이다. 그에게는 오직 동포들을 위한 '행동, 행동'이 있을 뿐이다. 그리스를 증오하는 것과 사랑하는 것. 그 둘은 방향만 다를 뿐 '샴쌍둥이'처럼 닮아 있다. 그리스라는 '우상'에서 벗어나지 못한다는 점에서.

조르바는 그 모든 미망에서 벗어난 존재다. 그는 애국자가 될 생각이 없다. 애국심의 원천인 '신'과 '천당'에 대한 믿음 또한 없다. 사람들이 조국이나 천당 같은 '우상'에 매달리는 건 허무를 마주할 용기가 없어서다. "나는 허무를 극복했습니다! 많은 사람들은 어렵게 생각했지만 내겐 그럴 필요가 없어요. 나는 좋다고 기뻐하지도, 안 됐다고 실망하지도 않아요. 그리스가

콘스탄티노플을 점령했다는 소리를 들어 봐야 터키가 아테네를
점령했다는 소리나 마찬가지라는 겁니다."[『조르바』, 211쪽.]

그에게 있어 중요한 건 국적이 아니라 '어떤 사람이냐'다. '좋은
사람이냐, 나쁜 놈이냐?' 앞으론 그것도 상관하지 않을 작정이다.
왜냐면? 좋은 '사람'이건 나쁜 '놈'이건 먹고 마시고 사랑하고
두려워한다. 누구든 마음속엔 하느님과 악마가 있고, 때가 되면
사지를 뻗고 땅밑에 누워 구더기 밥이 된다. 불쌍한 것! 결국
인간은 구더기 밥이라는 점에서 모두 한 형제다. '조국과 신'이라는
우상에서 벗어나자 모든 살아 있는 존재에 대한 근원적 연민이
솟구친 것이다. 부처의 자비와 예수의 사랑이 시작되는 지점도
여기일 터. '나'는 조르바라는 사내가 부러웠다. 그는 '살과 피'로
싸우고 죽이고 입을 맞추면서 '내'가 펜과 잉크로 배우려던 것들을
고스란히 살아온 것이었다.

'공동체' 혹은 '혁명'이라는 허깨비

물론 거기서 끝이 아니다. 이상은 또 다른 이상으로, 정열은 또
다른 정열로 화할 것이므로. 20세기 역사가 보여 주듯, 민족·민주
등의 이념은 결국 공산주의로 도약한다. 계급을 통한 전 지구적
연대라는 이념이 탄생한 것이다. 카잔차키스 역시 그 혁명에 열렬히
동참한 바 있다. 한때 러시아로 이주할 생각을 했을 정도로. "내겐
로맨틱한 계획이 하나 있었다. 갈탄광이 성공하면, 모든 것을 서로
나누어 갖고 형제들처럼 같은 옷을 입고 같은 음식을 먹는 일종의
공동사회를 만드는 것이었다. 나는 마음속으로 새로운 종교집단,

새로운 생활의 기폭제를 구상해 왔다."(『조르바』, 79쪽.) 그 낌새를
눈치 채자 조르바는 곡괭이를 집어던지며 역정을 냈다. "제발 좀
끼어들지 마시오. 내가 아무리 애써 놓아도 당신이 몽땅 무너뜨리고
말아요. 오늘 인부들에게 한 이야기, 그게 뭐요? 사회주의라고?
개코 같은 소리! 당신은 목자요, 자본주요? 결단을 내리쇼!" 어떻게
결단을 내린단 말인가? '나'는 이 양극을 결합하여 '지상의 생활'과
'하늘의 왕국'을 동시에 구현하려는 욕망에 사로잡혀 있었다.

　　하지만 조르바는 근본적으로 '인간' 자체를 믿지 않는다.
인간이란 짐승이다! 짐승에겐 오직 힘의 원리만이 지배한다. "이
짐승을 사납게 대하면, 당신을 존경하고 두려워해요. 친절하게
대하면 눈이라도 뽑아갈 거요." 그러니 거리를 두어야 한다.
"우리는 평등하다, 우리에겐 똑같은 권리가 있다." 이따위 소리를
하면 그들은 결국 "당신 권리까지 빼앗고 당신 빵을 훔치고 굶어
죽게 할" 것이다. 조르바의 말이 채찍이 되어 날아들었다. '나'는
어떤 반박도 하지 못한다. '내'가 꿈꾸는 공동체란 인간에 대한
고매한 (실은 막연한) 이상에 근거하고 있다. 한데, 만약 그 전제가
틀렸다면? 공동체고 혁명이고 단숨에 몰락해 버릴 것이다. 그래서
몽상이고 망상이다. 하지만 조르바는 다르다. 조르바는 그토록
인간을 경멸하면서도 언제 어디서건 그들과 함께한다. 위기가 오면
목숨을 걸고 그들을 구하지만 어떤 보답도 원하지 않는다. 근원적
연민 이외에 어떤 기대치도 없기에 가능한 행동이다.

　　물론 이렇게 반박할 수 있다. 그러니까 계몽이 필요한 거
아니냐고. 계몽이란 무엇인가? 어둠에 갇힌 대중을 빛의 세계로
인도하는 것. 목자가 양떼를 이끌 듯 돌보아 주는 것. 하지만
조르바는 즉각 반문한다. 만약 사람들이 눈을 뜨고 밖으로 나왔을

때 지금의 암흑세계보다 더 나은 세계를 보여 줄 수 있는가?

'나'는 알지 못했다. 타파해야 할 것이 무엇인가는 잘 알고 있었다. 그러나 그 폐허에 무엇을 세워야 하는지, 그것에 대해서는 알지 못했다. 낡은 세계는 확실하고 구체적이다. 우리는 그 세계를 살며 순간순간 그 세계와 싸운다. 하지만 미래의 세계는 아직 오지 않았다. 하여, 비전은 늘 환상적이고 유동적이며 모호하다.

'나'의 비전은 영성과 지성이 결합된 예술가들의 공동체다. "낮에는 하루 종일 일하고 밤에만 만나 함께 먹고 마시고 읽고 인간의 중요한 관심사를 서로 토론하고 기존의 해답을 뒤집고자 했었다. 나는 그 공동사회의 규칙까지 정했다. 뿐만 아니라 사냥꾼 성 요한이 은거하던 이메토스 산길 옆에다 마땅한 건물까지 하나 물색해 두었던 것이다." 조르바는 자신을 그 수도원의 문지기로 취직시켜 달란다. "밀수도 좀 해먹고 이따금 그 성스러운 경내에다 괴상한 물건도 좀 들여놓게. 여자, 만돌린, 라키 술통, 애저구이. 그래야 당신네들이 허튼수작이나 부리며 인생을 우습게 살아 버리지 않을" 거라면서.

조르바가 말하는 건 삶이다. 삶은 생명이고 욕망이며 일상이다. 먹고 마시고 사랑하고, 또 속고 속이고, 죽고 죽이는 육체들의 향연. 이 생의 한가운데를 관통하지 못한다면 어떤 혁명도, 이상도 다 '허깨비'에 불과하다.

우물에 빠진 '붓다'? 혹은 '붓다'라는 우물!

'나' 또한 거기에 동의한다. 20세기 초의 격변 속에서 '노동과

행동', '투쟁과 혁명'이라는 이상이 어떻게 타락해 가는지를 충분히
목격했기 때문이다. 그 모든 가치들은 욕망의 소용돌이와 생의
도저한 흐름 속에서 산산히 부서지고 말았다. 그래서 다시 묻게
된다. 인간이란 무엇인가? 삶이란 무엇인가? '단테와 복음서,
불경'을 손에서 놓지 못하는 것도 그 때문이다. 조르바가 갱도를
파는 동안에도 '나'는 단테의 시행을 외고, 불경을 필사하고,
말라르메의 시집을 읽는다. 이 중에서 '나'를 특별히 사로잡고 있는
것은 붓다다.

초등학교 1학년, 알파벳 독본에서 우물에 빠진 아이가 그
속에서 화려한 도시를 보았다는 이야기를 읽은 '나'는 우물가로
달려가 검고 부드러운 수면을 내려다보았다. 오래지 않아 내
눈에도 저 환상의 도시, 거리, 아이들, 포도 넝쿨이 보였다. '나'는
더 이상 참을 수가 없었다. '나'는 우물 속에 머리를 처박고 팔을
뻗으면서 땅을 박차고 우물의 가장자리를 넘으려 했다. 그러나
그 순간 어머니가 나를 보셨다.『『조르바』, 254쪽.』 어머니가 소리를
지르며 달려와 내 허리띠를 잡으셨기에 망정이지 하마터면 우물
속으로 뛰어들 뻔했다. 자라면서 '나'는 '영원'이라는 말, '사랑',
'희망', '국가', '하느님' 같은 말 쪽으로 가파르게 기울어졌다. 한
단어 한 단어를 정복하면서 '나'는 무럭무럭 성장하고 있다고
생각했다. 허나 아니었다. '나'는 겨우 말을 바꾸어 놓고 그것을
'구원'이라고 부르고 있었다. 그런 '내'가 2년 전부터는 '붓다'라는
말에 기울어지고 있었다. '붓다'라는 또 하나의 우물에 빠진 것이다.

'나'는 부르짖었다. 붓다는 최후의 인간이다! 붓다에겐
'순수한' 영혼이 있다. 붓다의 내부는 공허하며 그 자신이 바로
공空이다. 하여, '나'는 확신했다. "붓다는 최후의 우물, 마지막

심연의 언어이며 영원한 구원의 문이 될 것"이라고. 영원? 확신이
올 때마다 써오던 말이 아니던가. 그렇다면 붓다 역시 또 하나의
미망에 불과한 것 아닌가. 그렇다. "나는 붓다, 하느님, 조국, 이상,
이 모든 허깨비들에게서 풀려나야겠다고 생각했다. 붓다, 하느님,
조국, 이상으로부터 자신을 해방시키지 못하는 자에게 화禍
있을진저."(『조르바』, 264쪽.) 그런 점에서 붓다는 최후의 승부처다.
물러설 곳도, 나아갈 곳도 없다. "내 기필코 언어를 동원하고 언어의
주술적인 힘을 빌리고 그 마술적인 율동에 의지하여 그를 포위
공격하고 무찔러 내 오장육부에서 내쫓고 말리라."(『조르바』, 196쪽.)

'과수댁', 생의 원초적 충동

이 대결의 배후조종자는 조르바다. 조르바가 아니었다면 '나'는
붓다라는 우물에 빠져 또다시 허우적대고 말았으리라. 조르바는
붓다를 알지 못한다. 하지만 그는 누구보다 붓다의 가치를 체득한
존재다. 그는 모든 사물을 매일 처음 보는 듯이 대한다. "태초에
이 땅에 나타났던 사람들의 경우처럼, 조르바에게 우주는 진하고
강력한 환상이었다." "그는 이성의 방해를 받지 않고 흙과 물과
동물과 하느님과 함께 살았다."(『조르바』, 199쪽.)
　　그렇다. 조르바는 생의 원초적 에너지로 충만하다. 모든
우상으로부터 도주했으면서도 결코 허무에 빠지지 않는 건
그 때문이다. '나'에게 절실한 것도 바로 저 생명력이다. 드디어
실전의 순간이 다가왔다. 실전의 파트너는 과수댁. 마을의 모든
남성들의 욕망을 자극하는 에로스의 화신. 생의 원초적 충동을

내재한 여인이다. 치명적인 너무나 치명적인! 파블리라는 청년은
이 과부에 미쳐 스스로 목숨을 끊었다. 그런 그녀가 '나'에게
유혹의 메시지를 보낸다. 조르바는 말한다. "여자는 맑은 샘물과
같습니다. 거기를 들여다보면 모습이 비칩니다. 마시면 되는 겁니다.
뼈마디가 녹신녹신할 때까지 마시면 되는 겁니다."(『조르바』, 124쪽.)
'나' 또한 흑표범처럼 탄탄한 그 몸을 갈망하고 있었다. 하지만
'나'는 어떤 행동도 하지 않는다. 말썽이 생기는 건 딱 질색이니까.
다시 조르바의 채찍이 날아든다. "산다는 게 곧 말썽이오. 허리띠를
풀고 말썽거리를 만드는 게 바로 삶이오!" 옳다! 하지만 '나'에겐
그럴 용기가 없었다. "타인과의 접촉은 이제 나만의 덧없는 독백이
되어 가고 있었다. 나는 타락해 있었다. 여자와의 사랑과 책에 대한
사랑을 선택하라면 책을 선택할 정도로 타락해 있었다."(『조르바』,
150쪽.)

　　'나'는 그녀와의 실전을 격렬하게 저항한다. 붓다의 노래를
베끼면서. 붓다를 쳐부수겠다면서 붓다의 품으로 도주한 것이다.
하지만 갱도가 무너져 죽을 뻔한 사건이 일어난 이후 과부는 '내
속으로 들어와 피로 흐르'기 시작했다. '나'는 과부가, 탄력 있는
허벅지와 엉덩이를 한 여자 형상의 악령, 마라라고 생각한다.
최후의 순간에 붓다를 유혹한 악령, 마라! '나'는 마라와 싸웠다.
'나'는, 원시인들이 동굴에다 뾰족한 돌과 붉은 색, 흰색 안료로
사나운 맹수를 그리는 기분으로 불경을 베꼈다. 원시인들 역시,
이들 맹수를 새김으로써 바위에다 묶어 버리려고 애를 쓰지
않았던가.(『조르바』, 166쪽.) 낮 동안은 그럭저럭 싸울 만했다. 그러나
밤이 되면 문이 열리면서 과부가 들어왔다. 아침이면 '나'는 지친
패배자로 일어났다. 그리고 싸움은 또 다시 시작되었다. '나'는

육신을 붓다로 만들려고 피눈물 나는 노력을 기울이고 있었다.

또 다시 날아드는 조르바의 채찍. "오늘밤에 그 집에 가요!"
결국 그는 깨달았다. "나를 부르고 있는 것은 교활한 뚜쟁이, 마라의
악령"이라는 것을. 이윽고 마음은 명령했다. 가는 거다! 앞으로
갓! '나'는 단호하게 마을 쪽으로 돌아서 걸었다. 걸으면서 나도
모르게 조르바의 말을 중얼거리고 있었다. '바다, 여자, 술, 그리고
힘든 노동! 일과 술과 사랑에 자신을 던져 넣고, 하느님과 악마를
두려워하지 말지어다. 그것이 젊음이란 것이다!' 드디어 과부의 뜰
앞에 이르렀다. 여자는 곤충의 암컷처럼 크고 탐욕스러워 보였다.
그 여자 역시 새벽이면 수컷을 잡아먹을 것이다. 드디어 합체!
다음날 내게서 과부의 냄새를 맡은 조르바가 말지길, '축복을
받으시오!'.

그녀의 품속에 뛰어든 이후 '나'는 세포 하나하나가 눈뜨는
소리를 들었다. 마침내 그토록 갈망하던 '생의 율동, 우주의 진동'과
접속하게 된 것이다. 그날 밤 처음으로 영혼이 곧 육체이고, 육체가
곧 영혼임을 깨달았다. 정신과 육신이라는 적대적 이분법에서
비로소 벗어난 것이다.

글쓰기, 또 하나의 전쟁터

조르바는 노동의 화신이자 에로스의 달인이다. 그런가 하면 그는
모든 사물에서 영혼을 발견하는 범신론자다. 그에게는 몸과 자연이
곧 현장이자 스승이다. 그렇다면 '나'는? 내가 존재와 세계를 만나는
장소는 텍스트다. 그의 노동과 전투는 모두 책을 통해 이루어진다.

붓다와의 대결 역시 글쓰기를 통해 이루어진다. '나'는 존재의 심연에서 호랑이처럼 포효하는 붓다의 소리를 듣는다. 그럴 때마다 '나'는 썼다. 쓰는 게 아니라 받아 적는다는 말이 더 적절하다. 그 과정에서 영혼은 바람이 되고, 바람은 정신이 되었으며, 정신은 무無가 되었다. 붓다의 폭풍이 나를 엄습하여 '내' 육신을 지치고 텅 비게 만들어 놓고 떠난 것이다.

조르바가 새 갱도를 열면 '나'는 붓다에 대한 원고를 열었고, '나' 역시 내 갱도를 파들어 갔다. 쓰면 쓸수록 마음이 가벼워졌다. 안도, 긍지, 혐오감이 교차했다. 불경을 베껴 쓴다는 것은 '내' 내부에 도사린 무서운 파괴력과의 생사를 건 싸움이며, '내' 가슴을 말리는 위대한 부정과의 결투였다. 이 결투의 결과에 영혼의 구원이 걸려 있었다.

말했듯이, 붓다는 '최후의 인간'이었다. 허나, '내'가 보기에 "우리는 시작에 머물러 있을 뿐, 충분히 먹은 것도 마신 것도 사랑한 것도, 아직 충분히 살아 본 것도 아닌 상태였다. 이 숨이 가쁜 사람은 우리에게 너무 빨리 찾아온 것이었다. 우리는 되도록 빨리 그를 내몰아야 했다. '나'는 나 자신에게 말하며 쓰기 시작했다. 아니, 쓰는 것이 아니었다. 전쟁이었다. 무자비한 추격전, 포위 공격, 괴물을 불러내기 위한 주문이었다."(『조르바』, 197쪽.)

조르바가 수없이 강조하듯, 이 이성과 관념이 주도하는 비물질적 전장에서 승리하려면 인생과 우주의 '쎙얼'과 마주해야 한다. 계절의 어김없는 리듬, 무상한 생명의 윤회, 태양 아래서 차례로 변하는 지구의 네 가지 얼굴, 생자필멸生者必滅, 이 모든 사실이 다시 한번 '내' 가슴을 조여 왔다. 해오라기의 울음소리와 함께 내 속에서 들려오는 소리는 경고였다. "생명이란 모든

273

사람에게 오직 일회적인 것, 즐기려면 바로 이 세상에서 즐길
수밖에 없다는 경고였다."(『조르바』, 246쪽.) 그렇다! 산다는 건
'지금, 여기'를 누리는 것일 뿐! 그런 점에서 '과수댁' 역시 일종의
자연이다. 오직 에로스적 충동만으로 덮쳐오는 육체라는 점에서
말이다.

　'나'는 결국 자연의 리듬과 과수댁의 야성에 몸을 맡겨
버렸다. '나'는 내 몸이 머리 꼭대기에서 발끝까지 짐승처럼
환희를 즐기도록 내버려 두었다. 다시 붓다의 원고를 폈다. 원고는
완성되어 있었다. 최후의 붓다는 꽃피는 나무 밑에 누워 있었다.
그는 손을 들어 자신을 구성하고 있던 다섯 가지 요소(흙, 물, 불,
공기, 정신)에게 해제를 명하고 있었다. 나 역시 손을 들어 붓다에게
해제를 명했다. 나는 마지막 구절을 원고에다 휘갈기고 한 소리를
지르고 나서 붉은 연필로 내 이름을 큼지막하게 썼다.(『조르바』, 344~
345쪽.) 그리고 끝!

　그와 동시에 존재의 심연에서 '나'는 소리쳤다.
'유아독존唯我獨尊! 오 대지여! 나는 그대의 막내, 그대 젖줄을 빠는
나는 그대를 놓치지 않으리라. 그대는 다만 한순간의 삶을 내게
베풀겠지만 그 한순간이 젖이 되고 나는 그 젖을 빨 것이오.' 마침내
그토록 열망하던 생명의 매트릭스에 접속하게 된 것이다.

조르바, 책이 되다!

놀랍게도 그 충만감을 만끽하는 순간, 파국이 왔다. 파국은
바람처럼 덮쳤다. 조르바의 야심작인 고가선 설치의 실패로 '나'는

모든 것을 다 잃었다. 완전 빈털터리가 된 것이다. 더 놀라운 건 그 순간, 내 안에 참을 수 없는 해방감이 밀려왔다는 사실이다. 외적으로는 참패했지만 내적으로는 정복자가 된 것이다. 파멸은 지복으로 바뀌었다. 이보다 더한 자유가 또 있으랴. 드디어 조르바라는 '텍스트'를 마스터한 셈이다. 이제 떠날 때가 되었다.

조르바 우리 헤어지는 건가요? 어디로 갈 작정이오, 두목?
나 조르바, 나는 외국으로 나갈까 해요. 내 뱃속에 든 염소라는 놈이 아직 종이를 더 씹어 먹어야 성이 차겠대요.
조르바 두목, 그렇게 일렀는데 아직 못 알아들으셨군요?
나 그래요, 조르바, 당신 덕택이에요. 나도 당신 방법을 채용해 볼까 합니다. 당신은 버찌를 잔뜩 먹어 버찌를 정복했으니 나는 책으로 책을 정복할 참이에요. 종이를 잔뜩 먹으면 언젠가는 구역질이 날 테지요. 구역질이 나면 확 토해 버리고 영원히 손 끊는 거지요. …… 훗날 우리만의 수도원을 지읍시다. 신도 없고 악마도 없고 오직 자유로운 인간만 있는 수도원 …… 당신은 문지기가 되세요, 조르바.〔『조르바』, 426~427쪽.〕

이별은 '칼로 벤 듯이' 깨끗했다. 이후 5년의 세월이 지났다. 그동안 시간에 가속도가 붙었고 지리적 국경선들이 아코디언처럼 늘어나고 줄어들었다. 조르바는 쉬지 않고 엽서를 보냈다. 아토스 산에서, 루마니아에서, 시베리아에서. '나' 역시 유랑자처럼 여기저기를 떠돌고 있었다.

그러던 어느 날 밤, 아이기나 섬의 바닷가에서 조르바가 꿈에 나타났다. 그때부터 '나'는 그와의 기억을 재구성하고 보존하고 싶다는 욕망을 주체할 수 없었다. '나'는 이 욕망을, 이 지구 어느 곳에선가 조르바가 죽어 가고 있는 징후로 파악했다. 유치한 공포가 '나'를 엄습했다. 하여, '나'는 내게 이 일을 시키는 저 신비로운 손과 싸워야 했다. 이틀, 사흘, 일주일을 버티었다. 그러나 '내' 마음은 조르바를 대신하여 이 엄청난 격정 속으로 빨려 들어가고 말았다. 어느 날 정오, '나'는 알 수 없는 힘에 이끌려 테라스의 뜨겁게 달아오른 판석 위에다 종이를 펼쳐 놓고 조르바의 말과 행적을 연결시키기 시작했다. '나'는 과거를 현재로 재현시키고 조르바를 기억해 내어 실체 그대로 소생시키면서 미친 듯이 써 내려갔다. '나'는 꿈에 본 조상의 모습을 동굴에다 생생하게 그려 놓으면 조상들의 혼이 자기 몸인 줄 알고 그 그림 속으로 들어간다고 믿던 아프리카 야만족의 마술사처럼 일했다.

몇 주 만에 조르바에 대한 '나'의 연대기는 완성되었다. 마지막 날 '나'는 첫날처럼 테라스에 앉아 늦은 오후의 바다를 바라보고 있었다. 무릎 위에는 탈고한 원고가 놓여 있었다. 마치 갓 나온 아기를 안은 기분이었다. 드디어 조르바가 책으로 '화한' 것이다. 크레타로 향하면서 조르바와 '내'가 쏘아 올렸던 두 개의 포물선이 비로소 마주친 셈이다. 말씀이 육신이 되고 육신이 책이 되는 '유동성'의 바다! 그 매트릭스에서 조르바는 이제 '불멸의 텍스트'가 되었다.

그리고 '나'의 예견대로 그 순간 조르바의 영혼은 육체를 떠났다. "나는 무슨 짓을 했건 후회는 않더라고 해주시오. …… 신부 같은 게 내 참회를 듣고 종부 성사를 하러 오거든 빨리 꺼지는 건 물론이고 온 김에 저주나 잔뜩 내려주고 꺼지라고 해요"라는 유언, 그리고 분신과도 같은 산투르를 정표로 남기고서.

* * *

1957년(74세) 중국 정부의 초청으로 중국을 방문하고 돌아오다가
아시아 독감으로 독일의 한 병원에서 사망. 카잔차키스 연보의
마지막 항목이다. 길 위를 떠돌다 길 위에서 생을 마감한 것. 그리스
정교회의 반대로 시신은 아테네로 가지 못하고, 크레타로 가서
안치되었다.

"나는 아무것도 바라지 않는다.
나는 아무것도 두려워하지 않는다.
나는 자유다."

생전에 미리 작성해 둔 묘비명이다. "인간은 자유다!"라는
조르바의 명제가 멋지게 변주되고 있다. 무언가를 갈망하는 한
자유는 불가능하다. 그 정열이 나를 지배할 것이므로. 뭔가를
두려워하는 한 자유는 불가능하다. 불안과 공포가 나를 짓누를
것이므로. 욕망에도 두려움에도 휘둘리지 않는 충만한 상태, 그것이
곧 자유다! 어떻게 해야 거기에 도달할 수 있을까? 저 깊은 곳에서
이런 질문이 솟구친다면 당신은 『그리스인 조르바』를 만날 준비가
되었다.

277

Gulliver's
Travels

저자 : 조너선 스위프트(Jonathan Swift, 1667~1745)

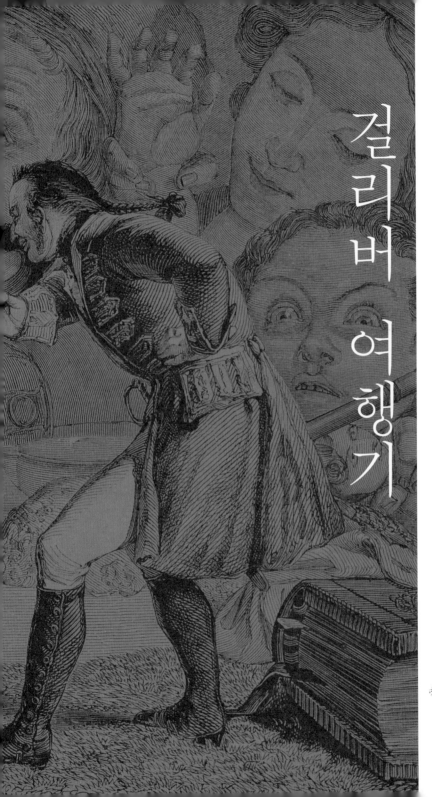

걸리버 여행기

Gulliver's Travels

걸리버 여행기

1.

'야후'(인간과 문명)를 향해 날리는
유쾌한 '똥침'

여기 쉬지 않고 길을 떠나는 인간이 있다. 1699년 5월 4일,
영국 서남부 브리스틀에서 출발했으나 거센 폭풍에 휩쓸려
오스트레일리아 남부 어디쯤인가로 밀려 갔다. 거기는 다름
아닌 소인국 릴리퍼트. 그곳에서 9개월 13일에 걸쳐 산전수전
다 겪고 돌아와 가족의 품에 안겼지만 두 달 만에 다시 바다로
간다. 희망봉을 거쳐 마다가스카르 해협을 지날 즈음 몬순 폭풍에
밀려 어디론가 떠내려 갔는데, 이번엔 거인국 브로브딩낙. 2년간
'볼꼴 못 볼꼴' 다 겪은 후, 독수리에 채여 바다에 빠진다. 9개월을
헤매다 1706년 6월 3일 다시 귀향, 돌아온 지 열흘도 안 돼 한
선장으로부터 선상 의사가 되지 않겠느냐는 제안을 받는다. 아내의
절절한 만류에도 불구하고 다시금 동인도제도로 가는 배에 오른다.
이번엔 폭풍이 아니라 해적선에 쫓겨 바다를 표류하다가 '천공의
섬, 라퓨타'에 도착한다. 1709년 5월 6일, 라퓨타를 떠나 럭나그,
마법사의 섬, 일본 에도, 암스테르담 등지를 거쳐 다시 5년 6개월
만에 귀환. 5개월간의 '꿀맛' 같은 휴식을 취한 뒤, 임신한 아내를
두고 다시 바다로 간다. 이번엔 의사가 아니라 선장이 되었다.
포츠머스에서 출발하여, 이번엔 해적들의 기습으로 포로 신세가
되어 어디론가 보내졌는데, 그곳은 흐이늠말[馬]의 나라. 거기에서
'야후'라는 세상에서 가장 역겨운 동물을 만난다. 그것은 다름 아닌
'인간'이었다.

자, 이것이 걸리버의 여정이다. 떠났다가 돌아오고 돌아오면
다시 떠나고…… 장장 16년 7개월을 이렇게 '싸돌아다닌다'. 갈
때마다 이런 저런 이유를 대지만 다 핑계다. 진짜 이유는 더 넓은
세상을 보고 싶어서, 세상에 대한 참을 수 없는 호기심 때문이었다.
대체 이런 사람에게 집이란 무슨 의미일까? 간이역? 혹은 텐트?

하기사 어디 걸리버만 그렇겠는가. 인간이란 모두 떠나는 자들, 떠나기 위해 돌아오는 자들이 아닌가. 생에서 죽음으로. 청년에서 노년으로. 고향에서 타향으로. ── 나는 떠난다, 고로 존재한다!

※『걸리버 여행기』는 다양한 번역본이 있다. 박용수 번역본(문예출판사, 2008)을 기본으로 보되, 송낙헌 본(서울대출판문화원, 2014)과 이동진 본(해누리, 2010) 등을 두루 참조하였다. 이후 박용수 번역본은 『걸리버 여행기』로 송낙헌 본과 이동진 본을 참조했을 때에는 각각 『걸리버 여행기』(송)', 『걸리버 여행기』(이)'로 표시한다.

조너선 스위프트, 아이러니의 달인

1724년 영국정부는 저질화폐를 아일랜드에 유통시키려 했다. 스위프트는 당시 아일랜드의 수도 더블린에 있는 작은 성당의 사제였다. 그는 그 저질화폐가 아일랜드를 더 가난하게 만들 것이라 판단하여 그에 맞서 싸울 것을 선동하는 서한을 가명으로 공표했다. 아울러 아일랜드의 빈곤을 타파할 "하나의 온건한 제안"을 내놓는다. '아일랜드의 갓난아기들을 영국인 지주들의 먹거리로 제공하면 된다'는 것. "아기를 1년 동안만 잘 키우면 가장 맛있고 영양가 있고 완전한 음식이 된다. 그 아기를 구워 먹을 수 있고 삶아 먹을 수도 있다. 그것이 송아지 고기나 닭고기보다 더 맛있을 것이다." 아일랜드인들은 식구도 줄이고 돈벌이도 되니까 좋고, 영국인은 싱싱하고 부드러운 살코기를 먹을 수 있으니 좋다는 것. 맙소사! 이것이 스위프트가 즐겨 구사한 아이러니 수법이다. 아이러니란 상황을 끝까지 밀어붙여 논리 자체를 와해시키는, 일종의 '막장화법'이다.

이 '막장수사학'의 끝장판이 바로 『걸리버 여행기』다. 알다시피, 『걸리버 여행기』는 판타지물이자 풍자문학의 걸작이다. 거인국, 소인국, 라퓨타, 호이늠 등 환상의 왕국들을 등장시킨 것은 권력과 문명을 아예 대놓고 "씹어 대고" 싶어서다. 주 타깃은 단연 정치인들이다. 예컨대, 유사 이래 왕이 총애하는 신하들은 기억력이 짧고 약하다. 해서 그들에게 무슨 말을 전할 때는 잊어버리지 않도록 코를 비틀어 주거나 귀를 세 번 잡아당기거나 발가락에 생긴 티눈을 밟아 주거나 하면 된다. 또 당파싸움이 격화될 때는 양측 정당의 지도자들을 백 명씩 뽑아서 머리 사이즈가 같은 사람들끼리 짝짓기를 한 다음 솜씨 좋은 의사 둘로 하여금 양쪽의 머리를 두 쪽으로 빠개어서 서로 상대방의 머리에 갖다 붙인다. 그러면 만사형통! "반쪽의 두뇌가 합해져서 하나의 공간에서 문제를 풀면 금방 잘 이해할 수 있"다는 것. 한편 반정부 세력을 색출하는 데는 대변만 한 것이 없다. 변기에 앉아 있을 때 사람들은 집중력이 가장 높아지기 때문이다. 대변의 색깔, 맛, 단단한 정도, 소화의 정도 등이 그들의 사상이나 계획 등을 나타내는 척도다. 또 불온 문서를 해독하려면 알파벳의 순서를 바꾸면 된다. 예를 들어 "우리 형 톰에게 방금 치질이 생겼어"는 순서만 잘 바꾸면 "저항하자, 계획이 실행되고 있어, 나아가자"라고 해석할 수 있다.(『걸리버 여행기』, 244쪽.)

물론 스위프트의 칼날이 정치권력에만 국한된 건 아니다. 문명과 본성 같은 훨씬 근원적인 영역까지 망라한다. 인간의 원형인 '야후'가 등장하는 것도 그 때문이다. 이런 식의 어법이 당대 사회와 인간 전반에 대한 분노의 산물임은 말할 나위도 없다. "여기에 스위프트가 쉬고 있다. / 그 격렬한 분노도 여기서는 그의 가슴을

찢지 못하리라. / 속세에 도취한 나그네여! / 그를 감히 모방해 보라. / 그는 인간의 자유에 이바지했느니라."(송낙현, 「해설」, 『걸리버 여행기』(송), 362쪽.) 이것이 그의 묘비명이다. 하지만 분노만으로 이런 수사학이 가능한 건 아니다. 거기에는 위트와 해학, 유머와 역설이 주는 즐거움도 함께 한다. 스스로의 죽음 이후를 상상하면서 쓴 시 「스위프트 박사의 죽음에 관한 시」, 그 마지막에는 "(그는) 죽는 날까지 명랑했다"는 한 행이 있다. 분노가 불이라면 명랑은 물이다. 물과 불이 마주치면? 아이러니가 분수처럼 쏟아진다!

와이드 비전 vs 클로즈 업

작품의 전반부는 그 유명한 소인국과 거인국 이야기다. 여기서 핵심은 사이즈의 차이가 만들어 내는 시선의 전복이다. 소인국에선 걸리버가 대여섯 명을 손바닥에서 춤추게 할 정도로 크지만, 거인국에선 자신이 그런 처지가 된다. 소인국에선 '별에서 온 거인'이 되어 신적인 존재로 추앙받지만, 거인국에 가면 '신기한 장난감'으로 전락한다. 따라서 전자에선 왕국 전체를 굽어보는 시선이 확보되지만, 후자에선 미세한 부분들이 엄청나게 확대된다. 와이드 비전과 클로즈 업의 차이라고나 할까.

산 위에 올라 아래를 내려다보면 사람들이 개미처럼 보인다. 마찬가지로 드넓은 시선으로 소인국을 보니 하는 짓마다 '찌질하기' 짝이 없다. "나는 때때로 드러누운 채로 사람들 대여섯 명이 내 손바닥 안에서 춤추도록 했다. 어린아이들은 내 머리카락 사이에서 숨바꼭질을 하기도 했다."(『걸리버 여행기』, 40쪽.) 대표적인 것이

궁중곡예. 60센티 정도 길이의 실을 약 30센티 높이에 걸어놓고서
행하는 줄타기 곡예인데, 높은 관직이나 황제의 총애를 얻으려는
사람들이 하는 종목이다. "그 사람들은 어릴 때부터 그러한 훈련을
받으며 꼭 귀족 출신이거나 고등 교육을 받은 사람들만이 하는
건 아니다. 어떤 높은 관직을 담당하는 사람이 사망했거나 황제의
신임을 상실하여 공석이 되면 (이런 일은 자주 일어난다) 그 자리를
원하는 사람들 대여섯 명이 줄타기를 하여 황제와 고관대작들을
즐겁게 해주겠다고 청원을 내고 이때 줄 위에서 떨어지지 않고 제일
높이 뛰는 사람이 그 자리를 계승하게 된다."([『걸리버 여행기』, 41쪽.]) 물론
그러다가 팔다리가 부러지거나 목이 부러질 뻔하기도 한다. 보통
권력투쟁을 줄타기에 비유하곤 하는데, 여기선 그걸 숫제 실제
상황으로 만들어 버린 것이다.

한편, 이 작은 왕국에서도 당쟁은 치열하다. 핵심 쟁점은 다름
아닌 신발의 굽높이. '높은 굽'파와 '낮은 굽'파, 높은 굽쪽이 더
전통에 어울리지만 황제는 모든 관리들을 임용할 때 낮은 굽 쪽만
임명한다. 다음 황제가 될 황태자는 높은 굽과 낮은 굽을 동시에
신고 있어서 걸어다닐 때 몹시 절룩거린다. 추측건대, 차기에는
높은 굽쪽이 권력을 장악할 가능성이 높다. 양쪽의 적개심은
대단해서 절대로 같이 식사도 하지 않고 술도 마시지 않으며 같이
길을 걷지도 않는다.

이웃 제국인 블레푸스쿠와의 관계도 복잡한데, 두 나라는
지난 36개월간 끊임없이 전쟁을 해왔다. 분쟁은 애초 계란을 깰 때
'두꺼운 쪽을 깨는가' 아니면 '얇은 쪽을 깨는가'에서 비롯되었다.
이 견해를 둘러싸고 폭동과 내란, 망명과 모략 등이 벌어지다
마침내 전쟁까지 불사하게 된 것이다. 말도 안 된다고? 하지만

계보학적으로 보자면 역사상 거의 모든 분파와 전쟁의 원인 또한 이런 수준을 넘지 못한다. 다만 그 부조리함을 솔직하게 까발릴 시선과 담력이 없을 뿐!

그에 반해 거인국의 품성은 참 '대인스럽다'. 명칭도 소인국에선 황제, 거인국에선 왕이다. 소인들일수록 '우주 유일', '세계 최고'에 집착한다. 사이즈에 대한 콤플렉스 때문이다. 하지만 거인국에선 그럴 필요가 없다. 그래서인지 거인국의 왕은 인디언 추장의 아우라를 내뿜는다. 예컨대, 걸리버가 화약 이야기를 꺼내자 왕은 그런 잔인한 무기를 개발하느니 차라리 왕국의 절반을 포기하겠노라고 단언한다. 또 그들의 학문에는 추상적 관념이나 초월적인 존재 같은 허황된 것들이 일절 없다. 화법 또한 명쾌하고 유려하다. 이것은 거인들의 특성이기도 하지만 소인의 시선으로 올려다본 탓도 있다. 멀리서 우러러 보면 뭐든 당당하고 관대해 보이는 법이므로.

거인국에서 체험한 '시선의 전복'은 '미추'美醜와 관련된 것이었다. 걸리버가 워낙 작다 보니 그를 돌보는 건 주로 젊은 여성들이다. 근데 가까이서 본 보모의 유방은 높이는 1미터 80센티, 둘레는 5미터, 젖꼭지는 머리통의 반은 되었고 젖꼭지와 유방에는 반점과 주근깨가 덕지덕지 붙어 있다. 추하기 이를 데 없다. 게다가 그녀들은 걸리버가 옆에 있는데도 그냥 알몸을 드러내고서 옷을 갈아입거나 오줌을 누었다. 심지어 가장 예쁘고 어린 시녀는 가끔씩 걸리버를 젖꼭지에 걸터앉혀 놓고는 이상한 장난을 치곤 했다. 하지만 성욕을 느끼기는커녕 역겨워 미칠 지경이다. 또 그 엄청난 식욕이라니. "왕비는 식사량이 적은 편이긴 했지만 한입에 먹는 분량이 영국에서 열두 사람이 한끼에 먹는 식사량과

맞먹었다."(『걸리버 여행기』, 134쪽.) 커다란 칠면조의 아홉 배는 되는
종달새의 날개를 뼈째로 씹어 먹기도 하고 영국에서 가장 큰
술통보다 더 큰 황금잔으로 음료를 마셨다. 마치 우리 시대 '먹방의
향연'을 보는 듯하다. 걸리버는 구역질이 날 정도로 혐오감을
느꼈다.

그렇다. 뭔가를 욕망한다는 건 그것을 포착하는 시선이 있을
때다. 시선이 움직이면 욕망도 바뀌는 법. 우리가 그토록 목을
매는 아름다움이나 섹시함이라는 것도 확대경을 들이대면 지독한
혐오감을 야기할 수 있다. 이것이 바로 '클로즈 업'의 효과다.

지배와 보호를 넘어

다른 한편, 사이즈의 차이에 따라 걸리버의 위상은 판이하게
달라진다. 소인국에서 그는 거인이다. 거인답게(?) 외적의 침략에서
나라를 구하여 일등공신이 된다. 하지만 황제의 야망은 끝이 없다.
"자기가 전 세계의 유일한 군주가 되어 모든 사람들에게 계란을
'얇은 쪽을 깨도록' 할 때까지는 만족하지 않을 것"이라고 선포한다.
걸리버는 그런 야망을 버리도록 설득하지만, 그때부터 황제의
시선이 싸늘해진다. 또 하나, 궁전에 난 대화재를 진압해서 큰 공을
세웠건만 역시 난관에 봉착한다. 엄청난 양의 오줌을 방출했기
때문이다. 그 일로 황후는 심한 모욕을 당했다며 걸리버에 대하여
복수를 맹세하기까지 했다. 애국자로, 거인으로 떠받들다가 이젠
적대감의 대상이 된 것이다. 인간과 신의 관계도 이렇지 않을까?
인간이 신을 경배하는 이유는 자신의 욕망을 관철하기 위해서다.

뜻대로 되지 않으면 신도 언제든 버림받을 수 있다. 한마디로 '신 노릇'도 만만치 않은 셈이다. 결국 걸리버는 궁정의 음모에 연루되었고, 황제는 그에게 "눈을 멀게 하는 자비를 베풀겠다"고 결정한다. '맹목'의 상태로 만들겠다는 뜻이리라. 어떤 판단도 하지 못한 채 오직 황제의 야망을 위해 복무하는 존재로 만들고 싶은 것이다. 걸리버는 마침내 탈출을 결심한다. 두 군주 사이의 갈등의 원인이 되는 것보다는 차라리 바다의 모험에 운을 맡기는 것이 좋겠다고 생각한 것이다.

반면, 거인국에선 온갖 호사를 다 누렸다. 어여쁜 보모들의 극진한 보호와 왕비의 총애는 물론이고 모든 궁정인들의 사랑을 한몸에 받았다. 사람들의 신기함과 호기심을 채워 주는 기쁨조 역할을 톡톡히 한 덕분이다. 왕은 걸리버가 같은 크기의 여인을 아내로 얻어서 종족을 번식시키기를 바랐다. 후손들까지 다 보장해 주겠다는 것이다. 하지만 그건 말도 안 되는 일이다. 평생을 "길들여진 새처럼 되어 새장 같은 곳에서 살고 이곳저곳 부자집 사람들에게 팔려 나가게 될 후손을 남기느니 차라리 죽음을 택"하는 게 낫다. 이런 마음을 하늘이 알아준 것일까. 해안가에 갔을 때 독수리가 걸리버의 침대를 낚아챘다가 바다에 빠뜨려 버렸다. 온갖 고생을 다 하긴 했지만 결국 탈출에 성공했다.

핵심은 결국 자유다! 자유란 타인을 지배하고 군림하는 것도, 타인에게 사랑과 보호를 받는 것도 아니다. 그 둘을 모두 벗어나 오직 스스로의 힘으로, 수평적 관계 안에서 살아가는 것이다. 왜? 그것만이 인간이 존엄성을 지킬 수 있는 유일한 길이므로.

거인국이든 소인국이든 탐욕과 지배욕, 권력의 부조리는 보통의
인간세상과 다를 바 없다. 하지만 그럼에도 이들 나라에선
문명세계에선 상상할 수 없는 아주 특이한 가치들이 존재한다.
소인국의 가족 및 교육제도가 그런 경우다. 이들은 "생물이
종을 유지시키기 위하여 수컷과 암컷이 결합하는 것은 대자연의
기본적인 법칙"이고 그렇기 때문에 자식은 부모가 자기를 세상에
태어나게 해준 것에 대해서 어떤 은혜도 입은 게 아니라고 여긴다.
오히려 인생이 불행으로 얼룩진다는 점을 생각할 때 이 세상에
나온 게 이득도 아니며, 부모가 자식을 생겨나게 할 때 어떤 의도를
가졌던 게 아니라 단지 성적 욕구에만 생각이 미쳐 있었던 것이라고
간주한다. 그래서? '자식교육을 부모에게 맡겨선 안 된다!'가 그
결론이다. 그럼 어쩌라고? 농민과 노동자를 제외한 모든 시민은
자식이 태어난 지 20개월이 되면 남녀불문하고 모두 공립학교로
보내어 교육을 받도록 해야 한다. 정의, 용기, 겸손, 중용, 명예, 종교,
애국 등이 교육의 주 내용이고, 부모들은 1년에 두 번만 자녀들과
만나도록 허용되며 면회 시간은 한 시간을 초과하지 않는다.
교육비와 기타 경비는 부모가 지불하는데 제때에 지불하지 않으면
강제로 징수해 간다, 기타 등등.

　　20세기 초, 중국에서 나온 유토피아서인 캉유웨이康有爲의
『대동서』에도 이 비슷한 내용이 나온다. 캉유웨이는 가족주의가
모든 전쟁과 폭력의 원천이라고 규정짓고 대동세에선 부부
사이도 1년 단위로 계약을 갱신해야 하고, 자식들은 태어나는
순간 세계정부의 공립학교에 맡겨서 공동으로 길러야 한다고

주장한다. 이 소인국의 교육방식에서 힌트를 얻었을지도 모르겠다. 아무튼 가족제도건 교육시스템이건 영원한 건 없다. 한편으론 '가족이란 무엇인가?'를 근원적으로 사유하게 해준다는 점에서, 다른 한편으론 '공교육을 어디까지 확장할 수 있는가?'를 탐색하게 해준다는 점에서 아주 흥미로운 대목이라 할 만하다.

　　다른 한편 거인국에선 걸리버가 왕과 대화를 나누는 장면이 주목할 만하다. 꼬마가 된 걸리버는 영국의 자랑스러운 역사와 업적, 풍속 등에 대해 최선을 다해 설명한다. 그러자 거인국의 왕은 도무지 이해할 수 없다는 표정이다. 특히 왕은 영국에선 평화로운 시절에도 군대를 둔다는 사실을 알고는 놀라워한다. '우리가 자유롭게 뽑은 대표자들에 의해 통치되고 우리의 합의에 따라서 통치된다면, 우리가 누구를 두려워해야 하며 누구와 전쟁을 해야 하는지 도무지 상상이 되지 않는다는 것. 또한 사회에 대해서 반대되는 사상을 갖고 있을 때 그것을 바꾸라고 강요하는 이유가 무엇인지를 물었다. 그러한 사람들은 자기 혼자서만 그것을 간직하면 된다는 것. 어떤 정부라고 할지라도 어느 개인의 사상을 바꾸도록 하는 것은 독재라는 것.' 이것이 바로 타자의 시선이다. 내부에선 내부가 잘 보이지 않는 법이다. 그래서 오만과 편견으로 가득찰 수 있다. 그토록 대단해 보이는 역사도 타자의 시선으로 보면 부조리하기 짝이 없다. 왕의 결론은 이렇다. "나의 조그만 친구여, 자네는 자네 조국에 대해서 칭찬을 했네. 고관이 될 조건은 사악한 마음씨라는 점을 입증해 주었네. 법을 악용하는 데 능력이 있는 사람이 재판관이 된다는 사실도 입증해 주었네. …… 자네 이야기를 들어보고 판단한 바로는, 자네 나라의 인간들은 자연이 이제껏 이 지구상에서 기어다닐 수 있게 만들어 준 벌레들 중에서도 가장 고약한 벌레들이라고 결론내릴 수밖에 없네."(『걸리버 여행기』, 168쪽.) 그렇다. 이것이 문명이 도달한 수준이었던 것이다.

천공의 섬, 라퓨타

제3부 라퓨타, 럭나그 등지로의 여행은 4부를 마친 다음에 쓴 것이다. 작품을 다 끝낸 후 그래도 미진한 부분을 다시 엮어서 3부의 여러 나라들에 배치했다는 것이다. 그래서 다소 산만하다는 평을 받지만 개인적으론 이 장이 제일 재미있다. 걸리버는 소인국에 가면 거인이, 거인국에 가면 소인이, 흐이늠(말)의 나라에 가면 야후가 된다. 즉, 신체적으로 확연한 이질성에 노출되는 것이다. 그 차이가 기상천외의 사건들을 야기한다. 하지만 라퓨타에서는 그런 식의 신체적 이형성이 없다. 대신 문명의 수준과 인식의 차이가 확연하게 드러난다. 그래서 더더욱 풍자의 매스가 빛을 발한다. 신랄하게 예리하게! 덤으로 명작 애니메이션 〈천공의 섬 라퓨타〉의 원조를 만나는 즐거움도 맛볼 수 있다.

　라퓨타는 '허공에 떠 있는 섬'이다. 직경 7.2킬로미터, 넓이 1만 에이커약 1,200만 평, 두께는 270미터에 달하는 원형왕국이다. 밑에서 보면 매끄러운 금강석이 180미터를 떠받치고 있고, 위로는 광석이 층층이 쌓여 비가 내리면 저수지 네 개로 흘러간다. 물의 양이 엄청나지만 태양열에 의해 모조리 증발된다. 섬의 중심부에 있는 동굴에 거대한 자석이 있다. 자석의 중심에 금강석으로 된 축이 있어서 약간만 힘을 줘도 돌아가게 되어 있다. 섬의 운명이 이 축에 달린 셈이다. 판타지가 아님을 과시하느라 일부러 더

정확한 수치로, 더 체계적으로 기술해 놓았다. 황당한 설정일수록
'리얼리티'를 더더욱 부각하는 것, 이 여행기의 전형적인
수법(^^)이다.

한데, 그곳 사람들은 고개를 모두 오른쪽이나 왼쪽으로
돌리고 있고 한쪽 눈은 위쪽으로, 다른 눈은 속으로 푹 들어가 있다.
더 황당한 건 하인들이 막대 주머니로 이따금씩 주인의 입이나
귀를 쳐대는 모습이었다. 늘 깊은 사색에 잠겨 있어서 그렇게 하지
않으면 소통이 불가능한 까닭이다. 해서, 부자들은 '때리기꾼'을
고용하여 데리고 다닌다. 말을 해야 할 경우엔 막대 주머니로 입을
살짝 쳐주고, 또 말을 들어야 할 경우엔 오른쪽 귀를 쳐주는 것이다.
또 "그 때리기꾼은 주인이 외출할 때 항상 따라다니면서 필요할
때마다 주인의 눈을 살짝 쳐주어야 한다. 왜냐하면 너무 생각에
잠겨 있어서 길을 가다가 넘어지거나 기둥에 머리를 박거나 다른
사람과 부딪치거나 하수도에 빠지거나 하는 위험이 항상 존재하기
때문이다."(『걸리버 여행기』, 202쪽.) 헐~

어이없긴 한데, 왠지 익숙한 느낌이 들지 않는가. 그렇다!
스마트폰에 코를 박고 다니는 현대인들(중국에선 '저두족'이라고
한다)의 처지와 아주 흡사하다. 카톡에 빠진 사람과 대화를 하려면
옆에서 누군가 쳐주어야 한다. 또 이어폰을 끼고 멍한 시선으로
걸어가는 사람한테 길이라도 물을라치면 소리를 지르거나 뒤에서
등을 두드려야 한다. 현실의 장을 떠나 허공을 부유하는 인간들!
라퓨타 사람들이 수학이나 음악, 기하학에 빠져 있다면 현대인들은
스마트폰이 내쏘는 현란한 이미지에 빠져 있다. 그런 점에서
『걸리버 여행기』의 3부는 미래문명에 대한 지독한 풍자처럼 보인다.
물론 그 미래사회는 디스토피아다. 자석으로 섬을 공중부양시킬

수 있을 정도로 과학기술이 발달했지만, 정작 사람들은 하나같이 '또라이'가 되어 버렸다. 양쪽 눈, 입과 귀가 다 제멋대로다. 얼굴이 이 지경인데 머리와 발, 정신과 육체, 감정과 이성이 제대로 돌아갈 리가 있는가.

여성성, 야생의 원천

라퓨타 통치자들은 자신에게도, 타자들에게도 무관심하다. 오직 기하학과 음악에 빠져 있다. 그걸 잘 보여 주는 것이 요리의 형태다. 정삼각형으로 자른 양의 앞다리 고기, 마름모꼴로 자른 쇠고기, 원형으로 자른 푸딩. 오리 두 마리를 바이올린 모양으로 자른 고기, 하프 모양으로 만든 송아지 고기, 기타 등등. 그러면서 또한 이들은 점성술에 빠져 있고 늘 불안에 떨고 있다. 태양이 끊임없이 지구에 접근해 오면서 지구를 삼켜 버리지 않을까, 태양의 표면이 점차 다른 물질로 덮여서 지구에 더 이상 빛을 비춰 주지 못하게 되는 건 아닐까, 혜성과 부딪히지 않을까, 등등으로 불면증에 시달리고 있다.

반면, 이곳의 여자들은 아직도 야생적 에너지가 넘친다. 이들은 라퓨타가 통치하는 육지 라가도에서 온 남자들과 외도를 즐기는데, 남편들은 사색에 빠져 있어서 '때리기꾼'이 없으면 아내가 바로 옆에서 외간남자와 뭔짓을 해도 모를 지경이다. 하여, 여자들은 늘 아래 육지를 갈망한다. "여자들은 섬에 갇혀 있는 것을 한탄했다. 그녀들은 그곳에서 풍요와 호화로움 속에서 살고, 할 수 있는 일은 뭐든 할 수 있지만 항상 바깥세상으로 나가기를 바랐고 그

나라 수도_{라가도}에서 지내기를 간절히 원했다."(『걸리버 여행기』, 210쪽.)

그래서 탄생한 막장 드라마 하나. 궁궐의 어떤 귀부인이 부자에다 잘생기고 성품도 훌륭한 수상과 결혼해서 아이들도 낳고 대저택에 살았는데, 건강을 돌본다는 구실로 라가도로 내려갔다가 행방을 감추어 버렸다. 왕이 수색대를 보내 찾아보니 아주 허름한 옷을 입은 채로 싸구려 음식점에서 일하고 있었다. 그녀를 매일 때리고 난폭하기 짝이 없는, 병신처럼 보이는 늙은 남자를 먹여 살리기 위해서였다. 그런 불륜을 저질렀음에도 그녀의 남편은 그녀를 예전처럼 다정하게 대해 주었다. 하지만 그녀는 결국 패물을 모두 챙겨서 육지의 옛애인한테로 튀어 버렸다. 맙소사! 인정하기 싫겠지만 이것이 생의 원리다. 인간은 결코 천상의 풍요와 안정을 원하지 않는다. 지루하기 때문이다. 그 권태로움을 견디느니 차라리 지옥행을 선택한다. 힘들고 고단할지언정 거기에는 자신의 힘으로 열어 가는 '삶의 현장'이 있기 때문이다.

언어가 사라진 세상, 디스토피아

라가도는 육지의 수도다. 라퓨타의 통치자들은 육지인 라가도에서 폭동이나 반란이 일어나면 그 지역의 상공에 섬을 멈추게 함으로써 햇빛과 비를 막아 버리거나 커다란 돌을 떨어뜨려 집이나 건물을 파괴해 버린다. 심한 경우엔 섬을 지상에 충돌시킬 수도 있다. 하지만 그럴 경우, 자칫하면 섬의 밑바닥이 완전히 부서질 수도 있다. 그래서 왕은 아무리 화가 치밀어도 극단적인 선택은 하지 않는다. 토대와 상부구조라는 마르크스의 사적 유물론을 떠올리게 하는 장면이다.

"토대가 상부구조를 결정한다"가 마르크스의 명제지만
여기서는 반대다. 오래전 라가도의 남성들이 라퓨타로 갔다가
수학을 배워서 돌아왔다. 그러고는 땅에서 행해지던 모든 일에
대해서 비난을 퍼붓고는 예술, 과학, 농업 등을 전면적으로 다시
구축하기 시작했다. 이후 무려 500개에 달하는 연구소들이
난립하게 되었다. 상부구조의 공허한 기하학이 토대의 구체성을
잠식해 버린 것이다. 연구소에서 수행하는 과제들이란 게 황당하기
짝이 없다. 오이에서 태양광선을 꺼내는 기법, 똥에서 색깔과 냄새,
타액을 분리하여 원래의 음식으로 되돌리기, 얼음에 열을 가해서
화약을 만들기, 집을 위에서부터 짓는 건축법 등등.

그중에서도 가장 끔찍한 것이 언어연구소다. 이 연구소에선
모든 책들에서 분사, 명사, 동사 등의 수가 어떠한 비율로 되어
있는지를 정확히 계산하는 '데이터 베이스 작업'도 이루어진다.
그렇게 언어가 분해되자 이제부터는 명사 외에 모든 단어를
없애 버리자는 의견이 대두되었다. 말을 하면 폐가 작아지고
수명을 단축시키게 된다는 이유에서다. 아울러 명사는 곧 사물을
지칭하는 것이니 말로 하는 대신 물건을 휴대하고 다니자는 의견이
제기되었다. 여자들과 무지한 대중들이 혀를 갖고 말할 자유를
주지 않으면 폭동을 일으키겠다고 해서 무산되긴 했지만 학자들은
실제로 그런 방법을 고수하고 있다. 이를테면, 누군가를 만날 때면
힘센 하인들을 대동하여 짐을 지고 다니면서 길바닥에 물건을
벌여놓고 말없는 대화를 나누다 서로 작별하는 식이다. 그런
대화를 연구하는 사람들의 방은 소리 없는 대화를 하는데 필요한
온갖 물건들로 가득 차 있다. 추상적 사고가 삶을 질식시키는

상황이 된 것이다. 스마트폰 때문에 한없이 '스투피드'해지는 우리 시대와 여러 모로 흡사하다.

특히 기술이 발전하고 거기에 의존하면 할수록 언어가 증발하는 것도 유의할 대목이다. 스마트폰 역시 모든 사물 및 사건을 이미지화함으로써 점점 소리가 사라지고 있다. 시각이 청각을 압도해 버린 것이다. 이대로 가면 아마 인간은 언어와 화법을 모두 잃을 수도 있다. 이미 디지털에 중독된 신체들은 자기 생각을 언어화하는 능력이 현저히 떨어진다. 소리와 언어가 사라지면? 라퓨타의 '귀족들'과 라가도의 '학자들'처럼 살아가게 될 것이다. 생각만 해도 끔찍하다. 이런 문명이 바로 디스토피아다.

296

* * *

"세계적인 여행기엔 어떤 작품이 있을까요?" 강의 때마다 청중들에게 묻는 질문이다. 그러면 남녀노소를 불문하고 자동적으로 『걸리버 여행기』!"가 튀어나온다. 여행기, 하면 걸리버가 떠오를 정도로 인지도가 높다는 뜻이다. 그런데 그렇게 말하고 나선 꼭 웃는다. 듣는 이들도 같이 웃는다. 이 리액션이 아주 흥미롭다. 다른 여행기에선 결코 나올 수 없는 반응이다. 왜 그럴까? 이 작품이 지닌 이중성── 판타지 동화와 풍자문학 ──때문이리라. 마치 유명한 개그맨의 경우, 이름만으로도 웃음을 야기하는 것처럼.

그렇다. 이 작품에 나오는 지명들은 몽땅 다 허구요 뻥이다. 그런데 작가(와 출판업자)는 그렇지 않다고 우긴다. 걸리버는 진실성에서 나무랄 데가 없는 사람이기 때문에, 그의 이웃들은 어떤 것이 진실이라는 걸 말해야 할 때는, "그건 걸리버가 한 말처럼 진실한 거야"라는 표현을 즐겨 쓸 정도였다는 서문(「출판업자가 독자들에게 전하는 글」)을 붙였다. 무엇보다 작품 안에는 숫자들이 자주 등장한다. 날짜와 위치는 물론, 사이즈와 거리, 배율 등 각종 수치들을 곳곳에 배치했다. 이미 밝혔듯이, 다 작전이다. 사람들은 숫자에 약하다. 숫자가 등장하면 일단 그것을 확인하기도 전에 '팩트'라고 믿어 버리는 경향이 있다. 그런 심리를 백분 이용한 것이다. 뿐만 아니라 작품 말미에 가선 걸리버의 입을 통해 자신의 여행이 '한 점의 의심없는 사실'이라고 주장해 댄다. "나는 16년 7개월에 걸친 나의 유랑에 관련된 이야기를 사실에 입각하여 충실하게 써왔다. 나는 문장의 멋이라든가 현란함에는 관심이 없이 오직 진실을 전달하는 데 중점을 두었다." 게다가 "나는 어떤 당파에도 연관이 없는 사람이고 나의 글은 그 어떤 집단이나 개인의 편견이나 감정이나 악의 같은 것이 없다. 단지 나는 인간들을 계몽하고 교육할 목적으로만 글을 쓰는 것이다." 그러니 "나의 이 책에 대해서 비판을 가할 사람은 아무도 없을 것이라는 점에 대해서 기쁘게 생각한다."(『걸리버 여행기』, 381쪽.) 물론 다 반어법이다. 사실은 엄청난 비난을 감수하면서 썼다는 뜻이다.

흥미로운 건 18세기 독자들은 주로 판타지와 유머를 즐겼다면, 19세기 독자들은 분노와 냉소를 퍼부었다고 한다. 그럼 우리는? 일단 걸리버와 함께 여행을 좀더 해보기로 하자.

GULLIVER's Travels

걸리버 여정도

빨간색 : 1차 여정 더블린 ⇨ 런던 ⇨ 브리스틀 항구 ⇨ 릴리퍼트
초록색 : 2차 여정 다운즈 함 ⇨ 희망봉 ⇨ 마다가스카르 ⇨ 브로브딩낙
파란색 : 3차 여정 출항 ⇨ 세인트조지 요새 ⇨ 베트남 통킹 ⇨ 라퓨타
보라색 : 4차여정 포츠머스 함 ⇨ 흐이늠

영국
다운즈 함
아일랜드
포츠머스 함
더블린
브리스틀 항구

아시아

인도

천공의 섬
라퓨타

아프리카

세인트조지 요새

베트남 통킹

마다가스카르

남아프리카공화국

liliput
소인국 릴리퍼트

houyhnhnms
말들이 다스리는
나라, 흐이늠

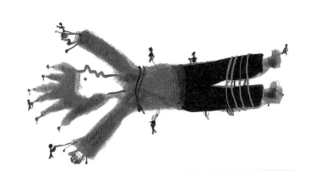

북아메리카

거인국 브로브딩낙

남아메리카

조너선 스위프트 여정도

북아일랜드

더블린
DUBLIN

아일랜드

영국

리버풀
LIVER
• POOL

LONDON
런던

Gulliver'

걸리버 여행기

2.

유토피아는 없다!

조너선 스위프트. 영국 최고의 유머작가이자 산문의 대가로
평가받는다. '로드클래식'의 저자들이 그렇듯, 그의 생애 역시
파란만장했다. 다른 저자들이 주로 역마살에 고생살이 뻗쳤다면,
스위프트를 괴롭힌 건 병마였다. 평생 동안 갖가지 질병에 시달려야
했다.

1667년 3월 30일, 아일랜드의 수도 더블린에서 유복자로
태어났다. 15세에 더블린의 한 대학에 입학했지만, 학업에는
영 흥미가 없었다. 이 무렵부터 심한 우울증에 사로잡혔는데,
이게 시작이었다. 1689년에 아일랜드에서 폭동이 일어나자,
영국교회(성공회) 신자들이 대량으로 영국으로 이주하게 되었다.
그 대열에 끼어 영국으로 왔다. 당대 최고의 명망가인 템플 경 집에
기거하면서 그의 추천으로 옥스퍼드 대학까지 마쳤다. 그 시절
어머니를 만나기 위해 먼 길을 여행하면서 하인, 요리사, 심부름꾼,
하녀, 마부 등 하층민들의 감정과 생각 그리고 방언을 두루 익히게
되었다고 한다. 역시 길이야말로 최고의 배움터이자 수련장인
셈이다. 이후 우울증에 이어 현기증과 난청 및 정신질환을 앓게
되었다.

템플 경의 가솔들 중에 존슨 부인이 있었다. 그녀의 일곱
살 난 딸 에스터(스텔라)의 튜터 역할을 맡았는데, 이 인연으로
그녀와는 평생의 연인이자 지기가 된다. 1694년 성공회 신부로
서품을 받았다. 영국에서 자리잡기를 바랐으나 뜻을 이루지 못하고,
그의 표현에 따르면, "비참한 아일랜드의 형편없는 더블린"에서
사제가 되었다. 화술이 워낙 뛰어나 정치적 당파와 종교적 계파를
넘어 다양한 사람들과 친교를 나누었다. 한때 헤스터(바네사)라는
여성과 깊은 관계를 맺기도 했으나 결혼에 이르지는 못했다(자세한

내용은 마지막 페이지를 기대하시라!). 1728년 스텔라가 사망하자, 더욱 우울증에 시달려야 했다. 1731년 한쪽 눈에 생긴 종양으로 쓰러진 후 아주 오랫동안 백치 상태로 지내다가 1745년 10월 78세로 운명했다. 자기가 사제로 있던 성 패트릭 교회의 묘지에 묻혔다. 스텔라의 무덤 바로 옆이었다. 유언은 자기 재산을 모두 정신병원에 기증하라는 것.

'아이러니'를 넘어 '똥침'으로

『걸리버 여행기』의 원 제목은 『세계 여러 먼 나라로의 여행기』. 익명으로 출판했지만 '빅히트'를 쳤다. 아이들에겐 '이상하고 괴상한 도깨비 나라'에 대한 모험담으로, 어른들에겐 문명과 인간에 대한 지독한 풍자로 읽혔기 때문이다.

각종 질병에 시달리고 세상에 대한 불평불만이 그득했지만 스위프트는 기본적으로 명랑한 캐릭터였다. 무엇보다 "짓궂은 장난"을 즐긴 것만은 분명하다. 앞의 장에서 소개한 아일랜드 경제를 위한 '하나의 온건한 제안'도 그렇지만, 「1708년에 대한 예언」도 아주 재밌는 예다. "당시 영국에서는 매년 초에 그 해에 일어날 사건을 월별로 예언하는 책자를 발간하는 것이 유행이었다." 일종의 토정비결인 셈이다. 그중에서도 존 파트리지라는 사람의 예언서가 인기가 있어 재미를 톡톡히 보고 있었다. 한데, "그는 무식한 구두 수선장이 출신이며 비국교도였다. 그러나 사기가 능해서 점성가 노릇을 하고 있었던 것이다. 따라서 그의 배경을 아는 동료 업자들의 질투와 문인 재사들의 멸시와

야유를 받았다." 하지만 그럴수록 더더욱 인기는 높아졌다. 이런
참에 아이작 비커스태프라는 인물이 썼다는 「1708년 운수력」이
등장했다. 거기에는 파트리지가 3월 29일 밤 11시에 열병으로
죽는다고 되어 있는 게 아닌가. 물론 스위프트의 장난이었다.
당연히 예언은 맞지 않았고 파트리지도 죽지 않았다. "그러나
스위프트는 「비커스태프 씨의 예언이 이루어짐」이라는 팸플릿을
익명으로 발행하여 그가 죽었다고 선언"해 버렸다. 파트리지는
펄쩍 뛰었다. 자기는 절대 죽지 않았다고 항변했으나 아무 소용이
없었다. 뒤이은 스위프트의 교묘한 장난에 의해서 파트리지는 죽은
것으로 인정되어 도서출판인 명부에서 제명되고 말았다. 소송을
비롯하여 온갖 반박을 했지만 무위로 돌아가고 몇 년 후 그는 정말
죽고 말았다.[『걸리버 여행기』(송), 366쪽.] 이쯤 되면 더 이상 '장난'이
아니다. 아이러니 기법이라 하기도 뭣하고 '똥침'에 가깝다.

305

    그는 말한다. "나의 모든 작업에서 내가 하려고 하는 주요
목표는 세상 사람들을 즐겁게 해주려는 것이 아니라 화나게 하려는
것이다. …… 나는 주로 인간이라 불리우는 저 동물을 미워한다."
그럼에도 그의 글을 읽으면 일단 웃긴다. 저절로 웃음이 빵 터진다.
웃기면서 화나게 하는 것. 그게 바로 아이러니의 진수다. 만약
웃지는 못한 채 열받기만 한다면, 위에 나오는 사기꾼 파트리지처럼
스위프트의 장난, 아니 똥침에 당하고 만다.

역사, 윤회의 수레바퀴

소인국, 거인국에서 시작한 그의 풍자적 비수는 이제 라퓨타를

통과하면서 더한층 매서워진다. 유럽으로 가려고 항해를 하다 글립더브드립이라는 작은 섬을 지나게 되었다. '마법사의 섬'이라는 뜻이다. 이름대로 그 부족원은 다 마술사였고, 섬의 족장은 죽은 자들을 불러내어 24시간 동안 시중을 들게 하는 신묘한 능력을 지니고 있었다. 그가 손가락을 한 번 획 돌리면 하인들은 순식간에 연기처럼 사라진다. 마치 '홀로그램'을 연상시키는 장면이다.

걸리버는 이 능력을 활용하여 자신이 궁금한 역사적 인물들을 마구 불러낸다. 알렉산더대왕을 호출해서는 독살이 아니라 과음으로 인한 열병으로 죽었음을 증언하게 하고, 시저와 폼페이우스가 전투를 벌이는 장면도 재현하게 했다. 호메로스와 아리스토텔레스를 통해서는 역대 주석가들이 얼마나 형편없는 인물들인지를 폭로하고, 데카르트와 뉴턴 등 당대를 주름 잡은 이론들 역시 일시적 유행에 불과하며 잠시 성행하다가는 곧 사라져 버릴 거라고 예언한다. 군데군데 독설도 빼먹지 않는다. "나는 로마의 원로원이 큰 방에 나타나게 하고 그와 대조가 되도록 현대적인 의회가 또 다른 방에 나타나게 해달라고 요청했다. 전자는 영웅이나 신들이 모인 듯 보였고 후자는 행상인이나 소매치기나 노상강도나 악당의 무리처럼 보였다."(『걸리버 여행기』, 248쪽.) 그 와중에도 장난기는 여전하다. 예컨대, 이런 대목이다.

어떤 장군은 자기가 승리를 거두게 된 원인이 실제로는 자기가 겁이 많고 작전을 잘못 수립했기 때문이었다고 나에게 고백했고, 어떤 해군 제독은 정확한 정보를 갖고 있지 못하여 원래는 항복을 하려고 했는데 상대방 함대를 격파해 버렸다고 실토했다.(『걸리버 여행기』, 254쪽.)

아무튼 그가 말하고 싶은 것은 우리가 알고 있는 역사적
진실이란 날조의 산물이며, 그런 과정을 거치다 보니 인간의
역사는 타락과 퇴행을 거듭하게 되었다는 것이다. 하지만 이렇게
물을 수 있다. 그럼, 이 유령들의 진술은 사실인가? 역사란 수많은
기억들의 사슬인바, 진실 자체를 그대로 재현하는 건 불가능하다.
아니, 진실은 없다! 그런 점에서 이 유령들은 자신들만의 기억에
갇힌 존재들이다. 그래서 언제 어디서 불러내도 동일하게 과거를
되풀이할 수 있는 것이다. 이를테면, 윤회의 수레바퀴에 걸려 있는
존재라고나 할까. 반복에선 생성이 불가능하다. 그것이 유령의
운명이다. 역사 혹은 사실의 운명 또한 그렇지 않을까.

영생, 구원이 아니라 저주

다른 한편 럭나그라는 곳에서는 마침내 영생자들과 마주치게
된다. 왼쪽 눈썹 바로 위의 이마에 둥글게 붉은 반점이 있는
아기가 태어나면 그게 바로 영생의 증표다. 대략 1천 1백 명 정도가
존재한다. 영생이라니, 그게 가능하단 말인가? 흥분한 걸리버에게
럭나그인이 묻는다. 만약 자신이 영원히 죽지 않는다면 뭘 하고
싶으냐고. 걸리버는 황홀한 시선으로 이렇게 말한다. 우선 부지런히
재산을 모으고 공부에 전념하여 '살아 있는 지식창고'가 될 것이다.
60세가 되면 결혼 생활은 청산하고 많은 사람들을 초대하여
젊은이들을 교육시키면서 살아갈 것이다. 인격을 수양하면서 또한
악덕이 어떻게 생겨나는지를 가르침으로써 인간들이 타락해 가는
것을 막을 것이다. 천지와 역사의 변화들, 국가의 탄생과 소멸 등을

생생하게 목격하는 기쁨을 누릴 것이다. 물론, 거대한 착각이다. 그런 삶은 존재하지 않는다. 이 나라의 영생인들이 그 증거다. 영생인들은 30세까지는 보통사람들처럼 살아가고 그후로는 점차로 침울해지는데 80세가 될 때까지 그런 상태가 지속된다. 그 당시에도 80세가 장수의 기준이었던가 보다. 그 나이가 되면 영생인들은 보통 노인들의 약점에다 죽을 수 없다는 절망감까지 떠안게 된다. "그들은 고집이 세어지고 투정만 부리며 탐욕스럽고 우울해지며 허영심이 높아지고 말이 많아지며 자기 직계 가족을 제외한 타인들과는 아무런 인정을 느끼지 못하게" 된다. 그들을 지배하는 건 질투심과 허욕이다. 젊은이를 보면 자신들이 더 이상 쾌락을 누릴 수 없음을 한탄하고, 노인들의 장례식장에 가선 다른 이들은 다 안식처로 돌아가는데 자신들은 그럴 수 없음을 한탄하면서 죽는 자들에 대해 미친 듯한 질투심을 갖는다는 것이다. 그들의 기억은 너무나 불확실해서 과거를 복원하는 데 아무런 도움이 되지 않을뿐더러 차라리 기억력을 완전히 상실해 버린 사람들이 덜 불행한 편에 속한다.

영생인끼리 결혼하면 부부 중에서 80세에 도달했을 때 그 결혼은 무효가 된다. 영생인으로 태어난 것도 불행인데 거기다 결혼으로 인한 불행까지 겪지 않도록 법적 온정을 베풀어 주는 것이란다. 또 80세가 되면 법적으로는 사망으로 간주하여 재산을 국가에서 인수하고 생계비만 지급한다. 90세가 되면 머리와 이가 다 빠지고 미각도 사라져서 손에 걸리는 대로 아무거나 집어 먹는다. 또 독서를 할 수도 없다. 기억력이 너무 나빠서 한 문장의 끝을 읽을 때쯤이면 앞부분을 몽땅 까먹기 때문이다. 또 말이란 늘 변하는 것이어서 한 세대의 영생인은 다음 세대의 영생인과 말이 통하지 않는다. 그래서 2백년 정도 지나면 가까이 있는 보통사람들과도 대화가 통하지 않는다. 이러다 보니 영생인은 멸시와 미움의 대상이 되었다. 하여, 영생인이 태어나면 불길한 일로 간주되었다. 구원이 아니라 재앙으로 여긴 것이다. "그들의 모습은 내가 지금까지 보아왔던 인간들 중에서 가장 흉해 보였다. …… 그런 영생이라면 불구덩이 속으로라도 들어가서 죽음을 맞이하는 게 나을 것"[『걸리버 여행기』, 273쪽.]이다.

결국 불멸이란 '마법사의 섬'에 나오는 유령들처럼 윤회의 덫에 갇히거나 아니면 '럭나그'의 영생인들처럼 삶으로부터 완전히 소외되어 있거나 둘 중의 하나를 뜻한다. 살아 있으되, 결코 삶이 없는 존재들! 스위프트가 대단한 건 바로 이런 대목이다. 평생 영국 국교회의 사제로 지냈음에도 그는 영생에 대해 어떤 의미도 부여하지 않았다. 그렇다고 신이나 내세를 부정하는 방식을 취한 것도 아니다. 거꾸로 내세와 영생이 가능하다고 설정한 다음, 그때 무슨 일이 벌어지는지를 적나라하게 보여 줄 뿐이다. 죽지 않는다는 것이 무엇인지 진짜로 따져보라는 것이다. 영생인이 미움과 경멸의 대상이라니, 또 그들이 죽는 자들에 대한 질투에 몸부림친다니, 이것만으로도 죽음에 대한 두려움이 상당히 덜어지지 않는가. 그런 점에서 스위프트는 훌륭한 사제다.

309

인간, 그대 이름은 "야후"

야후Yahoo, 유명 포털사이트의 이름이다. 그 유래가 등장하는 곳이 걸리버의 최종 표류지, 흐이늠의 나라다. 소인국, 거인국에선

권력과 욕망을 있는 대로 비꼬고, 라퓨타와 럭나그 등을 통해서는
문명과 역사, 영생의 부조리를 폭로하더니 이제 그의 시선은
인간의 본성 그 심연을 향한다. 흐이늠의 나라는 말馬들이 야후,
곧 인간을 다스리는 곳이다. 이런 설정 자체가 전복적이다. 소인국,
대인국, 라퓨타 등은 아무리 이상하고 괴상해도 인간이 다스리는
나라다. 한데, 여기 흐이늠의 나라는 인간의 나라가 아니다. 인간이
가축으로 길들여 타고 다니는 말, 그 말들이 통치자다. 그렇다고
여기가 완전히 야생의 왕국인 건 아니다. 흐이늠이란 '자연의
완성'을 의미한다. 그 뜻에 걸맞게 이 말들은 외모뿐 아니라 덕성의
측면에서도 가장 고귀한 존재다. 그에 반해 야후는 모든 악덕의
화신이다. 이런 대비는 스위프트가 여전히 '인간(중심)주의적'
설정을 포기하지 않았음을 의미한다. 즉, 인간의 악덕을 적나라하게
까발리기 위해 그 모든 장애를 벗어난 이상적인 존재를 제시한
셈이다. 스위프트가 보기엔 말이 그런 동물로 적격이라고 여긴
듯하다. 걸리버가 '문명의 야후'라면, 이곳의 야후는 '원시적 야후'다.
걸리버는 인정하고 싶지 않지만 둘은 기질이며 속성이 완전히 닮은
꼴이다.

문명, 부조리한 너무나 부조리한!

마치 연암이 「호질」에서 범을 통해 인간의 추악한 본성과 문명의
모순을 질타했듯이, 흐이늠의 말들은 야후들의 속성과 기질에 대해
짙은 회의를 감추지 못한다. '원시적 야후'는 야만적이라 그렇다치고,
이성적 동물이라는 문명의 야후들은 또 왜 그 지경인가.

영국의 명예혁명과 영불전쟁 동안 백만 명 이상이 죽었고, 백
개 이상의 도시가 파멸했다. 그 이야기를 들은 흐이늠들이 묻는다.
제국이 그렇게 넓은데 왜 또 전쟁을 하느냐고. 답은 간단하다.
군주들은 항상 자기가 통치하는 땅과 국민이 부족하다고 느끼기
때문이다. 전쟁의 원인도 치졸하기 짝이 없다. '고기가 음식으로서
적당한 것인지 아닌지, 어떤 열매의 즙이 과즙인지 술인지, 휘파람
부는 것이 미덕인지 악덕인지, 나무에 키스하는 것이 좋은지
나쁜지, 옷의 색깔은 무엇이 좋은지, 길어야 하는지 짧아야 하는지,
좁아야 하는지 넓어야 하는지' 등등. 흐이늠들은 이해할 수 없다.
이성을 가졌다는 존재들이 어떻게 그렇게 멍청하고 잔혹한 짓을
벌일 수 있는지를. 사실 이것은 아주 근원적인 문제이기도 하다.
이성과 잔혹은 대체 어떤 관계일까? 이성이 지닌 한계 때문인가?
아니면 이성 자체가 지닌 속성 때문인가? 만약 그렇다면, 그것을
과연 이성이라고 할 수 있는가? 등등.

311

　혁명이나 전쟁뿐 아니다. 일상과 제도 역시 부조리투성이다.
변호사들은 보수에 따라서 흰 것을 검다고 하고 검은 것을 희다고
증언한다. 판사들은 판례라는 명목으로 사리에 맞지도 않는 판결을
한다. 이들 법률전문가들은 알아들을 수 없는 용어로 지껄이다
보니 자신들도 무엇이 진실이고 무엇이 허위인지가 헷갈릴
지경이다. "그 사람들은 변호사의 일 말고는 우리 인간들 중에서
가장 무식하고 어리석은 족속입니다. 대인 관계에서는 가장 비열한
자들이고 진정한 지식이나 학문을 배격하고 인간들의 숭고한
이상을 짓밟고 다니는 무리입니다."(『걸리버 여행기』, 325쪽.)

　물론 다 돈에 대한 탐욕 때문이다. 문명의 고질적 병폐인
빈부격차, 노동착취도 여기에서 유래한다. "모든 동물은 땅이

부여하는 생산물에 대한 자기 몫을 가질 권리가 있으며, 다른 동물을 지배하는 동물들은 특히 그렇다.” 하지만 문명의 야후들에겐 그런 보편적 법칙이 통하지 않는다. “우리나라 상류층의 암야후가 먹을 음식과 그것을 담을 그릇을 구하려면 지구를 적어도 세바퀴 반은 돌아야”하고, “영국에서는 먹고 살 식량의 세 배를 생산할 수 있다.” 그럼에도 “숫야후들의 무절제한 낭비나 암야후들의 허영심을 채워 주려고 그런 물건들을 상당량 다른 나라에 수출합니다. 그 대신 그런 나라에서 온갖 나쁜 물건을 수입하여”[『걸리버 여행기』, 327쪽.] 미친 듯이 소비해 댄다. 대체 왜? 아무도 모른다. 그냥 이 악순환의 고리를 정신없이 오갈 뿐! 그런 점에서 문명은 부조리의 온상, 아니 부조리 그 자체다.

야후의 본성―탐욕과 광기

흐이늠들은 실로 궁금하다. 그런 악순환을 정신없이 오가는 것도 그렇지만, 그렇게 욕심을 채우는데도 왜 맨날 아픈가? 걸리버의 답변은 이렇다. “저희는 몸 안에서 나쁜 작용을 하는 음식을 먹습니다. 배고프지 않은데도 먹고 목마르지 않은데도 물을 마십니다. 밤새도록 독한 술만 마시는 경우도 있습니다.” 이것들은 한결같이 몸에 열이 나게 하고 당연히 소화불량을 일으킨다. 쉽게 말해 과식으로 인해 만병이 생기는 것이다. 이런 병을 고쳐 주는 척하는 의사들이 있다. 그들은 배설이 필요하다고 여겨 식물뿌리, 광물질, 미역, 기름, 조개, 소금, 동물의 배설물, 목피, 뱀, 두꺼비 같은 것을 원료로 해서 아주 고약하고 구역질이 나게 하는 약을

만들어 낸다. 또 그런 약에다가 독극물을 첨가하여 입이나 항문을
통해서 집어넣게 되면 창자 속에 들어 있는 것을 모두 밀어내서
배가 시원해진다.──토하거나 싸거나. 가장 과격한 치법治法을 쓰는
것이다. 안 먹어도 되는 것들을 열나게 먹어 대고 그 다음엔 토하고
싸느라 생고생이다. 참, 대책없는 동물이다. 요컨대, 자연의 섭리에
따르면 입은 음식을 주입하는 곳이고 항문은 음식을 빼내는 곳이다.
하지만 야후들은 하도 엉망으로 살기 때문에 이 섭리가 어그러져
버렸다. 해서, 몸이 제 위치를 찾게 하려면 신체를 정반대로
작용시켜야 한다. 즉, 음식을 항문으로 밀어넣고 입으로 빼내야
한다. 헉! 이런 게 바로 스위프트의 장기인 막장화법이다. 이왕 비꼴
바에야 갈 데까지 가보겠다는 심사인 것.

　　이런 지경이다 보니 가장 병에 걸리기 쉬운 종족이 귀족이다.
귀족은 어릴 때부터 사치와 게으름 속에서 자라기 때문에 성인이
되면 정력을 다 소모하여 고약한 병에 걸린다. 재산을 탕진하고
나면 돈 때문에 못생기고 천한 태생의 여자와 결혼하고 그런
여자를 미워하고 멸시하면서 평생을 보낸다. 그런 결혼에서 자식을
낳으면 가문이 3대 이상을 유지하기 어렵다. 혈통의 우월성을
확보하기 위해 아내들은 외간남자와 정을 통해서 건강한 자식을
낳기도 한다. 해서 사람들은 귀족의 자식이 건강하고 똘똘하면
진짜 아비는 마구간 머슴이거나 노동자일 거라고 간주한다. 그런
신체적 결함이 귀족들의 심통이나 변덕, 오만함 등을 낳는다. 그런
계층인 귀족들의 승낙 없이는 아무런 법률도 제정하거나 폐지할 수
없다. 그러니 나라 '꼬라지'가 어떻겠는가. "야후들은 천성적으로
타고난 이성을 스스로 버리고서, 원래 타고난 결점을 증대시키고
보충하는 일로 한평생을 헛되이 보내는구나." 이것이 흐이늠의

313

최종평가다. 「호질」에서 똥통에 빠진 북곽선생의 꼬라지를 보고
'에이, 구려서 도저히 못 먹겠다'고 돌아선 범의 심정과 상통한다.

　이게 문명국의 야후들이라면 '흐이늠의 나라'에 있는 야후들은
탐진치貪瞋癡의 원형을 보여 준다. 예컨대, "야후 다섯 마리에게 오십
마리는 충분히 먹을 수 있는 먹이를 던져주어도 사이좋게 먹지
못하고 한 마리도 예외 없이 서로 독차지하려고 싸운다."(『걸리버
여행기』, 337쪽.) 더 이상한 것은 자기 집에 있는 좋은 음식은 놓아두고
다른 곳에서 약탈한 것을 훨씬 더 좋아한다. 이런! 또 문명국의
야후들이 쓰지도 못하는 화폐에 중독되듯이 이곳의 야후들은 어떤
돌에 환장한다. 특별히 쓸 곳도 없지만 돌이 사라지면 미쳐 날뛰고
식음도 전폐한다. 돌을 되찾아야 비로소 원기를 회복한다. 돈에
대한 맹목적 탐닉을 이런 식으로 비꼰 것이다. 성욕도 장난 아니다.
암컷을 공동으로 소유할뿐더러 암야후는 임신 중에도 수컷과
교미하며 수컷들은 수컷들끼리 다툴 뿐 아니라 암컷들과도 치고
받는다.

　또 야후들은 때때로 환상에 사로잡힌 듯 구석에 처박혀서는
신음하며 먹지도 자지도 않는다. 우울증에 걸린 것이다. 그럴 때
흐이늠들의 처방은 중노동을 시키는 것. 그러면 제정신을 차리게
된다. 이 치법은 상당히 일리가 있다. 현대야말로 우울증의 시대가
아닌가. 이전에는 귀족이나 부자들이 주로 걸렸던 병을 보통사람도
다 앓게 된 셈이다. 스트레스는 많은데 몸은 도통 쓰질 않아서
기혈이 꽉 막힌 탓이다. 해서 중노동까지는 아니더라도 등산이나
자전거, 요가 등으로 기혈을 순환시키는 것이 최고의 치유책이다.

　마지막으로, 암컷의 음탕함에 대한 깨알 같은 지적 하나.
"암야후는 강둑이나 수풀 같은 데 숨어서 숫야후들이 지나가는

것을 지켜보다가는 슬쩍 나타났다가 또 숨고 하는 이상한 행동을 보"이는데, "그때 어떤 수컷이 다가오면 자주 뒤돌아보면서 천천히 도망친다고 한다. 그러고는 그 수컷이 따라올 것이 뻔해 보이는 적당한 장소로 들어간다고 한다."(『걸리버 여행기』, 343쪽.) 요즘으로 치면 '나 잡아봐라~' 하는 액션인데, 예나 이제나 여성이 남성을 꼬드기는 수법은 크게 다르지 않았나 보다^^.

흐이늠, 덕성의 화신

대강 이런 식으로 야후에 대한 관찰과 분석이 이어진다. 이 정도면 풍자나 반어라고 하기도 뭣하다. 차라리 '똥침'이라는 표현이 더 적절하다. 야후들을 향해 날리는 유쾌하고도 쓰라린 똥침! 이 똥침의 원동력은 흐이늠의 고매한 덕성이다. 그것은 소크라테스가 플라톤에게 전해 준 것과 비슷할 정도로 아주 높은 수준이다. 예컨대, 흐이늠들은 아무리 먼 곳에서 왔어도 가까운 이웃처럼 대하며 어디를 가더라도 자기 고향인 것처럼 편안하고 여유롭다. 또 새끼를 암수 두 마리만 낳게 되면 암컷은 더 이상 교미를 하지 않는다. 종의 숫자를 스스로 제한할 수 있을 정도로 절제력이 뛰어나다.

더 나아가 이들에겐 죽음에 대한 두려움이 없다. 누가 죽었다고 해서 슬퍼하지도 않고, 죽는 자도 마치 이웃집에 놀러왔다가 떠나가는 것처럼 여긴다. 이들은 자신이 언제 죽을지 정확히 알고 있는데, 죽기 10일 전에는 이웃사촌들을 찾아가 고맙다는 표시를 한다. 여생을 편히 지내기 위해 먼 지방으로 여행하는 것처럼 친구들에게 작별 인사를 하는 것이다. 이 정도면 거의 '장자적' 초탈의 경지가 아닌가.

흐이늠과 야후 사이에서 양쪽을 두루 관찰하게 된 걸리버는 이곳이야말로 자신이 꿈꾸던 이상향이라 믿는다. "그곳에는 나의 신체를 못 쓰게 만들 의사도 없었고 나를 망하게 만들 변호사도 없었다." "어떤 파벌의 지도자나 그 추종자도 없고 지하 감옥, 교수대…… 간교한 상인…… 사치만 일삼는 여편네, 교만한 학자, 온갖 나쁜 짓으로 출세하는 자들, 귀족, 판사도 없었다."(『걸리버 여행기』, 361쪽.) 마지막까지 문명에 대한 독설은 그치지 않는다.^^

'야후'와 '흐이늠'의 사이에서

붕어빵과 대학의 공통점은? 붕어빵엔 붕어가 없고, 대학에는 '대학'大學(큰 학문)이 없다! 〈개그 콘서트〉 용어로 말하면 '도찐개찐'이다. 유토피아도 마찬가지다. 엉? 유토피아란 '그 어디에도 없는 곳'이라는 뜻이다. 소인국, 거인국, 라퓨타 등등이 그런 것처럼. 근데 왜 그런 나라를 찾아헤매는 거지? '이상향', 곧 유토피아를 발견하고 싶어서다. 하지만 그런 곳은 없다. 소인국은 소인국대로, 거인국은 거인국대로 모순과 비리가 존재한다. 라퓨타는 문명은 고도화되었지만 인간들의 신체는 엉망이 되어 버렸다. 흐이늠의 나라에서 마침내 그 희망을 찾았지만 결정적으로 거기는 인간 세상이 아니다. 그의 육체는 어디까지나 야후다. 야후의 육체에 흐이늠의 정신은 불가능하다! 그 덕성을 구현하려면 인간이 아닌 말의 신체가 되어야 한다. 걸리버가 다시 돌아올 수밖에 없는 이유다. 결국 유토피아에는 '유토피아'가 없다! 아니,

다시 정리하면, 유토피아는 없다!

다시 고향으로 돌아와 가족들과 재회했지만 이전과는 달리 극도의 혐오감이 밀려왔다. 아내가 껴안고 입을 맞추자 그 자리에서 기절하여 거의 한 시간 동안 정신을 차리지 못했을 정도다. 돌아온 지 5년째지만 아직도 가족들은 걸리버의 빵에 손을 댈 수도 없고 그의 컵으로 물을 마시지도 못한다. 그가 제일 먼저 산 것은 거세하지 않은 젊은 수말 두 마리. 마구간 냄새가 정신을 맑게 해주기 때문이다. 하루에 네 시간 이상 그들과 대화하면서 지낸다. 말하자면 걸리버는 분열증적 신체가 되었다. 야후와 흐이늠의 사이에서 길을 잃어버린 격이다. 어찌 보면 그것이야말로 스위프트의 인생——성직자이면서도 정치적으로 항상 '트러블메이커'였으며 두 여성과의 치명적인 삼각관계를 연출하기도 했던——이자 늘 이상과 현실의 분열 속에서 우왕좌왕하는 모든 인간들의 숙명일지도 모른다.

스위프트 자신도 그 점을 충분히 자각하고 있었다. 다시 말해, 그는 세속을 떠나 이상으로 도주하는 자가 아니다. 오히려 세속의 혼탁과 무질서를 충분히 긍정한다. '혼돈 속에서 질서가 생겨나고, 똥 속에서 현란한 튤립'이 핀다는 것을 알고 있다. 따라서 문명과 인간에 대해 퍼붓는 그의 욕설도 뒤집어 보면 깊은 애정의 표현에 다름 아니다. 지독히 사랑하지 않고서야 어찌 이토록 심한 '욕설의 향연'을 벌일 수 있겠는가.

출판 후기(「걸리버가 출판업자 리처드 심프슨에게 보낸 편지」)가 그런 사실을 잘 말해 준다. "내가 원고를 쓴 것은 이 나라 야후들의 칭찬을 받으려는 게 아니라 그들을 올바른 길로 인도해 주려는 것이네. 이 나라의 온 야후들이 나를 칭찬해 준다고 하더라도 나의

마구간에 사는 퇴화한 두 마리 후이늠의 울음소리보다도 못하게
들리네. …… 여행에서 돌아온 후로 어쩔 수 없이 몇몇 야후들, 특히
나의 가족들을 상대하게 되면서 나의 야후의 본래 결함이 다시
부활하게 된 것을 고백하지 않을 수가 없네. 그렇지 않았더라면
이 나라에서 야후들을 개화시키겠다는 어리석은 일은 시도하지
않았을 것이네. 그런데 내가 그런 희망 없는 일을 저지르게
되었네."(1727년 4월 2일) 인간이라는 종족은 구제불능이라고
여기면서도 인간에 대한 말걸기를 멈출 수 없었음을 고백하고 있다.
이보다 더 깊은 애정이 어디 있으랴.

　　걸리버가 쉬지 않고 여행을 떠난 것도 이 때문이다. 삶을
한없이 사랑하지만 도저히 이 부조리한 현실을 그대로 받아들일
수는 없다. 그래서 떠난다. 어딘가 또 다른, 더 나은 세계가 있을
거라는 기대감으로. 하지만 그런 세계는 없다! 거인국이건 라퓨타건
흐이늠이건 모순과 부조리가 없는 세계는 없다. 어쩌면 세계는
부조리함 자체일지도 모른다. 그걸 터득하기 위해서 떠나는 것이다.
그러면 다시 돌아올 수 있다. 전혀 다르게 사유할 수 있으므로.
이전과는 전혀 다르게 살아갈 수 있으므로. 그래서 떠나야 한다.
어디 걸리버만 그러하랴. 인간은 원초적으로 떠나는 존재다. 떠나지
않고는 배기지 못한다. 떠나기 위해 돌아오는 자, 그대 이름은
걸리버, 아니 야후!

* * *

마지막으로 스위프트의 연보를 화려하게(?) 장식하는 치명적인

러브스토리를 소개한다. 앞에서 말했듯이 템플 경 집에 기거할 때 스위프트는 스텔라라는 소녀의 튜터가 된다. 그때 이후 둘은 깊은 관계가 되었고, 스위프트는 떨어져 있는 동안에도 쉬지 않고 그녀에게 편지를 보낸다. 「스텔라에게 보낸 일기」(1710~1713)에는 당시 그가 교유하던 인물과 활동이 자세히 기록되어 있다. 한편, 1708년 즈음 그는 런던에서 바네사라는 여인과 가까워졌다. 당시 그의 나이는 40대, 그녀의 나이는 20세 미만이었다. 그와 바네사가 깊은 관계가 되자 스텔라는 초조해졌다. 그래서 비밀결혼을 했다는 설이 나돌기도 했지만, 확인된 바는 없다. 스위프트가 결혼 자체를 워낙 혐오했기 때문이다(아, 참고로 성공회는 사제의 결혼을 허용한다). 아무튼 두 여인 사이에서 갈등을 겪은 건 분명하다. 스위프트에 대한 미련을 버리지 못한 바네사가 마침내 스텔라에게 편지를 보내 그와의 관계를 분명히 하라고 밝혔다. 스텔라는 곧바로 스위프트에게 그 사실을 알렸고, 그 편지를 전해 받은 스위프트는 바네사에게로 가서 그 편지를 그녀의 면전에 내던졌다. 아무런 말도 하지 않은 채. 그로부터 수주일 뒤, 바네사는 상심과 분노로 죽고 말았다. 자신에 대한 사랑을 고백했던 스위프트의 시를 세상에 발표하라는 유언과 함께. 이 사건의 충격으로 스위프트는 시골에 묻혀 두달 여 동안 숨어지냈다고 한다.(『걸리버 여행기』(이), 24~25쪽.) 한 중년 남성(그것도 사제)과 두 소녀 사이의 삼각관계인데 아름답다기보다는 처절한 막장드라마처럼 보인다. 아무튼 이처럼 그는 평생 여인들에게 인기가 많았다. 그의 입담과 장난기 덕분이리라.

Road Classic Epilogue

에필로그

길은 '길'을 부른다!

자, 이제 '로드클래식'과 함께한 우리의 탐사는 일단 마쳤다. 진짜로 여행을 한 것보다 더 "찐"한 — 뻐근한 듯 뿌듯한 — 이 느낌의 정체는 뭘까? 일단 작품들의 분량이 만만치 않았다. 여행기 고전이다 보니 배경 자체가 광범하고 그러니 당연히 서사의 부피가 두툼할 밖에. 그래서 한 번씩 독파할 때마다 체력의 소모가 엄청났다. 물론 그와 동시에 '지성의 근육'이 불끈 솟아나는 기쁨도 누릴 수 있었다.

게다가 주인공들이 쉬지 않고 이동하는 '움직이는 텍스트'다 보니 사건들이 한결같이 다이내믹했다. 더 결정적으로 로드클래식은 다른 고전과 달리 사건들의 유기적 연결이 희박하다. 다시 말해 기승전결의 법칙을 따르지 않는다. 그렇기는커녕 작중화자와 인물과 사건들이 들쭉날쭉 제멋대로다. 마크 트웨인처럼 "이 작품에서 스토리를 찾으면 총살당할 것이다!"라며 엄포를 놓고 시작한 경우는 말할 것도 없고, 『서유기』, 『돈키호테』 등 다른 작품들도 그 점에선 결코 뒤지지 않았다. 그런 점에서 이 작품들은 문학이면서 문학에 속하지 않았다.(문학인 듯 문학 아닌^^) 소설인가 하면 철학이고, 철학인가 하면 또 인류학이고 풍속사였다. 해서, 로드클래식에 접속하려면 아주 다른 신체성이 필요하다는 것을 절감했다.

그도 그럴 것이, 로드클래식의 주인공은 사람이 아니라 길이다. 길은 변화무쌍할뿐더러 끊임없이 유동한다. 수많은 인연이 오고, 또 간다. 그 유동성이 길을 계속 변형시킨다. 그러니 여기서 유기적 인과론이나 고정된 장르 체계를 기대하는 것 자체가 무망한 노릇이다. 이제야 느끼는 거지만, 솔직히 저자들조차 자신들이 무슨 이야기를 할지 몰랐던 것 같다. 일단 지도를 그린 다음 길을 떠나보자, 가다 보면 뭐 스토리가 떠오르겠지,

이런 심정이었으리라. 『서유기』처럼 장구한 역사 속에서 수많은 이야기들이 덧붙여진 경우야 말할 나위도 없다. 그래서 알게 되었다. '사람은 사람을 부르고, 사건은 또 사건을 부른다'는 것을. 요컨대, 길은 길을 부른다!

인신사해(寅申巳亥) — 역마살의 도래

프롤로그에서 밝혔듯이, 내가 로드클래식과 접속하게 된 건 갑오년2014년이었다. 갑오년은 개인적으로도 정말 다이내믹한 한 해였다. 특히 두드러진 사항은 무려 네 차례에 걸쳐 국경을 넘었다는 사실이다. 2월[寅月]-도쿄, 5월[巳月]-윈난, 8월[申月]-뉴욕과 밴쿠버, 11월[亥月]-난징. 명리학적으로 보면, '인신사해'는 다 역마살을 품고 있는 달들이다. 살煞은 일종의 엇박이고 클리나멘이다. 그것은 어디까지나 내 존재 안에 있는 리듬이다.

이 리듬이 시절과 마주치면, 다시 말해 외부와 깊은 감응이 일어나면, 삶의 구체적인 현장이 된다. 2013년에 시작된 '국경을 넘는' 운이 2014년이 되면서 본격적으로 만개하기 시작한 것이다. 역마살 때문에 로드클래식을 만나게 되었는지, 로드클래식 덕분에 역마살이 꿈틀거렸는지는 모르겠으되, 우연치고는 참으로 공교로웠다. 이런 처지다 보니 일상이 늘 분주하기 짝이 없었다. 해서, 결국 여행 때마다 로드클래식의 작품들을 손에 들고 다녀야 했다. 비행기 안에서는 물론이고 이국의 객관에서도, 심지어 낯선 거리에서도 집필을 위한 독서와 메모를 할 수밖에 없었다. 말하자면, 길 위에서 길에 대한 고전을 읽고, 길에 대한 글을 쓴 셈이다. 하여, 이 에필로그는 일종의 '메이킹 스토리'이자 나의 여행기이기도 하다.

첫번째 여행 : '히토쓰바시', 역사의 아이러니

2014년 2월 초 도쿄로 가는 비행기에 몸을 실었다. 목적지는 도쿄
근교에 있는 히토쓰바시 대학一橋大学. 그곳에서 대학원생들이
주관하는 세미나에 참석하기 위해서였다. 주제는 '공동체와 지식인'.
몇 년 전 '지식인 공동체'에 대해 쓴 글이 일본의 한 잡지에 실린 적이
있었는데, 그 글을 읽은 대학원생들의 제안으로 성사된 세미나였다.
주제가 공동체라 '남산강학원' 후배들(문성환과 신근영)과
함께였다. 어이없게도 여권을 두고 가는 바람에 한바탕 해프닝이
벌어졌지만, 우여곡절 끝에 무사히 도쿄에 도착했다. 다음날
일본에선 보기 드물다는 춘설이 분분한 가운데, 간단한 발제에 긴
토론이 이어졌다(문성환은 2014년 입춘부터 '남산강학원' 대표를
맡기로 했는데, 공교롭게도 그날이 대표로서의 첫번째 활동이었다.
과연 '글로벌 대표'답다며 열렬한 박수를 받았다^^). 유머와 진지함이
교차하는 아주 역동적인 세미나였다. 지도교수(이형랑, 이연숙, 가토
선생님)와 제자들 사이의 돈독한 관계에 깊은 감명을 받았다. 한국의
대학에선 실로 보기드문 정경이었다.

히토쓰바시는 도쿄 시내에서 전철로 약 1시간 정도 떨어져
있는 소도시다. 히토쓰바시 대학은 20세기 초의 아우라를 그대로
지니고 있다. 자전거로 캠퍼스 곳곳을 누비는 학생들을 보면서
실로 간만에 '아, 다시 학생이 되고 싶다', 는 향수를 느꼈을 정도다.
유치원생들이 소풍을 오기도 하고 노인들이 삼삼오오 모여 그림을
그리기도 하는 등, 대학과 지역사회의 네트워크가 자연스럽게
이루어지는 모습도 참, 보기 좋았다.

가장 인상적인 것은 우리들의 숙소인 '사노서원'佐野書院이었다.

이 대학의 초대 학장이 사재를 털어 지었다고 하는데, 정갈한
객방과 고즈넉한 정원, 격조 있는 세미나룸과 파티홀 등을 구비한,
최고의 게스트하우스였다. 식사의 메뉴에서 공간의 배치에
이르기까지 사색과 지성을 위한 배려를 온몸으로 느낄 수 있었다.
우리는 서원의 분위기를 한껏 즐기며 '아, 공부가 아니라면 어디서
이런 환대를 받을까? 역시 공부만이 살 길이야' 하며 우정과 지성,
그리고 환대에 관한 온갖 "썰"들을 쏟아냈다. 그런데 정원을
산책하다가 문득 한 비문에 발길이 멈췄다. '돌아오지 않는
학도들에게'라는 제목이 눈에 들어왔다. 대동아전쟁 때 희생된
히토쓰바시 대학 출신의 학도병들을 위한 비문이었다. 짧은
순간이지만 온몸이 얼어붙는 듯했다.

　　역사적으로 보자면 이들은 전범이자 우리의 적이다.

대동아전쟁을 일으킨 나라에서 그 나라를 위해 전사한 학병들이니
말이다. 그런데, 이들 역시 희생자다. 누군가의 아들이고 이 학교의
학생들이었다. 이들도 느닷없이 전쟁에 동원되어 청춘을 초개같이
바쳐야 했던, 이른바 국가폭력의 희생자들이다. 연암이 열하로 가는
길 위에서 만주족 오랑캐들이 세운 청나라가 세계제국의 중심이 된
역사의 도도한 흐름 앞에서 '과연 하늘의 뜻은 무엇인가?' 하며 깊은
회의에 빠졌듯이, 나 또한 이 비문 앞에서 역사의 아이러니를 느끼지
않을 수 없었다. 대체 누가 가해자고 누가 피해자인가? 만약 모두가
희생자라면, 대체 인간은 왜 이런 전쟁놀음을 멈추지 못하는 것일까?

　　역사는 변전한다. 그로부터 반세기가 지난 지금, 나는 그
적국의 대학에서 적국의 청년들과 공동체에 관한 세미나를 하면서
우정과 지성을 나누고 있다. 그리고 그들의 원혼을 달래는 비문이
있는 숙소에서 최고의 환대를 받고 있다. 과연 우리는 과거로부터

자유로울 수 있을까? 아니, 그 이전에 우리가 구성하고 있는 과거는
과연 진실이고 또 진리인가? 소중화 사상과 북벌론의 무게를
벗어 던지고 중원 천지를 경쾌하게 가로지른 연암의 저력이 새삼
위대하게 느껴진 순간이었다.

그리고 그 길 위에서 『서유기』에 대한 탐구가 시작되었다. 나는
히토쓰바시의 숲과 거리를 거닐면서 후배들한테 수시로 『서유기』에
대한 브리핑을 해댔다. 손오공의 분노, 저팔계의 탐욕(식욕과 성욕),
사오정의 멍때리는 캐릭터, 108요괴의 화려한 장기들, 등등. 그렇게
떠들다 보면 글의 줄거리가 대강 잡히곤 했다. 하여, 연암이 왜
길 위에서 그렇게 쉬지 않고 수다를 떨었는지 비로소 실감할 수
있었다. 끊임없이 말을 걸고 혹은 자문자답하고, 그걸 다시 글로
옮기고…… '길과 말과 글'의 삼중주!

325

두번째 여행 : 윈난성, 야생과 쾌락의 기이한 공존

입춘부터 인월寅月이다. 인은 호랑이의 기운이다. 겨울의 언 땅을
뚫고 나오려면 호랑이의 기세가 필요하다. 한편, 여름의 시작은
입하立夏다. 입하부터 양력으로는 5월, 절기력으로는 사월巳月이다.
사는 뱀이다. 뱀은 땅을 가로지르는 불덩어리다. 사방으로
흘러다니며 대지에 불을 지핀다. 5월 중순 나는 이번에는 '감이당'
후배들과 윈난성雲南省의 성도省都 쿤밍昆明으로 향했다.

왜 윈난인가? 내가 몸 담고 있는 감이당은 의역학을 공부하는
공동체다. 그 바탕이 되는 음양오행론은 수천 년 이어져 온
자연과학이자 정치경제학이며 윤리적 지침이다. 이 패러다임에선
몸과 우주, 그리고 삶의 비전은 하나로 통한다. 이 공부를 하다 보니

근대 이전에는 동서양이 모두 이 비슷한 방식으로 사유했음을 알게 되었다. 특히 세계 곳곳에 흩어져 있는 소수민족의 신화에는 인간과 우주에 대한 '대칭적' 사유로 충만하다. 시간이 더 흐르기 전에 이 '오래된 지혜'를 기록해 두고 싶었다. 그래서 소수민족의 본거지인 윈난성으로 향하게 된 것이다.

윈난성의 풍광은 과연 '명불허전'이었다. 옥룡설산과 하마설산의 위용은 히말라야에 비견할 만했다. 1년 내내 산 위에 구름이 머무른다고 해서 윈난雲南이란다. 나시족에서 바이족, 모수족 등 20여 개에 달하는 소수민족들의 풍속과 유적도 흥미진진했다. 여정의 하이라이트는 2,300미터 고지에서 옥룡설산을 배경으로 펼쳐지는 연극, '인상여강'이었다. 인상印象은 '임프레션'impression, 여강麗江은 리장의 한자음, 종합하면 윈난의 고성인 '리장의 인상'이라는 뜻으로 장이머우張藝謀 감독의 회심작이다. 현지의 소수민족 출신 청년들이 떼거리로 등장하여 자신들의 신화와 역사를 들려준다. 무대 위에선 말을 달리고 함성을 지르고 북을 울리는데, 그 와중에도 옥룡설산은 무심하게 흘러가고 있다.

다음날 가장 험난한 일정이 우리를 기다리고 있었다. 차마고도로 잘 알려진, 옥룡설산과 하마설산 사이를 가로지르는 '호도협' 트래킹이 시작된 것이다. 동강 트래킹 정도로 생각하고 참여했다가 정말이지 죽는 줄 알았다. 천길 낭떠러지를 옆에 끼고 먼지가 폴폴 날리는 좁디 좁은 길을 오르자니 체력이 금세 바닥이 나 버렸다. 결국 마지막 난코스인 '28밴드'에선 나귀들에게 몸을 실어야 했다. 나귀의 등이 그렇게 편한지를 처음 느껴본 기회였다. 한데, 나귀들은 낭떠러지 쪽으로 발을 디딘다. 나귀에겐 그게 더 편한 자세란다. 하지만 내 몸은 나도 모르게 자꾸 산등성이가 있는

반대쪽으로 기울어진다. 그것도 잠시! 에라 모르겠다, 떨어지면
나귀랑 같이 죽지 뭐, 이렇게 마음을 먹자 완전히 태평해졌다.
하룻밤에 아홉 번 강을 건너며 '한 번 떨어지면 강물이다!'고 했던
연암의 심정이 이런 것이었을까.^^

　　내려오는 길도 장관이었다. 해가 떨어지면서 옥룡설산의
풍광이 수시로 변해 가는데 천길 낭떠러지 아래로는 설산에서 녹은
눈이 금사강의 사나운 물결이 되어 으르렁거리며 흐르고 있었다.
이 좁은 길을 수천 년 동안 차와 소금을 교역하기 위해 오갔다니,
가슴 한복판이 뭉클하고 또 뻐근했다. 마침 그때 읽고 있던
작품이 『서유기』라 자연스럽게 삼장법사와 세 제자들의 여정과
오버랩되었다. '이런 길을 걷다가 요괴를 만났겠구나, 이런 곳에서
노숙을 했겠구나, 여기서 서로 투닥거렸겠구나' 등등.

　　그렇게 온몸으로 야생을 체험하고 다시 고성으로 귀환했다.
밤이 되어 고성의 정취를 만끽하고자 중심가로 들어섰더니, 웬걸!
사방에 나이트 클럽의 조명과 샤우팅으로 요란하다. 한국을
비롯하여 전 세계 남녀들이 '원나잇'을 즐기기 위해 이곳엘 온다는
것이다. 헐~ 이 고성까지 와서 저런 진부한 쾌락을 즐기다니.
중국이 공산당체제라 원래 나이트 클럽이 금지였는데, 한국
여성과 중국 남성으로 된 부부가 일본인 관광객을 유치하기 위해
'야사쿠라'라는 클럽을 열면서 이런 문화가 시작되었단다. 한국인이
이 불야성의 원조인 것도 어이없지만, 그 이름이 사쿠라라니.
한중일 문화가 잡탕처럼 뒤섞이는 현장을 목격한 셈이다. 쩝!

　　이로써 고정관념 하나가 와장창 깨졌다. 이런 고성에 오면
야생을 체험하면서 인생과 존재에 대한 성찰을 할 거라고 생각했다.
그런데 고작 '불금'과 '원나잇'을 누리고 간다니! 이럴 땐 인간은

정말 대책없는 쾌락의 노예라며 냉소에 빠져야 할까. 아니면 얼마나 외로우면 그럴까 하고 연민을 보내야 할까. 뭐가 됐건 핵심은 역시 마음이다. 아무리 고성의 정취와 야생의 에너지가 넘치는 곳이라 해도 내 마음이 다른 데 있다면 그게 다 무슨 소용이랴. 마음 한번 먹으면 그곳이 곧 서천이라는 손오공의 말도 이런 뜻이었을 터, 그 대목이 새삼 가슴을 쳤다.

"오공아, 언제쯤이면 [서천에] 도착할 수 있겠냐?"(삼장법사)
"사부님이 어릴 때부터 노인네가 될 때까지, 아니 늙은 다음 다시 어려지고, 그게 수천 번 된다 해도 거기 도착하긴 어려워요. 다만 사부님께서 지성으로 깨달으시고 한 마음으로 돌아보신다면, 그곳이 바로 영취산[서천]일 겁니다."(손오공)

세번째 여행 : 뉴욕, '허클베리 핀'을 찾아서

윈난을 다녀오고 시골에 계신 아버지께 전화를 드렸다. "고맙네!" 잘 다녀와 줘서 다행이라는 말씀이셨다. 웬일인지 그 한마디가 진한 여운으로 남았다. 그즈음, 아버지가 기침을 하시기 시작했다. 늘 부지런하고 건강하셔서 폐렴 정도로 생각했다. 하지만 기침은 더욱 심해졌고, 결국 서울의 한 병원에 입원을 하셨다. 입원하시던 날 오만 원권으로 된 현금 천오백만 원을 넘겨 주셨다. 이번엔 못 일어나실 것 같으니 장지를 마련하는 데 쓰라시면서. 그동안 자식들이 드린 용돈을 고스란히 모아두신 것이다. 이후 보름 동안 곡기를 끊고 정신이 오락가락하다가 숨을 거두셨다. 팔순을 앞두고 홀연히 떠나신 것이다. 입원에서 장례식까지 한 달여를 무슨 정신으로 버텼는지 모르겠다. 길을 가다가도 눈물이 쏟아지고 자다가도 울음이 터져 나왔다. 이로써 갑오년은 세월호와 더불어 내 인생에서 잊을 수 없는 해가 되고 말았다. 그즈음에 읽던 텍스트가 『돈키호테』 2권. 『돈키호테』 2권도 돈키호테의 죽음으로 끝난다. '미쳐서 살고 정신 들어 죽다' ── 돈키호테의 묘비명이다. 돈키호테의 죽음에 아버지의 죽음, 그리고 언제가 다가올 나의 죽음이 오버랩되는 시간들이었다.

49재를 치르는 날 뉴욕행 비행기에 몸을 실었다. 오래전에 캐나다 밴쿠버에 있는 UBC^{University of British Columbia}의 대학원 세미나에 초대받았기 때문이다. 주제는 18세기 지성사. 이번엔 남산강학원 후배 길진숙과 함께였다. 히토쓰바시에서 만난 이연숙 선생님이 맺어 준 인연이었다(연숙 샘은 진정 최고의 글로벌 매니저시다). 길이 길을 부르고, 인연이 또 다른 인연으로 이어지는 기기묘묘한 과정을 또 한번 체험하게 된 것이다. 솔직히 밴쿠버가 어딘지도 몰랐을뿐더러, UBC는 생전 처음 듣는 대학 이름이었다. 더 어이없는 건 막연히 뉴욕 위쪽에 있으려니 생각하고 가는 김에 뉴욕을 방문하기로 한 것이다. 2014년 초에 공동체에서 뉴욕에 파견한(?) 청년백수 해완이를 보기 위해서다. 해완이가 뉴욕에 간 까닭은 스펙을 쌓기 위한 유학이 아니라 세계 곳곳의 청년들과 친교를 나눈다는 원대한(^^) 비전을 탐구하기 위해서다.

한데 막상 비행기표를 끊고 보니 밴쿠버는 뉴욕 위쪽이 아니라 반대편의 캘리포니아 위쪽에 있었다. 뉴욕에서 밴쿠버까지는 비행 시간만 무려 8시간이 걸리는 거리였다. 헐~ 이런 무지막지한 여행이 있나. 하지만 늘 이런 식이다. 인연이 다가오면 일단 짐을 싼다, 떠난 다음 길 위에서 지도를 찾는다. 이것이 우리의 여행법이다. 그러다 보니 이런 황당한 사건들이 수시로 연출되곤 한다. 뭐, 그래도 걱정없다. 어차피 길 위에서 '길 찾기'가 우리의 전략이니까

그때 내 가방에 들어있던 책이 『톰 소여의 모험』. 그때의 집필목록은 『허클베리 핀의 모험』이었다. 하지만 『주석 달린 허클베리 핀』은 너무 두꺼워 들고 다닐 엄두가 안 나서 대신 그 예고편에 해당하는 『톰 소여의 모험』을 들고 간 것이다. 나는 두 동무(해완이랑 진숙)들과 함께 낮에는 뉴욕 곳곳을 활보하다가 밤에는 호텔방에서 『톰 소여의 모험』을 읽었다. 저자인 마크 트웨인이 살았던 곳이어서일까. 톰과 헉의 모험이 눈에 삼삼했다.

뉴욕은 지저분하다. 지하철은 개화기 때 개통된 경부선 같은 느낌이 들 정도도. 한편 도심 한가운데에 있는 센트럴 파크는 언덕과 호수, 박물관과 광장 등 엄청난 스케일을 자랑한다. 그런가 하면 맨해튼은 패션과 연극의 중심지고, 월가의 빌딩숲은 자본의 총본부답게 위압적이다. 하지만 월가 바로 옆에 있는 차이나타운은 또 어찌나 빈티나고 산만한지. 한마디로 뒤죽박죽인 느낌이다. 그런데도 왜 전 세계인들은 뉴욕을 동경하고 뉴욕에서 살고 싶어 할까? 아마도 이 카오스적인 흐름을 사랑하는 것이리라. 인종도 워낙 다양해서 백인보다 유색인이 더 많은 느낌이다.

해완이는 스물두 살 청년백수다. 고1 때 대안학교를 중퇴하고 연구실에 들어왔다. 5년 동안 밥하고 청소하고 카페지기 하면서 철학에세이(『리좀, 나의 삶 나의 글』, 북드라망, 2013)도 썼다. 그러다 재작년 즈음 문득 '뉴욕에 갈래?' 하는 나의 제안을 받고는 즉시 '네!' 하고 이곳으로 왔다. 자기도 왜 그런지 잘 모른다. 그때 솔직히 좀 놀랐다. 우리 세대는 미국에 가자고 하면, 거의 반사적으로 '나, 영어 못하는데…….' '가서 뭐해?' 등의 반문을 한다. 영어를 잘해야

하고 또 뚜렷한 목적의식이 있어야 한다고 생각하는 것이다.

하지만 해완이 세대는 다르다. 영어를 못해도 전혀 개의치 않는다. 잘하든 못하든 영어 자체에 기죽지 않는다. 또 하나, 어떤 행위에 책임감과 목적의식을 가져야 한다는 개념이 별로 없다. 그냥 경험 삼아, 호기심으로, 심심해서 등등의 이유로도 국경을 넘을 수 있다. 그건 정말 새로운 발견이었다. 그래서 공동체의 비전을 전면적으로 수정했다. 그래, 이런 신체라면 세계 어디든 갈 수 있으리라. 가서 뭘 하고, 어떻게 살고는 중요하지 않다. 국경을 넘어 타자를 만난다는 것, 그냥 길 위에 나선다는 것, 그것만으로도 충분하지 않을까. 그렇게 해완이는 뜬금없이 뉴욕엘 갔고, 거기서 세계 각국에서 온 친구들과 사랑과 우정을 나누고 있다.

허클베리 핀이 미시시피 강을 따라 흘러간 것도 같은 맥락이 아닐까. 헉에게 중요한 건 단 하나, 자유다. 학교와 교회로 대변되는 문명의 구속과 술주정과 방탕으로 점철된 아빠의 폭력, 그 둘만 벗어날 수 있다면 뭐든 OK! 방법은 오직 하나뿐이었다. 강을 따라 도주하는 것. 어디로 가는데? 가서 뭐하려고? 하는 따위의 질문은 사절이다. 흐르는 강물처럼 흘러가는 것 말고 달리 무엇이 필요한가? 헉은 강물을 사랑하고, 그 강물을 따라 흘러갈 수 있는 뗏목을 더더욱 사랑한다. "뗏목 위에서 사는 것은 무척이나 기분 좋았다. 저 위에는 온통 별들이 수놓아진 하늘이 있었고, 우리는 종종 뗏목 위에 바로 누워서 그 별들을 바라보며, 저걸 과연 누가 만든 것일까, 아니면 어쩌다 우연히 그렇게 생겼을까에 대해 이야기를 나누었다.", "그러다가 강을 따라 내려온 우리의 여행을 다시 떠올려보게 되었다. 나는 짐이 항상 내 앞에 있었음을, 낮고 밤이고, 때로는 달빛 아래서나 때로는 폭풍 아래서도 그러했음을,

우리는 함께 뗏목을 타고 떠가면서 이야기를 나누고 노래하고 웃었음을 새삼스레 깨달았다." 혁의 뗏목 예찬은 전 편에 걸쳐 쉬지 않고 이어진다. 어쩌면 우리 시대 청년들에게도 이런 뗏목이 필요할지 모르겠다. 해서, 앞으로 뉴욕에 게스트하우스를 열어 또 다른 청년백수들을 계속 보낼 것이다. 자기만의 뗏목을 타고 어디론가 흘러갈 수 있도록!

네번째 여행 : 난징, '중중무진'의 매트릭스

모든 문명은 잡스럽다! 순수한 기원 같은 건 없다.
뉴욕에서도 확인했지만 그 사실을 더욱 실감하게 해준
곳이 바로 난징南京이다. 난징에 가게 된 것도 참 뜬금없다.

국사편찬위원회로부터 난징 대학에서 한중문명교류에 대한
학술심포지엄이 있는데『열하일기』에 대해 발표를 해보지 않겠냐는
연락이 온 것이다. 처음엔 난감했다. 학계를 떠난 지도 오래됐고,
일정을 조정하기도 만만치 않았다. 그런데 이상하게도 제안을 듣는
순간 난징에 가고 싶은 욕망이 스멀스멀 올라왔다.『열하일기』가
만들어 준 인연이기도 하고, 게다가 난징은 한 번도 가 본 적이
없었다. 마음이 한 번 일어나자 순식간에 판이 짜졌다. 바야흐로
겨울의 초입에 들어선 11월. 절기력으론 해월亥月, 역시 역마살이
든 달이었다. 어떤 여행이든 친구들과 함께한다, 가 나의 원칙이라
동료들을 모았다. 난징이 어딘지도 모른 채 무조건 가겠단다.
아울러 중국 현지에 있는 두 명의 친구가 합류했다. 그렇게 해서
8명의 난징유람단이 꾸려졌다.
　난징의 대표적인 유적은 손중산 능과 주원장 묘였다.

우리에겐 쑨원孫文으로 잘 알려진 손중산은 대만과 중국, 국민당과
공산당이 모두 국부로 떠받드는 인물이다. 주원장은 명나라를
세운 건국영웅이다. 두 영웅의 능이 근거리에 있다는 것만으로도
난징의 역사적 위상을 짐작할 수 있다. 예상한 대로 손중산 능의
사이즈는 압도적이었다. 근대화를 향한 중국인민의 열망과 동력을
한눈에 느낄 수 있었다. 주원장 묘로 가는 기분은 꿀꿀했다. 그즈음
나는 『조선왕조실록』을 읽는 세미나에 참여하고 있었다. 조선은
건국과 더불어 성리학을 이념으로 표방하면서 명나라에 대한
사대교린을 채택했다. 이 사실로만 보자면 조선과 명이 아름다운
외교를 펼쳤을 법한데, 정작 실록을 보면 그렇지 않다. 드라마
〈정도전〉에서도 이성계가 툭하면 '주원장, 이 간나새끼!' 하고
분노를 폭발하는 장면이 나오곤 했다. 그럴 만도 했다. 명나라의
조공요구는 참으로 징했다. 소 1만 마리, 말 수천 마리, 처녀들 천여
명에 이르기까지. 그런 대목을 읽고 있던 참이라 나 역시 주원장에
대한 심기가 영 불편했다. 하여, '주원장의 묘에 침을 뱉어 줄 테다'
이런 농담을 하면서 올라갔는데, 헐~ 산 전체가 다 능이라는
것이다. 산의 크기도 엄청났다. 그 어딘가에 주원장의 관이 묻혀
있다는 것. '대체 어디다 침을 뱉어야 하지?' 망연자실한 나를 보고,
다들 한바탕 폭소를 터뜨렸다.

333

　　오후에 들른 곳은 공자묘. 규모도 규모지만 화려하기 짝이
없었다. 『논어』의 구절들과 공자의 일생이 모두 옥으로 새겨져
있었다. 문화혁명 때만 해도 공자를 봉건 잔재의 상징이라며
발본색원하려고 하지 않았던가. 그런데 이제 중국은 다시 공자를
화려한 관광상품으로 포장하기 급급하다. 아니나 다를까 공자묘
앞거리는 온갖 브랜드가 난무하는 상가가 조성되어 있다. 공자의

사당 바로 앞을 저잣거리로 만든 중국의 상술에 좀 어이가 없었다. 관광객을 유치해서 주머니를 털겠다는 생각 말고는 아무것도 없는 셈이다. 다음날 학술대회를 마치고 다시 난징 유람에 나섰다. 그날 우리의 시선을 사로잡은 것은 중국 최고의 소설인 『홍루몽』의 저자 조설근이 살았던 저택이었다. 공공기관으로 바뀌긴 했지만 『홍루몽』에 나오는 연못과 누각이 고스란히 남아 있었다.

요컨대, 난징은 공자와 명나라, 홍루몽과 손중산이 공존하는 곳이었다. 기원전 5세기와 기원후 14세기, 18세기와 20세기 등등. 한마디로 다양한 시간들이 교차하는 중중무진重重無盡의 매트릭스였다. 아, 이제야 알겠다. 왜 난징이라는 말을 듣자마자 마음이 꿈틀거렸는지를. 이 다양한 역사의 주름 혹은 파동이 나를 부른 것이다. 하지만 한국인들에게 아직 난징은 낯설다. 중국의 중심은 베이징北京이기 때문이다. 주원장의 후손인 영락제는 쿠테타로 권력을 침탈한 후 수도를 난징에서 베이징으로 옮겼고, 중국의 상징 가운데 하나인 자금성을 축조했다. 북방 오랑캐를 제압하면서 대제국의 위용을 과시하고자 한 것이다. 그때 이후 동아시아 문명의 중심지는 난징에서 베이징으로 이동했다. 하지만 역사는 변전한다. 북경을 떠나고 싶어하는 이들이 점차 늘어나고 있단다. 다름 아닌 미세먼지 때문이다. 한낱 미세먼지가 제국의 중심을 움직이고 있는 것이다. 하기사 영화 〈인터스텔라〉에서 사람들이 지구를 떠나는 것도 결국 미세먼지 때문이 아닌가.

그러고 보면 문명도, 국가도, 혁명도 다 한바탕 꿈이 아닐까 싶다. 그때 내 손에 들린 것은 『그리스인 조르바』. 매일 8시간씩 난징 거리를 걷고 호텔로 돌아와선 조르바를 읽다가 잠들곤 했다. 조르바도 20세기 초 전 세계가 요동치던 연대기를

통과했다. 하지만 그는 어떤 이념도 이상도 믿지 않는다. 젊은
날 발칸전쟁이 일어났을 때 그도 역시 조국 그리스를 위해 총을
들었다. 죽이고 훔치고 강간하고… 갖은 만행을 다 저질렀다.
애국심이라는 명분으로. 그러던 어느날, 한 사내의 멱을 땄는데,
그 다음날 장터에서 구걸하는 아이들과 마주친다. 바로 자신이
죽인 그 사내의 아이들이었다. 그 순간 강력한 채찍이 그의 영혼을
후려갈겼다. 이후 그는 죽기살기로 도주했다. 조국과 혁명, 신과
이상으로부터. 나 또한 난징이라는 매트릭스를 거닐며 나에게
묻는다. 나는 과연 문명과 국가, 혁명과 이념이라는 이상으로부터
자유로운가? 과연 나는 그것으로부터 영원히 도주할 수 있을까?

그리고 길은 계속된다…

보다시피 길은 늘 우연의 연속이다. 아니, 어쩌면 길 자체가 우연의
산물일지도 모르겠다. 하여, 길 위에선 언제나 사건이 벌어지고
그때마다 새로운 말들이 탄생한다. 사건과 말들의 향연, 그것이 곧
길이다. 그래서 길은 결코 끝나는 법이 없다. 하나의 길이 끝나면
반드시 또 다른 길로 이어진다. 이것은 필연이다.
　해완이의 다음 스텝은 쿠바다. 얼마 전 해완이랑 국제전화를
하다가 올해부터 대학에 들어가 스페인어를 배운다기에, 그럼
대학을 마친 후엔 쿠바로 가는 게 어때? 54년 만에 미국과 국교
정상화도 됐다는데…. 그랬더니 1초의 망설임도 없이 응답한다.
"좋아요!" 우리의 길은 늘 이렇게 열린다. 쿠바는 아름다운 풍광과
도시농업, 허리케인과 체 게바라 등으로도 유명하지만 무엇보다
의료혁명을 이룬 나라다. 쿠바를 베이스캠프 삼아 중남미 전역을

탐사할 수 있다면 그보다 더 큰 행운이 없으리라. 무엇보다 중남미의 신화와 역사는 글쓰기의 무진장한 보물창고다. 『걸리버 여행기』에 나오는 소인국, 대인국, 천공의 섬 라퓨타, 흐이늠의 나라 같은, 아니 그 이상의 판타지가 얼마든지 가능하다. 그리고 그 판타지들은 21세기를 살아가는 현대인들에게 아주 낯설고도 흥미로운 지도를 제공해 줄 것이다.

이렇게 해서 로드클래식에 대한 탐사와, 그와 함께했던 나의 여행도 끝났다. 그리고 2015년 봄, 감이당과 경향시민대학에서 '로드클래식'으로 강의를 열었다. 세대를 가로질러 많은 이들이 자원방래하였다. 덕분에 삼장법사와 요괴들, 돈키호테와 산초, 허클베리 핀과 조르바 등의 여행을 다시 한번 되새겨 보는 시간을 갖게 되었다. 그 과정에서 또 수많은 인연들이 교차했다. 이처럼 길은 길을 부른다. 길은 길을 낳기도 하고, 길을 기르기도 한다. 또 각개약진하던 길들이 어느 순간 하나로 이어져 새로운 지도로 탄생하기도 한다.

강의를 마치면서 다시 한번 확신하게 되었다. 모든 존재는 길을 열망한다는 사실을. 2030은 청년의 패기로, 6080은 노년의 지혜로. 길 위에선 사건과 스토리가 탄생한다. 그런데 그러기 위해선 벗이 있어야 한다. 사건과 이야기와 친구, 길이 주는 최고의 선물이다. 머무름 없이 흐르는 마음, 그것을 일러 도道라고 했던가. 마찬가지로 끊임없이 흘러가는 것이 인생이다. 하여, 로드클래식이 끝나도, 아니 로드클래식과 더불어 다들 자기만의 길을 열어 가시길!